Minha crise de meia-idade favorita (até agora)

Toby Devens

Minhа crise de meia-idade favorita (até agora)

Tradução
Maura Paoletti

BERTRAND BRASIL

Título original: *My favorite midlife crisis (yet)*

Capa: Simone Villas-Boas
Foto de capa: Martin Poole/GETTY Images

Editoração: DFL

2008
Impresso no Brasil
Printed in Brazil

CIP-Brasil. Catalogação na fonte
Sindicato Nacional dos Editores de Livros, RJ

D499m Devens, Toby
Minha crise de meia-idade favorita (até agora)/Toby Devens; tradução Maura Paoletti. – Rio de Janeiro: Bertrand Brasil, 2008.
392p.

Tradução de: My favorite midlife crisis (yet)
ISBN 978-85-286-1319-3

1. Romance americano. I. Paoletti, Maura. II. Título.

CDD – 813
08-1083 CDU – 821.111 (73)-3

Todos os direitos reservados pela:
EDITORA BERTRAND BRASIL LTDA.
Rua Argentina, 171 – 1º andar – São Cristóvão
20921-380 – Rio de Janeiro – RJ
Tel.: (0xx21) 2585-2070 – Fax: (0xx21) 2585-2087

Atendemos pelo Reembolso Postal.

# Agradecimentos

Meus agradecimentos às várias pessoas que me apoiaram durante a redação deste livro.

Em primeiro lugar, ao Dr. Fouad Abbas, ginecologista especializado em oncologia, que encontrou tempo em sua agenda lotada para oferecer informações detalhadas e narrar experiências relevantes na sala de operações — sua ajuda foi inestimável, bem como a do Dr. Dennis Gleicher, sempre disponível para responder a perguntas médicas. Vivian Goldman também me encaminhou a boas fontes de informações médicas. Sou grata a Sidney Ossakow, Ph.D, por me orientar no complexo terreno científico. A fantástica tecelã Carol Bodin acompanhou-me durante o processo, na verdade, colocou-me para trabalhar em um tear — foi generosa com seu tempo e com suas informações. Lenne Lipton, especialista em audiovisuais e conferências, ajudou-me a compreender os pontos fundamentais dessa área. Se cometi algum erro em relação a algum dos detalhes fornecidos por estes peritos, foi um erro meu ou uma escolha minha ao moldar os fatos segundo as exigências da ficção.

Meu muito obrigada ao meu caro amigo Jan Innes, cujo ombro amigo e tirocínio editorial foram de grande valia nos momentos mais difíceis. A Jean Louise Reynolds por décadas de conselhos, informações precisas e grandes gargalhadas quando mais precisei disso, e a Candy Cole por seus inspirados comentários sobre a dinâmica homem/mulher. Sou grata a Linda Hayes, que ajudou a restabelecer a conexão com minhas talentosas colegas escritoras em Maryland: Ruth Glick, Cronshi Englander, Kathryn Johnson, Binnie Syril Braunstein, Nancy Baggett, Patricia Paris, Linda Williams, Connie Hay, Joyce Braga e Joanne Settel. Elas entendem do assunto como ninguém e foram gentis em compartilhar seu conhecimento comigo. Tenho uma dívida especial para com o excepcional Randi DuFresne, que me apresentou à minha agente, Elaine English. Elaine é uma campeã habilidosa e firme. E um agradecimento do fundo do coração a Chassie West, cuja orientação calma e ponderada sempre deu uma perspectiva nova ao meu pensamento.

O escritor Alan Zendell ofereceu sugestões e camaradagem. Eleanor Feingold e Toba e Andy Barth foram poços de energia e informações. Meu editor Hillel Black merece um agradecimento especial por ter visto potencial no original e por aplicar seus brilhantes talentos editoriais, sua vasta experiência e sua orientação gentil na modelagem da versão final deste livro.

Meus pais, Esta e William Devens, estiveram ao meu lado em espírito; minha lembrança de sua bondade e bom humor é um tesouro para mim. Minha filha e amiga Amanda Schwartz foi de grande valia: suas informações médicas foram precisas e seus olhos de águia viram problemas durante a criação do enredo. Mais importante ainda: seu encorajamento e amor nunca me faltaram. O feito de que mais me orgulho é tê-la iniciado em sua vida fantástica. E, finalmente, minha gratidão a Sam Ponzcak, cuja paciência infinita e carinho nunca deixam de me surpreender; considero-me abençoada por ter a minha própria meia-idade transformada em algo forte e produtivo devido à sua presença marcante, porém suave.

Capítulo 1

— E então, quantas vezes você teve relações sexuais no mês passado?

Elaine Markowitz, uma corretora de imóveis de cinqüenta e dois anos, que já fizera plástica abdominal, remexeu-se pouco à vontade na cadeira, perturbando a tranqüilidade do meu consultório em tons de bege e castanho com vista para o porto de Baltimore.

— Tem certeza de que meu nome não vai ser publicado neste artigo, Dra. Berke? — perguntou. — Minha mãe ainda está viva. Tem cataratas nos olhos, mas ainda lê.

— Nenhum nome vai ser publicado. Só estatísticas, pode ficar tranqüila. E é uma pesquisa importante.

Elaine ergueu uma sobrancelha, cética.

— Sobre sexo?

Já havíamos conversado a respeito antes, mas agora mudei meu tom de voz, abandonando o tom profissional de médica e passando a usar uma voz mais feminina, afetuosa e reconfortante.

— É sobre o interesse sexual feminino quando se chega à menopausa. E sobre os níveis de atividade e satisfação sexual. Existem muitos mitos a respeito do assunto. Como o que diz que quando chegamos aos cinqüenta anos a Mãe Natureza abaixa a alavanca e pára as nossas máquinas. Não acredito nisso e quero provar. Com estatísticas.

Funcionou. Elaine voltou a se recostar na cadeira.

— Precisamos apresentar os fatos ao público em geral e, principalmente, aos ginecologistas — continuei pressionando-a. — Afinal de contas, quanto mais soubermos a respeito das mulheres de quem cuidamos, melhor vamos poder atender às suas necessidades.

— Tudo bem, então — Elaine respondeu. — Vamos acabar com o mito. Certo. Manda ver.

Eu já estava com a folha da pesquisa nas mãos.

A praxe exigia que cada mulher que entrasse em um dos consultórios da clínica ginecológica dos doutores Potak, Berke e Bernstein para seu exame físico anual e seu papanicolau tivesse direito a cinco minutos de bate-papo, depois de termos invadido sua região mais íntima com um dedo enluvado e um espéculo aquecido. Eu costumava gastar dez minutos. *Gostava* de minhas pacientes. Por ser uma ginecologista especializada em oncologia e não uma obstetra, a maior parte de minhas pacientes pertencia a uma faixa etária mais elevada. O que fornecia bom material para o estudo do impacto da idade sobre a atividade sexual.

Eu estava fazendo esta pesquisa há seis meses, trabalhando com uma amostragem de cem pessoas. Excluindo as mulheres solteiras na casa dos oitenta e noventa anos, que possuem vaginas parecendo tocas de tatu, praticamente impenetráveis, trinta por cento das mulheres solteiras na casa dos cinqüenta anos informavam terem tido pelo menos um encontro no mês anterior. Vinte por cento tinham feito sexo neste período. Cerca de doze por cento possuíam um namorado ou companheiro com quem viviam, ou mantinham um relacionamento com um amante há muito tempo.

A primeira conclusão que se tirava destes números era: não nos considerem cartas fora do baralho. A conclusão tinha o suporte de minhas análises clínicas. Pelo menos metade das minhas pacientes era divorciada ou viúva e eu fornecia amostras de Astroglide e KY* em quantidade suficiente para fazer toda a Costa Oeste dos EUA escorregar para dentro do Oceano Atlântico. Portanto, sabia que minhas pacientes solteiras eram sexualmente ativas.

Quando cheguei à segunda página de minha pesquisa, Elaine Markowitz já revelava alegremente os detalhes de seu relacionamento com o namorado de quarenta e um anos.

— Ele é o diretor cênico do Fells Point Dinner Theater. E, sem exagero, parece o Marlon Brando quando jovem e trepa como um coelho. Pelo menos, cinco vezes por semana. Mas, para dizer a verdade, por mim eu transaria todos os dias. Ele faz com que eu me sinta com trinta e cinco anos.

Ela realmente parecia estar com um frescor novo na pele, como se seus glóbulos estivessem dançando nas veias, e mencionei isso, usando palavras mais profissionais, claro.

— Parte é pelo sexo, parte é graças ao Dr. Fischman. Chega mais perto para olhar — disse, inclinando-se na minha direção. — É maravilhoso. Você é médica e não conseguiu descobrir. O cara é milagroso.

Dei um sorrisinho evasivo. *Sorriso suave. Suave é bom. Diminui aquelas rugas caricaturais em forma de parênteses ao redor da boca.*

— Fiz um lifting completo — disse Elaine, com um risinho satisfeito. — Tudo de uma vez. Pálpebras, testa, queixo. — Alisou a firmeza adolescente do pescoço. — Me senti uma merda durante duas semanas, mas valeu a pena. Kevin nunca teria olhado para a antiga mulher que eu era. Os homens olham através das mulheres de cinqüenta anos e não *para* elas, não é?

Respondi com um olhar que dizia "não faço idéia" e encaminhei a conversa para os patches de estrogênio.

Enquanto falava, Elaine levantou e passou por trás de mim para ver melhor uma foto de Whit e Drew, meus gêmeos, tirada quando tinham

* Marcas de lubrificantes íntimos. (Todas as notas são da tradutora.)

cinco anos, em cima de seus esquis, com roupas acolchoadas. Fora uma viagem familiar de Natal até Squaw Valley. Atualmente, Whit estava na faculdade de medicina em Chicago, namorando uma estudante de direito, e Drew tirava um dez atrás do outro no Art Institute of Boston. Whit é parecido comigo, e se leva muito a sério. Drew é a cara do meu ex-marido Stan. Mas é uma pessoa melhor e mais gentil que Stan.

Elaine ergueu o porta-retratos dos meninos e interrompeu meu monólogo.

— Ter filhos envelhece horrores uma pessoa. Todas aquelas preocupações.

E virou-se para me avaliar com um olhar atento.

— Você bem que podia se livrar dessas rugas na testa. Com Botox. Ou um peeling. Nada muito drástico.

O comentário me acertou em cheio. Pensara que tinha conseguido disfarçar muito bem as pregas da minha testa com a franja.

— Obrigada pela sugestão. Vou pensar no assunto.

Quando ela saiu fui ao banheiro, analisar ao espelho um reflexo que nos últimos tempos não me dizia "você é a mais bela entre todas". Ainda assim, o que via não era tão ruim, mesmo com as pregas na testa. Cabelos louros que se mantinham brilhantes com visitas semanais ao Melik, do Istanbul Salon. Uma tintura com luzes para dar a impressão de idas à praia. Uma pele rosada herdada de minha mãe que, infelizmente, tende a gerar rugas profundas. Mas esta pele era alimentada com um creme que custava oitenta dólares o pote na Nordstrom, e eu achava que aos cinqüenta e quatro ainda poderia passar por quarenta. OK, quarenta e cinco. Talvez.

Notei que a pálpebra esquerda estava um pouco caída. E havia um começo de papada no queixo. A triste verdade é que as mulheres de uma certa idade precisam escolher entre o corpo e o rosto. A quantidade certa de gordura para deixar seu rosto cheinho também é a quantidade certa para deixar suas coxas cheias de celulite. Se optar pelo corpo esguio, vai ficar encovada e encarquilhada do pescoço para cima.

Meu personal trainer e eu optamos por bíceps de aço e uma bunda dura, e meu rosto pagou o preço.

Hank Fischman, um dos melhores cirurgiões plásticos do Hospital Johns Hopkins, era um antigo colega de faculdade. Talvez eu desse uma ligada para ele. Antigamente, para fazer um lifting, eles descolavam toda a pele do rosto, desde a testa, repuxando-a para trás. Credo. Eu podia girar um ovário na mão e cortar uma barriga cantarolando Mozart, mas não seria capaz de realizar uma plástica nem em um milhão de anos. Ainda assim, tinha havido avanços recentes nos liftings faciais. Antes de marcar uma hora com Hank eu iria navegar pela internet e ver o que havia de novo no ramo patrocinado por Ponce de Leon.*

Mal podia acreditar na mulher superficial que estava me tornando.

* Explorador espanhol que buscava a Fonte da Juventude.

Capítulo 2

Para compensar a meditação intensa a respeito do envelhecimento do meu lado exterior, decidi me submeter a uma sessão que desentupiria as profundezas de meu lado emocional, algo como enfiar um Roto-Rooter para remover qualquer resíduo gorduroso de culpa, vergonha e desprezo por mim mesma. Peguei o carro e fui até Annapolis, para participar de uma reunião do FRESH, grupo de apoio que reúne pessoas que foram casadas com homossexuais e depois rejeitadas. Na primeira reunião de que participei, comentei com o presidente da divisão do estado de Maryland que achava o uso das palavras "ex" e "antigo" um pouco redundante.

— É intencional — ele respondeu, sorrindo com brandura. — O que é mais redundante do que o cônjuge heterossexual de um homossexual? — Era um bom argumento.

Ao contrário dos Alcoólatras Anônimos ou dos Comedores Anônimos, as reuniões do FRESH sempre tinham uma mesa com queijos e vinhos. Fumar também era permitido, já que se presurnia, quase sempre corretamente, que a maioria das pessoas retornava aos vícios anteriores depois de ouvir a revelação do cônjuge. Também encorajavam a divulgação dos sobrenomes, já que o FRESH estabelecia que não havia nada a ser ocultado, que todos eram vítimas inocentes das circunstâncias. Sem falar que poderíamos namorar alguém do grupo.

No começo, a idéia de que membros do FRESH poderiam formar casais parecia tão ridícula como a de um abraço entre amantes com os braços engessados. Mas depois Harry Galligan atraiu um certo interesse. Meu tio favorito tinha esse nome e até agora o Harry do FRESH era somente isso, um tio. Naquela noite, ele piscou para mim quando entrei na sala, deu uma palmadinha nas minhas costas quando passei por ele e sussurrou:

— Estou feliz que tenha vindo, Gwyn. — Mas as coisas ficaram nisso.

Meia hora mais tarde, com o vinho correndo solto, Mark Silva, o presidente do grupo, bateu palmas para chamar a atenção e gritou:

— Vamos nos sentar para a atividade de Compartilhamento. — Compartilhamento era o nome dado pelo FRESH para a cirurgia de peito aberto que expunha nossas mágoas mais profundas.

Formamos um círculo de apoio ao redor do homem cuja esposa o abandonara na semana anterior para ir viver com a secretária dele.

— Para dizer a verdade — ele disse —, sempre tive uma quedinha pela minha secretária. Mas nunca fiz nada, claro. Um dia, Brenda e Alison se conheceram, durante um piquenique da empresa. Na semana seguinte marcaram um encontro para um drinque e começaram a ter um caso. Quarta-feira passada me chamaram para a sala de reuniões e me contaram tudo. Ainda estou com a cabeça girando.

— É claro que está. E é perfeitamente compreensível. Tudo é muito recente. Esta é a pior fase, Fred. O tempo e as amizades ajudam na cura, acredite em mim. — Mark Silva era também o nosso Pai Gelol de plantão, sempre com uma palavra de consolo na ponta da língua. E costumava abraçar todo mundo, independentemente do gênero, o que apavorava alguns homens. — Aliás, minto: não é só em mim que você deve acreditar. Acredite em *nós*. — Aplausos.

A segunda novata, uma mulher obesa, com bigode e espessa penugem no rosto (diagnostiquei uma síndrome de ovários policísticos a três metros de distância), contou que a frase de despedida do marido fora: "E você precisa saber que nunca amei você de verdade." Com essa frase, invalidara dez anos de casamento. O tipo da coisa gratuita. Precisava? Que cachorro. Tive vontade de abraçá-la, com barba e tudo. Mas, ao invés disso, peguei um lenço-de-papel.

Pam, sentada ao meu lado, contou que o marido telefonara na noite anterior. Disse que estava indo para a Tailândia fazer uma operação de mudança de sexo e pediu que ela estivesse ao lado dele quando ele contasse para os filhos. Ela estava angustiada. Nós compartilhamos sua angústia. Vinte pessoas na sala murmurando frases de conforto. Duas delas soluçavam. O ridículo é que eu era uma das duas.

Harry Galligan aliviou um pouco o ambiente ao fazer o relatório da tesouraria. Harry fazia um agradável contraste com a imagem de meu magro e hiperativo ex-marido. Um irlandês pesadão com um Ph.D. em física, Harry trabalhava no Laboratório de Pesquisas da Marinha, em Washington. Mas não correspondia em nada ao estereótipo do cientista. Um dia me contou que falava seis idiomas e que dançava tango horrivelmente mal. Não estava se gabando. Talvez estivesse flertando. Sua mulher o havia abandonado por uma política local famosa, uma irlandesa corpulenta que parecia um pouco com Harry.

— Bom, ela perdeu meu voto. — Era a piada que Harry costumava fazer a respeito. Ultimamente parecia se divertir um pouco ao filosofar sobre a decisão da esposa. Mas um dos membros mais antigos me disse que, na primeira reunião de que participara, Harry estava com bafo de bebida, a gravata torta, quase desabara na metade de sua narrativa e tivera que ser ajudado para sentar na cadeira.

Ele não parecia ter uma personalidade propensa a surpresas, mas, quando terminou a apresentação de seu relatório, disse de modo casual, como um aparte:

— Sabem de uma coisa? — Esticou o pescoço na minha direção, olhos cheios de mansa preocupação, e senti meu coração disparar. —

Gwyn nunca compartilhou sua história com a gente, dizendo que não estava pronta. Mas já faz cinco meses que participa do grupo.

Mesmo? Cinco meses? Sempre resolvo aparecer na última hora e nunca anotei o dia da reunião na agenda ou no PDA, o que quer dizer que não é importante. Uma espécie de não-evento.

— Gwyn? — perguntou Mark Silva com sua voz de professor de jardim-de-infância. A mulher barbada olhou para mim em expectativa. A esposa do transexual passou o braço pelo meu ombro, pensei "*que diabos, minha história não é pior do que a dos outros*", e compartilhei. Aliás, compartilhar é apelido. Dois anos depois ainda tremo ao contar a história que minha amiga Fleur chama de A Traição.

Disse como fora que durante a festa de inauguração de Crosswinds, nossa nova casa na praia em Delaware, eu abrira a porta do depósito e vira, em um nanossegundo, uma imagem que ficaria permanentemente gravada em minha massa cinzenta: a do homem com quem eu era casada havia vinte e seis anos enroscado nos braços de seu amante, os lábios colados na boca de Brad Ventner, o decorador de Crosswinds, cujo trabalho nunca me agradara. Os dois se separaram, assustados e, por um momento horrível, surrealista, nos entreolhamos: Stan, Brad, o chihuahua nervosinho que Brad levava para todos os lugares e eu, sem dizer nada. Foi então que o cachorro começou a latir e Stan começou a gaguejar algo que não consegui ouvir, por causa do volume das batidas do meu coração ressoando em meus ouvidos. Girei nos calcanhares e o cachorro saiu correndo atrás de mim. Corri em direção às escadas, o cachorro acelerou, e no meio da minha corrida se jogou sobre meus pés, me arremessando para longe, sobre o caríssimo carpete Berber que recobria os degraus, onde fraturei o tornozelo. Sou médica. Soube na hora que estava quebrado. Também soube que algo mais, além do meu tornozelo, estava quebrado, e que precisaria de muito mais do que gesso para se consolidar.

— No dia seguinte, Stan apareceu em casa para pegar algumas roupas e ficou diante da minha cama despejando uma confissão quilométrica em cima de mim, com detalhes que eu não queria ouvir.

Mas, com o pé engessado, não podia dar um passo. Então, lá para as tantas, ele gritou: "Olha aqui, eu tenho cinqüenta e quatro anos. Não tenho outros cinqüenta e quatro para fazer as coisas direito. Não dá mais, não é possível, que merda, eu me *recuso* a esconder os meus verdadeiros sentimentos por mais tempo."

— Até parece que a culpa era sua — disse Pam, balançando a cabeça, compreensiva.

— Bom, imagino que deveria saber, afinal, na noite anterior ao pedido de casamento, ele confessou que tinha tido um casinho com um estudante de jornalismo que morava no mesmo dormitório que ele no primeiro ano da universidade. Mas jurou que tinha sido um caso isolado de tesão genérico, que fez com que aceitasse a primeira opção disponível. E eu pensei que estava tudo bem, que tinha sido um acontecimento único. Que poderia acontecer normalmente, que tinha sido uma experiência.

Funguei, tentando reter as lágrimas.

— Depois, com o passar dos anos, quando ele passava noites fora, bom, ele é um editor. Cuida de duas revistas. Precisa levar pessoas para jantar fora. Pelo menos era o que me dizia. Recepcionar pessoas era parte do trabalho.

Enquanto me preocupava com minha carreira e meus filhos, não fazia idéia de que o meu casamento era uma panela de pressão prestes a explodir, com os passeios eróticos de meu marido pelas ruas de Mt. Vernon, o bairro essencialmente gay de Baltimore.

— Quando ele ficou obcecado com a casa na praia, pensei que era uma simples crise de meia-idade. Mas, na verdade, era por causa do decorador. — E soltei o velho chavão patético, com voz trêmula: — Deveria ter percebido.

— Não, não era sua responsabilidade. Você é a vítima nessa história — Mark Silva gritou lá da mesa das bebidas. — Não se esqueça disso.

— Depois Stan pediu desculpas. Mais ou menos. Disse: "Me perdoe por ter mentido para você. Mas é que eu achei que se nós nos casássemos eu não sentiria mais o que sinto por outros homens. Achei que o casamento iria me curar." Foi isso o que ele disse. Curar. Graças a Deus que havia uma cama inteira entre nós, porque não sei o que teria feito se ele estivesse ao meu alcance. Ainda mais quando ele disse: "Amo você. Sempre vou amar. Você é a mãe dos meus filhos. Mas o que tenho com Brad é algo diferente, é *estar* apaixonado." — Minha voz falhou. Meu lenço-de-papel estava virando confete.

Mark Silva, dando muxoxos de desaprovação, apareceu por trás de mim para tornar a encher a minha taça de vinho. Minha mão tremia tanto que acabei entornando vinho tinto na linda camisa branca dele.

O que não contei foi que caí no fundo do poço depois disso. Graças a Deus os testes de HIV foram negativos, mas eu me sentia doente, parecia estar doente, perdi uns sete quilos em três semanas e ia até a loja de conveniência no meio da noite para comprar um pacote de Marlboro. Eu, uma médica. E, durante seis meses, chorei até dormir.

— Mas agora estou bem — disse, com as lágrimas escorrendo pelo meu rosto —, estou bem, de verdade. — Nesse ponto, Harry se levantou, quase derrubando a cadeira, atravessou o círculo com seus passos de urso e me deu seu lenço. Dobrado. Limpo.

Mais tarde, durante a socialização, ele me trouxe um prato cheio de biscoitos.

— Você deve estar me achando um grande sacana por ter forçado você a compartilhar sua história. Não que não fosse necessário, mas, mesmo assim...

— Não me forçou — garanti. — Eu já devia ter feito isso há meses.

— Você ainda estava digerindo tudo — ele respondeu.

— Já digeri agora? Não preciso mais tomar sal-de-frutas?

Harry deu uma gargalhada. Eu tinha a impressão de que gostava de mim.

Quando chegou a hora de ir embora, ele me acompanhou até o carro, me deu um abraço afetuoso e um beijo na testa. Há quarenta anos não me beijavam na testa. Talvez ele estivesse medindo minha temperatura emocional.

— Hoje você deu um passo muito importante. Deve ficar orgulhosa de si mesma, Gwyn. Mas não se surpreenda se sofrer um retrocesso por causa da liberação. Ansiedade. Insônia. Vou ligar para você durante a semana para saber como está indo.

Esperou até que eu saísse do estacionamento. Já era meia-noite quando coloquei a chave na fechadura. Meia-noite e cinco quando telefonei para minha amiga Kat Greenfield, que era viúva e tecelã. Sabia que ela tecia em horas inusitadas. Ao contrário de minha outra amiga e vizinha, Fleur Talbot, que abria a Madame Max, sua butique, às oito da manhã, e ia deitar, sozinha, às dez da noite.

Passamos oito minutos falando sobre Harry Galligan e mais doze sobre sua incapacidade de dormir ocupando toda a cama. O lado da cama que pertencia ao seu falecido marido, Ethan, ainda era sacrossanto. Ela não era capaz de rolar para o lado dele nem dormindo. Quando desliguei, passei a mão de leve sobre o receptor. *Telefone bonzinho, traga boas chamadas esta semana. Alguém com voz grossa que não queira nada mais do que um pouco da minha atenção.*

Minha oração foi atendida. Mais ou menos. Deus tem um senso de humor doentio.

A voz que ouvi foi a do meu pai. Que me acordou de um sono profundo, sem sonhos, gritando:

— Você precisa ligar para sua irmã e dizer que os pássaros chegaram!

— Papai — respondi —, ainda nem amanheceu. Volta para a cama.

— OK, mas liga para sua irmã.

Tenho um irmão. Nenhuma irmã.

— Para contar sobre os pássaros. Tudo bem, papai. Sylvie sabe que você levantou?

— Quem é Sylvie?

Ó meu Deus.

Meu pai me acordava às cinco da manhã quase que diariamente. "Acabo de ver sua mãe no espelho", ele podia dizer. "Estava nua em pêlo e rosetando com um velho caquético que nunca vi na vida. Acho que ela enlouqueceu!" Ou: "Acabo de fazer um cheque de dez mil para a Mineradora de Alumínio Americana. Eles começam a trabalhar amanhã." Ou o telegrama sobre os pássaros.

Por que eu não tinha coragem de ligar a secretária eletrônica? Provavelmente não faria diferença. Os seus neurônios confusos não sabiam mais a diferença entre a realidade e uma realidade eletrônica. Mas eu não iria fazer isso com ele. Ele fora o pai que passara quatro noites seguidas acordado ao meu lado quando eu tivera varicela. O pai que acalmava os surtos psicóticos de minha mãe. Meu protetor. Um duende baixinho e adorável a quem eu amava de todo coração, apesar de não saber mais quem ocupava o seu corpo.

Eu precisava conversar *novamente* com sua acompanhante, Sylvie. Dizer que ela precisava ir dormir mais cedo para poder estar ao lado dele quando ele acordasse às quatro e meia da manhã. Durante a semana ela ficava acordada até a meia-noite assistindo a um programa de TV onde um médium conversava com espíritos desencarnados. E depois dormia um sono tão pesado que não ouvia meu pai, desorientado com o Alzheimer, perambulando pela casa antes do amanhecer. Já tínhamos tido essa conversa antes. Sylvie prometia, mas a atração pelos mortos era maior do que o senhor salário que eu lhe pagava para tomar conta de um ser vivo.

Jamais o poria em um lar para idosos.

Capítulo 3

Apesar de minhas esperanças, Harry não telefonou e o domingo chegou.

— Bom, você não pode ficar aqui sentada choramingando por causa de um amante imaginário — disse Kat, rondando minha mesa coberta de papéis como uma gaivota sobrevoando um lixão.

— Acredite em mim, este ar de desespero em meu rosto não tem nada a ver com Harry Galligan — respondi, revirando os formulários de solicitações de subsídio.

— Isso pode esperar — Kat puxou os papéis da minha mão. — Você precisa tirar uma folga.

— É, mas as pacientes não podem esperar — suspirei. — Quando penso naquelas mulheres que não têm direito a serem atendidas pelo sistema de saúde, acho tudo aterrorizante. Doenças venéreas sem tratamento. Cânceres não diagnosticados. Mulheres morrendo desnecessariamente.

Durante a maior parte de meu tempo livre, com o fundo gerado por subsídios e algumas doações que consegui arrecadar, eu mantinha há sete anos uma Clínica Gratuita Feminina em West Baltimore. No último mês de abril, a Clínica parara de funcionar por falta de fundos. Durante dois meses injetei minha poupança pessoal no projeto, mas a situação continuou crítica apesar de meus esforços, e em junho tudo acabou. Agora, centenas de mulheres, carentes financeiramente, a maioria vivendo nos bairros negros de Baltimore, estavam sem receber cuidados ginecológicos básicos porque não possuíam um plano de saúde e não podiam pagar por uma consulta médica. Mas eu estava determinada a encontrar dinheiro em algum lugar e reiniciar as atividades da Clínica.

— Quantos pedidos você enviou? — Kat perguntou.

— Estou preenchendo o décimo primeiro. Até agora, tive sete respostas. Seis dizendo não. Uma fundação fez o grande sacrifício de me doar dois mil dólares. O que não dá nem para comprar luvas cirúrgicas. — Escondi meu rosto nas mãos.

Kat desgrudou meus dedos da testa, um por um.

— Chega por hoje. Você está vendo tudo em preto-e-branco. Precisa ver cores, pessoas, algo que te anime. Vem comigo ver a exposição que começa hoje. Prometo que vai ser divertido. Você não quer ser capaz de discutir a escultura contemporânea quando sair com alguém que gosta de arte?

— Ah, me poupe, não tenho a intenção de sair com alguém que usa um boné de beisebol virado para trás.

— Exatamente. Você não tem planos. Está na hora de sair investigando o mercado — Kat respondeu.

E eu desisti.

Mas uma hora depois estava arrependida, porque, assim que entramos inocentemente na galeria, por trás de uma escultura chamada "Píton Adormecida" feita com facas, garfos e conchas, surgiu meu ex-marido Stan (de mãos dadas) com Brad, o decorador que seria a outra mulher, se fosse uma mulher. Os dois usando jeans. Stan perdera peso e usava a camiseta preta por dentro da calça para exibir sua cinturinha de Scarlett O'Hara. A calça jeans que usava era tão apertada que dava para ver todos os relevos e reentrâncias do seu corpo. Ele costumava usar uma calça Levi's folgada quando estávamos casados. Com um cinto.

Brad me viu primeiro e cutucou Stan, que acenou com a cabeça.

— Mexa-se — sibilei para Kat, que deu dois passos assustados na direção errada.

Tarde demais.

— Senhoras — Stan disse assim que se aproximaram de nós. — Estão gostando da exposição?

— Interessante — respondi. — Seminal. Extremamente original. — Olhei para o meu catálogo enquanto Kat dava um sorriso forçado. Ela jamais gostara de Stan. Quando estávamos na faculdade, ele a chamava de Katie Riponga e Lucy Liberal. Um dia, ela atirou um prato cheio de waffles na cabeça dele. Foi quando ele fazia uma imitação de Jane Fonda fazendo um discurso pró-Vietnã, com uma vozinha aguda horrível e a mão na cintura. Nós deveríamos ter percebido.

— Ah, não vou resistir — Brad disse, olhando a escultura de um peixe em metal. — O linguado. As escamas são colheres. É perfeito, Stan. Se custar menos de mil, vou comprar para a loja. — Com o suporte financeiro de Stan, Brad abrira uma loja para *gourmets* em Rehoboth, perto da casa de praia. Tinha o afetado nome de The Cook's Tour e vendia comidas importadas e acessórios para a cozinha que custavam mais do que deveriam. — Imagina ele ao lado do balcão, onde bate a luz. — E se afastou.

— Gostei do seu novo cabelo, Kat. Ficou bem em você — Stan comentou.

Olhei para Kat. Ele tinha razão. Estava diferente. Ela tinha tingido os fios brancos e cortado um pouco, um dedinho acima dos ombros. Uma mudança sutil, que eu não tinha notado. Subitamente, fiquei deprimida e zangada com a injustiça de tudo. Stan, o insensível, o inanimado, agora notava cortes de cabelo. Durante nosso casamento, eu poderia pintar o cabelo de roxo e fazer um corte punk que ele nem sequer ergueria as sobrancelhas de espanto. Drew contara que, na última visita de seu pai, ele levara álbuns de fotografias e chorara, lembrando o dia em que os gêmeos nasceram. Como tinha sido comovente. O maior momento de sua vida. Isso saído da boca do homem que, quando entrei em trabalho de parto, perguntou se eu conseguiria me segurar por meia hora porque ele tinha uma reunião às quatro.

Pelo bem de nossos filhos, eu tentava manter um relacionamento cordial com meu ex-marido, e naquela tarde havíamos conseguido ter uma conversa diplomática de alguns minutos sobre os rapazes. Eu estava prestes a explodir quando Stan se aproximou de Brad. Ouvi os dois gargalharem, o que, em meu estado paranóico, julguei ter sido por minha causa. Sobre a minha bunda enorme, mais precisamente. Meu lado racional sabia que ela era pequena e dura como um biscoito velho, mas a minha reação não foi intelectual. Minha reação estava a alguns centímetros de distância de meu cérebro, dilacerando meu coração. Depois, os dois andaram juntos, ficando lado a lado, ombro a ombro, as cabeças louras com luzes caramelo quase grudadas, lendo o catálogo como se fosse um missal. Brad enfiou a mão livre no bolso traseiro de Stan. Tive vontade de morrer ou de matar alguém. Tanto fazia.

— Você está bem? — Kat perguntou.

Virei-me para ela.

— Que foi que você fez com o seu cabelo? — Um laivo de agressividade contra a pessoa errada. Seus olhos me encararam, cheios de compreensão, e esse era o motivo pelo qual ela era minha amiga desde a faculdade.

— Achei que Fleur estava certa. Já se passaram dois anos desde o acidente de Ethan. Não posso ir à caça vestida como uma viúva. Pintar o cabelo pareceu ser um bom começo, pelo menos para mim, mesmo que ninguém mais note. Sabe como é: "Olhem para mim, não sou uma velhinha grisalha. Sou uma velhinha com cabelos pretos. E estou de volta à ativa." Você acha que isso passa o recado de que estou disponível?

O assunto era suficientemente interessante para me distrair de Stan e Brad, que agora trocavam abobrinhas com o escultor responsável por esse zoológico culinário — cujo rosto estava na capa do catálogo.

— Você não é velha — respondi, pensativa. — E sim, você passa o recado. Está enviando ondas de disponibilidade. Os homens vão cair aos seus pés. — De repente, uma vertigem tomou conta de mim, do tipo que dá a impressão de que você vai desabar. Era desconcertante ver que, entre todas as minhas amigas, Kat era a que estava prestando atenção à sua aparência, em busca de homens. E Stan tinha saído do armário em grande estilo com Brad. Será que eu era a única que estava presa no lodo da minha vida anterior? — Você está linda. Estou surpresa. Há anos que você não faz nada no cabelo.

— Pintei o cabelo porque estava fazendo um frio de rachar — ela respondeu. A frase fez sentido quando ela contou o resto da história. Tinha saído na noite de sexta-feira, sendo a vela de outros dois casais. Foram ao Ford's Theater em Washington, o ar-condicionado estava ligado no máximo e o suéter fino que ela usava não era suficiente. Uma das mulheres sussurrou como estava frio e o marido tirou o paletó e o colocou nos ombros dela. O outro marido fez o mesmo. — E não tinha ninguém para colocar um paletó nos meus ombros — Kat comentou, melancólica. — Se Ethan estivesse vivo, eu também estaria com um paletó nos meus. Mas só fiquei sentada ali, tremendo, durante os dois atos da peça. E não foi só pelo frio. Foi porque percebi como estou numa puta solidão. E decidi fazer algo a respeito. O cabelo é o primeiro passo. O que achou?

Disse que achava um primeiro passo sensacional. Que estava orgulhosa dela. Que ter restaurado o tom escuro dos cabelos acentuava o violeta dos seus olhos.

— Não são violeta. São lavanda. — Era o escultor, Lee Bagdasarian, atrás de nós. — São olhos expressivos. — Ele era jovem. Bom, mais jovem que nós. Uns quarenta. Interessante / bonito. Um nariz de gladiador romano e um redemoinho de cabelos brilhantes que eu adoraria poder alisar.

— É uma exposição expressiva — Kat disparou de volta. — Gostei muito de seu trabalho. — Ele fez uma meia reverência modesta e sorriu para nós. — Você é Gwyn e você é Kat. — Seus olhos passaram de mim para Kat e nunca mais voltaram. — Stan me disse que você é tecelã — disse para Kat. — E que exibiu seus trabalhos em Clayton. — Conversaram sobre tecelagem durante dez minutos, enquanto eu ficava ali parada como um dois-de-paus, evitando assistir ao show de Stan e Brad. Kat contou a Lee como ficara particularmente encantada com o hipopótamo feito com escorredores de macarrão, peneiras e cortadores de queijo.

— Já viu o ornitorrinco? — ele perguntou. Mas a pergunta foi só para ela. — É uma peça cheia de estilo. Vem comigo, eu te mostro. — Ela ergueu uma sobrancelha para mim. Dei um aceno de aprovação imperceptível com a cabeça, como uma mãe despachando a filha para o baile de formatura. Ele colocou a mão nas costas dela ao caminharem em direção à peça. Muita intimidade para um novo amigo.

E foi assim que Kat conheceu Lee no primeiro dia em que começou a enviar sinais, e eu me arrastei de volta para casa pelas ruas molhadas de Baltimore.

Eu vivia no oitavo andar do Waterview, um condomínio no centro de Baltimore. Tínhamos nos mudado para cá quando os meninos foram para a faculdade. Era perfeito para um casal. Ensolarado e de baixa manutenção, possuía uma janela enorme na sala com uma vista incrível do porto. Eu sempre fechava as cortinas antes de sair de casa só para poder abri-las quando voltava. Os poentes deslumbrantes enchiam meus olhos de lágrimas de emoção. Mesmo naquele domingo chuvoso de agosto, parada no terraço, via as gaivotas voando contra um céu translúcido. Extremamente reconfortante. Como uma pintura japonesa. Fiquei observando a cena por alguns minutos antes de notar a luz vermelha da secretária eletrônica piscando.

A mensagem n.º 1 era de Sylvie, a acompanhante de meu pai. Nenhum "oi" ou "como vai". Ela já saiu disparando:

— Seu pai acha que voltou para a Noruega. Cismou que tem sete anos de idade e que sou Margrit, a irmã dele. Passou o dia inteiro puxando meus cabelos. Precisamos conversar, Dra. Berke.

A mensagem n.º 2 era de Dan Rosetti, o geriatra de meu pai, dizendo que o sintoma mais recente de papai, câimbras nas pernas, poderia ser um efeito colateral do medicamento para o Alzheimer.

— Vamos reduzir a dose de dez para cinco miligramas e observar.

Dan era da minha idade, formado em Yale, informado sobre todos os avanços, mas no fundo era um médico da velha-guarda, atencioso e sempre oferecendo um toque pessoal. Literalmente.

No consultório, ele costumava segurar a mão magrinha e ossuda de meu pai, ou passar um braço ao redor de seus ombros frágeis enquanto conversava com ele com sua suave voz de barítono.

— Se o quadro de agitação continuar mesmo depois da redução da dose para cinco miligramas, então vamos ter que fazer uma alteração — Dan continuou. Suspirei. Meu pai estava puxando os cabelos de Sylvie, o primeiro sinal de agressividade relacionada à demência, e íamos reduzir a dose do medicamento. Não era de admirar que eu estivesse me sentindo numa corda bamba.

— Também gostaria de testar um medicamento novo chamado ArCog. As pesquisas parecem promissoras. Só precisamos ficar de olho em uma possível fraqueza muscular.

Uma corda bamba sem rede.

A mensagem n.º 3 era só o que me faltava, a voz fanhosa de Summer Greenfield Ellicott, a filha casada de Kat, fazendo uma aparição inesperada e nada bem-vinda na minha cozinha.

— Gwyneth, estou procurando minha mãe — Summer falou naquela voz arrastada e lamuriosa que começara a usar aos dois anos de idade e que aperfeiçoara nos últimos vinte e cinco. — Tim está enjoado e preciso que ela passe na farmácia para comprar um remédio para mim. — Suspirou, irritada. — Bem que ela podia comprar um celular. Bom, se você falar com ela, diz para ligar para mim. — E desligou. Imagine se ela iria se dar ao trabalho de dizer "por favor" ou "obrigada".

Coitada da Kat. Eu não a culpava por dizer que tinha medo da tecnologia e se recusar a ter um celular. Ficaria à mercê de Summer e de seu marido Tim, o desaparecido, vinte e quatro horas por dia, sete dias por semana.

A mensagem n.º 4 era de meu filho Drew querendo bater papo.

A mensagem n.º 5 era de minha amiga Fleur pedindo para que eu perguntasse ao cirurgião plástico em minha consulta se lipoaspiração remove queixo duplo.

A mensagem n.º 6 era do meu serviço de recados. O que era incomum, já que uma das médicas associadas, Bethany McGowan, estava de plantão. Retornei a ligação para minha paciente, Freesia Odum, dei alguns conselhos para tranqüilizá-la e encaixei uma consulta de última hora para ela na minha agenda. Desde que a Clínica Gratuita fechara, a sra. Odum tomava dois ônibus para chegar ao meu consultório. Ela não tinha seguro-saúde. Eu a atendia sem cobrar nada, para grande irritação de meus sócios na clínica e a hostilidade declarada do pessoal contratado, os jovens médicos residentes. Principalmente Bethany, que possuía uma língua afiada e nenhum respeito pelos médicos mais velhos. Principalmente por mim.

Eu me perguntava se Neil Potak contara a ela que eu tentara impedir a sua contratação na reunião de avaliação.

Deveria ter sido mais firme.

Mantive a consulta marcada para quinta-feira com Hank Fischman. A última vez que vi Hank, dividíamos o plantão na ala pediátrica do Hopkins. Ele era bonito naquela época, e continuava bonito. Talvez mais bonito ainda, com o bronzeado das férias em Antigua e as costeletas grisalhas. A pele era lisa, o que poderia ser uma boa propaganda das habilidades de um de seus sócios, ou simplesmente prova da vantagem que os homens levam ao envelhecer.

Hank examinou meu rosto sob uma luz ultravioleta. Puxou a pele debaixo de meu queixo. Tirou uma fotografia digital. Depois me acompanhou de volta ao consultório e indicou uma cadeira na frente da sua mesa.

— Então, faz quanto tempo que se divorciou?

Ergui as sobrancelhas mas abaixei-as rapidamente, antes que a surpresa causasse três rugas novas na minha testa.

— Divorciada mesmo? Sete meses. Não sabia que você estava a par disso.

— Não estava. Foi um palpite baseado na experiência. Você também faz isso com suas pacientes, tenho certeza. — Juntou as pontas dos dedos das duas mãos, um gesto típico dos médicos. — Muitas mulheres que se divorciaram ou ficaram viúvas recentemente, e que estão prontas para voltar ao mundo social, me procuram para dar uma levantadinha. É algo mais do que cirúrgico, claro. É emocional. Acham que estão competindo com mulheres de trinta anos e querem ter armas para lutar em pé de igualdade.

— Você pode nos culpar por isso? — Corrigi-me rapidamente: — Pode culpá-las?

— Não, claro que não. Mas o que elas não percebem é que as coisas não funcionam desse modo. Homens que se interessam por mulheres de trinta anos não querem mulheres de cinqüenta com cara de trinta. Eles querem mesmo é as de trinta. Não é uma coisa meramente física. Tudo está relacionado com a mortalidade.

— Você operou Elaine Markowitz. Ela não parece ter trinta.

— Elaine precisava da operação por causa do trabalho. O pessoal da nova geração estava abiscoitando suas vendas. E ela está divorciada há sete anos. Um ano é o meu mínimo absoluto. Primeiro você precisa lidar com a carga emocional para que as suas expectativas sobre a cirurgia sejam realistas. Não estou dizendo que se você realmente quiser fazer uma cirurgia não irá encontrar um cirurgião que pegue seu dinheiro e faça. Mas a sua pele é perfeitamente adequada para a sua idade. Você tem uma pele linda para uma mulher de cinqüenta e cinco anos. Um lifting pode ajudar? Sem dúvida. Vai rejuvenescer sua aparência. Venha me ver em um ou dois anos.

— OK — concordei com um entusiasmo que me surpreendeu. Até aquele momento achava que queria mesmo fazer a cirurgia.

— Você poderia mexer um pouco ao redor dos olhos. O esquerdo está caindo. Pálpebras caídas deixam a pessoa com ar cansado. A blefaroplastia é um procedimento ambulatorial nos dias de hoje. Você vai ficar surpresa de ver como a remoção de uma prega e de uma bolsa de gordura pode melhorar sua aparência. Aqui está um folheto. — Ele empurrou um panfleto com uma mulher linda na capa, que poderia ser uma estudante universitária. O título do panfleto, em letras grandes e largas, dizia "Pareça mais jovem, mais sexy e mais competitiva".

— Vou pensar no assunto — respondi e me ouvi suspirar.

Quando me levantei para ir embora, dei uma de Elaine Markowitz. Na galeria de porta-retratos pessoais atrás dele, uma foto chamou minha atenção: Hank com um lindo bebê no colo.

— Sua neta é uma gracinha — disse. — As crianças são tão lindas nessa idade.

Ele girou na cadeira.

— Ah, meu docinho de coco, Carolyn. Sim, ela é linda, mas muito levada. Na verdade, Carolyn é minha filha. Essa é a mãe dela, Tiffany. — E apontou para o porta-retratos maior. Dentro da moldura dourada, uma morena estonteante dava um sorriso perfeito que dizia "Eu tenho tudo". Os dentes retíssimos ainda não estavam voltando às posições pré-ortodônticas. Ela deveria ter, no máximo dos máximos, trinta e cinco anos.

— Muito bonita — murmurei, pensando se ao franzir a testa criara uma ruga nova. E não me contive, dizendo: — Eu me lembro de Linda. Ou Laura? Ainda no Hopkins.

— Lisa. Ela é dermatologista. Uma excelente médica. Nos divorciamos há alguns anos. — Ele sorriu, sem graça. — Sabe como é, nos afastamos com o tempo. As pessoas mudam.

— Lisa casou novamente?

— Ainda em liberdade.

Claro que sim.

Ele passou por trás de mim enquanto eu me inclinava para pegar a bolsa. Bateu com o prontuário de leve no meu ombro.

— Não vou cobrar a consulta — disse. — Cortesia profissional.

Eu é que deveria cobrar de você, pensei, *pela dor e pelo sofrimento. Por me deixar mais consciente sobre a pálpebra caída, por me apresentar à linda e jovem Tiffany, o pesadelo de todas as mulheres na menopausa.*

— Bom, você pode me procurar quando quiser e eu retribuo a gentileza — respondi. Ele me olhou confuso e, finalmente, a ficha caiu e ele gargalhou.

— Sempre a mesma Gwyn — respondeu. — Ainda uma humorista.

Anos atrás, quando fazíamos o plantão na ala pediátrica, Hank me deu uma tremenda bronca por usar um chapéu em forma de pato para fazer as crianças rirem antes de aplicar uma injeção. Quá, quá, picada. Estávamos na década de setenta, quando esse comportamento era considerado antiprofissional.

— Você é uma médica — ele me repreendeu. — Os pacientes precisam confiar em você. Se riem de você, como vão confiar em você?

— Desde quando risadas e confiança são incompatíveis? — Ou dor e risadas.

— Está certo, Gwyn — ele disse, com a mão na maçaneta. — Ligue se quiser fazer algo com as pálpebras. Caso contrário, a receita é: fique longe do sol, beba litros de água e coma salmão. Existem pesquisas muito interessantes sobre os óleos de peixes e a elasticidade da pele. E não fique muito preocupada. Sua pele está boa. Você é uma linda mulher. Algum homem por aí vai ter a sorte de encontrar você.

— Você não tem o endereço dele, por acaso?

Hank deu uma risada constrangida. Ele nunca soube quando eu estava brincando.

Capítulo 4

No sábado seguinte, quando abri a porta da sala de ginástica no primeiro andar do Waterview, vi Fleur Caldwaller Talbot e todos os seus suculentos cento e vinte e cinco quilos na esteira rolante. Ela não estava sentada na parte de borracha acabando de comer um pote de sorvete de caramelo. Nem pendurando a toalha da hidromassagem nas barras. Nem escarrapachada em cima dela, com um travesseiro debaixo da cabeça, assistindo ao HBO só porque era pão-dura demais para fazer a assinatura da TV a cabo.

A Nossa Senhora do Pranto Perpétuo estava caminhando na esteira, que girava a três quilômetros por hora, enquanto um rock suave dos anos setenta saía dos alto-falantes.

— Bom, agora já vi de tudo na vida. Hoje deve ser o famoso Dia de São Nunca. Louvado seja!

— Ou talvez... o Dia de Santa Paciência... ufa... valei-me!

Tive dificuldade em manter uma expressão séria no rosto. Fleur estava usando calças de agasalho, uma camiseta com a frase "Nascida para ser triatleta", uma faixa mantendo o cabelo castanho longe da testa rosada e suada, uma toalhinha pendurada no pescoço e o olhar ensandecido de um hamster que disparou na sua roda de exercícios.

— Nossa, estou muito impressionada. Mas suar ouvindo os clássicos não é bem o seu estilo, Fleur. Quer me contar o que aconteceu?

Ela esticou a mão em direção à sacola pendurada na esteira, retirou um jornal dobrado de dentro e jogou na minha direção.

— Faz algo de útil. Lê isso aí — ordenou. — E em voz alta para que eu ouça com todas as letras e encerre de uma vez por todas este maldito capítulo da minha vida.

Sentei em um banco e li:

— Bambi e Jack Bloomberg de Baltimore City — ai, meu Deus — anunciam orgulhosos o nascimento de seu filho, Mason Saul, no dia 23 de agosto, no Hospital Sinai, com três quilos e meio e cinqüenta centímetros de comprimento. Ah, Fleurie. — Interrompi a leitura. Era doloroso demais. Quase na mesma época em que iria começar a receber sua aposentadoria, Jack Bloomberg, namorado de Fleur há quatorze anos, a abandonara para ficar com uma garçonete do Hooters, de trinta e quatro. E agora, onze meses depois, ele era pai.

— Continua, porra — Fleur disse e ouvi lágrimas em sua voz. Fleur? Lágrimas? Fato inusitado para uma representante dos Talbot de Baltimore, cujo lema da família é *Nunquam Demonstrate Dolorem*: Nunca mostre sua dor aos outros.

— Mason Saul recebeu esse nome em homenagem à adorada memória de sua avó paterna, Minnie Selma. O avô paterno é o já falecido Louis Irving Bloomberg. Os avós maternos são Lucille e Duane Tuttle da cidade de Lusby, West Virginia. — Pousei o jornal no banco. — Você não sabia que ela estava grávida, sabia? Deve ter ficado furiosa quando leu isso.

— Não. Mas Quincy ficou — Fleur respondeu, limpando o nariz enquanto a esteira parava. — Foi ele quem trouxe o jornal. Ele *queria* que eu lesse a notícia. E disse, textualmente — Fleur imitou o cantarolar efeminado, mas contido, do gerente da sua butique: — "Mulher, você precisa entender que a vida nova de Jack Bloomberg é um fato consumaaaado, juramentaaado e sacramentaaaado, e você precisa se recompor e se virar para arrumar alguém, porque já passou da hora de ser uma dama de honra, com essa bunda enorme enfiada em um vestido roxo, e *nunca* a noiva." — Franziu a testa na ênfase. Sua situação de solteira era dolorosa para ela.

Caí na risada.

— Você imita o Quincy direitinho.

— É, e ele me pediu para te dizer que o comentário sobre dar um jeito na vida também serve para você.

Parei de rir.

Quinze minutos depois, Fleur saiu do chuveiro usando um roupão de banho e enxugando o cabelo com a toalha.

— O negócio é o seguinte — ela resumiu: — Cheguei à conclusão de que Quincy tem razão no que diz respeito à minha atitude perante a vida. Tenho quase tudo o que quero, mas falta uma coisinha. Se tiver sorte, ainda não é tarde demais para encontrá-la. Pelo menos é o que diz a sua pesquisa, que as mulheres da nossa idade estão fazendo sexo e se divertindo. — Ela penteou o cabelo. — Quero a minha parte nessa diversão toda. — Observou meus olhos se arregalarem, surpresos. — Qual o problema? Só quero me casar.

Ela me garantiu que seus motivos não tinham nada a ver com Bambi e Jack. Embora um casamento pudesse ser uma linda vingança. Bem lá no fundo ela queria o que Kat e eu tínhamos tido, mesmo que agora não tivéssemos mais. Alguém que a colocasse em primeiro lugar, que andasse de mãos dadas com ela em direção ao pôr-do-sol.

Fleur comentou que sempre imaginara que se casaria. Tinha um baú com seu enxoval quando era adolescente e um namorado na universidade. Mas ele foi bombardear o Mekong e voltou para casa com uma esposa vietnamita. Fleur estava quase recuperada do choque quando o movimento feminista fez do casamento uma coisa ultrapassada e ela estava ocupada com a universidade e a empresa.

— Quando finalmente levantei os olhos da escrivaninha, minha cintura tinha desaparecido e, mesmo que os melhores homens já não tivessem sido fisgados há muito tempo, o vestido de noiva de minha tia Ellen já não caberia mais em mim. Achei que tive sorte ao encontrar Jack. Você sabe que eu o amava. Tinha certeza de que ele também me amava, pelo menos nos primeiros dez anos. Mas acho que ele amava mais a mãe, e quando Minnie morreu ele ficou livre para fazer o que teria matado a velhota: casar com uma gostosona de trinta e quatro anos que ainda masca chiclete, cuja família de caipiras acredita que os judeus têm chifres na cabeça.

— Jack são águas passadas, querida.

— Só estou dando um exemplo de alguém que conseguiu o que queria na vida. Agora é a minha vez. Mas acho que ninguém vai me dar o que quero de bandeja, certo? Eu tenho que ir à luta. Portanto, inventei *O Plano*.

— Um plano?

— É isso aí, Gwyneth. Para me casar. — Uma expressão de dúvida deve ter surgido em meu rosto, porque ela acrescentou: — E por que não? Tenho um mestrado em administração de empresas por Wharton. Não deve ser tão difícil assim.

Fleur era uma espécie de gênio nos negócios. Sua família pertencia ao círculo da riqueza tradicional de Baltimore e ela poderia ter passado a vida toda em comitês de caridade e no circuito das socialites que almoçam juntas. Mas ela criara a Madame Max e a transformara em uma das mais lucrativas lojas para gordinhas do país. A revista *Charm Magazine* a incluíra na sua lista de "Melhores e Mais Brilhantes".

— E não é um plano — ela me corrigiu —, é *O Plano*. — Subiu na balança, olhou o mostrador, gemeu e desceu. — O que, no meu caso, representa perder trinta quilos só para poder entrar na competição. Começando com a esteira. Quinze minutos por dia, para início de conversa. E desde o meio-dia de terça-feira estou oficialmente de dieta. Ontem almocei um iogurte e tomei uma sopinha na janta. Total: quatrocentas e oitenta calorias e nove gramas de gordura. No café-da-manhã de hoje, comi Kashi, que tenta se passar por cereal mas na verdade é papel picado e deveria ser colocado ao lado do papel higiênico no supermercado. O pior de tudo é ter trocado a Coca-Cola normal por Coca Diet. Argh! Parece algo que foi processado em Chernobyl, e, seja lá o que for que colocam como adoçante naquilo, me dá gases.

— Já conversamos sobre dietas antes. Sou cem por cento a favor de que você perca peso por bons motivos e da maneira adequada, mas essa dieta maluca não funciona e é...

— Por falar em malucas, sabia que você é uma chata de enlouquecer? Deixa eu te dizer uma coisa: é arriscado fazer sermão para uma mulher que abandonou o chocolate. Ela pode ficar tentada a te dar uma mordida para substituir a falta da manteiga de cacau.

— OK. Faça como quiser — respondi —, mas não acho que você precise ser magra para atrair um homem. Tem milhões de mulheres por aí acima do peso que estão casadas...

— Casadas com homens que conheceram aos vinte anos de idade, quando eram magras como a Calista Flockhart.

— ... e existem várias mulheres da nossa idade que são gordinhas e consideradas atraentes pelos homens.

— Não sou uma gordinha atraente. Sou obesa. Também tenho cinqüenta anos de idade, o que por si só já é um problema. Preciso de uma arma para poder lutar. — Ela fez uma careta enquanto vestia uma calça de agasalho limpa.

— Você tem razão. Boa sorte. Qualquer dia desses, você vai encontrar um homem que seja um misto de Wolf Blitzer e Zubin Metha, viver feliz para sempre na cobertura do Waterview e ter uma manicure particular.

— Zubin Metha? Você é mesmo uma bocó. Eu estava pensando em Jack Nicholson misturado com uma versão de Johnny Depp aos sessenta anos, dono de um iate em Cannes, onde eu viveria sendo paparicada por uma tripulação de jovens marinheiros gregos com uma ereção permanente.

— Parece razoável — respondi.

— Você acha que estou brincando, mas estou falando sério. Sobe comigo para o meu apartamento que eu te mostro como o negócio é para valer. E, se você for muito boazinha comigo, monto um plano para você também. E um para Kat. De graça. Não, não balança a cabeça, Gwyneth. Você não está solteira? Ora, meu amor, você é a mais solteira de todas. Stan seguiu em frente. Está com Brad. Você não tem ninguém. Já é hora de se mexer.

— Não, não, não, não...

— Vamos lá. Não vem me dizer que não quer mais. Estou falando de amor — Fleur disse, me empurrando para dentro do elevador e apertando o botão do quarto andar.

— Para dizer a verdade, tenho muito medo de confiar no amor. Olha só o que aconteceu comigo. — Fiz uma careta só de me lembrar dos acontecimentos.

— Fez com que você ficasse casada durante vinte e cinco anos, tivesse dois filhos e uma vida linda.

— Linda na superfície. Basta cavar um pouco para ver que era tudo uma grande mentira. Muito obrigada, mas estou bem assim. Falando sério. Já estou bastante ocupada com meu pai e tentando reabrir a Clínica. Os meninos telefonam duas vezes por semana. E tenho meu trabalho. Adoro meu trabalho. — E era essa a minha vida. Arrumadinha em um lindo pacote. E daí se nas noites solitárias de sábado tudo era um pouco entediante? Era melhor morrer de tédio do que com uma faca enfiada no coração.

Suspirei.

— Admito que seria bom ter alguém para dividir o jornal de domingo. Ir ao cinema. Sem compromissos. Sem perder o controle do coração. Mas juro, estou feliz do jeito que as coisas estão.

— Bom, essa felicidade para mim não basta. — Fleur caminhou em direção ao seu apartamento e girou o chaveiro no dedo antes de colocar a chave na fechadura. — Siga-me e mostrarei a minha chave para o futuro, mostrarei... — ela remexeu as sobrancelhas como Groucho Marx — ... *O Plano.*

Fleur enfiara no escritório já atulhado um novo arquivo com quatro gavetas contendo pastas suspensas com etiquetas que diziam "Internet", "Anúncios pessoais", "Agências de encontros", "Clubes e grupos" e "Contatos", que ela exibiu com os floreios de quem mostra um colar de diamantes.

— Minhas estratégias. Mas estas são a parte dois. Tudo começa aqui. — Ela puxou cinco folhas grampeadas, assinaladas "Plano empresarial". Folheei tudo, passando pelo Estudo de Viabilidade aos Marcos de Implementação, enquanto ela explicava cada componente.

— No momento, estou pesquisando sites de encontros via internet. Por exemplo, o Lovingmatch.com.

Nunca tinha ouvido falar nele. Mas estava disposta a aprender. Somente como teoria, claro. *Pode funcionar para você, Fleur*, pensei. Mas para mim? Nem por cima do meu cadáver de mulher educada em colégio de freiras.

Mas era um absurdo da minha parte. Este era um admirável mundo novo. Precisávamos ser mulheres corajosas e exploradoras.

— Só precisa preencher um perfil e pagar uma taxa de inscrição de quarenta pratinhas. Topa? — Fleur olhou para mim esperançosa, enquanto eu lia o formulário do Lovingmatch.com. Foi mais fácil fazer a inscrição na faculdade de medicina, mas na época só queria fazer a minha especialização em cirurgia do endométrio, não conhecer um homem branco, divorciado, que gostasse de passear na praia ao luar e ir a shows do Barry Manilow.

— Você quer que eu me inscreva no Lovingmatch.com?

— Bom, desculpe se isso está abaixo da dignidade de Sua Senhoria — Fleur respondeu, subitamente altiva, ficando muito parecida com o retrato da tataratataravó dela, pintado por Gilbert Stuart, que estava pendurado acima do sofá.

— Não é isso. Olha só, se alguém aparecer, não vou me esconder. Mas não vou sair atrás de ninguém. Não faz o meu estilo.

Os olhos de Fleur dispararam flechas venenosas na minha direção.

— Você é quem sabe. De todo modo — e pegou uma pasta recheada com folhas —, sei que você é uma mulher extremamente ocupada. — Havia uma acidez na voz dela que poderia ser sarcasmo. — Mas, quando tiver um minuto, sentada no vaso sanitário ou coisa parecida, ficaria muito grata se desse uma olhada n'*O Plano* e visse se eu esqueci alguma coisa. Aceito sugestões.

Eu estava até aqui de trabalho. Análise de dados. Solicitações de verba para a Clínica. Mas concordei.

— E, pelo menos, pode ir comigo no GlamourGal Photo amanhã?

Isso sim, parecia ser uma grande diversão.

— Aquela loja no shopping com fotos de mulheres em poses sexy, fazendo biquinho e cheias de blush, como se fossem coelhinhas da Playboy? Lógico que vou com você. Posso inclusive ligar para Kat e ver se ela quer ir com a gente. — Estava ansiosa para consertar a situação, provar que era uma boa amiga.

Qualquer coisa, menos entrar no Lovingmatch.com.

Uma hora depois, a voz de Ethan Greenfield atendeu o telefone de Kat. Já era hora de ela mudar a mensagem na secretária eletrônica. Kat ficara viúva quando Ethan fora esmagado por dez toneladas de tubos de aço que rolaram de um caminhão bem na frente dele na rodovia. Era muito estranho ouvir sua voz saída do túmulo dizendo que não estavam em casa e prometendo que retornariam a ligação.

— Tenha um dia tranqüilo! — Ethan disse, todo animado. *Você também, Ethan*, pensei, *onde quer que esteja. E pede a Kat para retornar a ligação.*

Quando Kat ligou, convidei-a a ir conosco à sessão de fotos.

— Claro que vou. Mas, se me atrasar, comecem sem mim. — Fez uma breve pausa. — Tenho um encontro com Lee para um brunch às dez e meia. Quatro horas devem ser o suficiente para comer uma omelete.

— Lee? Lee, o escultor? O escultor bonitão de quarenta anos de idade?

— Ele prefere ser chamado de artista de instalações — Kat respondeu — e tem quarenta e três anos.

Ela não ia me enrolar.

— Katrina, você vai ter um encontro sério. Viva! Mas por que um brunch? Por que ele não te convidou para jantar hoje? Ele não é casado, é? Homens casados não saem no sábado à noite.

— Ele não é casado e me convidou para jantar hoje à noite. Eu disse que tinha outros planos. Não tenho nenhum, mas tive medo da formalidade do encontro, sabe como é, sair no sábado à noite. Mas me bateu uma dúvida, agora que estou tão perto do encontro de amanhã. Não sei se estou pronta para começar a sair com outros homens.

— Kat, Ethan morreu há um ano e meio. Se você não começar a sair agora, vai sair quando? Agora, presta atenção: não pede sopa de cebola com queijo derretido. E nada de macarrão. Você não vai querer ficar brigando com um prato de espaguete no primeiro encontro. E me promete que não vai comer sushi. Porque é necessário enfiar tudo na boca de uma vez, e você vai ficar parecendo um baiacu.

— É um brunch, Gwyn. Você aprova se eu pedir uma omelete de champignons?

— Perfeito.

Capítulo 5

Naquela noite fui a uma festa na casa de meu contador, Lenny Shapiro, e sua esposa, Faith. Conheço Lenny há trinta e três anos, desde antes de ele começar a pentear o cabelo por cima da careca e de eu ter celulite. Stan o contratou quando éramos jovens e depois, na mesma época em que começou a recusar o vinho oferecido nos restaurantes, dispensou Lenny para contratar um rapazinho arrogante de uma grande firma de contabilidade metida a besta.

Depois que Stan *me* dispensou, contratei Lenny novamente para cuidar das contas. Nosso relacionamento nunca passou do "assine na linha pontilhada, por favor", embora desde o meu divórcio ele pareça ter acrescentado uma certa dose de galanteria no tratamento à pobre donzela à deriva no mar tempestuoso da solteirice, mas nunca fez nada com conotações sexuais.

Então, durante o jantar, quando Lenny começou a passar a mão nas minhas costas enquanto falava da situação cada vez mais complicada no Oriente Médio, e quando a deixou escorregar para baixo da minha cintura para dar uma apalpadela na minha bunda... Sinceramente, se tudo isso foi para defender um ponto de vista político, não percebi o menor nexo entre uma coisa e a outra.

— Pelo amor de Deus, Lenny. — Girei nos calcanhares para me desvencilhar dele e quase derrubei Faith Shapiro, que apareceu inesperadamente com uma bandeja repleta de miniquiches e pegou o fim da cena. Disparou um olhar fulminante para o marido, agarrou meus ombros com mãos de ferro e me levou para fora da sala.

— Quanto você mede? — Ela parou no meio do caminho e se afastou, me medindo. Sou uma *shiksa*,* afinal de contas, e tive uma mãe alemã com medidas wagnerianas.

— Da última vez que me medi tinha um e setenta e cinco — respondi.

— E eu tinha um e sessenta. Você tem um e setenta. Mas se usar saltos médios vai ficar com um e oitenta, que é a altura perfeita. O homem em quem estou pensando...

— Que homem? — Será que estávamos em uma nova novela? Eu ainda não sabia se iria dispensar os serviços de Lenny na segunda-feira pela manhã ou se iria esperar até o próximo ano fiscal.

— O nome dele é Jeff Feldmacher. Não é judeu — ela sussurrou. — Um jogador aposentado dos Orioles, mas muito inteligente. Não iria arranjar um encontro com um boboca para você.

— Você arranjou um encontro?

— É a idéia básica. — E entendi tudo. Se ela encontrar um marido para mim, não vou mais atrair contadores para realizarmos atos de selvagem abandono sexual.

— Ele é muito rico. Um empresário. Não sei qual o ramo, mas ele está muito bem de vida. *Muuuito* bem. É bonito. Tem cabelos. E é alto.

— Imaginei. Muito alto?

— Um e noventa e cinco, acho. Se você usar salto alto vai bater no ombro dele, o que é bom. Vou dar seu telefone para ele. — *E com este ato de gentileza de minha parte você vai tirar sua bunda do caminho,* era a mensagem extra. Combinado.

---

* Palavra hebraica para designar mulheres não judias.

Meu primeiro encontro arranjado em seis meses, e o cara tinha cabelo. Nada mau. Já era um começo.

— Não vou conseguir levar isso adiante — Fleur murmurou. Era domingo à tarde e ela tinha dado uma derrapada maravilhosa para fora da dieta no Giuseppe's Gelato, um local diabólico, convenientemente localizado no centro do Harbor Mall. Ela me encarou com ar malévolo por trás da taça tripla de sorvete de pistache com nozes e *stracciatella*. — Quero dizer, essa coisa de colocar a foto na internet — vai contra tudo o que aprendi. Damas não competem pela atenção dos homens. Damas não se exibem. Damas não divulgam sua história pessoal para pessoas que não conhecem. Suas necessidades e desejos mais secretos. Damas...

— Damas saíam de casa com acompanhantes e usavam luvas brancas — interrompi-a entre uma colherada e outra do meu diabólico sorvete de passas ao rum. — Você não pode querer seguir as regras de comportamento de sua avó se quer que *O Plano* dê certo. Não estamos falando de combate corpo a corpo pelo último homem na face da Terra. Estamos falando de admitir um grupo selecionado de homens adequados na versão eletrônica da sua sala de estar.

— Devem ter colocado um bocado de rum no seu sorvete. — Fleur raspou o fundo do copinho de papel com a colher de plástico. — Mas, que diabos, vale a pena por uma tarde, não vale?

De repente, Kat apareceu, cintilante como um anjo, com seu vestido diáfano de seda cinza e brilhantes jóias de prata.

— Ora, chegou cedo — cumprimentei-a alegremente. — Como descobriu onde a gente estava?

— Um palpite — ela respondeu, sentando na cadeira de plástico e aço. — Ou estariam aqui ou na Sharper Image, e aqui tem calorias.

— Pega um sorvete e conta tudo sobre o encontro.

— Nada de sorvete, obrigada. Estou entupida. Não sei por que pensei que ele era vegetariano. Quer dizer, até sei. Fui pela lógica. Ele é um artista, portanto, é vegetariano. E ele comeu presunto e bacon com sua omelete de queijo.

— Meu tipo de homem — Fleur disse. — Lee, o Escultor.

— Por favor, pára de chamar o cara de Lee, o Escultor. Parece Ivan, o Terrível, ou Vlad, o Impalador, ou...

— O encontro — interrompi-a, lambendo os beiços em antecipação. Nessa altura estava vivendo os encontros delas como se fossem meus.

— Já disse que não foi um encontro. Apenas duas pessoas que gostam de arte conversando a respeito. Além disso, ele é muito jovem para mim.

— Onze anos de diferença. Quando você tiver noventa e um, ele vai ter oitenta. Nada de mais. — Não ia deixar Kat desanimar por causa de um detalhe cronológico.

— Ah, por favor. — Kat agarrou minha colher e pegou um pouco do sorvete de passas ao rum. — Ele nem tinha nascido quando Frida Kahlo morreu. Várias gerações nos separam.

— Ele deve ser fantástico na cama.

— Deve querer ter filhos. Ele não tem filhos.

— Essa não é uma impossibilidade biológica. Existe a fertilização *in vitro*. Barrigas de aluguel. A ciência está avançando a passos largos. Em breve o plano de saúde para idosos vai incluir serviços obstétricos.

— Não diz bobagem, não vou ter filhos na minha idade. Tive quando devia ter. Não vou nem considerar a possibilidade de um relacionamento com um homem que poderia ser meu filho.

— Só se você tivesse ficado grávida na infância — Fleur disse.

— E provavelmente não vou sair novamente com ele, se for convidada.

Todas ouvimos o *provavelmente*, e duas de nós trocaram um sorrisinho.

— OK — Fleur disse, levantando seu enorme volume da cadeira. Ela era um espetáculo de pé. Parecia o *Titanic* antes de bater no iceberg.

— Chega dos seus problemas, Kat. É a minha vez de fazer papel de idiota. Quem quer ver?

Todas nós.

A recepcionista no GlamourGal Photo deveria ter uns dezessete anos e era o que os meus filhos chamariam de "gostosa". Vestia uma camisetinha regata que só deveria ser usada por quem possuísse seios na flor da idade, tinha um piercing no umbigo que estava visível porque o jeans mal chegava aos seus quadris estreitos e usava sapatos de salto plataforma de dez centímetros, que ficava balançando na ponta dos pés, visivelmente entediada.

Ela e Fleur ficaram estudando uma a outra. Fleur disse:

— Tenho hora marcada às duas e quinze, meu nome é Talbot. Vocês vão me deixar bonita, não vão?

A recepcionista respondeu, séria:

— Gavin é muito bom. Ele vai fazer o melhor que puder.

Vi os ombros de Fleur se curvarem.

Gavin ficou arrumando-a durante mais de uma hora. Enrolou-a como se fosse uma deusa grega em metros e metros de cetim cor de champanhe, revelando um pouco do colo, abaixou um pouco o decote para encompridar o pescoço e trouxe um boá de penas vermelhas que Fleur jogou por sobre os ombros como se fosse Mae West ("Estou soltando a franga"). Fez com que ela posasse de frente para a câmera, depois em semiperfil, "para realçar seus ângulos", e de costas, com ela olhando por sobre o ombro com um olhar de *chega mais*.

Colocou as provas na mesa para escolhermos.

— Você está perfeita. Um pouco aristocrática, um pouco atrevida. Alguém sedutora, mas que não dá a impressão de que vai devorar os parceiros.

Fleur examinou as fotos e debochou:

— Pareço uma búfala com essa papada pendurada debaixo do queixo.

— Querida, esqueça o seu pescoço. Com esse sorriso, você acha mesmo que alguém vai olhar para o seu pescoço?

Acertou na mosca, Gavin. Conseguiu provocar uma versão meio acanhada do sorriso de orelha a orelha que Fleur fizera para a câmera. Fleur escolheu três poses e estendeu o seu Visa à recepcionista, que respondeu mecanicamente:

— Espero que tenha se divertido com a sua sessão fotográfica GlamourGal. Gostaria de se inscrever para obter nosso cartão de desconto GG, que oferece cinco anos de sessões com dez por cento de desconto?

— Não, não gostaria. Pretendo virar freira e entrar para uma ordem que proíbe tirar fotos — Fleur disparou.

— Uma freira — a garota arquejou. — Minha tia-avó é freira. Irado!

Fora da loja, Fleur disse:

— Eu devia estar louca quando achei que seria uma boa idéia. Nem em mil anos vou colocar uma daquelas fotos na internet.

— Mas você tem que colocar — Kat disse. — As pessoas querem ver com quem estão lidando. Ninguém quer comprar gato por lebre.

Lancei um olhar fulminante para ela. Kat era fantástica com imagens visuais, mas não se dava bem com palavras.

— Então não vou fazer nada. Esquece a internet. Esquece *O Plano*. Foda-se *O Plano*.

Eu já vira esse tipo de comportamento antes, em pacientes que estavam sendo levadas para a sala de cirurgia. Mudavam de idéia antes de passarem pela experiência que podia salvar as suas vidas.

— OK, mas, se não der prosseguimento ao projeto, ele vai ser a única coisa que se fodeu. Pensa nisso.

— Pensa você nisso. — Fleur mostrou o elegante e bem-nascido dedo médio para mim.

E foi a palavra final. Por ora.

Capítulo 6

— Oi, doutora — meu pai disse às seis da tarde, quando entrei em sua minúscula casinha geminada em East Baltimore. Acenou na minha direção, arriado na sua poltrona, uma versão monstruosa da "poltrona do papai" em veludo marrom, que parecia engoli-lo.

Inclinei-me para beijar sua testa e ele estendeu uma mão ossuda para acariciar meu cabelo. Moreno e baixo, ele era a antítese do escandinavo típico, apesar de ser um autêntico norueguês. Costumava orgulhar-se de nunca ter pesado mais de setenta quilos em sua vida. Nos últimos anos beirava os sessenta. Não consumia carne vermelha quando era moda, jamais gostara de doces e, por causa disso, pensei, olhando para ele com tristeza, vai viver para sempre, com o coração batendo alegremente, mas o cérebro desintegrando-se lenta e inexoravelmente.

Sylvie era a mais recente de uma sucessão de acompanhantes, senhoras caribenhas com paciência infinita que faziam o trabalho que deveria ser, por obrigação, em outros tempos, meu.

— Ele está muito bem, hoje — ela disse, pondo de lado seu exemplar do *Caribbean Voice*. — Nem um pouco agitado. E comeu todo o almoço. Gosta do frango que faço.

Ela falava sobre ele na sua frente, como se ele não estivesse ali. Eu preferia fingir que ele estava ali e já tínhamos conversado a respeito disso, Sylvie e eu, mas não adiantara nada.

— Não faz diferença, mesmo — Sylvie insistira na ocasião. — Ele não percebe, e se tiver que ir para outra sala conversar a respeito dele, a senhora vai perder o tempo que poderia passar com ele.

— Papai — disse —, sou eu, Gwyn.

— Eu sei quem você é.

— Quem sou eu? — desafiei-o a repetir. Ele ainda se lembrava dos números. Telefones. Extratos bancários. Mas os nomes desapareciam da memória assim que eram pronunciados.

— Você é a doutora — ele respondeu.

— E quem é ela? — Apontei para Sylvie, esperando que o novo remédio que Dan receitara estivesse fazendo efeito, eliminando algumas das teias de aranha.

— Ah, ela é o meu bem.

Todas as mulheres, exceto por mim, eram "meu bem". Todos os homens eram "capitão".

Ele não nos reconhecia, mas gostava de nós. Em certos dias, passava horas diante da parede que minha mãe decorara com fotos de família, um documentário de nossa sobrevivência sob sua ditadura demente. Pelo menos, pregados na parede, estávamos quietos e parados, tudo o que ela queria de nós. Apesar dela, ou por causa de meu pai, ou sabe-se lá por qual cruzamento de forças, meu irmão e eu crescemos capazes de escapar da prisão e sempre pagamos nossos impostos. Rolfe, que até a adolescência parecia estar dormindo em pé, e depois entupido de maconha nas fotos de família, conseguiu tornar-se um engenheiro químico, casar com Nadine e ter três filhos. Mudara-se para a Califórnia há décadas e vinha visitar papai duas vezes por ano. A responsabilidade de cuidar de papai era minha. Era justo. Fora eu quem recebera a maior parte de sua atenção quando éramos crianças.

Enquanto Rolfe permanecia sob o radar de minha mãe, eu era a pedra no sapato dela, a mosca na sua sopa. Era parecida com ela, o que por algum motivo a irritava, e desde os meus quatro anos respondia em polissílabos que ela não entendia. Ela caía em cima de mim sem a menor piedade.

Eu tinha oito anos quando ela foi internada pela primeira vez no Springfield State Hospital. Onze quando ela tentou o suicídio pela primeira vez, com uma overdose de Thorazine. Os psiquiatras diagnosticaram uma desordem esquizofrênica. Houve curtos períodos de hospitalização na época em que ela ouviu vozes e sofreu de delírios. Mas na maior parte do tempo ela era alguém terrivelmente deprimida e incrivelmente irada. Principalmente comigo, que, na sua mente confusa, era alguém sempre pronto para atacá-la. E, por causa disso, merecedora de cada tapa, cada beliscão e, na adolescência, um soco de vez em quando.

Meu pai fez o que pôde para me proteger, e, quando surgiu uma oportunidade de eu escapar, fez o possível e o impossível para que isso acontecesse. Rolfe foi para a University of Maryland por causa da mensalidade baixa. Para pagar meu curso em Barnard, meu pai dirigiu um táxi à noite, além de trabalhar de dia na fornalha na Siderúrgica Bethlehem. Três horas depois de ter ligado para casa dizendo que eu tinha sido aceita na faculdade de medicina, minha mãe pegou um ônibus para o centro e saltou do alto da torre Bromo-Seltzer.

Levantando-se da poltrona, com uma agilidade surpreendente para um homem de oitenta e dois anos com Alzheimer, meu pai arrastou os pés até o meu lado. Pegou minha mão. Olhamos juntos para as fotos que ocupavam tanto espaço na sala minúscula, e percebi que eram tão sem sentido para mim quanto para ele.

— Quem é? — apontei para minha mãe. Dan disse que deveria continuar forçando a memória dele. Cada célula recuperada é uma pequena vitória.

— Isso — meu pai respondeu confiante — é o USS *Arizona*. Um grande navio de guerra que bombardearam em Pearl Harbour. Uma tragédia terrível.

De fato. Que lugar fabuloso o cerebelo humano.

— Sabe de uma coisa? — Afaguei o cabelo dele. — Estou com vontade de comer um Big Mac, e você? Que tal um gostoso MacFish? — Fazíamos isso quase todos os domingos, um prazer para ele. — Vamos ao McDonald's, o que acha?

— Ah, legal, boa idéia. — Ele riu. — McDonald's. — Desse nome ele se lembrava.

No jantar ele partiu pedacinhos do hambúrguer de peixe e queijo e alimentou-se sozinho, sempre de olho na sobremesa, uma torta de maçã. Depois do suicídio de minha mãe, passara a gostar de doces.

— Come as suas batatas fritas — ele ordenou, lúcido por alguns momentos. — Aproveita a vida, é mais tarde do que você imagina.

Nem tão maluco assim.

Quando o deixei em casa, lembrei a Sylvie que escondesse o telefone para que ele não telefonasse às cinco da manhã.

Mas depois, sentindo-me culpada por ele pedir tão pouco de mim, mudei de idéia.

— Deixa ele telefonar — disse a ela. — Sempre posso voltar a dormir. Não é um problema.

Ela encolheu os ombros como se eu fosse outra americana branca e neurótica, o que sou, e levou meu pai para sua poltrona. Ele deu dois passos, livrou-se dela e se virou na minha direção.

— OK, doutora — disse e levantou um chapéu imaginário. — Dê lembranças minhas à Broadway. — Era um verso de uma canção que ele costumava cantar para mim, quando eu tinha nove ou dez anos, e não conseguia dormir por causa do ataque de nervos que minha mãe tivera horas antes. — E dê lembranças minhas à Praça Herald.

Já tinha lhe dado um beijo de boa-noite quando o deixei em casa, e já estava na porta, pronta para acenar adeus, mas ao ouvir isso corri em sua direção e beijei seu rosto de pele fina, seca como papel. Para minha recompensa, ele retribuiu o beijo, o primeiro em muito tempo. Depois, deu uma palmadinha no meu rosto, afastou-se um passo e me olhou, com seus olhos quase incolores cintilando com certa emoção. Como se estivesse me vendo, de verdade.

Dois anos atrás, a Associação Americana de Oncologistas Ginecologistas havia me concedido o Prêmio Thurnbull por meu trabalho na Clínica Gratuita para Mulheres. Uma grande honra.

Este foi um acontecimento melhor do que aquele.

Quando cheguei em casa havia uma mensagem na secretária eletrônica. Finalmente Harry Galligan resolvera cumprir a promessa feita. Estava em uma conferência em Topeka, mas não queria que eu pensasse que ele se esquecera de mim. E dizia esperar que eu estivesse bem depois da sessão de compartilhamento na reunião do FRESH.

Nem uma palavra sobre me encontrar ou telefonar quando voltasse da conferência. Lá se foram as minhas fantasias de ser envolvida por ele em um afetuoso abraço com cheiro de tabaco de cachimbo.

Na manhã seguinte estava prontinha da silva e absolutamente concentrada, enquanto remexia nos órgãos reprodutores de Freesia Odum, minha paciente sem seguro-saúde. Tinha quarenta e seis anos e um enorme fibroma na parede uterina. Este, e outros três tumores de bom tamanho, eram os causadores do sangramento excessivo de que ela era vítima. Eu tentara tudo, menos cirurgia, para encolher essas quatro bolotas gorduchas. Mas tinha esgotado todas as possibilidades. Freesia Odum precisava criar LaTanya, a neta de seis meses de idade, e decididamente não queria mais filhos. De modo que resolvi remover seu útero sem a relutância de costume, deixando seus ovários saudáveis intactos.

Não gosto de fazer cirurgias desnecessárias, mas, quando a situação exige, adoro enfiar a faca. Durante as semanas horríveis que se passaram depois que Stan fizera sua confissão e virara meu mundo de pernas para o ar, o único lugar onde eu conseguia encontrar um pouco de paz era a sala de cirurgia. Existe uma sensação de poder e, acho, de autocura, para o cirurgião e para o paciente, em seccionar com habilidade o tecido vivo, "cortar e costurar", como diz Neil Potak, depois de arrumar tudo lá dentro. O engraçado é que sempre fui uma péssima dona-de-casa, mas sou uma cirurgiã habilidosa.

É claro que há momentos em que tudo o que se faz dá errado, e nesses dias você pensa que deveria ter se formado em marketing. Mas a cavidade pélvica de Freesia Odum não apresentou surpresas, e quando ela acordou da anestesia pude dizer com honestidade:

— Vai ficar tudo bem. Você vai viver até os cem anos e ver os bisnetos de LaTanya.

Ela estava muito tonta para poder falar, mas deslizou a mão até a minha e a levou aos lábios. Pensei em meu pai e na sua jornada dupla de trabalho para pagar a faculdade, e abençoei sua alma atualmente desorientada.

Caso encerrado, pensei. Mas, na verdade, não. A equipe de Potak, Burke e Bernstein se reunia semanalmente para uma revisão dos casos médicos. Abordávamos todos os casos que apresentavam desafios, compartilhávamos experiências e trocávamos idéias.

No meio da descrição do procedimento cirúrgico de Freesia Odum — "Seis milímetros de células escamosas. Altamente impactadas. Três milímetros..." —, fui interrompida. Interromper um colega no meio de uma descrição é considerado falta de educação e não fiquei surpresa ao ver que essa quebra no protocolo profissional fora feita pela voz sumamente irritante da Dra. Bethany McGowan.

— Essa tal de Freesia Odum é a paciente sem seguro-saúde? — ela perguntou. Como se não vigiasse permanentemente minha lista de pacientes.

— Freesia Odum não tem seguro-saúde, correto. — Até então inclinada sobre o prontuário na mesa de conferências, endireitei o corpo e perguntei, com excessiva educação: — Posso continuar?

— Achei que tínhamos concordado que não iríamos mais bancar casos sem seguro. — Percebi que alguém tinha lhe dado permissão para tocar no assunto, ou não teria se atrevido a tanto. Ela deu uma rápida olhadela na direção de Seymour Bernstein (o provável culpado), que continuou olhando para a mesa, e depois para Neil Potak (que eu também não descartaria), que clicava furiosamente o botão de sua caneta esferográfica.

— Desculpe — disse eu, com a voz cheia de sarcasmo —, mas não acho que você se qualifique para ser minha monitora. Você está conosco há o quê, pouco mais de um ano? Estou aqui desde a fundação. No seu lugar não teria a presunção de dar uma bronca em uma sócia sênior, questionando suas escolhas profissionais. — Ela merecia ouvir isso.

A cara de fuinha dela ficou vermelha como um pimentão, mas não abaixou os olhos. Continuei batendo.

— Não sei se ensinam ética médica em Harvard... — Sou uma mulher que saiu da classe operária de Baltimore, treinada na Universidade Johns Hopkins, e a elite de Harvard sempre me enfurecera — ... mas temos uma obrigação aqui de tratar os pacientes. É certo que não podemos tratar todos os pacientes sem nos preocuparmos se eles podem pagar, mas hoje em dia parece que somos cada vez menos orientados pelo Juramento de Hipócrates do que pela folha da contabilidade. No entanto, quando vemos uma paciente em graves dificuldades, é nossa responsabilidade, social e moral, pelo menos considerar se podemos bancar as despesas dessa paciente.

— Nós não somos uma clínica sem fins lucrativos, Gwyn — ela teve a audácia de retrucar.

— Pelo amor de Deus — respondi.

— Além disso, a área onde ela mora usa o Hospital Covenant como apoio. — Ela disse "área onde ela mora" como se estivesse falando do centro de Bagdá. — O Covenant é quem cuida desses casos. Não sei por que temos de ser nós quem...

— O Covenant só realiza cirurgias de emergência em pessoas sem seguro-saúde, como você bem sabe. — Eu estava furiosa. — Eles não fazem cirurgias de rotina ou não-emergenciais.

— Mas — ela deu um sorrisinho como se fosse desferir a patada final — o Covenant acaba de ser comprado pela UltaMed, uma grande corporação. Quem sabe eles não aumentam a carga de serviços prestados à comunidade? Essa não é a nossa missão, convém lembrar.

Insensível. Gélida. Tive vontade de dar um tapa na cara dela. Neil olhou de soslaio para o meu rosto e se apressou a dizer:

— Vamos em frente, por favor. Este assunto está nos desviando da pauta da reunião.

— Por que não realiza um estudo sobre isso, Bethany? — Seymour acrescentou. Eu achava que ele deveria ser o líder dos conspiradores. Divorciado e sempre atrás de um rabo-de-saia, foi com tudo para cima de Bethany quando ela entrou para a clínica, mas pensei que ela o tinha rejeitado. Agora já não tinha certeza. Estariam armando uma cilada para mim? — Veja quantos atendimentos gratuitos todos nós fizemos, o custo que isso representou para a clínica. Depois podemos fazer uma avaliação da boa imagem na comunidade, relações públicas, esse tipo de coisas.

— Ótimo — disse Neil. — Faça as contas, Bethany, depois nós examinamos o assunto.

Eu estava fumegando.

Quando estávamos quase terminando, Neil disse:

— Eu deveria ir a Londres para o encontro do IAGSO, mas Cheryl vai ser operada da coluna. Algum de vocês quer ir no meu lugar?

Bethany levantou imediatamente a mão. Ela deveria ter sido aquela garota CDF que todo mundo odiava na escola, por ser sempre a primeira a responder. Pergunte para mim, pergunte para mim. Ugh.

Cortei-lhe logo as asinhas.

— Na verdade, vou estar lá, Neil. Vai haver uma sessão sobre terapia complementar para o estágio 1B1 ovariano que me pediram para presidir. — Mentira, mentira, mentira. Só bastava ele ler o programa. — Agendada na última hora.

— Bom, então está decidido — disse Neil.

A nossa política era a de não termos mais de um médico fora da clínica por vez, se pudéssemos evitar. Bethany não parecia estar nada feliz. *Quem brinca com fogo sai chamuscado.*

Depois da reunião, Neil fez sinal para mim com o dedo e segui-o até a sua sala.

— Você está bem?

— É claro. Por que pergunta? — respondi, mas sabendo a razão.

— Bom, você pareceu meio descontrolada com a Bethany. Não acha que foi um pouco dura demais com ela?

— Ah, pelo amor de Deus. Ela é uma chata de galochas, cheia de pose. E estava passando dos limites. Quem é ela para me dizer a quem eu devo tratar? Não estou propriamente no meio da rua distribuindo cupons para histerectomias gratuitas.

— Neste ano você já fez cinco procedimentos sem cobrar, Gwyn. Escute, sei que a sua clínica era um projeto pelo qual você tinha muito carinho, e que acha que, agora que fechou, devemos atender sua clientela. Mas nós não somos uma clínica gratuita, e temos que tomar cuidado com as contas.

— Este é um negócio muito lucrativo. Não faria mal nenhum dar um pouco de volta à comunidade.

— Os tempos estão mudando — disse Neil. — Não podemos ser uns mãos-abertas liberais. Não somos a previdência social. — Já tinha ouvido isso muitas vezes. Na política, Neil era ultradireitista. — Qual é a sua idade? Cinqüenta e quatro anos? Você vai se aposentar em uma década.

— Não necessariamente — disse, chocada. Essa era a primeira vez que um dos sócios levantava a questão da idade.

— Mais ano, menos ano. E Bethany está com trinta. Tem mais trinta e cinco anos de trabalho pela frente. Veja só as credenciais dela: Harvard e Hopkins. Não queremos perdê-la. E, se me permite o lembrete, é do seu maior interesse que esta clínica ganhe dinheiro, já que é ela que vai sustentar sua aposentadoria. Pense nisso.

E caia fora, era a entrelinha. *Caia fora, velhota. Você já é quase carta fora do baralho.*

Depois que saí da sala, com o coração disparado mas a cabeça erguida, liguei para meu agente de viagens e marquei um vôo para Londres.

Capítulo 7

A terça-feira não começou bem.

Enquanto ainda mastigava minha barra de cereal como café-da-manhã, minha secretária transferiu uma ligação. Era a diretora do centro da terceira idade onde meu pai passava as terças-feiras, pedindo mil desculpas por me incomodar no consultório, mas precisava avisar que ele estava prestes a ser afastado do centro.

— Estamos muito preocupados porque o Sr. Swanson se recusa a interagir com a Equipe A. — Era a expressão metida a bonitinha que ela usava para se referir ao grupo com Alzheimer. — Não participa da sessão de musicoterapia ou da de auto-expressão, nem das atividades cognitivas planejadas para estimular a memória. — Aparentemente, tudo o que meu pai queria fazer era sentar ao lado de três senhoras completamente cognitivas e tirar uma soneca ao som das agulhas de tricô.

Bom, a escolha dele parecia muito boa para mim, como se meu pai estivesse usando o que tinha sobrado dos seus miolos. Mas, se fosse expulso do centro, eu teria que me virar para arranjar uma cobertura para as terças-feiras, um dos dois dias de folga de Sylvie, de modo que disse que entendia perfeitamente os benefícios das atividades sociais e de estímulo das sinapses, que iria conversar com o médico dele e voltaria a falar com ela.

Três pacientes depois, a recepcionista me pegou para ver a correspondência da manhã. No topo da pilha estava uma resposta aos meus pedidos de subsídios para a Clínica. *Lamentamos informar que...* era como a carta começava, como se estivesse informando um falecimento. Estava chegando ao fim da minha lista de possibilidades de patrocínio, mas me recusei a abandonar as esperanças de reabrir a Clínica. Iria pensar em algo. *Tinha* que pensar em algo.

Pelo menos a minha palestra à tarde, para um grupo de estudantes de medicina do primeiro ano, foi boa. Mas a juventude deles, sua inteligência, sua ansiedade em assumir o controle do mundo e provar da variedade de opções, me deixaram levemente deprimida. E atrasada. Isso era um problema, porque eu ia jantar com Fleur e ela considerava atrasos como uma ofensa pessoal.

Por isso estava distraída e afobada quando entrei correndo pela porta da sua loja e dei um encontrão no antigo namorado dela, Jack Bloomberg, que saía apressado. Deveria tê-lo reconhecido imediatamente pelo cheiro de sua colônia. Mas já fazia um bom tempo que não era envolvida pela Água de Pinho Sol que Jack usava, e nem olhei para o homem quando trombamos um com o outro, de modo que só ouvi o "desculpe" que ele disse por sobre o ombro, com sua voz inconfundível de gargarejo, antes que somasse dois e dois e pensasse: *Ó meu Deus, será que era ele?* Girei nos calcanhares e vi quando ele seguiu apressado pela Rua Pratt em direção ao sol poente, com a maior velocidade que seus sapatos permitiam. Mesmo vendo-o pelas costas, ele parecia mais magro. E, ó meu Deus, estava usando uma peruca. Mas não havia como me enganar ao ver aquele andar de pé chato, as mangas da camisa arregaçadas e as laterais do colete esvoaçando como asas. Meu coração parou de bater. O ex de Fleur tinha voltado. E — acredite em mim — isso não era boa notícia.

Não havia sinal de Fleur na loja, mas vi o gerente, Quincy Dickerson, saindo da sala dela e torcendo as mãos. Quando me viu, abriu um dos seus maravilhosos sorrisos radiantes e caminhou em minha direção com os braços escancarados para me abraçar.

— Beijinho, beijinho — disse e agiu, um beijinho de um lado e um do outro à moda européia. E se afastou para me observar. — Você é um colírio para os meus lindos olhos castanhos. Adorei o cabelo. O louro está mais louro, não está?

— Umas luzes ao redor do rosto. Para dar um brilho jovem.

— Você poderia se passar por uma mulher de trinta e cinco.

— Mentiroso.

— Sou, sim, mas você não se sentiu bem por um segundinho?

Quincy gargalhou, contente com a própria piada. Era um homem grande e uma mulher maior ainda, mas como homem ou como mulher estava sempre deslumbrante. Durante o dia usava cópias de ternos Armani, feitas por um alfaiate em Cherry Hill. Três noites por semana e nos finais de semana ele era Queenella LaBella no Rhinoceros Lounge, um clube noturno gay na Rua Charles Sul, desfilando em vestidos de gala cintilantes que ele encomendava com desconto através da Madame Max.

— Quincy, eu estou louca ou acabei de esbarrar em Jack Bloomberg quando entrei aqui?

Seu rosto desabou.

— Não, você não está louca. Era o marido da Bambi e pai do bambino, em carne e osso, embora deva admitir que há menos carne nele do que antes. — Apertou os lábios. — E você gostou do gambá morto na cabeça dele? Só sei dizer que houve um grande tumulto atrás da porta fechada da sala dela, e pela cara de madame acho que não trocaram beijos e abraços. Sem falar que acabei de tentar dar um conselho para ela e recebi uma tremenda patada como resposta. Ai, ai, ai — ele disse quando nós dois giramos para ver Fleur saindo da sua sala. —

Olha só para a cara dela. Não está nada feliz. Dá um jeito de ela beber pelo menos dois martínis no jantar.

— Saquê — respondi. — Vamos ao Kyoto Inn.

— Ó meu Deus, peixe cru. Comida de foca. O que é que há com vocês? — À medida que Fleur se aproximava, seu sorriso falso para as clientes desaparecia. Quincy levantou o corpanzil da banqueta. — Boa sorte, benzinho. Cuide-se e tenha cuidado. E não espere outros cem anos para aparecer aqui com seu rostinho lindo. — Após um beijinho rápido em meu rosto, afastou-se.

— Já era hora de ele arrastar aquela bunda grande para a loja — Fleur rosnou quando ele saiu de perto. — Já gastei a minha cota de bundas grandes por hoje, sentadas, de pé ou tentando se enfiar em calças pesca-siri três tamanhos menores do que deveriam experimentar. Vamos sair daqui.

No Kyoto Inn ela descontou o mau humor na dieta, pedindo trinta dólares de sushi e uma montanha de tempura. Quando a minúscula garçonete japonesa fez sua reverência, deixando seis pratos na mesa, Fleur disse:

— Não me olha assim. Estou fazendo a dieta do Dr. Atkins. Ou a de South Beach. Nunca lembro, mas frituras são permitidas. OK, o arroz não entra na lista mas eu mereço, foi um dia duro.

— Imagino que sim, trombei com Jack quando saía da loja. Ou ele trombou comigo. Não se preocupe, ele não parou para conversar. Acho que nem notou quem eu era. — Fleur enfiou seu sushi furiosamente no molho de soja. — Ah, coitadinha. Quer falar a respeito?

— Não, não quero. Nem com você, nem com Quincy Dickerson, que deveria parar de meter o nariz onde não é chamado, se não quiser ser despedido, ou despedida. E não sou uma coitadinha, Gwyneth, embora saiba que você só quer o melhor para mim. Sou uma mulherona em todos os sentidos do termo e não preciso que ninguém, nem um travesti, nem você, dê uma de conselheiro sentimental para cima de mim e me diga o que fazer com a minha vida.

Magoada, revirei o guardanapo.

— Não queremos que nada de ruim aconteça com você, só isso.

— Nada de ruim aconteceu. Nada de ruim vai acontecer. Olha, Jack apareceu para devolver umas coisas minhas. Nada de mais. Caso encerrado. Vamos comer.

Era uma ordem e peguei um camarão empanado. Ela atacou um sushi, recheado com tempura de camarão e coberto por fatias de lagosta.

— Hummm, por que *trayf* tem um gosto tão bom?

— *Trayf?* — Nunca ouvira a palavra antes.

— Significa comida não-*kosher* em iídiche. Carne de animais que grunhem e chafurdam na lama, e criaturas que comem restos no fundo do mar. Os mais baixos dos mais baixos. — Ela enfiou outro pedaço de colesterol puro na boca e mastigou, feliz da vida.

Fleur, cuja família bancara um dos vitrais da Catedral Episcopal da Trindade, em Roland Park, se considerava uma expert em assuntos judaicos. Ela aprendera tudo sobre o Torá e o Talmude, comida *kosher* e não-*kosher*, quando se convertera, há cinco anos, achando que isso levaria Jack a se casar. A mãe dele ainda estava viva quando o romance entre os dois ficou sério, e ameaçou ter um ataque cardíaco fatal se ele se casasse com uma não-judia. Portanto, Fleur passou a ter aulas com um rabino, achando que se conseguisse a aprovação da sogra em potencial, Jack a pediria em casamento. Ela chegou a se submeter ao *mikvah*, o banho ritual, e tornou-se oficialmente não-católica. Mas Jack nunca ligou a mínima para a religião. Só freqüentava a sinagoga para agradar à mãe. Quando esta morreu, foi tudo por água abaixo.

— Você ainda vai à sinagoga?

— Só nas grandes datas. E ainda preparo uma excelente panqueca de batata no *Hanukkah*. Mas você lembra como Jack adorava o Natal? Ainda posso vê-lo em cima da escada, pendurando os enfeites na árvore. Ele morria de tesão por ela. Se sentia como Jimmy Stewart no filme *A Felicidade Não Se Compra*. — Jack de novo. E foi *ela* quem trouxe o assunto à baila. — Está bem — ela continuou —, se quer mesmo saber, ele apareceu para devolver uma pulseira que perdi. Quando mudaram de casa meses atrás, Bambi a encontrou debaixo da cama. — Ela arregaçou a manga, abriu a pulseira de ouro no seu pulso largo e me deu. — Debaixo da cama, não é genial? Ah, queria estar lá quando ela leu a gravação.

— "Jack e Fleur para todo o sempre" — li em voz alta.

— Pois é, ele nunca teve boa noção de tempo.

Devolvi a pulseira.

— E ele precisava entregar pessoalmente? Por quê? Queria mostrar a peruca? Temos correio neste país. O que há de errado com o Sedex? Ele poderia ter deixado na portaria do prédio. E se Bambi encontrou a pulseira há meses, por que só devolveu agora?

— São perguntas maravilhosas. E a resposta valendo um milhão é: não sei. Não perguntei. Não ligo. Peguei a pulseira de volta, agradeci e disse adeus.

— OK, mas o mandou pentear macacos?

— Ah, pelo amor de Deus. Eu sabia que não deveria discutir isso com você. Vamos mudar de assunto, por favor. Falar de coisas mais leves. Conta aí uns casos de câncer.

Na hora da sobremesa já tínhamos bebido saquê suficiente para estarmos mais calminhas.

— Então, como anda *O Plano*? — perguntei, querendo ter certeza de que depois da visita de Jack o projeto ainda estava de pé.

— Vai indo — ela respondeu. — Estive pensando que talvez devesse me registrar no site Jewlove.com.

— Jewlove.com? Está brincando? — Gargalhei, e o chá quase saiu pelo meu nariz.

— Está vendo o que está perdendo? Existe um site de encontros para todo mundo e para todo tipo de gente. Negros, judeus, judeus negros. Pessoas com interesses específicos. Práticas sexuais pervertidas. Tipos sangüíneos. Estou registrada no Fabulousfatties.com e no Lusciousandlovely.com. Você deveria se registrar no Ivydate.com, que só serve para quem freqüentou universidades de elite. Connie deCrespi encontrou um lindo advogado formado em Princeton nesse site.

Constanza deCrespi, que supostamente descendia de aristocratras italianos, era a advogada de Fleur, e a mulher que ela considerava o supra-sumo da sofisticação. Conheci Connie e ela tinha tudo o que Fleur dizia dela: charme, cérebro, uma elegância casual. Só cinqüenta anos. Divorciada com um acordo de separação de bens fantástico. Procurando pelo marido número dois. E online.

— Ela o abandonou quando descobriu que ele tinha um fetiche por sapatos. Mas funcionou.

— Estou pensando no assunto — menti. — Você já acabou de preencher o perfil do Lovingmatch?

— Quase. — Ela tirou o formulário da bolsa, abriu o porta-óculos e colocou os óculos de vista cansada no nariz. Eles davam uma seriedade comovente ao seu rosto redondo e macio.

— O meu apelido na internet é olhosbrilhantes. Sou alegre e não dou muita despesa. É isso que os homens querem, certo? Não serem chateados? Quero dizer, eles são o sexo que inventou o controle remoto da TV. OK. Politicamente sou liberal, e só preciso decidir o meu tipo de corpo. Posso escolher entre pequena, atlética, esguia, em forma, anoréxica/bulímica e, caído no fundo da página, como grandes rochas gordas num oceano de magricelas, três categorias para as tamanho jumbo: roliça, voluptuosa e rubenesca. Qual delas você acha que faz lembrar menos uma leitoa?

— Gosto de rubenesca — acabei dizendo. — Dá uma idéia de peitos transbordando de um corpete de lingerie.

— Então vai ser rubenesca. — Ela escreveu com um floreio. — E aí estou eu, em cem palavras ou menos. Vou enviar hoje à noite.

— Parabéns. Fico feliz por você, garota. Começou este projeto e vai em frente com ele. — Tentei transformar a pergunta em uma afirmação. — Admiro mesmo a sua perseverança.

— É, bom, acho que a perseverança é sexy. Tipo "ela é boa de perseverança".

Impertinente e inteligente, Fleur lembrava um bombom: por baixo da superfície durona e fanfarrona, era doce e maleável. Quando Jack a abandonou pela garçonete, ela quase morreu, e agora ele estava de volta, enfiando a sua careca onde não era chamado. Droga, eu não queria vê-la magoada de novo.

— Não se afaste do seu objetivo, Fleur. Por nada, nem ninguém, está certo? Lembre-se do seu plano de ação. O seu objetivo é o casamento. Você quer se casar.

— Quero, quero. — Ela levantou sua colher cheia de sorvete de chá-verde, em um brinde. — Bom, vamos brindar a eu conseguir o que quero e a você conseguir o que quer, que é... afinal, o que você *quer*?

Senti o vinho de arroz trazendo o meu sentimentalismo à tona. Dei mais um golinho, pensando.

— Acho que o que quero é que o tempo volte atrás, até quando estava tudo bem com o mundo. Só que isso nunca aconteceu, não é? Então, não vai funcionar. — Fiquei surpresa ao sentir as lágrimas nos meus olhos. — Mas sabe o que seria bom? Poder voltar a confiar em alguém. Aliás, já seria bom pelo menos poder voltar a confiar em mim mesma. Stan matou isso em mim, e acho que é o que quero, mais do que outra cabeça no travesseiro do lado. — De onde saíra tudo isto? Sequei os olhos com o guardanapo.

Fleur estendeu a mão e deu uma palmadinha no meu braço. Depois, do seu modo característico, acabou com o momento emocional.

— E eu que pensava que tudo o que você queria era uma assinatura da *Xoxota: A Revista Médica Ginecológica.* Chega de saquê para você. — Afastou a garrafa de saquê, serviu o resto na sua taça e ergueu-a. — Como eu ia dizendo, vamos brindar a nós conseguirmos o que queremos.

— E Kat, não se esqueça de Kat — acrescentei.

— Ah, querida, provavelmente neste momento ela está tendo o que quer. Seja como for, *banzai* para todas.

* * *

O rolinho de siri não deve ter caído bem, porque eu estava quase pegando o sal de frutas quando o meu pai telefonou, às quatro e dezessete da madrugada.

— Só queria dizer que o capitão roubou o meu aparelho de barbear.

Ele falava em um código que eu começava a entender, apesar de nem sempre ser consistente. Dessa vez tive a certeza de que ele estava tentando dizer que Stan tinha estado lá. Meu ex-marido visitava o meu pai uma ou duas vezes por semana. Ocasionalmente raspava bem a sua barba com um aparelho de barbear, ao contrário da passada rápida com o barbeador elétrico que Sylvie dava. Justiça fosse feita, Stan podia ter me dado o fora, mas não abandonara o meu pai.

Antes que ele falasse mais, Sylvie pegou o telefone.

— O Sr. Harald veio até o meu quarto, enfiou a mão debaixo do meu travesseiro e roubou o telefone de onde eu o tinha escondido. Não dá para esconder nada dele. E na outra noite se enfiou na cama comigo. Não me fez nada, mas foi um tremendo susto acordar com ele deitado ao meu lado.

— Você precisa trancar o seu quarto de noite.

— Ontem ele fez xixi no fícus.

— Você o jogou no lixo, espero.

— Não cresci na favela. É claro que joguei a porcaria no lixo. Mas amanhã ele vai inventar alguma outra coisa. Estou avisando a senhora com antecedência: não sei por quanto tempo mais vou agüentar isto.

— Vai se demitir, Sylvie? — Ouvi o desespero na minha voz.

— Ainda não, enquanto não encontrar outro trabalho. Preciso demais do dinheiro. — Pelo menos, ela era honesta. — Mas a coisa está fora de controle. Não me leve a mal, mas a senhora deveria começar a pensar em um lar de idosos.

Senti um bolo na garganta. Talvez fosse o siri. Mas acho que era outra coisa ainda menos digerível.

— Ele está por perto?

— Bem aqui do meu lado. Se me virar depressa, derrubo ele no chão.

— Então não fale mais de lares de idosos. Não na frente dele.

— Bom, a senhora vai ter que fazer alguma coisa logo. Não adianta enterrar a cabeça na areia. Ele está piorando depressa.

— Bom, por favor, me dê umas duas semanas, pelo menos. Pode me prometer isso?

— Ele está me puxando.

— Passe o telefone para ele, por favor. — Quando ouvi a sua respiração ruidosa, de quem fumou no passado dois maços de cigarros por dia, disse: — Papai, volta para a cama. Ainda é de noite.

— Está bem — ele respondeu.

— Amo você, papai.

— Você é quem manda, querida.

Não disse "doutora", disse "querida". Menos um degrau na escada para o abismo.

Capítulo 8

Na sexta-feira, ao anoitecer, abri a porta para o bendito fruto que Faith Shapiro colhera direto do paraíso para mim. Jeff Feldmacher, ganhador do Prêmio Cy Young, famoso por seus passes na Copa do Mundo há trinta anos, era alto, com um sorriso cheio de dentes, o cabelo armado de um âncora de telejornal e uma atraente rede de rugas de sorriso ao redor dos olhos. Quando Faith Shapiro dissera "esportista aposentado", eu pensara num atleta ignorante, mas no telefonema que recebi antes do nosso encontro ele pareceu ser um cavalheiro encantador e sofisticado, nascido no sul do país. Em carne e osso. E a carne era para lá de atraente.

Movendo-se com a graça natural de um atleta, ele parou na frente do espelho para arrumar o cabelo e checar se não havia pedaços de comida nos dentes, e depois andou tranqüilamente pela minha sala, com seus olhos azul-turquesa prestando atenção em tudo.

— Você gosta de arte — comentou, olhando o melhor que Stan e eu tínhamos reunido ao longo dos anos. — Coleciono as obras de Neiman. Conhece? Esportes são um tema freqüente dele.

Descemos no elevador ao lado de Lou Goodkind, do apartamento 14A. Lou deu uma olhada em Jeff, medindo-o de cima a baixo por algum tempo, e depois disse:

— Você não é...?

— Sou — Jeff respondeu.

— Puxa! Nossa! — Lou estendeu a mão e disse: — Obrigado pelas várias horas de prazer — como se Jeff fosse a sua prostituta favorita. E acenou para mim com a cabeça quando Jeff passou o braço ao redor do meu ombro. Percebi que tinha marcado alguns megapontos no placar mental dele.

A Mercedes prateada de Jeff Feldmacher tinha uma placa personalizada, BOLAS 14, o seu número na equipe dos Orioles, e seis CDs de música country no CD-player.

— Você entende alguma coisa de beisebol? — ele perguntou quando nos aproximamos de Camden Yards.

Costumava entender. Meu pai, um torcedor fanático dos Orioles, começou a me levar aos jogos aos seis anos, e parou quando perdi o interesse, aos quatorze. Sentávamos na parte mais alta da arquibancada do velho Estádio Memorial, acima das nuvens, sob um calor infernal, onde sempre surgiam as brigas. Ele anotava os pontos no programa e eu me empanturrava de cachorros-quentes. Durante o verão assistíamos aos jogos noturnos, quando era possível ver o ar espesso, cheio de mosquitos perto das luzes. Lá embaixo, o campo cintilava, reluzente, recortado pelas sombras dos jogadores se movendo, mais parecido com uma esmeralda que com um diamante, um oceano verde que tinha o poder de me levar para longe de quem gritava comigo o tempo todo, a mão cortando o ar em gestos de violência contra meu corpo encolhido. Minha mãe desprezava todos os esportes que não arrancassem sangue dos participantes. Assistia às lutas de boxe na TV, gritando para os lutadores matarem, e adorava hóquei — não o jogo, as brigas. Para irritá-la, e porque era apaixonada por Brooks Robinson, memorizei os nomes da equipe do Oriole e preguei uma flâmula laranja e preta com o nome “Birds” acima da cabeceira de minha cama. Mas já se haviam passado mais de quarenta anos e eu não a guardara.

Disse a Jeff que tinha ido a inúmeros jogos com meu pai quando era criança.

— Você acaba de ganhar um oito no meu boletim — ele respondeu, me dando um olhar de avaliação. — Pelo menos você sabe como se joga. E não tenho que explicar tudo. Quase sempre preciso explicar tudinho. É uma chatice.

Olhei para ele, tentando descobrir o que tinha acontecido com o homem charmoso ao telefone. Quem matou Rhett Butler?

Em Camden Yards, sentamos em um camarote logo acima da terceira base, reservado para os clientes de Jeff. Ele me informou que possuía meia torre de escritórios no centro de Baltimore e era sócio em dois restaurantes. Não falou muito mais depois disso. Concentrou-se no campo, resmungando e comemorando nas horas certas, mascando chiclete com tanta força que seus maxilares se moviam como placas tectônicas durante um ajuste da Era Mesozóica.

Fãs apareceram para pedir autógrafos. A maioria das pessoas que se lembravam de Jeff Feldmacher tinha mais de quarenta anos, mas perto do fim do jogo fomos cercados por três mulheres, na casa dos vinte, usando shortinhos, bustiês e penteados armados — luzes feitas em casa com água oxigenada, em cabelos com restos de permanente.

Será que meus seios já foram assim altos? Tenho certeza de que nunca saí de casa com os mamilos parecendo botões de elevador, visíveis contra as roupas coladas ao corpo. E, como se não fosse suficiente, tinham passado pó dourado no decote.

— Meu Deus, meninas, vocês são um colírio para os meus olhos — Jeff disse, como se eu não estivesse ao lado dele mordiscando um sanduíche de carne. E abaixou os olhos apenas o tempo suficiente para autografar um quadril exposto, uma área firme e macia abaixo do piercing de umbigo e o triângulo frontal de uma tanga de cetim. Para esse autógrafo, Terri abaixou a cintura dos jeans, executando um movimento circular. A voz de Jeff estava molhada com tanta baba presa. — Nada é mais belo do que uma bela mulher. E tenho três delas aqui. Para Chris, para Denise, para Terri com i. Com amor, Jeff Feldmacher. — E colocou a língua para fora dos lábios franzidos enquanto escrevia. Desenhou um pequeno taco de beisebol ao lado do nome dele.

No caminho de volta, Jeff disse:

— Faith Shapiro me disse que você é divorciada. Fui casado vinte anos. Minha ex tem mais ou menos a sua idade. Mas está cheia de rugas. Mora na Flórida. Adora o sol e fuma. Você está com boa aparência para... qual a sua idade? Faith disse que deveria ser quarenta e poucos, talvez cinqüenta.

Faith Shapiro sabia muito bem a minha idade. O marido dela era meu contador.

— Tenho cinqüenta e quatro.

— Mentira. Não teria adivinhado. Você é um mulherão. Superbem conservada. Dinheiro ajuda, não é?

Já na frente da porta de casa, comentou:

— Eu disse a Faith que não costumo sair com mulheres de mais de quarenta anos ou menos de um metro e sessenta, mas ela disse que eu deveria ampliar os meus horizontes, que você era uma mulher especial. E tinha razão. Você tem muita classe, e classe é uma coisa que compensa quase tudo. O que você acha? Vamos sair novamente outro dia?

— Claro — respondi. E odiei a mim mesma. Já instruí milhares de cirurgiões ginecológicos sobre como realizar uma linfadenectomia pélvica e paraórtica em pacientes com câncer ovariano, mas era incapaz de dizer "Olhe, não combinamos em nada. Espero que você passe outros maravilhosos doze anos correndo atrás de amazonas de vinte e cinco anos com silicone suficiente nas mamas para fazer um navio flutuar. Mas esqueça que eu existo".

— Seria bom — foi o que resmunguei, querendo morder minha língua para que a ponta caísse bem em cima dos caríssimos mocassins Bruno Magli que ele usava.

— Ótimo. Vai pensando aonde quer ir na semana que vem. — E me deu um abraço desajeitado.

Cinco minutos depois, estava lendo meus e-mails só de calcinha e sutiã quando a campainha tocou.

— É Jeff — disse a voz por trás da porta. — Posso usar o seu banheiro?

— Já estou de camisola — respondi. — Há um toalete no primeiro andar, ao lado da academia de ginástica.

— Não vou encontrar nunca. Vamos lá, é urgente — ele suplicou.

Bom, ele pode ter a síndrome do intestino irritável, pensei. *Ou rim em ferradura. Ou, o que é mais provável nessa idade, prostatite.* Como poderia recusar um banheiro a um homem doente? Fizera o Juramento de Hipócrates.

Vesti um roupão, abri a porta e o vi sair em disparada para o banheiro, mas não tão em disparada assim, pois notou o meu roupão.

Parada no hall de entrada ouvi a descarga, as torneiras, e logo depois Jeff estava na minha frente, com o seu metro e oitenta, nu da cintura para cima, com a camisa pendurada no ombro.

— O que pensa que está fazendo? — Estava para lá de chocada. — Veste essa camisa.

— Tem certeza? — Abriu os braços em cruz e ficou parecido com um Jesus Cristo de peito peludo e musculoso. *Vinde a mim.* — Tomei um Viagra na volta para cá. Só vai levar meia hora e podemos aproveitar bem esse tempo. Seria uma pena desperdiçar tudo isso.

— Veste essa porcaria de camisa. E sai daqui. Agora.

— Você vai perder um sexo maravilhoso. Aposto que não anda fazendo muito disso, ultimamente.

— Fora! — gritei alto bastante para acordar os moradores do 8B.

— OK, OK, azar o seu, benzinho.

Dei um empurrão nele quando saía.

— Ligo para você — gritou por cima do ombro peludo.

Quando meu pai ligou às nove da manhã seguinte — Sylvie escondera o telefone no forno durante a noite —, comentei, como agradecimento pelos abençoados jogos a que fomos assistir juntos no Estádio Memorial:

— Alguém mandou lembranças para você, papai. Alguém chamado Jeff Feldmacher. Você sabe quem é?

E meu pai, que não sabe seu próprio nome, respondeu:

— Vamos lá, Birds!

Na tarde seguinte, sentei ao lado de Fleur no Istanbul Style and Day Spa enquanto as unhas dela, pintadas com esmalte Vermelho Puta, secavam, e Tracy, a manicure, lixava as minhas.

— ... e tive que literalmente empurrar o infeliz pela porta afora — finalizei a minha história sobre Jeff Feldmacher. — Agora provavelmente vai me processar por agressão física.

— Ele mereceu. Agiu como um tremendo cafajeste — Tracy disse. Vinte e três anos, curso universitário, não levava desaforo para casa. Tinha o que orgulhosamente descrevia como sendo "uma boca suja". Todas as funcionárias do Istanbul eram jovens e americanas. E pontuavam as conversas com palavrões. Os homens eram todos muçulmanos e olhavam para o outro lado.

— O que mais me incomodou foi a presunção dele em achar que eu ficaria tão agradecida por receber um pouco de atenção na minha idade que iria me ajoelhar aos seus pés com os braços abertos.

— E as pernas abertas também — Tracy disse. Ela desempenhava o papel de terapeuta das clientes. E era melhor que um psiquiatra formado. A maioria dos psiquiatras que conheço são pessoas bastante perturbadas. Sem falar que conversam entre si, o que faz com que os problemas dos pacientes acabem sendo de domínio público. Tracy mantinha a boca fechada.

— Uma foda piedosa — ela disse, colocando minha mão de molho na tigelinha com sabão. — Nunca ouviu falar de foda piedosa? É quando os homens têm pena de você, e fazem sexo como um favor. Como quando uma mulher tem acne, dentes tortos ou algo assim. Homens são capazes de foder com uma garrafa de leite e não se importam com nada.

— Pelo amor de Deus — Fleur agitou as unhas molhadas —, essa mulher não é uma foda piedosa. Olha só para ela. É linda, elegante. Uma verdadeira Grace Kelly.

— Que morreu há mais de vinte anos — respondi.

— Quem é Grace Kelly? — Tracy perguntou.

Fleur e eu balançamos as cabeças simultaneamente e fizemos uma careta de dor pela pergunta.

Tracy disse:

— Vocês sabem que a Sra. Greenfield está no andar de cima fazendo depilação, não sabem? A nossa Sra. Greenfield? Kat? Que durante a universidade deixou os pêlos das axilas crescerem o suficiente para serem trançados? Que se recusou a depilar as pernas como forma de protesto contra a guerra do Vietnã e como prova de solidariedade contra os povos oprimidos do mundo inteiro? Essa Kat?

— Na sala quatro — Tracy informou. — Depilação de virilha com a Grushinka.

Já fiz algumas depilações de virilha na vida. Arrancam os pêlos pubianos ao redor do púbis e no alto das virilhas, onde o maiô encontra a celulite. É um procedimento que deixaria Torquemada orgulhoso, e pessoalmente prefiro fazer um tratamento de canal sem anestesia do que me submeter a essa tortura medieval. Mas saber que Kat estava se colocando voluntariamente no altar da pele lisa, fazendo o sacrifício de uma depilação de virilhas, era um acontecimento que exigia nossa atenção.

Saímos correndo da mesinha de Tracy como duas adolescentes — minhas unhas da mão direita ainda sem terem sido lixadas, as de Fleur molhadas —, subimos correndo as escadas e invadimos a sala de massagem.

Demos um tremendo susto em Grushinka, que preparava as tiras de cera. Kat, deitada na mesa de massagem, olhou para nós e suspirou.

— Estava esperando vocês.

— Escutem aqui — ela disse, depois de termos tirado um sarro com a cara dela por causa da depilação —, estou tentando ser aberta a experiências novas. E não vai ser nenhum desmatamento radical. Há anos que minhas pernas já não são cabeludas. Comecei a raspar as pernas quando Nixon renunciou no escândalo de Watergate, lembram? Para comemorar a libertação da América daquele filho-da-puta mentiroso.

Ainda a Kat de outrora, para quem cada renovação cosmética era uma declaração política.

— Além disso, vamos à praia amanhã e não quero assustar os peixes. E Lee comentou algo sobre fazer uma peça chamada "Katrina contra a Maré".

— Bom, ele não esculpe em mármore — Fleur comentou. — Quero dizer, se ele vai fazer você com garfos, qual o problema de estar um pouco espetadiça?

— Você gosta mesmo dele — disse eu. — Indo viajar com ele depois de apenas algumas semanas.

— Vamos ficar na casa da irmã dele. Em quartos separados.

— Você pode usar a casa em Rehoboth — ofereci. — Drew vai usá-la no outro fim de semana, mas está livre neste. E é bastante grande para que vocês possam ficar em alas separadas.

— Obrigada, mas quero a irmã dele por perto. Garantia de celibato. Nada de sacanagem. Não vou me envolver demais porque, quando ele desaparecer, não vou sofrer com isso.

— Desaparecer. Isso é ridículo — observei.

— São onze anos de diferença entre nós. E a última namorada dele tinha vinte e nove.

— Uma diferença de quatorze anos. O que, obviamente, não incomodou nem um pouco as partes envolvidas.

— Não é lógico, eu sei. Não é justo. Um peso e duas medidas. Sexista. Homens velhos jogam. Mulheres velhas perdem. Mas é assim que as coisas são. De modo que estou determinada a ter um caso, mas sem outras expectativas além da de aproveitar enquanto ele durar. — E Kat virou o rosto para a parede.

— Kat, pelo amor de Deus, você não está em um asilo de idosos. — Parei para engolir o nó na minha garganta. Toda essa conversa sobre idade estava me dando nojo. Até há bem pouco tempo não tinha problemas em atrair a atenção dos homens. Mesmo depois do rompimento com Stan, tive uns cinco ou seis encontros e ninguém mencionou minha idade. Mas, na noite anterior, Jeff Feldmacher estava seguro de que se daria bem comigo, acreditando que eu ficaria grata a ele por sua caridade carnal, e hoje eu via Kat, que sempre demonstrava um desdém radical pela superficialidade da aparência física, disposta a arrancar os pêlos das virilhas por amor. Talvez todas estivéssemos mais enrascadas do que eu pensava.

A russa inclinou-se na direção de Fleur.

— Você ter bigodinho. Eu poder acabar com ele em cinco minutos — disse. — Não ser culpa sua. Não ser macaca. Só um buço. Poucos hormônios quando jovem. Arrancar ele em quatro minutos.

Fleur deu-lhe uma encarada e se inclinou para sussurrar:

— Como se diz "vai se foder" em russo?

— Kat — disse, tocando o rosto de minha amiga para que ela me olhasse —, se você está preocupada em trair Ethan, entenda, algum dia vai ter que aceitar que ele morreu.

— Talvez Lee e eu só sejamos amigos. Almas gêmeas. Temos interesses em comum.

— O que aconteceu com o caso? Há um minuto vocês estavam tendo um caso, agora só as suas almas se juntam? — Fleur estava com a mão na maçaneta da porta, olhando a russa com ar cabreiro.

— Por que todo mundo está me empurrando para fazer sexo com esse homem? Se quiser fazer sexo, vou fazer, mas quando estiver pronta, e não estou pronta. Seja como for, primeiro tenho que perder cinco quilos. Minha barriga está horrivelmente flácida. E tenho que descobrir como pedir que ele faça um teste de HIV. Nos dias de hoje é necessário planejar as coisas.

Ela tinha razão, mas parecia tão careta que pensei que estava tendo uma alucinação. Onde estava a linda mulher que não usava sutiã e que escrevia poesias sobre a maravilha do abandono ao sexo, praticando-o em meio a uma perfumada névoa de maconha, entre lençóis de batique? O que acontecera com a extasiada hippie de outrora? Pelo visto, o tempo a tornara convencional.

Isso me entristeceu, mais do que a parte da barriga flácida.

Capítulo 9

Na noite de sábado, sem nada melhor para fazer, entrei na internet para checar o desempenho de Fleur, que atende pelo apelido de olhosbrilhantes no Lovingmatch.com, docinho no Largeandluscious, e Xshiksa no Jewlove. Gavin, do GlamourGal, tinha acabado seu trabalho de mago digital na foto dela, e o resultado era uma Fleur maravilhosa, com maçãs do rosto angulosas e o queixo de uma menina de vinte anos. Fui checar a concorrência e naveguei pelos anúncios das mulheres na casa dos cinqüenta e sessenta anos. Todas enérgicas, alegres, elegantes, em forma, fortalecidas emocionalmente pelas adversidades da vida e ansiosas para recomeçar. A coragem dessas mulheres me estimulou. A quantidade delas me deprimiu.

Enquanto passeava no meio dos corações solitários, parei em um anúncio que oferecia dois meses grátis no site Ivydate.com. Meu diploma de Barnard me qualificava. Só precisava preencher um perfil. Eu, não.

Mulher procura homem. Entre cinqüenta anos e a morte. Preenchi as minhas preferências. Só por diversão, porque a alternativa seria assistir ao programa do Larry King que passava na TV ligada.

QI-rida. Foi o que escolhi para ser o meu *nom d'internet*. Depois redigi um perfil em cinco minutos. Adora Bach e Telemann, arte italiana, comida tailandesa. Procura homem honesto, de confiança e sofisticado, que ame a vida e seu trabalho. Um sotaque — francês, italiano, inglês, sulista — é desejável. Ter senso de humor/inteligência é fundamental.

Depois de fazer o perfil, fui revirar as caixas de fotografias que há dez anos prometia arrumar e encontrei uma para o meu perfil. Tinha sido tirada pela minha vizinha, Jean Coogan, semanas antes de A Traição. Os meninos estavam fora, em atividades que durariam todo o mês de julho — Drew em Cape Cod, trabalhando como conselheiro em um acampamento voltado para atividades artísticas, e Whit percorrendo a Bulgária a pé com um grupo de universitários mimados como ele. Eu achava que a vida estava resolvida. Tudo estava estendido à minha frente, até o infinito. A praia, o oceano, o dia, a vida que tanto apreciava. Estava bem no delicioso centro dela, uma pérola acumulando lindas camadas com o tempo. Em breve Jean iria voltar para o seu livro e eu ficaria no isolamento temporário que adorava, encarando a amplidão que era essa tarde, arrematada com a perspectiva de assistir ao pôr-do-sol com Stan, tomando uma taça de pinot grigio, olhando o mar e ouvindo suas histórias sobre o dia passado na companhia de Brad, o decorador, em busca de móveis antigos de vime. Ele só se esqueceu de mencionar que estava transando na nova cama rústica italiana do século XVIII enquanto eu olhava as ondas. Esse detalhe só surgiria durante os interrogatórios do divórcio.

A mulher na foto parecia feliz em sua santa ignorância. Na praia, usando um chapéu de palha, grandes óculos de sol iguais aos de Jackie Kennedy, o nariz avermelhado pelo sol, sorrindo com prazer verdadeiro ao ver a extensão à sua frente. Estava no auge da menopausa, com um corpo cinco quilos mais gordo do que antes ou depois da foto. E, como ocorria com todas as minhas pacientes no mesmo estado, a insuportável expansão da minha cintura me deixara furiosa. O maiô, marinho com listras verticais brancas, era uma tentativa de enganar a visão oferecida ao mundo. Perdi aqueles desafiadores cinco quilos com a habilidade com que sempre perco peso durante crises.

Agora sorria para a foto, admirando a distância as curvas femininas que na época me irritaram. Ninguém, com exceção de meus amigos mais íntimos e familiares, iria me reconhecer naquela foto. Perfeita para um disfarce. Digitalizei a foto. Apertei o botão para enviar, tranqüilizei a mim mesma dizendo que nada iria resultar daquela bobagem e imediatamente — do mesmo modo como não prestei atenção aos nomes dos novos apresentadores sem graça do *Saturday Night Live*, que agora faziam uma barulheira ao fundo — me esqueci daquilo.

Meu pai gostava de sentar em um banco no Parque Patterson e observar... o quê? Imaginava se o que ele via era somente um amontoado de fragmentos, centelhas de imagens em movimento, sem significado, mas com alguma beleza. Deveria haver um significado que tocava em algum nervo, porque ele suspirava freqüente e profundamente durante esses passeios, e eu esperava que fossem suspiros de prazer. Nesse domingo o sol estava quente, a grama cheirava a cebolinha, as crianças levantavam poeira com as rodas das bicicletas e gritavam nas lombadas da trilha. Talvez alguma coisa tivesse sido registrada.

Ele comeu o sorvete de casquinha como uma criança abaixo do nível da consciência, com a língua aberta e achatada como eu nunca tinha visto antes, nos dias em que estava bem. Talvez os pequenos músculos estivessem começando a afrouxar. Um leve tremor na mão esquerda enfiou seu polegar no cone, fazendo o sorvete de chocolate e menta escorrer pelo buraco e pingar na camisa. Limpei seu rosto com um guardanapo, removendo o creme verde do rosto. Ele agarrou minha mão para interromper a limpeza, virou-a para cima e deu um inesperado beijo grudento na palma.

— Preciso de dinheiro — ele disse quando o devolvi aos cuidados de Sylvie.

Era o que dizia quase todas as semanas. Meu pai estava obcecado por dinheiro, traço típico dos pacientes com Alzheimer. A literatura médica não registra nada a esse respeito, mas há todo um acervo de histórias que se contam.

Sylvie já tinha me dado uma bronca antes.

— A senhora vive dando dinheiro para ele, ele esconde, não se sabe onde, e depois fica perdido para sempre. Dá dinheiro de mentirinha para ele.

Sendo assim, fui até uma loja de brinquedos, comprei uma caixa de dinheiro de mentirinha e, quando o pedido de praxe foi feito, puxei uma nota de cinqüenta, três de dez e duas de cinco do dinheiro falso, enquanto Sylvie aprovava com a cabeça.

Ele olhou para mim e franziu o cenho.

— O que está tentando fazer? Isto aqui é dinheiro falso. É uma piada, certo? — Muito coerente. Um laivo de lucidez. E depois a derrapagem. — Sei o que está tentando fazer, Helen. Está trocando meu dinheiro. Escondeu meu dinheiro de verdade em algum lugar, não é? Está guardando dinheiro para poder fugir de mim. — A saliva se acumulava nos cantos da boca. Trinta anos atrasado, ele estava mandando minha mãe às favas. E gritou no meu rosto: — Você nasceu uma puta, e vai morrer uma puta. Que a sua alma seja condenada à danação eterna no inferno. — E sem aviso me deu um empurrão tão forte que caí de lado, batendo na quina afiada do guarda-louças, fazendo um corte pequeno, mas profundo, acima da sobrancelha. O sangue jorrou para todos os lados. Peguei a toalhinha de crochê no encosto da poltrona e apertei forte, mas meu pai viu e reconheceu o vermelho. Seu rosto desabou. Começou a chorar como um bebê, engolindo ar para alimentar os soluços.

— Está tudo bem papai, está tudo bem — repetia continuamente, tentando parar o sangue com uma mão e pegar nele com a outra. — Calma, papai, estou bem. Vê? — Peguei seu queixo e inclinei seu rosto para que ele visse meu sorriso forçado. — Foi um acidente. Sei que você me ama e que nunca me machucaria de propósito. — Mas a única coisa que o acalmou foi o pirulito recheado com mel que Sylvie enfiou em sua boca.

Quando ele parou de chorar, ela o acomodou na velha poltrona e ligou a televisão. Ela falou na frente dele, mas ele não parecia ouvi-la. Toda a sua atenção estava voltada para o concurso na TV.

— Isso é novidade — ela disse. — É uma fase nova. Essa coisa de empurrar e bater. Ele nunca fez nada assim antes. Ah, não estou gostando nada disso. Estamos em uma nova fase. Já vou avisando que não vou lidar com agressões físicas. Não deixei um marido fazer isso e não vou deixar um velho fazer isso. Não estou gostando desta fase. Não mesmo, não estou gostando nadinha.

Eu estava prestes a ir para Londres participar da conferência que tinha tirado das mãos de Bethany McGowan. Não podia deixar meu pai desamparado, e não havia tempo para encontrar uma substituta.

— Tenho certeza de que você pode cuidar dele, Sylvie. Tenho certeza de que foi um episódio isolado. Me deixe mostrar o quanto aprecio a maneira como cuida dele. Só um segundo... — Revirei a confusão em minha bolsa, achei a carteira e coloquei uma nota de cinqüenta na mão de Sylvie, uma propina descarada. Estava comprando tempo. Sylvie olhou a nota desconfiada e levantou-a contra a luz. Presumi que era para confirmar que não se tratava do dinheiro falso.

Ao sair, verifiquei meu olho no espelho. Ia precisar de uma sutura para minimizar a cicatriz, mas, comparado com as marcas que minha mãe causara, era um nada. Quando cicatrizasse, quase não iria se ver.

Devo ter soado bastante desesperada quando liguei para marcar uma consulta, porque na segunda-feira estava sentada na frente da mesa de Dan Rosetti, no departamento de geriatria do Hospital Covenant, enquanto meu pai tentava recitar o alfabeto para o psicólogo na sala ao lado.

— O empurrão não é incomum — Dan disse. — Alguns dos meus pacientes mais mansos se destemperam de vez em quando. Não sabemos exatamente o motivo. Mas pode ser que isso marque um avanço no processo de declínio. O que é uma grande pena. Harald é um encanto de pessoa.

Dan Rosetti também era um encanto de pessoa. Suas sobrancelhas se juntavam em empatia quando me dava notícias que não eram novas e, quando falava com meu pai, era de homem para homem, não de médico para paciente, ou pior ainda, de médico para doença. Meu pai o adorava e sempre lutava para sair da doença quando conversavam. Podia falhar nos testes cognitivos, mas sempre conseguia manter uma espécie de conversa com Dan. A conversa sobre amenidades é a última coisa a desaparecer. Dan sempre parecia ficar comovido com o esforço de meu pai e, enquanto ouvia, alisava o que sobrara dos cabelos dele ou passava a mão em círculos nas suas costas. Os geriatras sabem que a maioria dos pacientes não recebe muito contato físico, mas Dan fazia mais do que o recomendado aos médicos, na nossa atual sociedade litigiosa. Fleur dizia que era o caloroso lado mediterrâneo dele.

Foi Fleur quem recomendou que fôssemos ver Dan quando meu pai começou a demonstrar sinais de desorientação. Ela gostara de como ele tratara a osteoporose da mãe dela. Por um golpe do destino, Fleur herdara a ossatura larga e o acolchoado extra da avó Broussard. Sua mãe, da parte dos Talbot, era uma figurinha franzina, que nunca tinha pesado mais de cinqüenta quilos e que agora, encurvada, não passava de um metro e meio de altura. Mas, se os ossos estavam porosos, o cérebro estava denso com células absolutamente funcionais.

— Daniel Rosetti pode ter origem italiana — ela dissera a Fleur recentemente —, mas não é como aqueles gângsteres cafajestes na TV a cabo, dizendo palavrões o tempo todo.

— A velhota acha que ele é Deus e que vai mantê-la viva para sempre — Fleur comentou.

Dan escreveu o nome de um novo medicamento e deslizou a receita por sobre a mesa para mim.

— Isso pode acalmá-lo, mas não posso prometer que não vai ficar letárgico.

— Não, vamos deixar como está. Da próxima vez, vou me lembrar de me esquivar.

— Você está bem, Gwyn? — ele perguntou. — Sei que não é fácil. Existem grupos de apoio que podem ajudar. Se estiver interessada, posso lhe dar alguns telefones.

Não, não, outro FRESH não, pensei. Mas só disse:

— Acho que por enquanto estamos bem.

— Se isso serve de consolo, as pesquisas estão nos levando a algumas descobertas interessantes. Qualquer dia desses vamos fazer um avanço espetacular. Talvez seja tarde demais para Harald, mas... — Ele encolheu os ombros e preenchi o espaço em branco com *talvez a tempo para você. Caso contrário, você também vai acabar fazendo montinhos de purê de batata com as mãos e achando que Eisenhower é o presidente.*

Alzheimer. Pior do que qualquer palavrão.

Capítulo 10

Alguns dias depois, numa tarde de outono ironicamente vibrante, disse adeus a uma de minhas pacientes. Vinte e nove anos, mãe de um bebê, adorável, talentosa, surgiu no consultório com um câncer ovariano de terceiro grau e suplicou para que lhe desse mais tempo de vida.

Lutamos juntas contra o bicho durante vinte meses, um cabo-de-guerra que acreditei ser capaz de vencer, com quimioterapia, radioterapia e testes experimentais. Errara mais uma vez.

Apesar de tudo o que sabemos, apesar de toda a nossa ciência e tecnologia, de nossos dados e habilidades, a medicina clínica ainda pode ser um jogo de apostas. A escola de pensamento que não encara a medicina como uma ciência exata ensina que você não deve aceitar o crédito quando salva um paciente, nem se considerar inteiramente responsável quando perde um deles. O que não ajuda em nada quando isso acontece.

Sentei-me ao lado de sua cama e deixei que minha paciente agonizante me consolasse.

— A senhora fez o possível, Dra. Berke. Eu não poderia ter encontrado uma médica melhor.

Sussurrou essa bênção final mesmo quando minha impotência só me permitia aumentar a dose dos analgésicos, envolver suas mãos geladas nas minhas quentes e não virar a cabeça quando meus olhos se enchiam de lágrimas.

E foi por isso que decidi tomar um martíni durante a semana.

Cheguei mais cedo em casa, coloquei um agasalho de ginástica, liguei a TV no noticiário e fui direto para a vodca. Fui até o bar despejar uma dose dupla de Smirnoff em um copo. E, quando estava de costas, Bethany McGowan enfiou uma faca bem no meio das minhas omoplatas.

A primeira coisa que ouvi foi sua voz fanhosa. Girei nos calcanhares, entornando meu martíni na blusa. Ah, era ela, não tinha nem talvez. Ao vivo e em cores, a cara de fuinha ampliada pela TV. Devo admitir que alguém fizera um bom trabalho com a maquiagem dela. E o cabelo escuro brilhante, que ela sempre mantinha achatado contra o crânio, tinha sido solto e penteado segundo a última moda. Por baixo do jaleco branco, uma camisa de seda azul-clara com a gola aberta para fora. Com ar de coisa cara. Se eu fosse uma mulher preocupada com displasia uterina pré-cancerígena, iria considerar Bethany uma fonte confiável. Salvo pelo fato de que, nos últimos dez anos, em cada mês de setembro, era *eu* quem aparecia na frente das câmeras durante a Semana Nacional do Papanicolau. *Era minha* a cabeça que falava sobre ginecologia no canal WJZ-TV pedindo que as mulheres de Baltimore fizessem os exames cervicais.

Mas neste ano esqueci a semana especial e a jornalista que cobria o setor de saúde não me ligou. Ligou para quem? Sem dúvida não foi para Bethany. Potak? Bernstein? Um dos sócios seniores transferiu a ligação para Bethany? Que filhos-da-puta. Estava fumegando de indignação enquanto Bethany explicava a diferença entre um papanicolau e um *thinPrep* e descrevia as alterações celulares do câncer cervical. Qualquer um que a visse juraria que a oncologia era a sua especialidade, quando noventa por cento dos seus casos eram obstétricos. Ela sabia cuidar dos vômitos do primeiro trimestre e das hemorróidas do último. Pelo amor de Deus, a mulher era uma babá de mães e uma puxadora de bebês.

Quando a ladainha de Bethany foi substituída pela cobertura de um acidente envolvendo cinco automóveis na rodovia 1-70, eu já estava apertando números furiosamente no meu telefone. Alertados pelo identificador de chamadas, nem Potak nem Bernstein atenderam à ligação. Tudo bem. Cuidaria deles no dia seguinte, antes de tomar minha dose de cafeína. Para garantir que ainda estaria enlouquecida.

Às oito horas da manhã seguinte, inclinado em sua cadeira de couro, Seymour Bernstein parecia desesperado para encontrar um botão que o projetasse para longe da minha fúria.

— A verdade é que eles pediram Bethany. Bom, não exatamente Bethany. Mas queriam um rosto mais jovem. Palavras deles, Gwyn. — Um sorriso artificial expôs vinte mil dólares gastos em implantes dentários tamanho grande. Desde que se divorciara de sua cômoda esposa, velha namoradinha dos tempos de colegial, ele passara a pintar os cabelos grisalhos de acaju e a manter um perpétuo bronzeado artificial. Alguns membros da equipe júnior já o tinham visto dançando feito um louco em discotecas de Fells Point, à caça desesperada de jovens gazelas.

— Isso é preconceito de idade e tenho motivos para uma ação judicial — disse, soltando vapor.

— Contra quem? A emissora de TV? Rídiculo. São os dados demográficos. Estavam tentando atrair o mercado dos dezoito aos trinta e quatro anos, onde está o dinheiro. As grandes consumidoras.

— Médicas maduras passam um ar de autoridade e confiança — insisti.

— Concordo totalmente com você. Mas não posso falar pela WJZ. Queriam alguém jovem, mas com experiência. Ou era Ken Dempsey, e ele gagueja, ou Bethany. Achei que ela se saiu muito bem. É fotogênica e tem uma presença calma e discreta.

Foi uma alfinetada. E a frase seguinte também:

— E me pareceu um bom prêmio de consolação depois que você puxou o tapete de Londres de baixo dos pés dela. Recebi uma correspondência da IAGSO. Não vi seu nome na lista de palestrantes. Imagino que tenha sido uma falha de digitação.

O f.d.p. devia ter telefonado para Don Iverson, encarregado do programa da Academia. E eu me esquecera de apagar as pistas.

— Pelo menos você poderia ter tido a cortesia de me informar sobre a participação de Bethany — argumentei, soando tão pouco convincente quanto me sentia.

— E você iria me comer vivo, teríamos de fazer uma reunião, votar e sabe Deus mais o quê, enquanto o repórter estaria ao telefone com Frank Lustig do Hospital Union Memorial, e você teria perdido a cobertura. Às vezes é melhor fazer o que se tem a fazer e lidar com as conseqüências depois.

Suspirou e se inclinou para pegar seu Palm Pilot, depois me encarou com olhos tristonhos.

— Olhe, eu lamento que você tenha cinqüenta e quatro anos. Que diabos, *eu* lamento ter cinqüenta e nove. Mas esta é a realidade. Existem milhões de coisas boas que ainda podemos fazer, Gwyn. Não é esse o ponto. O ponto é que os jovens pássaros estão bicando nossos calcanhares. Ceda um pouco de espaço de maneira graciosa. Ensine um pouco. Ensine a arte, não somente a habilidade. Você é uma boa médica, transmita seu conhecimento.

— E desapareça suavemente no nevoeiro — disse, virando em direção à porta.

Atrás de mim, ele deixou escapar uma bufada exasperada que mudou de tom quando cantarolou:

— Ahh, Bethany, entre, entre.

A recém-célebre Dra. McGowan enfiou a cabeça pela porta. Ninguém poderia saber há quanto tempo ela estava ali parada ouvindo a conversa. Os olhos cor de avelã pousaram em mim por um momento brevíssimo, totalmente inocentes, depois saltaram para Seymour Bernstein, adquirindo um brilho mais quente.

— Espero não estar interrompendo, Sy — disse. A voz era nauseantemente melodiosa. Dei um passo atrás para analisar a atmosfera do diálogo.

— Sempre tenho tempo para você, Beth — foi a resposta, e ele acrescentou rapidamente, por minha causa: — ... para todos vocês.

E entendi tudo. Ou pensei que tinha entendido. O prazer dele em vê-la era provavelmente semelhante ao de um náufrago que vê um barco salva-vidas. Afinal de contas, ela interrompera uma conversa que o deixara arrancando os cabelos tingidos. Por outro lado, ela estava se debruçando para a frente, vestida com uma blusa cor de pêssego, semelhante à que usara na TV, com o jaleco desabotoado, um pingente de diamante balançando na margem do seu decote e uma perna bem torneada — que acabava em um sapato muito pouco profissional de salto dez e bico fino — estendida na sua direção. As pálpebras baixas. Os lábios úmidos. Seymour e Bethany eram um casal? Beth e Sy, transando escondidos? Ela tinha trinta anos. Ele, cinqüenta e nove. Ensinando? Explicando a arte? Estaria eu sendo paranóica? Ou, mais uma vez, era a última a saber?

Na manhã seguinte, praticamente na mesma hora e no mesmo local, quase trombei com Kat saindo sorrateiramente do consultório de Neil Potak.

Ela poderia ter estado lá para uma consulta de rotina, mas então por que, quando me viu, as veias em suas têmporas só faltaram latejar em ritmo de Donna Summer? Os seus olhos encontraram os meus e ela saltou para trás, como uma garça prestes a levantar vôo, agitando os braços, balançando a bolsa.

— Oi — disse. — Está tudo bem?

— Tudo. Estou ótima.

Fiz uma pausa. É um truque médico. Espere um pouco e até mesmo o paciente mais tímido vai se sentir obrigado a preencher o silêncio, às vezes com informações úteis.

— Precisava checar uma coisinha.

— Bom. E tudo está bem — disse, em tom de afirmação. Agora estávamos andando no mesmo ritmo, e ela me acompanhou até a minha sala.

— É uma simples infecção urinária. Levantei a noite inteira para urinar. Havia um pouco de sangue na minha urina hoje de manhã. E achei melhor ver o que era. Liguei e Marie disse que o Dr. Potak poderia me encaixar na agenda. Ele me deu um antibiótico e outro remédio que vai fazer meu xixi ficar cor de laranja. Nada de mais. Pode ter sido causado por qualquer coisa, até mesmo o ar.

Cistite de lua-de-mel. Muitas relações sexuais num curto intervalo de tempo irritam a uretra. Muito comum em recém-casados. Estava na cara que Kat e Lee tinham tido um fim de semana agitado, apesar da irmã no quarto ao lado.

— Está bem — ela concedeu, como se estivéssemos brigando. — Dormi com ele. Pronto!

— Ah, isso é bom. Já faz bastante tempo. Espero que tenha sido uma boa experiência.

Meu tom de voz calmo a desarmou.

— Não foi boa idéia, não é? Depressa demais? Mas as coisas aconteceram tão naturalmente. Achei que seria contra a Natureza nós nos reprimirmos — Kat recitou sua ladainha dos livres anos setenta.

— Bom, você sempre foi intuitiva. É óbvio que se sentiu à vontade com Lee. E que confia nele. E ele não fez nada que indique que fazer sexo com você o assustou, fez?

— Pelo contrário. Tem telefonado três vezes por dia. — Kat sorriu maliciosamente, inclinando-se para a frente e transformando-se, diante de meus olhos, na colega de quarto da época da faculdade, que eu amava, a Kat Legal com cabelos selvagens, colares de contas, que fumava maconha e participava de protestos. — Meu Deus, Gwyn, eu parecia ter vinte anos. Os orgasmos estouravam como rolhas de champanhe. Nunca tive tantos de uma só vez. Ah, e assistimos a um filme pornô.

— Na casa da irmã dele?

— Não, tive medo de fazer muito barulho e fomos para um hotel na segunda noite. Pornografia! Eu! Talvez estivesse errada sobre a pornografia. Sobre ela ser mais uma ferramenta capitalista para a opressão da mulher. Embora as mulheres estivessem usando sapatos de salto agulha e transando com dois homens ao mesmo tempo, elas estavam recebendo tanto quanto davam, e foi estimulante. Menos por...

Prendi a respiração.

— Ethan. Estou me sentindo como se tivesse traído Ethan. Sei que é irracional e ridículo. Ele está morto, eu estou viva e ele gostaria que isso acontecesse. Que eu fosse feliz...

Bom, sim, pensei, *mas talvez ele não fosse ficar muito animado com os orgasmos múltiplos.*

— ... e nos anos anteriores à sua morte a nossa vida sexual estava começando a esfriar. Ele pensava que era por causa de toda aquela maconha que eu tinha fumado quando jovem. Mas nos adaptamos ao ritmo mais lento e pensei, bom, estou na menopausa e não exatamente ardendo de desejo. Pelo menos, antes do estrogênio. E agora, com Lee, me senti renascer. Mas Summer acha que enlouqueci. Está simplesmente furiosa.

Summer era uma cretininha voluntariosa que apoiava as mais horríveis causas políticas de direita com o dinheiro que ela e o marido, igualmente travado, receberam quando venderam sua empresa de computação. A única explicação para o fato de ela ser filha de Kat e Ethan era uma troca no berçário do hospital.

— Summer sabe que você dormiu com Lee?

— Santo Deus, não! Nem toquei no assunto. Disse que iria passar alguns dias com você na praia. Achei que você não se importaria com a mentirinha. Ela já está ensandecida só de pensar que comecei a sair com outras pessoas. Diz que o corpo do pai ainda está quente e que estou dançando em cima da sepultura dele.

— Nada disso. Ethan morreu há um ano e meio.

— Você tem razão — ela disse com firmeza. — Por que deixamos nossos filhos fazerem esse tipo de chantagem emocional com a gente? Summer está casada. Tem a vida dela. Por que não posso ter a minha?

— Pode e vai ter, meu amor — disse.

— Acha mesmo? Mesmo, Gwynnie? — Até quando estávamos na faculdade e ela pusera fogo no sutiã, Kat contara comigo para segurar o extintor de incêndio.

— Claro! Os especialistas dizem que você sabe quando está pronta para seguir em frente. Parece que a hora é esta.

Kat concordou com a cabeça.

— Lee é uma pessoa muito boa. Não estou falando que é amor. Depressa demais, não é? Mas sentimos algo um pelo outro. Só gostaria que ele fosse dez anos mais velho.

— Ele vai ser, em dez anos. Espera para ver.

Ela me deu um sorriso irônico.

— Seguir em frente. OK. Um dia desses você vai ter que me ajudar a mexer no armário de Ethan. Tenho adiado isso, mas acho que posso encarar a coisa agora, com apoio moral e algumas mãos extras. Desde que Summer não saiba disso.

— Claro! Já tenho prática. Antes de Stan voltar para pegar suas roupas, cheguei primeiro ao guarda-roupa. Tem um mendigo na Rua Biddle que pede esmolas usando uma jaqueta de camurça italiana de seiscentos dólares.

— Ah, isso é horrível. — Kat soltou uma gargalhada melodiosa, apesar do choque de seu apurado senso ético. — OK, vamos tratar disso. Em breve. Quando ligar para Fleur, pergunta quais dias ela tem livres. E liga para ela hoje, por favor. Ela não quis ligar para você no consultório. Algo a ver com Bethany McGowan na TV e manter a distância até você se acalmar. Mas queria que você soubesse que encontrou um homem para você na internet. Um psiquiatra em Bethesda que coleciona porcelana inglesa e cômodas do século XIX.

— Ele é perfeito para Stan — falei em tom de brincadeira. — Vou passar o telefone de Stan para ele, quem sabe não marcam um encontro?

Ela me olhou mansamente.

— Também vai acontecer com você.

Sei que estava querendo ser gentil, mas senti meu sangue congelar.

— Devo ter uma multidão de pacientes furiosas na sala de espera, e Marie tem me olhado feio todas as vezes que passa pela porta. Então...

— Fico feliz que você tenha seu trabalho — Kat disse, como se isso fosse tudo o que me restasse.

O que poderia até ser verdade, mas não era algo que eu estivesse disposta a ouvir.

Capítulo 11

Na semana seguinte, Fleur recebeu mais respostas ao seu perfil no Lovingmatch.com e marcou encontros, um com Amigo do Pequerrucho na sexta à noite e um com Mitch247 no sábado.

— Quem é Pequerrucho? — perguntei enquanto Fleur separava pastas no sofá do meu escritório em casa.

— Pequerrucho é seu bicho de estimação. Um porco-espinho. Ele chegou a me perguntar se eu gostaria de acariciar o pequerrucho dele.

— Ele não disse isso! Por favor, me diga que está planejando encontrar esse indivíduo em um lugar público.

— Claro que sim. E vou levar um apito e um spray de pimenta no chaveiro, por via das dúvidas. Acessórios para a mulher elegante do século XXI. Meu Deus, chegamos a este ponto? — Ela balançou a cabeça, incrédula. — É claro que cem anos atrás eu seria a solteirona louca trancada no sótão. E a tecnologia moderna arrumou dois encontros para o meu fim de semana. Sendo assim — ela ergueu o copo de chá gelado —, um brinde ao século XXI. — Bebeu o chá e perguntou em seguida: — Quais são seus planos para o fim de semana? — E pareceu ter se arrependido assim que as palavras saíram de sua boca.

— Ah, Paul Newman telefonou para dizer que ele e Joanne finalmente se separaram e que vou ser sua acompanhante no Globo de Ouro.

— Se você não fosse uma tremenda esnobe com relação à internet, poderia estar saindo com alguém. Se é bastante boa para Connie deCrespi, cujo avô foi um conde, deveria também servir para você. E não sei se reparou, mas não há uma multidão de homens batendo à sua porta ultimamente. Portanto, a menos que queira ficar sentada dentro de casa todos os finais de semana, deveria pensar em mexer essa bunda e fazer algo a respeito.

— Entrei no Ivydate.com — confessei, espicaçada pelas palavras de Fleur.

— Não acredito. — Ela bateu o copo no porta-copos. — Cala-te, boca de fino trato! Retiro tudo o que disse. Quando?

— Duas semanas atrás.

— E?

— Não sei. Nunca mais entrei no site.

— Ó... meu... Deus. Liga já esse computador, mulher. — Antes que eu pudesse impedi-la, ela já assumira o controle do teclado. — Nome do usuário?

— QI-rida.

Ela disparou um olhar do tipo "faça-me-o-favor" na minha direção.

— Senha — rosnou. Quando hesitei, ela rugiu: — Me dá a senha, pomba! Você pode mudar depois.

— Mãedegêmeos.

— Lá vamos nós. — A boca dela se abriu. — Putz! Sua caixa postal está entupida. Não pode ser porque você é uma QI-rida. Que fotografia você usou, algo que tirou da *Playboy*? Vinte e três mensagens. Começando com Leidoamor. Ai, Gwyneth Margrit, você achou uma mina de ouro. Não pode ir embora agora — gemeu quando me levantei em direção à porta.

— Volto já. Preciso de uma vodca-tônica.

Fiquei parada na cozinha diante da geladeira, segurando o copo sob o dispensador de gelo da porta. Era um copo alto da Waterford, parte de um conjunto que os funcionários de Stan no *Berke's Business* tinham lhe dado de presente no décimo aniversário da revista. O cristal irradiava prismas como um diamante perfeito, e dava a sensação de pesar um quilo e meio, vazio. A geladeira era um monstro polar, concebido para uma família grande ou para um casal que oferecesse festas suntuosas, não para uma mulher solteira que se alimentava de pacotes de comida de microondas. O fogão, de aço escovado, tinha sido comprado em uma loja especializada em restaurantes. Seu tamanho agora era cômico. Para qualquer lado que olhasse de meu apartamento de trezentos metros quadrados, só via o melhor, o maior e o mais caro.

Pensei em todas as mulheres que foram abandonadas com nada, ou pior ainda, com dívidas a pagar, crianças traumatizadas para criar, feridas a cicatrizar, e desprezei a mim mesma por ter tanto e usufruir tão pouco.

Mas, para dizer a verdade, não era completamente ingrata. Dormi em um saco de dormir na sala até ir para a faculdade porque o outro quarto pertencia ao meu irmão. Tinha direito a uma gaveta na cômoda de meus pais para guardar minhas coisas, que minha mãe revirava o tempo todo, investigando. Quando era adolescente, tomava banho todos os dias na casa de uma amiga porque sempre havia alguém no nosso banheiro minúsculo, e, não importava que inseticida meu pai usasse, não conseguíamos nos livrar das lesminhas que subiam pelas paredes da banheira. De modo que sabia o quanto era bom ter dinheiro, espaço, conforto, limpeza e, melhor ainda, as opções que isso trazia. Mas teria aberto mão de tudo isso para que não tivesse acontecido nada do que acontecera, para que Stan fosse o heterossexual que pensava ser e continuasse devotado a mim como o fora durante o nosso casamento. Abandonaria tudo e os copos de cristal Waterford para ter isso de volta. Mas não tinha opção.

Sendo assim, despejei um montão de vodca nos meus cubos de gelo perfeitamente esculpidos, enchi o copo com tônica, me livrei da autocomiseração gratuita e saí arrastando as pantufas, para ver o que o mundo real e Fleur tinham reservado para mim.

Ela estava se abanando com um punhado de folhas.

— Li as mensagens, puxei os perfis e fiz a triagem para você. — Partiu um pedaço de gelo com os dentes. — Minha investigação reduziu o total para cinco bons candidatos.

Dei uma olhada nas páginas impressas.

— Quiabada? Não me interessa se ele é um periodontista, não vou sair com um homem cujo apelido é Quiabada. Esse aqui é muito baixo. Vai bater no meu umbigo. E esse aqui parece o Elvis, só que envelhecido. Ninguém contou para ele que as costeletas largas saíram de moda por volta de 1986?

— Ele é um matemático mundialmente famoso. Vai acabar ganhando o Prêmio Nobel um dia desses, mas, se você é tão superficial a ponto de se deixar influenciar pela aparência de alguém, paciência. E o que diz de TonyTigre? Princeton. Columbia. Quer se enroscar na frente de uma lareira com a mulher certa. — Olhei a mensagem que começava com "Oi, beleza!", amassei e atirei com força no lixo.

Fleur tirou a mão de trás das costas.

— Sabia que seria assim e guardei o melhor para o fim. — Fez um floreio com a folha. Arranquei o papel da mão dela e espiei a foto, levemente distorcida pela impressão. Mostrava um homem de boa aparência, com os olhos apertados por causa da luz do sol. Estava apoiado nos esquis, todo equipado para a neve. Estava ficando careca, mas tinha traços bonitos e um sorriso bom. Talvez tivesse recorrido aos préstimos de Quiabada. — Magro demais.

— Como é que você sabe, com toda essa roupa de esquiador? Pode ter uma barriga de cerveja escondida debaixo da jaqueta. Isso te faria feliz?

— Gosto de homens com carne em cima dos ossos.

— Gwyn, você não está fazendo sopa. Está analisando candidatos para um encontro. Que é que você tem contra os homens magros?

— Complexo de Édipo, acho. Você conhece meu pai. Ele é um bambu.

Fleur agarrou o papel de volta.

— Você precisa de mais ajuda do que Tracy pode te dar. Escuta só. "Criativo, boa cultura, um executivo. Ph.D. Cinqüenta e oito anos. Devotado ao crescimento pessoal e a mudanças. Apaixonado pela natureza. Procura mulher culta e carinhosa para um relacionamento duradouro. Gostar de Mozart e de *Jeopardy* é uma vantagem." Ora, ele não é de se jogar fora. — Fleur sorriu, convencida. — Lê o e-mail dele.

Era uma mensagem coerente e inteligente. Dizia que meu perfil o intrigara. Achara que eu era atraente. Gostara do meu sorriso por baixo dos óculos de sol de Jackie Onassis.

— OK, ele parece ser interessante — admiti, emburrada. — O que faço agora?

— Escreve para ele. O apelido dele é Ecolouro. Não me olha assim. Senta aí. Vou pegar mais chá. Você digita.

Seis e-mails e duas conversas telefônicas depois, atravessei a ensolarada calçada de concreto de Inner Harbor para o meu encontro, um almoço de domingo. Assim que o vi, soube que estava encrencada. Sem a roupa de esqui acolchoada, usando um par de calças verdes desbotadas e uma camiseta verde onde se lia "Salve a baía", Zack Butler, mais conhecido como Ecolouro, exibia a magreza virtuosa de uma vela de altar. Não fazia meu tipo de modo algum.

Caminhamos em silêncio no meio dos artistas de rua. Zack tinha se mostrado altamente poético em suas mensagens eletrônicas e me deixado toda acesa com seu sotaque de Boston ao telefone. Frente a frente, ele era mais silencioso do que um monge. O mímico passando o chapéu na praça tinha mais assunto do que ele.

Durante o brunch, sob a influência do seu suco com gelo, não parou de falar um minuto. Sobre si mesmo. Zack era um vegetariano e um ambientalista radical. Dividiu comigo sua paixão pelo caranguejo Maryland Blue. Paixão não gastronômica, claro. Lamuriou-se sem parar sobre sua ex-esposa, com quem mantinha um forte relacionamento de amor e ódio. E falou mais ainda sobre sua síndrome do intestino irritável. Essa parte enquanto eu comia minha salada.

Que continha pedaços de filé mignon. Isso o deixou em estado de choque. Quando a conta chegou, Zack puxou uma bolsinha de moedas (nada de carteira, uma bolsinha de moedas de plástico marrom, com um fecho de metal, igualzinha à que minha mãe usava) e tirou um cupom de dez por cento de desconto.

— Por favor, diga quanto é a minha parte — falei. — Gostaria de pagar por ela.

— Tudo bem — ele respondeu. Tempo total desperdiçado nesse evento completamente desnecessário: uma hora e doze minutos.

De volta ao prédio, ouvi um toc-toc atrás de mim, e ao me virar vi Fleur passar feito um raio, branca como papel e com uma mancha vermelha em cada bochecha.

— Você está bem? — perguntei. Não tive resposta.

Alcancei-a no elevador. Ela se manteve calada até as portas do elevador fecharem.

— Mitch247?

— Deu uma olhada em mim e disse: "Puxa, você não parece em nada com a foto. Não é nada pessoal, mas não saio com gordas." Nada pessoal! Dá para ser mais pessoal do que isso? Filho-da-puta.

— E posso deduzir que o Amigo do Pequerrucho foi um desastre ontem à noite.

— Uma verdadeira catástrofe.

Segui-a até seu apartamento. Ela foi para a cozinha.

— Sorvete do Ben and Jerry — disse. — Estes são homens em quem se pode confiar. O resto não vale um balde de cuspe.

Pegou um pote de um litro e colocou duas bolotas imensas em taças.

— Estou começando a achar que o sorvete vai ser meu único marido. — Lambeu a colher. — Bom, passei cinqüenta e cinco anos sem um marido. Posso me virar por mais vinte ou trinta anos. — E enfiou um punhado de biscoitos recheados nas taças.

— Fleur, não deixe um encontro infeliz atrapalhar seus planos. Milhões de mulheres no mundo passam por isso. Você não é nenhuma pioneira. — Descrevi meu encontro com o Ecolouro. A esposa, os intestinos, o cupom de desconto. — Gente fina é outra coisa, como dizíamos na faculdade.

Quando terminei a história, estávamos rindo às gargalhadas.

Mas não por muito tempo.

— Sabe quem ligou na noite passada? — ela perguntou de repente.

Poderia ter sido qualquer um dos namorados virtuais de Fleur.

— RisonhoeFranco?

— Jack. Meu Jack. Quer dizer, não o meu Jack. O Jack da Bambi. Quer dizer, não é o Jack da Bambi também, pelo menos não por muito tempo. Foi a impressão que me deu.

Gemi.

— Achei que você o tinha mandado pastar quando ele apareceu na loja.

— E mandei.

— Bom, está na cara que ele não entendeu a mensagem. Não vê como ele está te manipulando? Ligando para dizer que vai abandonar Bambi.

— Ele não disse isso. Não com todas as letras. Mas insinuou... ah, não sei o que ele insinuou. Já era tarde e ele parecia ter bebido mais do que costuma. Jack nunca foi de beber. Jogar, sim. Gostava disso. E de charutos. Mas ela não o deixa mais fumar. Por causa do bebê. E o colocou em uma dieta de baixas calorias. Com muito peixe. Jack odeia peixe.

— Ele vai abandonar a esposa porque ela o obriga a comer salmão?

— Não é só isso. Ele parecia estar sobrecarregado. O bebê anda doente. Ainda nem fizeram a cerimônia do *bris*. Estavam com medo de que fosse alguma coisa mais séria, mas no fim era só refluxo gástrico. Mason está tomando remédio, mas ainda mantém Jack acordado a noite toda.

— Bom, lamento por Mason, mas Jack não tem a minha simpatia. Está perdendo um pouco de sono? Bem feito por procriar aos sessenta e cinco anos. Um homem recebendo aposentadoria não deveria estar trocando fraldas, a menos que fossem de seus netos.

— E Bambi engordou vinte quilos com a gravidez.

Olhei para ela, desconfiada. O peso de Fleur nunca incomodara Jack. Comiam de tudo no alto da pirâmide alimentar, felizes da vida.

— Ele acha que ela está com problemas hormonais. Que ela tem pavio curto. Que grita demais. Diz que sente a minha falta. Do conforto que era. Que nunca se sabe o que se tem até que se perde.

— Ele não perdeu. Ele jogou fora.

Silêncio mortal.

— Fleur. — Meu tom de voz era de advertência.

— Não se preocupe, estou me mantendo longe dele. Ele queria sair. Tomar um café. Só para conversar. Eu disse que não.

— Claro que sim. Se tivesse concordado, eu teria entrado com um pedido no tribunal para declarar você mentalmente incapaz.

Ela girou a colher na taça de sorvete. Sopa de caramelo derretido. Se minha mãe estivesse aqui, teria esbofeteado Fleur por brincar com a comida.

— Eu amei Jack — ela disse. — Atenção para o tempo verbal. Mesmo assim, quando ele entrou na minha loja naquele dia, quase desmaiei. E, na noite passada, quando ouvi sua voz, senti meu coração dar um pulo no peito.

— Claro que sim. Ele estava tentando enviar sinais para o seu cérebro. Alerta, alerta! Bom senso e autopreservação, armem as barricadas!

— Ele parecia tão triste, Gwyn. Eu não parava de pensar: "Pobre Jack."

— Pobre Jack? Já se esqueceu do estado em que ficou quando ele te deixou? No limite de uma depressão clínica. Foi isso o que o pobre Jack fez com você.

— Certo. Mas era mais fácil odiá-lo na noite passada, quando a possibilidade do Mitch247 ainda brilhava no horizonte.

Arranquei o pacote de biscoitos dos seus dedos e o enfiei de volta no armário.

— Vão aparecer outros homens. Que não vão ser outros Mitches. Bons homens querendo uma boa mulher, que é você. Há milhares deles nos sites. Você vai encontrar alguém e, se não encontrar, antes só do que acompanhada por Jack Bloomberg. Gente, não acredito na cara-de-pau do sujeito. Correr para os seus braços ao primeiro sinal de problemas no casamento. Quem ele pensa que você é, o Exército da Salvação? Tenho certeza de que, quando o remédio do bebê começar a fazer efeito e Bambi perder dez quilos, ele vai esquecer que você existe. Prometa que não vai se envolver com ele. Nem mesmo tomar um café.

Os olhos dela se arregalaram, cheios de lágrimas, e ela deu um suspiro tão fundo que agitou o guardanapo à sua frente.

— Prometo — disse.

Mas, como suas mãos estavam em seu colo, não pude ver se estava cruzando os dedos.

Capítulo 12

Kat morava em Columbia, uma cidade planejada a oeste de Baltimore, que, desde seu surgimento, na década de sessenta, fora um porto seguro para hippies reformados e liberais da velha-guarda. Sua casa era protegida por árvores que se abriam em direção ao bosque nos fundos. À esquerda da casa ficavam a horta e o canteiro de ervas, planejado por Ethan e cuidado por Kat, embora sua paixão fosse o jardim, onde grassavam crisântemos e marias-sem-vergonha nesta quente tarde de veranico. Quando passei pelo pátio com piso de lajotas, vi que as janelas e as portas da sala de estar estavam escancaradas, permitindo que a brisa circulasse à vontade. Apesar de meus avisos, Kat mantinha tudo aberto para que mosquitos e estupradores entrassem quando quisessem, e nunca levou em consideração a idéia de colocar alarmes na casa. Somente o som dos sinos de vento anunciaram minha entrada.

— Olá — chamei, e três gatos surgiram do nada para se esfregarem nos meus tornozelos. Denny e John saíram correndo da minha frente, mas Mama Cass ficou por perto, miando, enquanto eu percorria os ambientes à procura de Kat. Finalmente a encontrei no enorme closet do quarto, paralisada diante da parte que pertencia a Ethan.

Parecia um pouco trêmula. Não estava chorando, mas prestes a fazê-lo. Estava usando o moletom da Universidade de Nova York que pertencia a Ethan, jeans velhos, e segurava uma camiseta marrom na mão.

— Exército da Salvação? — Ela apoiou a mão em uma pilha de roupas. — Ou Tim? — O marido de Summer.

— A manga está furada. Não pode dá-la para o Exército da Salvação nesse estado. Dá para o Tim. Gente como ele gosta de roupas com furos. Provam que são ricos demais para se importarem com isso.

— Isso acontece com gente que nasceu rica — Kat argumentou. — Tim toma muito cuidado com a aparência.

— Bom, então joga fora. — Lamentei ter dito isso quando vi o choque em seu rosto. — Ah, Kat. Sinto muito. Mas você sabe que se Ethan estivesse vivo você estaria surrupiando a camiseta da cesta de roupa suja para jogá-la fora.

— Tem razão. Mas ele está morto e estes são seus últimos pertences. — A boca de Kat contorceu-se de dor e me inclinei para pegar sua mão.

— Eu sei, meu amor. Sei como isso é duro para você.

— Foi tudo tão rápido. Ele estava aqui, de repente desapareceu, e eu sinto esta necessidade de me aferrar a tudo o que sobrou dele.

Alguns de meus pacientes levam anos para morrer, abandonando diariamente moléculas de si próprios, e suas famílias se acostumam aos poucos com a sua ausência. Ethan estava aqui para o café-da-manhã e desaparecera antes do jantar. Kat recebera a notícia sem esperar por ela. Eu esperava que para Ethan também tivesse sido uma morte inesperada.

Relutantemente, ela deixou a camiseta cair no chão para formar uma terceira pilha. Pegou o roupão de Ethan e o encostou no rosto.

— Quase não se sente mais o cheiro dele. Dormi com este roupão até o cheiro sumir. — Ela se endireitou e disse de supetão: — Eu me sinto culpada por Lee. Talvez Summer esteja certa. Talvez seja muito cedo.

Summer. Claro.

— Você é a única pessoa que sabe disso, querida — bati na mesma tecla. — Mas lembre-se que, se Summer tiver frio no cinema, ela tem alguém para lhe emprestar um paletó. E você não está saindo para ir comprar uma aliança de noivado. Não entendo por que ela está toda nervosinha por causa de alguns encontros inocentes.

— Não são tão inocentes assim.

— Mas ela não sabe disso, sabe?

— Summer tem uma intuição muito forte. Mesmo quando criança, entendia as coisas que a gente não queria que entendesse.

— Como uma bruxa — resmunguei, com o rosto virado para a fileira de calças.

Kat gemeu baixinho ao pegar um punhado de cabides com as camisas de Ethan.

— Vamos fazer o que temos que fazer — ela disse com firmeza. — Mas vamos depressa, antes que eu mude de idéia.

Lá pelas seis da tarde, três malas com roupas de Ethan estavam perto da porta da frente. Fleur, Kat e eu estávamos sentadas no pátio, tomando chablis e comendo uvas e queijo como recompensa. Fleur tinha desaparecido por uma semana. Deixei recados, depois mandei um e-mail, e recebi um “Não se preocupe, só estou ocupada” como resposta. E deixei as coisas nesse pé. Ela reapareceu com olheiras e uma aura depressiva, que deixava sua pele normalmente rosada com um tom meio azulado.

Como resultado dos acontecimentos com Mitch247 e provavelmente Jack, estava deixando *O Plano* de lado, e Kat, assumindo o meu papel de paladina da causa, caiu na pele dela.

— Isso não é do seu feitio, Fleur. Não acredito que você tenha recebido nove e-mails de três sites e os tenha deixado mofando no computador, sem abrir. Você não fica louca com isso? É como no Natal. Todos aqueles embrulhos e, quem sabe, um deles pode ter o que você sempre quis.

— Sim, uma centrífuga para saladas ou uma daquelas plaquinhas cafonas que dizem "Você é a luz da minha vida". Estou melhor assim, sem saber de nada, acredite. — A voz de Fleur soava abatida.

— Você estava toda animada até aquele idiota comentar sobre o seu peso. Um único comentário cruel...

— Vindo de um homem com poucos dentes na frente.

— Era exatamente o que eu ia dizer — tornou Kat. — Quem é esse homem para definir padrões de beleza? Por que um imbecil desdentado tem o poder de desviar você do seu projeto de vida?

Fleur colocou uma uva entre os seus incisivos perfeitos.

— Porque ele é um homem e os homens têm o poder. Mesmo o mais grosseiro deles. Nasceram com ele. Faz parte do pacote. Vem junto com o pênis e os testículos.

— Não é Jack outra vez, é? Você não teve notícias dele de novo, teve? Depois daquele monte de merda sobre deixar Bambi. — Kat parecia muito inocente, com aquela voz fraquinha, mas sabia ser astuta.

— Para dizer a verdade, sim — Fleur respondeu, de modo casual demais. — Ele ligou na noite passada. O bebê está bastante saudável para o *bris* e Jack ligou para me convidar.

— É claro que você não vai — disse eu.

— Bom, na verdade...

— Ah, Fleur! — Fiquei indignada.

— Antes de pular no meu pescoço, fique sabendo que Jack fez um pedido pessoal. Bea, a irmã dele, não dirige mais. Catarata. E ele pediu que eu a levasse. Bea sempre foi muito gentil comigo.

— Você está pisando em campo minado — avisei.

— Acho que Fleur está segura — Kat disse. — Não posso imaginar que um homem dê em cima de você durante um *bris*. Eu andaria com a mão nos genitais o tempo todo, mantendo distância de qualquer forma de vida que pudesse segurar uma faca. Quanto a Jack, minha opinião é...

Antes que ela pudesse completar a frase, uma voz grossa surgiu, como um chapéu arremessado do outro lado da casa.

— Opa, Kat vai entrar em território pessoal. Estou *mesmo* interrompendo. — E então, Lee Bagdasarian, o novo namorado de Kat, apareceu segurando uma garrafa de vinho, com um sorriso embaraçado e encantador. — Eu sei, eu sei, deveria ter telefonado antes.

Viramos para olhar para Kat, que deu um pulo, olhos arregalados de prazer, corada de alegria.

— Não seja bobo — ela disse. — Chegou bem na hora para o jantar. Verdade, adoraríamos que ficasse. — E todas concordamos, animadas. — Temos comida suficiente para um exército. Legumes grelhados. Cuscuz. Salada.

— E estamos interessadas — Fleur acrescentou — em obter um ponto de vista masculino sobre a nossa conversa. Sobre circuncisão. Você sabe, plec-plec lá onde dói.

Todos ouvimos o som de Kat inspirando e prendendo a respiração, e Fleur acrescentou rapidamente:

— Ou não.

Ficamos um tempão comendo a sobremesa. Lee estava contando sobre a sua viagem à Etiópia, como aprendera a fazer esculturas em couro com os membros da tribo Amhara, quando Summer Greenfield Ellicott entrou como um raio pela porta que dava para o pátio.

Piscando por causa da luminosidade alaranjada do pôr-do-sol, ela olhou ao redor, analisando a situação. Ainda não tinha conhecido Lee, que estava sentado ao meu lado, na frente da mãe, e podíamos ver que estava tentando adivinhar as conexões. Ele estava comigo? Com Fleur? Ou esse era o homem que estava tentando roubar a vaga de seu pai?

Kat ficara visivelmente perturbada com essa súbita aparição.

— Ora, outra visita surpresa.

— Como em um filme dos Irmãos Marx — Fleur sussurrou para mim.

Kat apresentou Lee a Summer, que acenou com a cabeça, olhos cheios de veneno.

— Come uma frutinha — Kat disse. Pegou a colher e a agitou sobre a tigela, como se fosse uma varinha mágica que pudesse transformar o prato em algo que a filha desejasse, algo que trouxesse um sorriso ao seu rosto fechado. Summer fez que não com a cabeça, deu uma olhada em direção ao prato de biscoitos e recuou. Tinha o rosto cansado e inchado de alguém com problemas internos, como as pacientes que tenho que sofrem de dores pélvicas crônicas.

Sempre me surpreendera como ela não se parecia nem com o pai, moreno, magro e silenciosamente sério, ou com a mãe, morena, curvilínea e suave. Sem falar que, assim que descobrira o que era realmente importante para os dois, Summer desdenhara as visões políticas e sociais dos pais. Isso partiu o coração de Kat. Mas continuava tentando. Lembrava-se da relação fácil que tinha tido com a sua mãe, uma admiradora de arte étnica, e continuava tentando converter essa filha com a qual não tinha nada em comum, que usava modelitos em linho ou lãzinha xadrez com arquinhos de cabeça combinando, e que vivia em uma enorme casa colonial decorada com chintz, estampas florais e retratos dos ancestrais ilustres de outras pessoas.

— O abacaxi está bem doce — Kat insistiu.

— Não, obrigada — Summer respondeu. — Posso falar com você um minuto em particular, mamãe? — Era uma ordem.

Até Lee pensar em fechar as portas de vidro, ouvimos o suficiente para saber que Summer viera pegar uma batedeira emprestada e encontrou os sacos com as roupas de Ethan na porta. Ouvimos "como você pode", "traição" e vários "papai". Houve um momento desconfortável de silêncio ao redor da mesa, e minutos depois Kat e Summer surgiram na janela da cozinha com vista para o jardim. A janela estava aberta e as vozes eram audíveis do pátio. Kat começou a empilhar os pratos enquanto Summer continuava a ladainha, e não tivemos como deixar de ouvir Summer dizendo com voz esganiçada: "Meu Deus, ele parece ter a minha idade! Você enlouqueceu, mamãe!"

Nesse momento, Lee se levantou e disse:

— Acho melhor abandonar o delicioso jantar de Kat. Mas eu volto. — E desapareceu entre as árvores.

Fleur e eu começamos a fazer um bocado de barulho de propósito, removendo os pratos da mesa, e só respiramos aliviadas quando ouvimos a porta da frente bater, tão forte que os gatos miaram assustados. Quando Summer era adolescente, Ethan removera a porta do seu quarto como castigo para a mania dela de batê-la durante as discussões. Ela tinha um gênio de cão.

Kat estava diante da pia, esfregando a tigela de cuscuz como se o detergente pudesse remover aquela parte desagradável de sua vida. Seu rosto estava abatido, pálido.

— Vamos lá falar com ela? — Fleur perguntou. Estava analisando as opções quando vimos Lee aparecer e abraçá-la pela cintura. Ele roçou o rosto em seu pescoço e sussurrou algo em seu ouvido. Logo depois o abatimento desapareceu e a cor lhe voltou às faces.

— Ela vai ficar bem — disse eu. — Pelo menos por enquanto. Não posso dizer o mesmo para o futuro.

Capítulo 13

Entrei na casa de meu pai pouco antes do meio-dia. A primeira coisa que notei foi a TV desligada. Mau sinal. Se Sylvie achava que ia punir o velhote privando-o da TV, ela ia se ver comigo.

Mas então ouvi a música, um reggae suave, baixinho, e lembrei que era segunda-feira, dia de folga de Sylvie, e dia de Blossom.

Uma beleza de dezenove anos e olhos amendoados, Blossom era prima de Sylvie e talvez fosse a acompanhante preferida do meu pai. Passava o dia todo ouvindo seus CDs de música jamaicana. Às vezes dançava enquanto trabalhava pela casa. E, de vez em quando, puxava meu pai e o arrastava dançando atrás dela, o que o fazia dar risadinhas.

A cena de hoje na sala era pacífica. Meu pai, barbeado e penteado, roncava na poltrona da sala com um potinho de sorvete vazio no colo. Quando alisei a manta com o logotipo dos Orioles ao redor dele, seu rosto se contraiu em algo que lembrava um sorriso. Sonhos com sorvete de chocolate e menta? Sonhos já são eventos sem sentido. O que acontece quando o bom senso consciente morre?

Blossom parou de agitar a cabeça no ritmo da batida tropical para me dar um aceno. Lambeu o chocolate dos lábios e continuou comendo o sundae com calda de chocolate.

Enquanto eu tentava perceber o que estava acontecendo, Stan saiu da cozinha com uma xícara de chá, que colocou na frente de Blossom, a qual por sua vez abriu um sorriso de dentes de ouro.

— Está tudo sob controle — ele sussurrou e inclinou-se atrás de Blossom para afofar sua almofada. Estava usando seis pulseiras de prata no braço, combinando com o largo cinto mexicano de prata e turquesa no jeans de cintura baixa, e, enquanto se mexia, cintilava.

— Vocês podem conversar em tom normal — ela disse, inclinando a cabeça na direção de meu pai. — Quando ele desliga, desliga mesmo.

— Você não trabalha hoje? — Estava inexplicavelmente irritada com meu ex-marido. Não era nem meio-dia e já havia alguém tomando o meu lugar.

— Passei para dar uma olhada nele. Trouxe sorvete.

Por que essa cena me irritava tanto? Stan cuidando de meu pai. Talvez porque ele não tivesse cuidado de mim. O que provavelmente não era verdade; minha dor estava falando em meu lugar.

— Seu Stan também é um tremendo quebra-galho. Viu o que ele fez com a porta da cozinha? — Blossom disse.

— Não foi nada. Sempre que alguma coisa precisa de conserto quando estou aqui, eu providencio. Não era nada de grave. Nada parecido com o vaso sanitário entupido da última vez. — Eu não sabia de nada sobre essa "última vez".

Stan me levou até a porta de vaivém da cozinha, vaivém esse que estava com os dias contados. Ele instalara um trinco do lado de fora, suficientemente alto para as duas jamaicanas grandonas alcançarem, mas fora do alcance das mãos de meu pai. Simples, mas eu não tinha pensado nisso.

— Assim ele não pode entrar na cozinha quando não estiver sendo observado, ou quando Sylvie estiver olhando para o outro lado. E não pode mais pôr fogo na casa. — Blossom parecia contente.

— As ferramentas estavam aí — Stan disse, encolhendo os ombros. — Não levei mais do que três minutos.

— Deve funcionar, obrigada — consegui dizer, mas as palavras pesaram na minha boca. E pensei: "*Se você é um quebra-galho, como é que teve tanto talento para arrasar a minha vida?*"

— Foi um prazer.

Stan passara a me tratar com uma gentileza a toda a prova assim que caíra fora do nosso casamento. Claro que, com Brad esperando nos bastidores, ele queria fazer o acordo mais rápido possível que seu dinheiro pudesse comprar. Resolvemos rapidamente as pendências sobre o apartamento e o que acumuláramos em vinte anos de vida em comum. A única coisa pela qual brigamos foi a casa da praia, e não acredito que ele tenha brigado comigo por interesse próprio. Aquela era uma disputa motivada por Brad. Ele e os advogados que queriam aumentar seus honorários instigaram Stan. E foi só por esse motivo que lutei para ficar com ela. No fim das contas, acho que, apesar do amor que Stan sentia pela casa de Rehoboth, abriu mão dela para expiar sua culpa.

Mas isso foi só uma primeira prestação. Ele sabia que ainda me devia muito.

Meu pai acordou babando. Limpou a boca com a manga da camisa e disse:

— Oi, doutora.

Graças a Deus, eu voltara a ser doutora. Bom demais para ser verdade, e a doutora o examinou.

Agachei-me para ficar da altura dele e apontei para Stan.

— Você sabe quem é ele?

Meu pai apertou os olhos. E, logo depois, os olhos sem brilho se encheram de lágrimas.

— É o Capitão. O Super Stan, o melhor genro que Deus colocou na face da Terra.

Os olhos de Stan se encheram de lágrimas. Os meus também.

— Ora, isso é uma bênção. Vamos rezar para que dure — Blossom murmurou, quebrando a magia do momento.

— Seja grato pelo momento vivido — Stan disse, e fiquei intrigada, sem saber de onde vinha essa súbita onda de ternura. Não era uma característica de sua personalidade quando estávamos casados. Talvez tivesse aparecido quando saíra do armário.

Não o amava mais, mas a presença dele sempre me lembrava de que o tinha amado. De modo que, quando ele disse: “Se você ainda não almoçou, eu convido. Tem uma lanchonete em Canton com hambúrgueres sensacionais”, recusei.

— Achei que você só comia frango e peixe.

— Posso comer um hambúrguer. Brad está viajando. Uma exposição de espátulas ou coisa parecida. — Ele sorriu, envergonhado. Brad não comia carne. Mas, pelo amor de Deus, será que eu queria mesmo ser posta a par desses detalhes?

— Agenda lotada no consultório. Lamento. — Tentei ser gentil.

— Fica para outra vez. — Ele estendeu o braço na minha direção, mas depois pensou melhor e não se atreveu a me tocar. — Divirta-se em Londres — disse. — Sylvie falou que você vai ficar fora quase uma semana.

Não sabia que Sylvie era uma linguaruda. Devo ter feito uma cara feia, porque ele acrescentou:

— Sinceramente, divirta-se. Disse a ela que, se precisar de alguma coisa, é só telefonar.

— O telefone do Seu Stan está na geladeira — Blossom informou.

— Bom, obrigada — entreguei os pontos. Também sabia ser gentil.

Naquela noite, cheguei em casa tarde e encontrei uma mensagem na secretária eletrônica.“Gwyn, é Harry Galligan. Do FRESH. O que aconteceu ontem? Você não foi ao piquenique do FRESH.” Não sabia que havia um. “Sentimos sua falta. Espero que tudo esteja bem com você e que a vejamos em breve. Cuide-se.”

Antes que pudesse planejar uma fuga ou perder a coragem, apertei a tecla de rediscagem. Só eram nove e meia, mas Harry devia ter ido deitar cedo, porque estava com voz de quem acordou. Parecia feliz em me ouvir, e contou as novidades do piquenique. Disse que tinha viajado um bocado, mas para lugares pouco interessantes. Comentei que estava de partida para Londres na manhã seguinte, e que ficaria fora uma semana. E ele respondeu:

— Ah, que pena. Para mim, não para você — acrescentou rapidamente. — Estava pensando que você poderia querer jantar comigo neste sábado.

Azar o meu.

— Gostaria muito. — E decidi arriscar: — Que tal no sábado *seguinte*?

A voz de Harry soou animada:

— Tudo bem para mim. Ligo na véspera para confirmarmos. Estou ansioso para rever você. Quero dizer, fora dos encontros do FRESH.

Depois que desliguei, desabei. O telefonema para Harry encerrou um dia de doze horas infernais no consultório. Eu comera um sanduíche correndo entre as consultas e meu pai. E agora percebia que, além de estar exausta, estava faminta. Que se danasse a dieta, liguei para a pizzaria. Se a indigestão não me deixasse dormir, dormiria no avião.

Quando o interfone tocou, liguei o canal do circuito fechado de TV. Uma das regras do condomínio era a de confirmar visualmente a identidade dos visitantes antes de os deixar entrar. "Oi, pizzaria", gritou o entregador no microfone da parede, equilibrando em uma das mãos a sacola térmica que envolvia a caixa de pizza. OK. E atrás dele rondava uma aparição odiosamente familiar. Sua imagem era ruim em preto-e-branco, mas inconfundível. A peruca parecendo de verniz, o terno completo com as sobras de uma pança se debruçando sobre o cinto, o paletó pendurado no braço e o colete desabotoado: ninguém mais no planeta usava esse look específico. Jack Bloomberg. Visitando Fleur, claro.

Entrou junto com o entregador da pizzaria e era tarde demais para avisá-la. E eu iria dizer o quê? Quem me deu o título de rainha dos conselhos para os que sofrem de amor? Afinal de contas, minha vida afetiva não ia ganhar o Prêmio Dr. Phil do Equilíbrio Relacional.

Mas, pela primeira vez em muito tempo, havia uma promessa no ar.

O curioso é que eu não sentira nada de extraordinário ao ouvir a voz de Harry. Nenhum friozinho no estômago. Apenas uma sensação tranqüila e agradável, vinda de um homem tranqüilo e agradável. Por que estava desapontada? Não era isso o que queria? Tranqüilidade?

Capítulo 14

A primeira vez que fui à Europa tinha vinte e quatro anos. Foi durante umas semanas de intervalo entre a formatura da faculdade de medicina e o início do estágio no Hospital Hopkins em julho. Stan pagou minha passagem com o cartão de crédito dos pais para que eu me encontrasse com ele em Londres. Eles nunca falaram nada a respeito. Stan era um filho único mimado a quem nada recusavam, aceitando pagar uma viagem ao redor do mundo quando ele acabou o colegial e essa viagem para mim, que não era cem por cento aprovada pela família por causa de minha origem humilde.

Embarquei em um vôo diurno da Pan Am, saindo às seis da manhã de Baltimore e chegando a Londres às nove da manhã seguinte. Naquela época as pessoas costumavam se vestir bem para voar, antes do transporte se tornar uma coisa tão proletária que é quase o mesmo que entrar em um ônibus com asas.

Para essa importante ocasião, vesti calças de linho com uma camisa xadrez e mocassins baixos, o conjunto que toda Barbie Debutante da época usava para um vôo transatlântico. Enquanto todas as outras jovens de vinte e quatro anos dos Estados Unidos usavam jeans rasgados e sandálias merrecas em homenagem ao Terceiro Mundo, eu estava subindo na escala social e fazendo o melhor possível para me passar por um membro do alto escalão.

Ao amanhecer, o piloto nos acordou anunciando que estávamos nos aproximando da costa da Irlanda. Estiquei o pescoço para comprovar que o país era mesmo verde-esmeralda à luz da manhã e chorei ao pensar em quão longe chegara para alguém nascido na Rua Streeper, e na miraculosa reviravolta em minha vida. Naquela época acreditava mais em milagres do que em mim mesma. Lutando para manter a sanidade mental durante uma infância miserável, agüentando firme durante o período ainda pior da adolescência, e todo o tempo conseguindo boas notas para poder sair de casa, não percebera a relação entre causa e efeito. Tudo o que sabia é que tinha encontrado Stan, que ia ser uma médica e que as opções que se apresentavam à minha frente eram várias e todas boas.

Quando a aterrissagem começou, percebi que minhas calças de linho estavam completamente amarrotadas. Jamais deixaria Stan Berke me ver desarrumada daquele modo. Consegui pegar minha mala no compartimento de bagagem acima da minha cabeça e me trocar no banheiro minúsculo. Quando apareci na frente de Stan, que me esperava de braços abertos em Heathrow, usava uma impecável saia-envelope. Tantos anos atrás. Tantas atitudes atrás.

Desta vez fui na classe executiva da British Air, com a passagem paga com o meu dinheiro, e dormi o tempo todo. Como sempre, o aeroporto de Heathrow parecia um hospício. As filas de controle de passaporte para os cidadãos britânicos eram piores do que as para estrangeiros. Um grupo voltando da Disneylândia estava mal-humorado e barulhento, e um grupo de aposentados voltando de férias em Ibiza aumentava a confusão geral.

Por isso, quando minha fila se moveu mais rápido do que eu esperava, fui apanhada desprevenida e tive que procurar meu passaporte, o que transformou minha bolsa em um vulcão vomitando canetas, antiácidos, cartões de visita, balas contra mau hálito, um pente e a minha carteira do passaporte no chão.

— Ah, você conseguiu — murmurou uma voz atrás de mim. — Fez uma bagunça horrível, não foi? Me deixe ajudar.

O que senti depois disso é o que os franceses chamam de *coup de foudre*. Um relâmpago que atinge o coração. Um choque cardíaco instantâneo que nem sequer chega perto do cérebro. Na verdade, ali de pé nos poucos segundos necessários para que a pessoa atrás de mim, que eu ainda não vira, pegasse minhas coisas espalhadas por todo lado, me senti aérea, como se meu cérebro tivesse sido sugado do crânio. Não estamos falando necessariamente de amor, aqui. Nada tão sofisticado. No meu caso, era mais como bater de frente em um campo de força. Ou talvez tomar heroína pura.

Esse *coup de foudre* não é um acontecimento raro. As colunas dos consultórios sentimentais nas revistas recebem cartas falando disso o tempo todo. "Na Segunda Guerra Mundial, era um soldado de licença num baile do USO, e esta linda garota estava de pé ao lado da pista de dança..." Compositores fazem canções a respeito: "Olhar uma vez para você bastou, era só isso que queria fazer, e depois meu coração parou."

Repare, esta reação fora causada ao ouvir um homem dizer doze palavras com um sotaque — e estava disposta a apostar um bom dinheiro nisso — londrino, provavelmente de Mayfair ou Knightsbridge. Conheço muito bem sotaques, e este era dos melhores.

Já tinha passado por isso antes? Não com Stan, o único homem que pensara ter amado. Na verdade, eu nem mesmo gostara de Stan quando o vira pela primeira vez. Saíra com ele para ajudar uma amiga que saía com o amigo dele. Não fazia meu tipo de modo algum. Simpático demais. Gentil demais. Só quando olhei para ele com os olhos de minha mãe, e descobri que ela o desprezaria, bem como tudo o que ele representava — suas origens, a promessa, e principalmente seu desejo por mim —, foi que pude amá-lo.

Virei-me para dar um sorriso de agradecimento e encontrei um rosto perfeito para a voz. Um homem elegante e bonito, com cabelos prateados e uma covinha no queixo igual à de Cary Grant, suficientemente funda para aninhar uma bola de golfe. Tinha dentes perfeitos e muito brancos, com um sorriso tão alegre que merecia uma gargalhada por trás deles. Nariz aquilino. Olhos inteligentes, cinzentos como o caviar Beluga. Alto e sólido. Muito bem vestido em uma camisa listrada azul e branca e calças cáqui. Aos pés estava a mala. Em um dos ombros a maleta de couro preta do laptop. No outro ombro, uma mala com as letras IAGSO, seguidas pela palavra Viena e as datas do congresso do ano passado. Dois passaportes, um americano e o outro britânico, enfiados no bolso, proclamavam a sua dupla cidadania. Quando percebeu que meus olhos pousaram neles, disse:

— Hoje a fila do Tio Sam estava menor. Não foi um golpe de sorte? Bom, acho que todos os seus tesouros estão aqui.

Suas mãos estavam cheias com as minhas coisas. E ele me entregou uma por uma, como se fosse uma caixa registradora contando moedas, com um sorriso estonteante ao longo da transação.

— E por último, seu passaporte. É bom ficar de olho nele. Você não vai poder entrar sem ele, sabia? E seria uma pena perder a Inglaterra em setembro. É uma época linda do ano. Só chove em dias alternados, em setembro.

— Foi muito gentil de sua parte — respondi, apanhando o passaporte.

— Foi um prazer — ele respondeu.

Dei uma olhada na mão esquerda dele e não vi uma aliança, olhei para cima e vi que ele olhava para a minha mão esquerda. Caímos na risada.

Estava equilibrando duas malas e não pude apertar a mão dele, mas fiz bom uso das covinhas que herdei de minha mãe, embora ela nunca as tenha usado.

— Gwyneth Berke — disse, e fiz uma pausa para o nome ser lembrado. — Vai para o congresso da IAGSO?

Ele pareceu surpreso.

— Vou — respondeu, e esperou demais para se apresentar, porque o oficial da imigração elevou a voz, impaciente:

— Próximo. Próximo, por favor. Vamos fazer essa fila andar, por favor?

A mulher atrás do meu inglês desconhecido me fuzilou com os olhos. Encolhi os ombros, desanimada, e andei depressa.

Nem tudo está perdido, pensei, *porque ele deve estar atrás de mim, e, se eu andar bem devagar enquanto ele carimba o passaporte, vamos nos encontrar na próxima sala e ele vai me alcançar e terminar de se apresentar.*

— Madame, não se demore, por favor. Esta é uma área de segurança. Gostaríamos que andasse mais depressa. — Um segurança do aeroporto me despachou.

E, de repente, meu inglês estava a meu lado, passando por mim sem olhar na minha direção, como um touro bravo indo ao encontro de três homens que o esperavam do lado de fora do portão de segurança: um acenando com a mão e os outros dois balançando cordialmente a cabeça. Reconheci o homem que acenava com a mão: Dr. Harris Jance, Ph.D., inventor das famosas tesouras Jance, que cortam tecidos como se fossem manteiga, e presidente emérito da IAGSO. Um escocês de idade avançada e uma enorme reputação. Os dois homens ao seu lado eram de meia-idade, asiáticos, usando paletós e gravatas-borboletas, o uniforme padrão dos médicos bem-sucedidos que atravessa todas as fronteiras.

— Simon, que bom ver você — Jance disse enquanto eu cruzava o piso, paralela a eles, movendo-me como se o ar fosse feito de água e eu estivesse nadando *muuuito* lentamente. — Você conhece o blá, blá — não entendi o nome — Tashiki, é claro.

— Sim, sim — Simon disse, fazendo uma reverência com o aperto de mão. — Gentileza sua em vir.

— Mas acho que você não conhece blá-bláPhan. Blá-bláPhan, esse é Simon York.

— É um prazer, senhor — disse Phan. — Li seu trabalho sobre blablablá...

Simon York.

Ahh. Simon York.

Esse era o nome do meu príncipe. O famoso e infame Simon York do Instituto Médico Kerns-Brubaker de Nova York que, junto com o Sloan-Kettering, era uma das jóias da coroa nova-York da pesquisa de câncer. Já tinha visto Simon York antes, mas de longe. No pódio. Do outro lado da vasta extensão de uma sala de conferências. Um cirurgião de primeira categoria, e também um bioquímico que estudara sob a tutela do laureado Georgi Popovich anos antes de este receber o Nobel de medicina. Candidato ao Prêmio Lasker pelo trabalho feito em pesquisa médica há uma década, perdera-o para um colega meu no Hopkins, o oftalmologista Al Sommer. York era considerado brilhante, mas um colega de trabalho feroz. Charmoso, mas difícil no convívio pessoal. Era areia demais para o meu caminhãozinho, e respirei fundo.

Ah, mas foi um momento adorável. Foi bom saber que meus hormônios ainda tinham o poder de acabar comigo. Guardei a sensação do *coup* no bolso, como um lencinho de renda, feliz em saber que estava por perto, mas que não seria mais muito usado.

No final, acabei assistindo às duas sessões do congresso de que Simon York participaria. Tinha escolhido participar ainda em Baltimore, ao ler o programa preliminar. Ele estava desenvolvendo projetos científicos surpreendentes que achei que poderiam ajudar minhas pacientes.

Tinha uma pergunta para ele, mas, depois da primeira sessão, antes que pudesse abordá-lo, o painel de profissionais se dispersou e ele desapareceu.

Mas encontrei um velho amigo, Davis Standish, que clinicava em Baltimore antes de se mudar para o sul da Califórnia. Davis era o que Fleur chamava de jogador. Já pusera as mãos (e, como alguns dos meus colegas insinuaram, também outro apêndice habilidoso) em algumas xoxotas muito famosas. Com sua esposa definhando em casa com esclerose múltipla, ele era o acompanhante perfeito para suas pacientes estrelas de cinema nas estréias e eventos de caridade. Mantive-me informada sobre ele lendo revistas, enquanto ele ficava mais velho, mais rico e mais famoso, com seu cabelo grisalho preso em um rabo-de-cavalo e os braços, definidos na academia, apertados nas mangas do smoking. Sempre gostei de Davis. Tinha minha simpatia por abalar a velha-guarda e por viver a vida intensamente, mas os acadêmicos metidos a besta que compunham a nata da IAGSO o deixaram de fora.

Ainda assim, era um cirurgião muito competente e participava de todos os congressos para se manter atualizado. Uma vez por ano nos cumprimentávamos afetuosamente. Hoje, fora a vez de receber um beijo em estilo europeu/hollywoodiano em ambas as faces. O ligeiro flerte, que cultivávamos, mas nunca deixamos passar disso, já vinha desde os tempos em que servíramos no mesmo comitê médico em Maryland, nos anos oitenta. Almoçávamos de vez em quando para discutir assuntos do comitê, e nada mais.

— Você está linda, Gwyn. — Ele deu um passo para trás. — E não é graças à cirurgia plástica. Só pode ser um bom material genético.

Se você soubesse! Pensei em minha mãe, a louca varrida, e meu pai, com Alzheimer. Mas ele tinha razão, os genes da pele eram muito bons.

Conversamos sobre os velhos tempos e no fim me despedi dizendo:

— Acho melhor ir andando. Vou assistir à apresentação de Simon York dois andares acima.

— Ah, Simon. Há alguns anos encaminhei uma paciente com um horrível carcinoma papilar seroso que, honestamente, não sabia como tratar. Achei que ela era um caso perdido, mas ele a salvou, e em retribuição ela doou dois milhões de dólares para o laboratório dele. Não há dúvidas de que ele é um homem brilhante e que sabe como usar os encantos que possui.

Ah, sim, pensei, lembrando nosso encontro em Heathrow.

Sentei na terceira fileira para ouvir a apresentação de Simon e fiquei completamente impressionada. Bom trabalho, bem apresentado, e dava para sentir a animação da platéia quando ele acabou.

Quando cheguei à frente do auditório, a multidão ao redor de Simon era grande, e fiquei circulando pela periferia. Ele me viu enquanto conversava com Marv Feller, de Liverpool. Nossos olhos se encontraram. Os dele se contraíram e depois brilharam em reconhecimento. Continuou conversando, mas não abaixou os olhos e, de repente, sorriu para mim. Quando Marv se afastou, uma alemã de quem eu me lembrava de outros congressos invadiu a área. Corpulenta, loura e insistente, percebeu que Simon estava distraído e ergueu um braço pelancudo, colocando a mão no ombro dele para atrair sua atenção. Isso fez com que seu sorriso se alargasse e ele deu de ombros olhando para mim, como que dizendo que não podia escapar. Dei de ombros em resposta e me afastei da multidão.

Não dava para levar a sério esse breve contato imediato de terceiro grau. Nem dava para levar a sério Simon York.

— Não posso acreditar que você está tomando estrogênio. Está tentando se suicidar? — Dra. Alicia Griffith brandiu o garfo de modo ameaçador. — Você leu a respeito das últimas descobertas. É o mesmo que estar tomando cianeto.

Arrematei meu café enquanto me defendia.

— Tentei parar no ano passado e no final da terceira semana estava tão elétrica que dava choques nas pessoas. E fico letárgica sem ele. Mesmo tomando a dose mais baixa tenho ondas de calor, mas pelo menos ficam suportáveis. Não me venha com as pesquisas feitas em Boston sobre efeitos colaterais. Nós sabemos que a literatura médica muda de opinião a cada três dias.

Fedora Croscetti, a mais jovem do grupo, com quarenta e sete anos, balançou seus cachos escuros e deu um muxoxo de desaprovação, olhando para mim.

Nos últimos vinte anos, nós cinco, colegas e amigas, fazíamos nossa reunião anual durante o congresso da IAGSO. Durante o ano nos comunicávamos por e-mail, trocando opiniões profissionais e batendo papo. Naquela noite, estávamos comendo a sobremesa no Wordsworth, um elegante restaurante da nova culinária britânica, cujo objetivo era contradizer tudo o que tradicionalmente se fala de mau da cozinha inglesa. Isabelle Rousseau inclinou-se para trocar um pedaço da sua torta de caramelo por uma colherada do meu pudim de leite.

— Não sejam tão duras com a coitada da Gwyneth — ela disse com seu charmoso sotaque francês. — Eu não conseguiria viver sem o meu comprimidozinho de estrogênio. Tomo-o sem um antagonista, sem a progesterona que me causa um buço e acne. Sim, sei que estou correndo o risco de ter câncer de colo do útero. É por isso que faço uma curetagem anualmente. Vale a pena. Sem estrogênio, *le vagin* fica seco demais. — Ela deu uma olhada rápida na minha direção.

Alicia entrou na conversa.

— Você disse *le* vagin? Não me diga que vagina é um substantivo masculino. Os franceses são tão do contra. Arrc. Quanto a tomar estrogênio sem antagonista, é estúpido — declarou, fungando como a dama inglesa de alta classe que era. Às vezes seu tom de superioridade de Oxbridge me irritava. — Espero que você não recomende esse tratamento para as suas pacientes.

— Digo às minhas pacientes que a reposição hormonal é uma roleta-russa — Isabelle respondeu.

— Engraçado — comentei —, eu digo às minhas pacientes que é um jogo de dados.

Preethika Patel bebia chá delicadamente, a face concentradíssima. Uma mulher esguia e séria de sessenta anos, com uma enorme clientela em Nova Délhi, passara a usar o sári branco das viúvas no ano anterior. Essa noite, seu sári era azul e prateado, um excelente complemento ao seu cabelo negro rajado de cinza.

Nesse momento, dizia:

— Na Índia, quem pode pagar toma hormônios. As demais usam ervas como açafrão e Shatavari e passam gel de aloé-vera nos genitais. Nas aldeias as mulheres correm menos riscos do que nós, pelo menos se dermos crédito às mais recentes descobertas sobre o câncer de mama.

— Então você não toma estrogênio? — Alicia, a mais atrevida de todas, insistiu. Preethika era uma mulher reservada. Não tímida. Uma alma em paz consigo mesma, que não batia a cabeça em suas paredes.

— Bom, não tenho ondas de calor. Durmo igual a qualquer outra viúva, nem melhor, nem pior. Me preocupo, isso sim, com a osteoporose. E ainda não está nada decidido quanto ao Alzheimer. Portanto, Alicia, a resposta é não, não tomo estrogênio. Mas a verdade é que você se dá mal se não toma, e se dá mal se toma.

Um silêncio pesado caiu sobre nós. *Estamos todas no mesmo barco*, pensei, *algumas vencendo as ondas, outras batendo de frente com elas*.

Pagamos a conta e estávamos saindo do restaurante quando Alicia diminuiu o passo e inclinou-se para sussurrar:

— A mesa dos poderosos. — Inclinou a cabeça em direção a um canto no fundo do salão. — Os grandes chefes índios estão fumando o cachimbo da paz. Bedell e toda a diretoria. Aquele lá não é seu amigo David Standish?

— Davis — respondi distraída. — Davis, não David. — Estava olhando para o outro lado da mesma mesa. Para as costas de alguém usando um paletó de tweed. Não tinha certeza. Talvez. Talvez não.

— Como foi que Standish conseguiu se sentar com os eleitos por Deus? Ele é um verdadeiro estranho no ninho entre eles. Badalado demais para aqueles caretas.

— Você não sabia? — O lábio de Fedora curvou-se. — Ele doou meio milhão de dólares para o Prêmio Arlis R. Bedell para a pesquisa ginecológica. — Distraída por um momento do paletó de tweed, fiquei sem fala.

Alicia nunca perdeu a chance de fazer uma boa piada.

— Junte dinheiro, um pouco de puxa-saquismo e mexa bem. *Voilà*, respeitabilidade instantânea.

Quando chegamos à chapelaria, nossas vozes eram uma confusão só. Mas uma se destacou. A de Isabelle perguntando:

— E quem era aquela sentada ao lado de Simon York? A ruiva.

Então, eu tinha razão. Meu coração deu um saltinho ao ouvir "Simon", e afundou como uma pedrinha ao ouvir "ruiva".

— Ela estava bem perto dele. Seus rostos quase colados. E a mão dela no ombro dele, vocês viram?

Eu vi.

— Sua esposa? — arrisquei, apesar da ausência de aliança na mão dele.

— Aquilo não era pose de esposa — Fedora comentou, maliciosa.

— A ruiva é Beata Karnikova, de Praga. Você a conhece, Isabelle. Trabalhou no comitê organizador com ela. — Isso veio de Preethika.

— Ahh, Bitti, a Dama de Ferro. Muito inteligente e *muuuuuito* ambiciosa.

— Jovem? — Essa era eu novamente.

— Perto dos cinqüenta — Alicia respondeu. — Mas não muito perto. E bem conservada.

— Os dois têm um caso? — Era uma pergunta casual.

— Bitti e Simon York? Bom, nunca pensei no assunto até agora. Acho que tudo é possível.

— Pessoalmente acho que ele é *un bourreau des coeurs, très* sexy — Isabelle disse. — Gosto de um homem com maxilar forte.

— *Uh là là*. Muito prático da sua parte — Alicia retrucou e fez com que todas nós começássemos a rir como adolescentes, enquanto andávamos pelas ruas de Londres à luz dos lampiões.

O clima de Londres estava perfeito no auge do outono. O ar era fino, límpido e com cheiro de gengibre. A lua, faltando um dia para ficar cheia, brilhava alta, à direita do Big Ben. Pensei novamente na sorte que tinha de estar aqui. Como o jantar havia sido divertido. Como estava grata por ter amigas como Alicia, Preethika, Fedora e Isabelle, mesmo sem poder vê-las mais do que uma vez por ano.

Adorava o fato de que essas médicas talentosas pudessem fofocar e rir entre si. Adorava a parte das bobagens. E, se isso era criancice, bom, que se dane. Não tivera uma infância verdadeira e aproveitava quando tinha uma chance.

De volta ao meu quarto, liguei para meu pai e afastei Sylvie da televisão. Ela garantiu que ele estava bem. A Sra. Parente, uma amiga dele do centro de idosos, passara por lá deixando uma caixa de *cannoli*. Ele já tinha devorado dois. Não perguntara por mim, mas conversara com a minha secretária eletrônica às cinco da manhã e parecera feliz somente por ouvir o som da minha voz. Sylvie o colocou no telefone e escutei suas bobagens sobre algo que vira no espelho do banheiro. O máximo que pude entender foi que ele pensou ter visto sua irmã, Margrit, ao invés do reflexo de seu rosto. Minha tia Margie morrera em 1993.

Depois que desliguei, fiquei sentada na beirada da cama com o telefone na mão, pensando se deveria ligar para Harry Galligan. Aquele sim era o homem para mim. Levando em conta os outros problemas na minha vida — meu pai, as tentativas de ressuscitar a Clínica, a dupla maléfica formada por Bethany McGowan e Seymour Bernstein —, eu não precisava mesmo de alguém tão exigente e complexo como, digamos, Simon York.

Mas, no fim, decidi não ligar para Harry.

Capítulo 15

Não que eu tivesse chegado a procurar por ele, mas nos dois dias seguintes não vi um fio do cabelo prateado de Simon York. Não é incomum que alguém abandone o congresso na metade. O dinheiro que você ganha paga a sua viagem para Paris ou Maui. Você aparece para participar de algumas sessões e vai embora, em busca de locais mais interessantes nos arredores do local do congresso. Este tipo de joguinho é travado com habilidade e freqüência por alguns de meus colegas.

Simon podia estar pescando na Escócia por alguns dias ou sendo recebido como convidado de honra em uma casa de campo em Shropshire. Pendurada no seu braço ou ao seu lado na cama, Bitti Karnikova. Porque Bitti também desaparecera.

Bom, que fossem felizes. A excitação tinha desaparecido. Todos os meus circuitos estavam voltados para o trabalho. O congresso absorveu toda a minha atenção.

Tinha planejado uma noite indulgente, abusando do serviço de quarto e relaxando, mas, quando voltei ao quarto no final do segundo dia, encontrei um envelope embaixo da porta. Dentro estava um convite e um bilhete no papel de carta do hotel, assinado por Davis Standish.

Gwyneth: Não pude dar palpites na lista de convidados, caso contrário você já teria recebido isto há semanas. Espero que não seja tarde demais. Gostaria muito que se juntasse a nós. Davis.

E foi assim que acabei me reunindo à nata dos ginecologistas na recepção oferecida na Tate Gallery, em homenagem a Davis Standish, patrono do Prêmio Arlis R. Bedell. Não era um grupo no qual me sentia normalmente à vontade. A diretoria era formada quase que exclusivamente por homens, todos excepcionais em suas especialidades, mas com o costume de manter contatos profissionais e se socializar nesse tipo de encontro. As duas mulheres do grupo eram espécimes magníficos de mulheres superprofissionais que abriram mão de muitas coisas para chegarem ao topo da profissão. A garota prodígio do Arlis Bedell, Rachel Cohen-Goldberger, tinha cinqüenta anos, um rosto bíblico, o corpo de uma sílfide e os olhos mais tristes que eu já vira na vida. Seu marido e seu bebê tinham morrido em um acidente de barco há vinte e cinco anos. Ela se agarrou à dor e à fúria que sentia e as canalizou para o trabalho.

Angela Barola se vestia como uma operária de fábrica e estava sempre carrancuda. Nunca se casou, galgou os degraus da fama no meio dos machos italianos e se estabeleceu como uma das mais competentes cirurgiãs do planeta. Era famosa por agüentar firme os contratempos e por sua atuação no movimento feminista italiano. Era também uma cientista voltada para a pesquisa, e os boatos diziam que ela só dormia duas horas por noite. E parecia mesmo. Mas ela e Rachel eram lendas, heroínas na comunidade das médicas. Nós as apontávamos como exemplos para nossas filhas, como prova de que, se sua vida é devotada completamente ao trabalho, é possível ficar lado a lado com as cabeças coroadas da nossa profissão, mesmo sem ter um par de testículos balançando no meio das pernas.

A multidão que passeava pelas galerias da Tate era razoavelmente grande. Rachel parou para dizer olá. Tinha um copo de água na mão, mas podia ser gim. Depois que se afastou de mim, envolvida em seu miasma de tristeza, acompanhei a festa que se espalhava por cinco enormes galerias. Na terceira galeria, enquanto examinava um quadro de Constable, ouvi uma voz bem atrás de mim.

— Gwyneth Berke?

Virei-me e vi alguém que parecia vagamente familiar, tinha uma voz mais familiar ainda, e a quem não conseguia reconhecer por mais que me esforçasse.

— Olá — disse vagamente. — Lamento, mas não...

— Não faz mal — ele respondeu com um suave sotaque... do Leste Europeu? Não. Marroquino? Não. Ah, israelense. O que não me ajudou em nada. — Não esperava que você se lembrasse de mim. Já se passaram muitos anos. Ari Ben-Jacob. Hopkins. Eu era um dos residentes. Você era a nossa chefe.

Dei um passo para trás.

— Ari! Não pode ser. O que aconteceu com o bigode? E você era tão magrinho.

— Verdade. — Ele sorriu. — Com um enorme pomo-de-adão. E um tique nervoso. Você não pode ter se esquecido do tique.

Não respondi porque era mesmo um tremendo de um tique nervoso, que distraía todo mundo. A cada duas palavras seus olhos se apertavam uma, depois duas vezes. Como se fosse um código Morse.

Mas o tique desaparecera. E o pomo-de-adão sumira dentro do verdadeiro tronco de árvore que era o pescoço. O cabelo vermelho com cachos indomáveis tinha escurecido e ficado levemente ondulado. Ari era um homem atraente, de ombros largos e um sorriso cativante.

— Que mudança. Olhe só para você! O que aconteceu?

— Aconteceu comigo o que acontece com todos. A vida aconteceu. — Encolheu os ombros de modo charmoso e mudou de assunto. Durante quinze minutos falamos sobre os destinos de antigos colegas. Quando acabamos, ele comentou: — Li seu artigo no *Archives* de junho. Achei muito interessante. Tenho um caso importante que gostaria de discutir com você. Se tiver tempo para isso. — Respirou fundo. —

Aposto que você não comeu nada, e sabe que não faz bem beber de estômago vazio. Mas não a culpo, os salgadinhos são horríveis. Quer ser minha convidada para jantar? Seria um enorme prazer.

Que mal faria?, pensei. Os figurões e as duas figuronas estavam conversando. Davis Standish estava colado à mulher que o acompanhava, uma estonteante ruiva de uns trinta e cinco anos. E Ari tinha razão, os salgadinhos eram horríveis.

— Gostaria muito — respondi.

Por volta das dez da noite, já tinha discutido o tratamento do seu caso, já tínhamos contado tudo sobre as nossas vidas, e duas garrafas de vinho começavam a levar a melhor sobre nós.

— Bom, Gwyn — Ari improvisou, olhos brilhantes com o cabernet e talvez algo mais.

— Bom — repeti, sorrindo de volta. — Preciso mesmo voltar para o hotel. Quero assistir às sessões da manhã.

— Eu embarco às seis da manhã para Tel Aviv. Minha filha faz onze anos depois de amanhã e minha ex-esposa está preparando uma festa para a família. Já vi o que queria ver no congresso. E não posso perder o aniversário de Ronit.

— O dia vai começar cedo para nós.

— Mas não quero que a noite termine — ele respondeu, cobrindo minha mão com a dele. — Você sabia que eu era apaixonado por você? Um *schlemiel* como eu. Mas não sou mais um *schlemiel* e somos livres. Morando em Israel, não posso prometer muito mais do que uma noite de prazer...

Dessa vez não foi o meu coração que foi seduzido. Decididamente não foi o meu cérebro, uma vez que esse homem era quinze anos mais jovem do que eu, tinha estado sob minha supervisão e eu não o veria novamente por pelo menos um ano. Era aquela coisa que escraviza os homens o tempo todo — o canto da sereia do momento de tesão. E, pela primeira vez na minha vida, atendi ao chamado.

Quem diria? Ari Ben-Jacob era esguio e musculoso como um golfinho, e movimentava-se no meio dos lençóis como se tivesse nascido para isso. Não murmurou palavras de amor. Mas tinha um excelente vocabulário libidinoso. Ah, ele era bom nisso. Fez tudo certo sem pensar, da mesma maneira que um bailarino nato se move instintiva e graciosamente, acompanhando o ritmo. E tinha prazer em dar prazer.

— Olhe só para você — ele disse, me apresentando ao meu reflexo no espelho. — Você é linda.

Virei a cabeça para evitar a imagem de corpo inteiro, como tenho feito há dez anos, e ele disse:

— Não, não, olhe. Você tem ombros lindos.

— Ombros? — Dei uma gargalhada, pensando "*Puxa, ele se esforçou bem para inventar essa*".

Mas ele retrucou:

— Ombros podem ser muito sexy. — Percorreu o contorno de minha clavícula com o dedo e beijou as reentrâncias na base do pescoço. — Você é todinha sexy.

— Eu? — respondi, ansiosa pela resposta.

— Não sabia disso? A loura alta e bonita, inteligente demais, tão fria na aparência, mas o calor debaixo da superfície é perceptível. O que poderia ser mais atraente?

Ele ergueu o meu queixo com um dedo, forçando-me a olhar o reflexo.

— Olhe só para este pescoço. Igual ao de uma rainha. Você deveria estar alimentando pavões em um jardim de Jerusalém. Seu corpo é tão excitante. — E fez o inventário completo dele, da cabeça aos pés.

Não disse que o que ele via era um efeito criado pela combinação entre desejo e pouca iluminação. Uma ilusão.

Mas não importava. Porque estávamos ali movidos pelo desejo. Eu estava ali para isso. Só isso. A aventura me levou de volta ao meu tempo de faculdade, onde meu mantra era "Se for bom, faça". E fiz, mas não tanto quanto as outras. *Portanto, muito obrigada, Ari Ben-Jacob*, pensei enquanto estávamos deitados lado a lado, compartilhando a deliciosa sensação pós-coito, *por um adorável momento deslocado no tempo que fez com que me sentisse novamente com dezenove anos.*

No dia seguinte, Fedora me acompanhava em um drinque, antes do jantar no bar do hotel, quando Bitti cruzou o saguão, viu Fedora e deu um tchauzinho mole com a mão.

— Coitada da Bitti. — Fedora curvou-se sobre sua taça de vinho. — Parece tão abatida. As ruivas ficam pálidas tão depressa. Mas é claro que vômitos e diarréia durante vinte e quatro horas deixam você branca como cera, seja qual for a cor da sua pele.

— Bitti passou mal?

— Malíssimo. Ela acha que foi alguma coisa que comeu no Wordsworth naquela noite. Me encontrei com ela no café-da-manhã. Só estava tomando chá com torradas e parecia um pouco bamba das pernas, o que é normal depois de passar dois dias acamada.

Dois dias acamada. Não estava com Simon York em Shropshire ou outro lugar. Não que fizesse muita diferença, mas foi um aviso para que eu parasse de tirar conclusões precipitadas sobre os homens. Stan era o culpado disso. Acabara com a minha confiança e me deixara um pouco cínica. Já era hora de abandonar esse traço da minha personalidade e conceder o benefício da dúvida a todos os filhos de Deus.

O XXVI Congresso Anual da IAGSO já era parte dos anais da história, e às oito da manhã o saguão do hotel estava repleto de pessoas esperando seu transporte para o aeroporto. Meu vôo estava marcado para as onze. O vôo de Preethika para Nova Délhi decolaria praticamente na mesma hora. Dividimos o táxi para Heathrow.

O porteiro do hotel estava colocando nossas malas no carrinho quando quatro homens entraram no saguão e ficaram ao nosso lado sob o toldo do hotel. Jai Prasad, um dos membros da diretoria da

IAGSO, afastou-se do grupo para falar com Preethika. Abrindo o campo de visão entre mim e Simon York.

Simon acenou com a cabeça, pareceu intrigado e depois se iluminou, como se a ficha houvesse caído.

— Volto já — disse a Arlis Bedell.

E, antes que eu pudesse recuperar o fôlego, estava ao meu lado.

— Não tive oportunidade de me apresentar no aeroporto. Mas o congresso já resolveu isso, não foi? Vi você na minha palestra e queria falar com você, mas Inger Schroeder me agarrou. Uma mulher formidável. É impossível escapar da Inger. E, quando consegui me livrar dela, você tinha desaparecido. Tinha alguma pergunta?

— Tinha, mas juro por Deus que não consigo lembrar agora. — Não sabia se estava tendo uma inconveniente onda de calor ou se estava corando, algo que não acontecia desde o primário. Fosse o que fosse, a onda súbita de calor apagou temporariamente a pergunta da minha memória. Mordi o lábio inferior, tentando lembrar.

Seu olhar passou da minha boca para os meus olhos, onde se fixou de forma muito intensa. Sob a luz do sol, meus olhos azuis nórdicos ficam cor de safira. Pestanejei sedutoramente para ele.

— Não se preocupe — ele disse, pegando na minha mão. E não era a minha imaginação, o seu polegar estava massageando a carne macia entre o polegar e o indicador. Depois ele fez uma coisa que só os homens atraentes fazem, deu aquele sorriso de um lado só da boca que transforma as mulheres em geléia. — Se lembrar, mande uma mensagem. Estou em Nova York, no Kerns-Brubaker.

— Simon, Jai, o carro chegou — chamou o homem ao lado de Arlis Bedell. Uma limusine Rolls-Royce preta estacionou na frente do hotel.

— Já vou! — disse ele sem se virar. — Ah, queria dizer que li seu artigo na *Issues*. Material impressionante. Está trabalhando em uma continuação, espero?

— Simon!

— Desculpe. Estou sendo chamado, Dra. Berke. — Ele se lembrava do meu nome. — A propósito, gosto do seu perfume. — Ele chegou mais perto. — Gardênia. Muito sensual. Mas sutil. Combina com você. — E se afastou. — Preciso ir.

— *Bon voyage* — respondi, engasgada. E ele sumiu em um piscar de olhos.

A última coisa que o ouvi dizendo foi uma instrução para o carregador:

— Tome muito cuidado com aquela — e apontou para a maleta de couro preto do laptop. Entrou na limusine, o motorista fechou a porta e pronto, acabou.

Só que, se eu tinha aprendido alguma coisa em meus cinqüenta e quatro anos de vida neste planeta imprevisível, é que as coisas *nunca* acabam assim.

Capítulo 16

No meu primeiro dia de volta ao trabalho, o consultório estava um caos. Marie Lansing, nossa secretária e gerente da clínica, anunciou que iria se casar novamente e se mudar para Boston. Todos estavam felizes por ela. Eu inclusive. Mas me senti como se tivessem cortado a minha mão direita.

— Vamos sentir a sua falta, Marie. — E não pude conter um suspiro.

— Tudo vai ficar bem. Treinei Barbara para assumir meu posto assim que comecei a desconfiar que iria embora. E esta semana vão ser entrevistadas três meninas para preencher a vaga aberta.

Seymour ia cuidar das entrevistas. Achava-se um perito em recursos humanos só porque tinha contratado Marie há dez anos.

— Tem um minuto? — Suas pálpebras piscavam rapidamente, um sinal de nervosismo. O que não era uma característica de Marie.

— Claro que sim.

Ela fechou a porta de minha sala e sentou na poltrona diante da minha mesa.

— A senhora sabe, Dra. Berke, que não faço fofoca entre os médicos. — O que era a mais pura verdade. Ela não só nos protegia dos pacientes, como também protegia os médicos uns dos outros.

— Não é fácil para mim dizer isso, mas a senhora percebeu algo estranho acontecendo entre o Dr. Bernstein e a Dra. McGowan?

Murmurei algo evasivo.

— Puxa vida, detesto estas situações — Marie disse com um sorriso apagado. — Ando perdendo o sono sem saber se deveria contar ou não, mas é para o bem da clínica, e, agora que estou indo embora...

Que merda. Não queria mesmo ouvir o que ela iria dizer. Mas, por outro lado, saber o que andava acontecendo poderia ser útil.

— Achei que não era da minha conta. Mas as coisas estão tomando um rumo óbvio demais para serem ignoradas. E é durante o expediente. Quero dizer, eles não desgrudam um do outro. Quando acham que ninguém está vendo, ele... a senhora sabe... passa a mão no... hum... seio dela. E já a apanhei alisando... hum... o traseiro dele. Esse tipo de comportamento inadequado. Alguns funcionários também já perceberam. E estão fofocando. Isso não é bom para a clínica. E é por isso que resolvi lhe contar. Fico mais à vontade falando com a senhora do que com o Dr. Potak, porque ele é homem.

Não acredite em tudo que ouviu, disse a mim mesma. Marie não gostava de Bethany. Quase nenhum funcionário gostava dela. E não era sem motivo. Mesmo depois de várias advertências, Bethany os tratava como escravos, disparando ordens e esperando receber atenção com um estalar de dedos.

— Não sei o que se pode fazer com o Dr. Bernstein, sendo sócio da clínica e tudo o mais. — Ela não disse o que eu já sabia, que os funcionários achavam que Seymour era o bobo da corte, sempre correndo atrás de minissaias que mal cobriam pernas muito jovens. Era incorrigível, mas intocável. Por outro lado, Bethany não possuía participação na clínica.

— Esta é uma clínica maravilhosa — Marie disse. — Por favor, não deixe essa mulher destruir tudo.

— Você fez bem em falar comigo. Vou tratar do assunto. Pode ir embora com a consciência tranqüila. — E dei um tapinha reconfortante no ombro dela. Depois, fui espionar o inimigo.

Não era preciso ser nenhum James Bond, pode crer. Quando se cruzavam no corredor, esfregavam-se um no outro como lagartos em uma pedra quente. Quando liam a papelada na sala de Seymour, encostavam os quadris. Trocavam olhares lascivos na cafeteria, e Bethany esticava a língua demais para lamber o Nescafé na borda da xícara.

Agora que tinha sido alertada por Marie, o agarra-agarra era óbvio. Dava para ver os feromônios e a eletricidade no ar quando se estava na mesma sala que eles. Argh.

Mas, apesar de toda a tensão sexual entre os dois, não havia provas concretas, nenhum motivo para puxar o tapete de Bethany, nenhuma desculpa para arrancar os caninos da cadela que mordia meus calcanhares. Eu me mantinha totalmente concentrada na sala de cirurgia, mas fora dela não perdia de vista nenhum movimento dos acusados, e minhas pacientes mais perspicazes notaram que estava acontecendo alguma coisa.

Sondra Delgado, uma das minhas favoritas, comentou que eu estava abatida.

— Cansaço por causa da diferença no fuso horário. Mas você está ótima — desconversei. — Perdeu um quilo e meio. E o teste da osteoporose voltou com excelentes resultados.

— Claro que sim, ralei a bunda por eles. — Sondra possuía um vocabulário vibrante. Ensinava poesia na universidade local. E dava aulas de aeróbica na Igreja Unitariana. Era um mulherão aos sessenta e quatro anos, o que me deixava esperançosa.

Recolhi o material necessário para o papanicolau e ela ainda estava com os pés nos estribos quando disse:

— Dá uma olhada nos meus pêlos pubianos.

Ergui o lençol.

— Estão brancos — ela disse.

— Como os cabelos na sua cabeça. — Eu cuidava de Sondra Delgado há vinte e cinco anos e ela já era uma beldade grisalha aos trinta. Uma daquelas mulheres que ficam grisalhas prematuramente, mas com uma pele dourada que se ilumina em contraste com o prateado da cabeça.

— Mas eles sempre foram pretos. Tinha uma montanha de pêlos pretos. Agora, olha só para eles. Quase todos brancos, os que sobraram.

— Bom, os pêlos pubianos diminuem e ficam grisalhos com a idade.

— Quero tingi-los. Essa é a minha dúvida. Posso tingi-los? A senhora está sorrindo. Juro por Deus que se der risada eu troco de médica.

— Não é por sua causa — garanti. Fui pega de surpresa pela lembrança de quando vira Kat nua pela primeira vez. Dividíamos um quarto na faculdade e, quando ela tirou a roupa para vestir o pijama, lá estava, um volume chocante de pêlos pubianos estranhos, um matagal negro que não se parecia com nada do que eu conhecia. Sou uma escandinava, uma loura natural e por isso persegui Annie Johansson nos chuveiros para confirmar que também era perfeitamente aceitável ter uma pequena penugem loura ali.

Agora Sondra Delgado sorria para mim, mas com lágrimas nos olhos.

— A senhora deve achar que sou muito superficial para me preocupar com isso, quando a senhora tem pacientes com câncer.

— De jeito algum — respondi. — Se é importante para você, é importante para mim. Mas não acho que a tintura seja uma boa idéia. Essa é uma área delicada e você pode ter uma reação alérgica.

— Droga. Como a senhora já deve ter adivinhado, tem um homem no meio da história. Ainda não dormi com ele, mas isso vai acontecer e vou morrer de vergonha quando ele me vir assim. Como uma velha.

— Bom, os dele também vão ser grisalhos.

— É diferente para um homem.

Pensei, mas não disse: *Grande novidade!*

— Por que não depila? É o que as modelos da *Playboy* fazem. E parece ser considerado muito sexy. Só devo preveni-la de que pode coçar no começo. Mas, se você continuar depilando, tudo vai ficar normal.

Sondra sentou-se.

— A senhora... é... um gênio. Estou falando sério. É uma solução absolutamente brilhante. É por isso que só tenho médicas. E nenhuma daquelas metidas a sabichonas com trinta anos de idade, que não fazem a mínima idéia do que é ter a minha idade. Sabia que podia contar com a senhora, Dra. Berke.

Sim, eu sei, foi apenas um caso de pêlos pubianos, mas foi a injeção de confiança de que precisava para confirmar que a idade contava para alguma coisa em uma clínica com uma metida a sabichona de trinta anos de idade.

Na quarta-feira, durante a reunião financeira mensal, Seymour e Bethany sentaram à mesa de reuniões, prudentemente afastados, um na frente do outro. Quinze minutos depois de Neil ter começado a falar sobre as variações entre perdas e lucros, notei que Seymour estava com um ar tolo e sonhador que já vira várias vezes antes, e que sabia não estar relacionado com contabilidade. Mantendo a pose, deslizei discretamente um envelope para o chão, me inclinei para apanhá-lo e... bingo! A prova necessária: Bethany esticara uma perna bem torneada, e seu pé descalço massageava suavemente a virilha de Seymour, causando um volume revelador. Voltei a me sentar, disparei-lhe um olhar de "vamos ter uma conversinha, moça" e vi seu rosto ficar branco feito cera.

Capítulo 17

— Você só pode estar brincando. Ela estava masturbando Seymour com o dedão na sala de reuniões? — Fleur gargalhava de maneira tão escandalosa que fiquei com medo de que caísse nos espinheiros que margeavam o caminho para o estúdio de Kat.

Estacionamos ao mesmo tempo à porta de Kat no sábado de manhã, para ajudá-la a decidir qual das tapeçarias deveria selecionar para a próxima exposição numa galeria. Subimos a colina juntas até o anexo envidraçado que Ethan tinha construído para sua esposa quando fizeram quinze anos de casados.

— Não tem graça, Fleur. É uma quebra séria de decoro profissional. Uma coisa inadmissível.

Fleur secou os olhos com um lenço-de-papel.

— Ah, acho que você precisa relaxar um pouco. OK, eles estão cheios de tesão um pelo outro. E daí que trocam carícias escondido? Não é o mesmo que transar com os pacientes. Estão transando um com o outro. E você me disse que Bethany é uma vaca e que ele é um asno. Então, são um par perfeito.

— Não é esse o ponto. Foi na clínica.

— Debaixo da mesa de reuniões.

— Nem sempre. Por que está defendendo os dois?

— Não estou defendendo ninguém. Mas acha mesmo que é uma desonra para a profissão médica se uma de suas colegas é pega com o pé em cima do pinto do chefe na sala de reuniões? — E caiu novamente na gargalhada.

Por que me dar ao trabalho? Apesar de sermos íntimas, Fleur nunca poderia entender os motivos que me deixavam tão indignada com essa falta de compostura. Pelo menos eu via as coisas desse modo. Porque eu não era Bethany McGowan, cuja família tradicional possuía dinheiro suficiente para mandar a filha para escolas particulares e depois para Harvard, nem era Seymour Bernstein, que sucedera ao pai obstetra nos negócios. A medicina me salvou de um começo de vida horrível. Uma mãe louca e violenta. Um pai sobrecarregado que, até conseguir o emprego na Beth Steel quando eu tinha doze anos, mal podia nos sustentar com seu salário de porteiro. Podia contar os livros que existiam em casa nos dedos de uma mão. A medicina me deu uma vida e um trabalho que amo. Não sou luterana praticante como meu pai, nem católica praticante como minha mãe. Pratico medicina. E se, ocasionalmente, dou risadinhas na Igreja do Santo Espéculo, nunca desonrei o local.

Fleur ofegava, mas conseguiu dizer:

— OK, vamos falar a sério. Você conversou com eles a respeito?

— Ainda não. Não tive chance. Logo depois da reunião Seymour foi para Chicago, onde está fazendo um curso. E, muito convenientemente, Bethany pegou uma gripe e há dois dias não vai trabalhar.

— Bom, eles não podem se esconder para sempre.

— Não sei quem é mais culpado nessa história, se Bethany, que está usando sexo para ser promovida, ou Bernstein, que está se aproveitando da ambição dela.

— Bernstein. Ele é o chefe. Deveria ter mais juízo.

Verdade, mas era a funcionária subalterna que estava nos meus calcanhares, pronta para me dar um chute na bunda com um pé que havia andado por lugares em que eu preferia não pensar. Gostava de imaginar, antecipando o momento com sádica satisfação, qual seria a cara dela quando a convidasse a entrar em minha sala para uma conversa particular, sobre um assunto mais particular ainda.

Meu sorrisinho foi substituído por um suspiro quando vi a longa lista de coisas que eu deveria fazer na manhã de sábado, em vez de ajudar Kat a selecionar as tapeçarias. Passar na lavanderia com uma semana de atraso, terminar um artigo para o número de outubro dos *Anais da Ginecologia*, organizar minhas anotações para uma palestra na Filadélfia no próximo fim de semana, cortar o cabelo antes de sair com Harry à noite e levar meu pai para uma consulta com Dan Rosetti, um dos últimos representantes de uma raça de médicos que atende aos sábados de manhã.

Mas Kat não precisava mesmo da gente. Os dois proprietários da Charles Street Gallery já haviam selecionado tudo — tapeçarias, tapetes, xales e outras peças — para a exposição, mas ela achava que tinham escolhido as mais vendáveis, que não seriam exatamente representativas de seu melhor trabalho. Lee tinha feito as escolhas dele. Mas, como era um escultor, seu olhar era suspeito em termos estéticos e ela não estava convencida.

Devia estar mesmo desesperada, para pedir a minha opinião e a de Fleur sobre arte. O gosto de Fleur era mais voltado para quadros com cavalos correndo em pradarias, cenas de caça e retratos de ancestrais mortos. Eu tinha crescido em uma casa com quadros feitos em série — como a Última Ceia pintada sobre veludo e pendurada em cima do sofá. Uma das vantagens adicionais de namorar Stan foi a de poder filar seu bom gosto, do mesmo modo como fazia com seus cigarros.

Disse a Kat que Fleur e eu éramos o Gordo e o Magro dos entendidos em arte, mas ela disse que precisava de nós. Estava nervosa com a exposição. Era em uma importante galeria de arte de Baltimore. O crítico de arte do *Washington Post* prometera que estaria presente na abertura.

Quando uma mulher chama outras mulheres para ajudá-la, largamos tudo e vamos ajudá-la. Eu voara para o lado de Kat, quando a irmã dela Melanie morrera de câncer de mama dez anos atrás, e abandonara uma sala de espera repleta de pacientes para segurar a mão dela quando a sua mãe agonizava. Fleur largara a loja nas mãos de Quincy durante três dias durante a semana de bebedeira que eu atravessara depois que Stan me ferrara com A Traição. É a lei do sabá. Uma irmã em apuros! Unamo-nos, manas!

Enquanto nos aproximávamos do estúdio de Kat, voltei a pensar como Ethan Greenfield devia ter amado sua esposa para construir um lugar como aquele para ela trabalhar. Depois que os pais dele morreram, aplicou a maior parte da herança modesta em sua empresa de vegetais orgânicos que eram, na verdade, um monte de esterco capaz de transformar dinheiro em fertilizante com uma eficácia impressionante. Mas separou uma parte do dinheiro para pagar a construção desse estúdio para Kat, que possuía os ângulos agudos e as linhas retas de uma igreja sueca.

Por dentro, tudo era de uma praticidade básica. O estúdio era enorme, com janelões de vidro e uma clarabóia, permitindo que o ambiente fosse invadido pela luz natural. Atrás da porta, uma mesa de trabalho comprida com os potes de pigmentos, pincéis de espuma e um tear de mesa. Bem no meio do estúdio ficavam três teares de chão, um deles com o novo projeto de Kat. As tapeçarias sendo consideradas para a exposição estavam penduradas na parede ao fundo.

Kat estava de pé ao lado de uma delas, com os ombros caídos. Os olhos não se voltavam para o trabalho mas para sua filha, com rosto fechado, sem expressão, como se tivesse abaixado todas as janelas e batido todas as portas. O rosto de Kat era fácil de ler: tristeza e dor. Estava na cara que tínhamos chegado em um momento de emoções intensas.

— Oi, Kat — Fleur disse, mas nenhuma de nós deu mais um passo além da porta quando vimos Summer. Como eu, Fleur também não gostava nada dela. — Oi, Summer. Que surpresa! Não sabíamos que você estaria aqui, sabíamos, Gwyn?

— Summer está grávida — Kat anunciou. Assim, sem entonação especial, sem introduções, só a frase "Summer está grávida", sem nenhuma felicidade.

— Ora, que bom — Fleur comentou, disparando um olhar na minha direção. Acho que ela estava pensando em algo do tipo *O Bebê de Rosemary*.

Lembro-me de ter ficado surpresa no meio da semana ao encontrar Summer saindo de um consultório da clínica. Ao me ver, ela sorriu e acenou para mim. Coisas incomuns nela, sorrir e acenar. Devia ter acabado de receber a notícia.

— É, é muito bom para Summer e Tim. Mas não muito bom para mim. — Kat se desviou do olhar fulminante de Summer. Vi a tristeza sumir de seus olhos e ser substituída por algo mais intenso. Começou a andar de um lado para o outro. — Summer acaba de me dar um ultimato. Não foi, Summer? Parece que preciso fazer uma escolha. E, se a escolha que fizer for a escolha que Summer considera errada, nunca vou poder ver meu neto. Porque não vou receber permissão (foi essa a palavra que você usou, não foi, Sum?), ou talvez tenha sido autorização, para manter qualquer tipo de contato com meu neto se não obedecer à condição imposta por Summer. E a condição imposta por Summer é que para ver o bebê devo parar de ver Lee. Não é isso, Summer? Bem resumido?

— Como é que é? — Fleur exclamou.

— Mamãe! — Summer disse ao mesmo tempo e teve prioridade. — Mamãe, não acredito em você! — Summer estava indignada. Finalmente mostrando quem era. — Este é um assunto particular, um assunto de família. Não acredito que você tenha coragem de sair contando isso para os outros.

— Gwyneth e Fleur *são* a minha família desde que seu pai morreu. — Kat fez um gesto para que chegássemos perto dela.

— Ora, pelo amor de Deus. Este é um assunto entre nós duas. Você não tem o direito de trazê-las para a conversa.

— Por quê? Está envergonhada? Porque deveria estar. — Andando ao redor da filha, Kat aumentou a velocidade. Kat, a corajosa, estava ressurgindo com força total. — Tentando me obrigar a escolher entre alguém de quem gosto e meu neto. Você deveria estar morta de vergonha.

— Não, *você* é quem deveria estar morta de vergonha. Não faz dois anos que meu pai morreu e você está dando suas voltinhas com aquele armênio...

— Summer! — Kat agüentava muitas coisas da filha, mas não ia tolerar preconceitos em ninguém. — O nome dele é Bagdasarian. Lee Bagdasarian.

— Não importa. Pelo amor de Deus, o cara é dez anos mais novo que você. Você parece aquelas velhas que a gente vê no jornal, enganadas por aqueles vigaristas, os jovens gigolôs, em transatlânticos etcétera. Pensa um pouco. Você acha mesmo que ele vai se casar com você? Pois bem, não vai. Você vai ver. Vai levar um puta fora desse Bag sei lá o quê. Mas acho que, no fim das contas, a escolha é sua. A minha escolha é a de não permitir que meu filho veja a avó dele dormindo com qualquer um, como se fosse uma... piranha ou sei lá o quê.

Houve um momento de silêncio. Ficamos paralisadas como num *tableau vivant* retratando personagens em estado de choque. Até Summer dava a impressão de estar prestes a chorar.

Quebrei o silêncio.

— Sabe, Summer, este ambiente é altamente tóxico. Todos os tipos de vapores circulam por aqui. As tintas e a terebintina para limpar os pincéis.

— Só uso tintas naturais. Nenhum produto químico — Kat me corrigiu.

Eu a ignorei.

— Você está no início da gravidez. Seu feto e você precisam crescer um bocado. — Usei a mesma voz tranqüilizante que usava quando fazia os plantões na ala psiquiátrica. — E você não quer se expor, ou ao bebê, à alta toxicidade desta sala. Minha opinião profissional é a de que você deve ir embora agora. Só por segurança.

— Isso mesmo, por segurança é melhor ir embora agorinha — Fleur acrescentou. Estava fervendo de raiva.

— É isso o que você quer, mamãe, que eu saia sem termos chegado a uma conclusão?

Kat concordou com a cabeça. Acho que não conseguia falar.

— Telefono para você amanhã. Assim vamos poder conversar em particular. — Summer pegou a bolsa, jogou o cardigã que fazia par com o suéter cor de areia sobre os ombros e, com os passos indignados que dava desde menina... "O Andar da Princesa Sebosa", era como Ethan o descrevia, com orgulho e carinho... passou altiva por entre nós, balançando o tempo todo a cabeça com ar de nojo.

E, é claro, bateu a porta ao sair. Com tanta força que vários cones de lã saltaram dos pinos na parede e caíram no chão.

Não chegamos a escolher as peças da exposição naquela tarde. Kat precisava de consolo e conselhos.

— Mesmo com filhos crescidos, quando um pai morre, eles sabem que não o podem trazer de volta, mas continuam a querer a presença dele — disse para ela.

— E eu, viro uma freira? Sempre vou amar o pai dela. Expliquei isso a ela. Nada vai mudar isso. Mas ela quer que eu pare de viver. — Esfregou os olhos como se isso pudesse clarear a sua visão. — E nem sei onde as coisas vão parar nesse relacionamento com Lee, mas gostaria de descobrir.

— Então faça isso — Fleur disse. — Não se deixe envolver nessa chantagem.

— Vou ser avó, Fleur — Kat disse lentamente como se precisasse soletrar a frase para Fleur, que nunca tivera filhos. — Pode imaginar como vai ser se eu não puder ver meu neto?

Fleur pareceu magoada, mas respondeu:

— Summer vai mudar de idéia.

— Pode ser que sim — concordei. — Ela vai precisar muito de você durante a gravidez e quando o bebê nascer. Já vi isso acontecer até com mães e filhas que estavam separadas há anos. Mães de primeira viagem precisam das suas mães, e isso acaba vencendo as barreiras.

— Você pode estar certa. Espero que esteja certa. Mas e se não estiver? Você conhece Summer. — A voz de Kat falhou. — Posso correr o risco?

Ah, sim, eu conhecia Summer. Colocara o coração da mãe em um espeto para assar. E, no fundo, eu achava que Kat teria que fazer uma escolha.

— Espero que ela não ceda à pressão — Fleur disse enquanto caminhávamos lado a lado para nossos carros. — Aquela guria mimada sabe como manipular os sentimentos da mãe. Kat é uma mulher inteligente, mas sempre cai nesse tipo de chantagem emocional.

Fiquei esperando o momento certo para trazer o assunto de Jack Bloomberg à baila. A experiência me ensinou que, quando Fleur é confrontada na hora errada, refugia-se numa trincheira.

— Muito sentimento, pouco pensamento. Acho que faz parte da mentalidade artística dela — ela concluiu.

Era a minha oportunidade.

— Quer dizer que empresárias como você não caem em chantagens emocionais.

Fleur era esperta demais e percebeu a insinuação. Parou de supetão, o polegar no botão do alarme do carro.

— Que diabos você quer dizer com isso?

— Ah, Fleur — suspirei. — Vi Jack pelo sistema de televisão do prédio na noite anterior à minha viagem para Londres. Fui abrir a porta para o rapaz da pizzaria e Jack estava atrás dele, esperando que você o deixasse entrar.

— Pelo amor de Deus! Quer dizer que a vida de todo mundo é um livro aberto no Waterview? No meu caso, um livro muito chato.

— Olha, não estou xeretando. Estou só com medo de que...

Ela me deu uma cortada.

— Ah, pelo amor de Deus! Quer um relatório tintim por tintim? — Sentou-se em um banco de jardim que Ethan tinha colocado debaixo do carvalho, que também fazia sombra sobre os carros estacionados. — OK. Talvez seja bom tirar esse peso do meu peito. Senta aí. — Ela respirou profundamente. — Vamos lá. Quando foi? Segunda-feira? Não aconteceu nada naquela noite. Só ofereci chá e compreensão. Ou, para ser mais precisa, café e compreensão. Ele só queria conversar. Bambi está tendo problemas com a amamentação. Talvez o gosto do silicone incomode o bebê. Essa foi a primeira noite.

— Houve uma segunda noite?

Fleur olhou para as unhas.

— Na segunda noite conversamos sobre a depressão pós-parto de Bambi. Ela engordou vinte quilos durante a gravidez e continua comendo por dois. O refluxo do bebê está melhor, mas agora está com uma espécie de alergia no couro cabeludo. Jack queria conselhos. Tive que lembrar a ele que não tenho experiência com gravidez ou bebês, graças a ele.

— Vamos ver se entendi direito: Jack está tendo problemas com a esposa e volta correndo para a antiga namorada. Caramba — disse — , o cara tem uma tremenda *challah*.

— *Chutzpah*. *Chutzpah* significa cara-de-pau. *Challah* é um tipo de pão. E concordo com você. Agora, por algum motivo, enquanto tudo acontecia, me senti lisonjeada. E pensei...

— O quê, que ele podia abandoná-la? Fleur, você não vai aceitar Jack de volta!

— Não. Não depois que passei algum tempo pensando nisso. — Houve um momento de silêncio em memória dos sonhos de Fleur, finalmente enterrados.

— Você não perguntou se dormi com ele.

— Achei que não era da minha conta.

— E desde quando isso é motivo para impedir você? Mas não dormi. E não foi por não ter tentado. Não fala nada, Gwyn. Qualquer coisa que você diga sobre meu caráter, eu já disse a mim mesma. Só sei que naquele momento pensava que aquela era a minha chance de me vingar de Bambi por ter tirado Jack de mim. Olho por olho, ou melhor, teta por teta. E tudo parecia natural, com Jack abrindo o coração, com a cabeça no meu ombro e depois nos meus seios. Parecia a coisa mais normal do mundo. Não se esqueça de que ficamos juntos durante quatorze anos.

— Ah, Fleurie.

— Sempre vai haver um sentimento entre nós.

Ari Ben-Jacob sussurrara isso quando nos despedimos. Será que, uma vez que se ama, o vírus permanece adormecido para sempre em nossa corrente sangüínea? Anos mais tarde, não é mais o mesmo vírus, mas uma mutação. Incapaz de lhe fazer mal, a menos que sua resistência esteja baixa.

— Talvez ainda o ame. Talvez só exista afeto entre nós. Não importa. Mas, quando chegou o momento da verdade, ele não conseguiu ir em frente. Ou não quis. Quem pode saber? Acabei entendendo que ele a ama de verdade. E foi por isso que não conseguiu ir em frente. De modo que abotoei eu mesma aquele colete ridículo dele e o mandei de volta para Bambi e o bebê.

— Bom para você.

— É, mas não me dê nenhuma medalha. Se ele tivesse tido uma ereção, eu teria dormido com ele. E isso me transforma no quê?

— Num ser humano — disse.

Fleur tinha aberto o jogo. Por uma questão de justiça, agora eu também tinha que fazer a minha confissão. Mas, por incrível que pareça, eu me sentia mais reticente em falar no meu *coup de foudre* com Simon York do que sobre ter pulado na cama com Ari na minha primeira transa de uma noite só. De modo que pulei a parte sobre Simon. Mas Fleur se entusiasmou com a história de Ari.

— Perfeito. Sem vínculos. Sem remorsos — ela comentou enquanto eu contava tudo. — Era o que você queria, não era?

— Claro que sim — respondi, como se fosse.

— Estou muito impressionada. Arrumou um garanhão jovem em Londres e manteve o bom e velho Harry esperando nos bastidores do lado de cá do oceano. Todas deveriam ter uma abundância como essa. Mas nem tudo está perdido para mim. Também tenho alguns candidatos em potencial.

— Que bom para você. Isso quer dizer que ressuscitou *O Plano*?

— É isso aí. Decidi que Jack não é o único que deveria se divertir por estar aprisionado em um casamento miserável. Quero a minha parte. Fiz três contatos no Lovingmatch esta semana. Um deles parece bom. Conversamos pelo telefone na noite passada. Ele sabe a diferença entre Larry King e B. B. King. — Seus lábios mostraram um sorriso esperançoso. — Vamos ver.

Capítulo 18

Cinco coisas sensacionais sobre Harry Galligan:

1. Chegou para me buscar com um buquê de flores nas mãos, repleto de cravos coloridos, enfiados em um cone de papel celofane, que informava que as flores tinham sido compradas no posto de gasolina ou de um vendedor de rua. Achei isso muito doce.
2. Ele se dera um trato caprichado. Não chegava a ofuscar, mas era como se alguém lhe tivesse passado uma flanela até brilhar. Os sapatos reluziam. As faces pareciam polidas com o tom rosado dos irlandeses. Até na nuca, onde o cabelo parecia ter sido cortado recentemente (ao contrário do meu), os cachos arruivados já grisalhos estavam com um discreto brilho de estanho, graças à máquina do barbeiro.
3. Ele pediu um filé do tamanho de um campo de futebol e uma batata assada do tamanho de uma bola de futebol no Ruth's Chris Steak House, e comeu tudo o que estava no prato, incluindo o creme de espinafre e os champignons na manteiga que serviam de acompanhamento. E enfiou tudo goela abaixo com ajuda de bourbon. Mais americano, impossível.

4. Não falou sobre a ex-mulher durante o jantar, o que considerei um comportamento digno de elogios para um primeiro encontro, embora a idéia de uma mulher de meia-idade fugindo com outra mulher fosse fascinante. (Mas um homem fugindo com outro homem, não. Claro.) Durante uma parte do jantar pensei com quem ficaria se me tornasse lésbica de repente. Fleur e Kat foram sumariamente desclassificadas. Nenhuma de minhas amigas servia. Provavelmente iriam falar pelos cotovelos na cama, e essa era uma das vantagens de fazer sexo com homens.
5. Quando nos encontramos com Fleur e seu acompanhante na portaria do prédio no final da noite, Harry deu uma boa olhada nela, da maneira como os homens olham uma gostosona de vinte e oito anos. E me disse no elevador: "Isso é que é mulher." O homem tinha bom gosto.

<u>Cinco coisas não tão sensacionais assim sobre Harry Galligan:</u>

1. Deixava os punhos da camisa aparecerem por cima das mangas do paletó e arregaçava as calças antes de sentar. Stan me disse uma vez que esse tipo de comportamento era um indício inquestionável de origens humildes, e eu, esnobe como todos os que as têm, nunca me esqueci da informação.
2. Usava colônia Old Spice ou Canoe. (*Ainda fabricam Canoe?*) Seja o que for, fez com que eu voltasse imediatamente aos meus anos horríveis do colegial, e depois da segunda taça de vinho fiquei deprimida.
3. A camisa era feita com algum tipo de material sintético, e, quando a aba traseira do seu paletó balançava, dava para ver, através do náilon, os contornos da camiseta por baixo da camisa, uma daquelas camisas-de-meia que somente os velhotes como meu pai ainda usam.
4. Divagou um tempão sobre um programa de ciências na TV a cabo que, não sei como, foi motivo para uma narrativa minuto a

minuto sobre sua visita recente à Irlanda. Quando a garçonete apresentou os pratos especiais do dia, pedi que listasse os ingredientes de um dos pratos, só para conseguir uma pausa na narrativa sobre a grande visita a Dublin. A conversa dele durante o jantar fez com que eu tivesse vontade de deitar a cabeça entre o pratinho do pão e o copo d'água e tirar uma soneca.

5. Fui surpreendida com um beijo de boa-noite que poderia ser considerado o equivalente Bom Moço da foda piedosa.

Três coisas horríveis a meu respeito:

1. Não consegui disfarçar minha decepção ao ver que Harry não era a pessoa que eu tinha imaginado. E isso não era nada justo, porque quem cavara um abismo entre a fantasia e a realidade fora eu mesma.

   Fiquei muito animada quando marcamos o encontro, convencida de que ele era o homem dos meus sonhos. Por que as mulheres criam atributos para os namorados em potencial que fariam Harrison Ford abanar a cabeça e dizer: "Caramba, dona!"? Agora que estávamos no meio do encontro, ele era somente Harry. Agradável. Atencioso. Mas sem fagulhas no ar, como Simon York ou Ari Ben-Jacob. E eu tinha decidido recentemente que a vida era curta demais para ser desperdiçada em situações sem fogos de artifício.
2. Fui chata. Incrivelmente chata.
3. Quando nos encontramos com Fleur e seu acompanhante na portaria do prédio, caí em risadinhas quando ele beijou a minha mão. Quem era aquele homem e por que não tínhamos discutido sobre ele a fundo? Só sabia que Fleur parecia pronta para me estrangular. E, enquanto eu caía na risada por causa do cara, com seu ar europeu, seu topete, seu anelão no dedo mínimo e seus lábios muito molhados, ela me deu um olhar altivo de dama do palácio. Ninguém fazia olhares altivos melhor que Fleur. E fiquei

sem graça, mas não consegui parar de rir, mesmo quando Harry me deu um olhar de advertência. *Minha mãe tinha razão. Meu batismo não funcionou. Sou uma pecadora.*

Duas coisas de que gostei em mim, apesar de minha mãe:

1. Pedi desculpas a Harry pela minha falta de educação.

Quando, durante o ritual das despedidas na minha porta, ele disse casualmente: "Vamos sair novamente algum dia", fiquei toda agitada e disse que estaria fora da cidade no outro fim de semana, fazendo uma palestra para uma platéia composta por mulheres na menopausa. Ele parou, como que fulminado por um raio.

— Não faz mal — finalmente respondeu. — Eu não tinha uma data precisa em mente.

Bem feito para você, sua médica metida a besta. Depois, talvez tenha ficado sem graça pela cortada que me deu, porque me beijou de surpresa.

Quando nos afastamos, eu disse:

— Foi divertido, Harry. Desculpe se fui tão chata esta noite. Foi uma semana dura e um dia horrível. Quero dizer, antes do nosso encontro. — Estava pensando em Kat e Summer.

— Eu telefono — ele disse.

— Dirija com cuidado.

Meus pés estavam me matando. Pela centésima vez, jurei que não usaria sapatos com saltos maiores do que dois centímetros. Já houve um tempo em que eu deslizava com facilidade sobre saltos dez, mas ultimamente mesmo uns saltos bobos de cinco centímetros acabavam com os meus pés e a minha coluna. Precisava tirar o sutiã. Queria tirar as minhas meias-calças elásticas e atirá-las pela janela no mar, que brilhava com o reflexo da lua cheia. *Loucura. Tentar namorar nesta idade é uma perfeita loucura.* Mas jurei que tentaria novamente algum dia. Estupidamente persistente. Essa era a segunda coisa de que gostava em mim mesma.

Capítulo 19

Na manhã de segunda-feira, antes que pudesse emboscar Seymour Bernstein como planejara, Bethany surgiu ao meu lado, segurando uma bolinha de lenço-de-papel amassado na mão. Estava com uma aparência horrível. Ou estava mesmo com o resfriado que eu imaginava ser falso, ou andara chorando.

— Não deveria trabalhar doente. Não é justo com as pacientes. Nem com os funcionários. — Continuei analisando um relatório da radiologia sobre a minha próxima paciente.

— Se tiver um momento, gostaria de conversar com você — ela fungou. — Por favor.

— Na minha sala.

Sentada na minha frente, ela disse:

— Quero pedir desculpas. — Puxou a saia para cobrir as pernas cruzadas com recato. A saia era mais longa do que as costumeiras, e os pés que marcavam no chão o ritmo de seu nervosismo estavam cobertos com sapatos dignos de uma enfermeira da Cruz Vermelha. Pesadões e nada sexy. Imaginei que ela passara algum tempo no final de semana procurando um modo de recuperar a imagem, e decidira usar as roupas pré-caso que estavam no armário.

A voz tremia quando disse:

— Estou me sentindo péssima com o que aconteceu.

— E é para estar mesmo.

— Não sei onde estava com a cabeça.

— Você precisa vigiar melhor as partes do seu corpo, Bethany.

— Concordo. E sei o que você está pensando.

— Sabe?

— Mas, acredite em mim, estou sinceramente arrependida.

Arrependida pelo comportamento ou por ter sido apanhada?, pensei.

— Olhe, se quer... — Parei para procurar por uma palavra adequada para a sacrossanta e empertigada Bethany, quando me lembrei que estava conversando com alguém que masturbara um colega com o pé na sala de reuniões. — ... foder pelos cantos com Seymour, a escolha é sua.

Suas sobrancelhas se levantaram. Seria possível que estivesse chocada com a palavra "foder"? Talvez em sua mansão em Easton a palavra não fosse proferida, simplesmente a punham em prática onde e com quem quisessem. Como membros da elite congênita, tinham direito a tanto. Talvez fosse exatamente isso o que eu detestava em Bethany. O senso inerente de ter permissão para tudo, que eu jamais conhecera e jamais conheceria, herdado com os lençóis de cambraia que sua mãe bem-nascida colocava em seu berço de ouro.

— Os dois são solteiros e maiores de idade. Seymour é tão maior de idade que deve ter assinado sua carteira de identidade com uma pena. Mas isso é problema seu. O problema só passa a ser meu se você o fizer passar a ser meu. E da clínica. Você e Seymour são o assunto do momento entre os funcionários. Eles não são cegos, sabia? Essa é uma conduta antiprofissional, indefensável.

— Você tem toda a razão.

— Você tem toda a razão em dizer que tenho toda a razão. E por que na clínica, afinal de contas? Vocês têm apartamentos. Com quartos.

Ela torceu o lenço-de-papel e murmurou:

— Seymour fica excitado quando...

— Chega. — Ergui a mão. Não queria mesmo ouvir mais nada. — Fique sabendo que não vou permitir que você seja promovida por abrir as pernas. Não nesta clínica.

— O quê?

— Ah, pelo amor de Deus, me poupe da sua indignação. Caso você não saiba, a minha geração cortou um dobrado para se livrar desse esquema, e não há de ser você agora que vai ressuscitá-lo.

— Você deve estar brincando — Bethany disse, inclinando-se para cravar as unhas na minha mesa. — Não pode pensar que estou usando sexo para virar sócia.

— É exatamente o que penso.

— Meu Deus. Meu Deus. — Ela afundou na poltrona, balançando a cabeça, incrédula. — Não espero que acredite em mim, mas amo Sy. Amo mesmo. Sei que é trinta anos mais velho do que eu e que às vezes é meio ríspido, mas não importa. Eu o amo. E ele me ama.

Ficamos em silêncio por um minuto, enquanto Bethany se recuperava do desabafo e eu analisava a informação. Sy e Beth apaixonados. Dava para perceber que estavam se divertindo um pouco, mas amor? Era como um romance entre Godzilla e Mothra. Por fim, eu disse:

— Bom, fico feliz por você. Mas isso não é desculpa.

— Você tem toda a razão. Ficamos entusiasmados, fomos estúpidos e não medimos as conseqüências. — Ela abaixou os olhos. — Devo presumir que é hora de começar a enviar meu currículo para outros lugares? Afinal de contas, você está com a faca e o queijo na mão e pode fazer o que sempre quis fazer, me despedir.

— Ninguém está despedindo ninguém — respondi. — Você é uma boa médica e seu trabalho é importante para a clínica. Considero o caso encerrado. Pelo menos por enquanto. Já discutimos a... hummm... a situação e — decidi dar uma folga a ela — a coisa fica entre nós e, claro, seu namorado. Que, a propósito, tem me evitado. Mais cedo ou mais tarde vamos nos encontrar e conversar a respeito.

— Gostaria de falar com ele antes, se não se importar — ela disse.

Aposto que sim. Mas não estava com vontade de participar de um duelo entre sócios. Seria ruim para a clínica.

— OK. Mas deixe claro que não estou nada satisfeita com a situação, e que uma hora dessas Sy e eu vamos ter uma conversinha.

Ela concordou com a cabeça.

— Vai contar a Neil? — Que ficaria chocado se soubesse. Neil era um rígido observador do código de ética.

— Prefiro resolver as coisas entre nós três.

— Obrigada. — Acabaram as lágrimas. Acabaram as fungadelas. O resfriado passou como que por milagre.

— De nada — respondi e me virei para o monitor. Dispensando-a. Mas a observei com o canto dos olhos. E ela sabia que daqui por diante estaria sendo observada de perto. Um passo em falso, um aviso à autoridade competente e seria o fim dela. Dela e de Seymour Bernstein. Uma palavrinha com Neil e as cabeças rolariam. A dela, pelo menos. Seymour manteria a dele, mas perderia poder. Nunca mais eu ouviria falar na minha idade, na minha aposentadoria, em ensinar aos jovens promissores, em tirar o time de campo para dar lugar aos novos porque o placar marcava os quarenta e três minutos do segundo tempo. Encontrara um colar de alho para me proteger dos vampiros. Estava salva.

Pelo menos por enquanto.

Dois dias mais tarde, quem levava uma bronca era eu.

— Você está se tornando uma pessoa unidimensional. Só trabalha. Não me diga que não tem tempo para outra coisa. Sempre há tempo livre para o amor. Do mesmo modo que sempre se tem espaço para um chocolate — Fleur resmungou de cenho franzido para o meu reflexo no grande espelho do Istanbul Salon and Day Spa, na quarta-feira à noite.

Estávamos sentadas lado a lado, beliscando sanduíches nas embalagens para viagem em nossos colos enquanto Attila cortava o cabelo dela e Melik fazia luzes nos meus.

— Não, você não entende. Só esta semana realizei quinze cirurgias. Até onde sei, só existe um único sexo no planeta. — Limpei a maionese da boca. — De qualquer forma, seu julgamento não procede. Não há uma fila de homens à minha espera.

— Tem Harry Galligan — Fleur disse. — E, a julgar pelo que você me disse, ele é um tesouro nacional.

— Harry é maravilhoso — concordei. — Mas não sei se vou sair novamente com ele. Nenhum fogo de artifício.

— Agora você quer fogos de artifício? Não sabia que estavam na sua lista de exigências. OK, você venceu — ela desistiu. — Mas isso quer dizer que ainda está procurando alguém.

— Não quero procurar. Não tenho tempo para procurar — respondi.

— Quanto tempo se leva para ligar o computador? Quando foi a última vez que você verificou seus e-mails do Ivydate.com? — Minha relutância em achar alguém pela internet continuava sendo um ponto de atrito com ela. — OK, talvez não apareça um médico com lindos peitorais e uma genuína circuncisão israelense, mas existem bons homens lá fora. Não é o que você vive me dizendo? "Se procurar um pouco, Fleur, vai ver que existem vários homens bons por aí, ou pelo menos bons o bastante." Mas só para mim, certo? Nenhum para você, sua hipócrita. — Ela deu um resmungo irritado. — E, ainda por cima, mimada pra caralho.

Melik deve ter entendido o "pra caralho", porque suas sobrancelhas se ergueram. Pegou um quadrado de papel-alumínio da minha mão espalmada, passou descolorante e enrolou-o ao redor de uma mecha de meu cabelo. Muito concentrado.

— Grisalho demais — ele declarara ao me ver. Justo o que eu queria ouvir. — Ficando grisalho depressa. Tingir hoje. Mais louro.

Fleur e eu conversávamos livremente quando só havia os cabeleireiros por perto. O inglês deles não era grande coisa. Melik sabia dizer "mais curto", "mais comprido", "mais louro", "mais escuro", e, quando acabava o trabalho, dizia "absolutamente maravilhoso, querida". E provavelmente sabia o que era "pra caralho". Comecei a pensar que, acrescentando "mais forte", "mais devagar", "mais para cima" e "mais para baixo", este deveria ser o vocabulário permitido a um homem.

— Alguma novidade sobre o Ben-Gurion ou seja lá qual for o seu nome? Ele mandou algum e-mail?

— Não. — E estava tudo bem. Ari era um caso. Casos são como rojões. Uma vez soltos, não estouram de novo.

Não havia muito a dizer a respeito de Simon York. Mas, mesmo assim, a lembrança dele permanecia.

— Houve outro homem — acabei dizendo.

Neste momento, Melik examinava meu couro cabeludo. Seu sotaque forte, o vocabulário limitado, tudo um disfarce. Meu cabeleireiro turco era provavelmente um professor de Oxford.

Usando várias palavras polissilábicas, descrevi meu encontro com Simon no aeroporto.

— Fleur — perguntei —, já se sentiu como se um raio te atingisse? Quando viu Jack pela primeira vez, ficou sem fôlego?

— Para ser franca, fiquei. Conheci Jack quando entrei por engano no toalete masculino do Chiapparelli's, pensando que era o feminino, e o peguei mijando. Eu tinha tomado um porre de licor. Mas não houve raios. Se quiser saber o que acho, minha teoria sobre raios é a de correr em sentido contrário ao primeiro sinal de um, correr mesmo, para o lado ensolarado da rua. Raios deixam as pessoas queimadas.

— Você deve ter razão. Mas eu até que seria capaz de correr o risco por uma sensação como esta. Se bem que provavelmente não vai dar em nada... Falei somente duas vezes com ele. Tenho pensado em lhe escrever alguma coisa para dar continuidade à história. Tenho uma pergunta que nunca fiz. Puramente profissional. E ele me disse para escrever.

A cabeça de Fleur virou tão violentamente que derrubou as tesouras da mão de Attila.

— Não me vem com essa. Caso esteja completamente fora da realidade, isso se chama dar bandeira. Mas é claro que, como você é a Menina Fina e Educada, que por acaso nasceu fora do berço de ouro, decidiu que não fica bem ir atrás dele. Olha só para esse rosto — ela me censurou. — Está ficando com uma ruga entre as sobrancelhas.

Inclinei-me na direção do espelho para checar. Melik me puxou para trás.

— Talvez devesse aplicar um pouco de Botox. E tenho pensado em dar uma levantada nas pálpebras.

— Não, você não precisa de plástica. Precisa é diminuir o ritmo dessa sua agenda desvairada. O ritmo vai matar você. Espero que escreva para esse tal de York e que ele responda. E espero que ele transe com você até você pedir misericórdia. Só Deus sabe como você precisa de um pouco de diversão.

— Secador, meu bem. — Melik me mandou sair da cadeira para ir assar as luzes douradas nos meus cabelos.

Fleur se afastou de Attila e veio atrás de mim.

— Escuta, por que não vem comigo hoje à noite? Vou ao Gee! Spot.* Preciso encontrar algo especial para meu próximo encontro com Eldon, o homem de sábado à noite. Quer dizer, próximo encontro se eu jogar direito. E se está com medo de sermos vistas, não precisa ficar. É uma loja fechada. Muito discreta.

A Gee! Spot era uma sex shop de alto nível, que só atendia com hora marcada e pertencia a Antonia Guest, uma das ex-colegas grã-finérrimas de Fleur no Segundo Grau. Não era uma excelente maneira de se vingar de uma infância passada na sela de um puro-sangue? Pode existir banana mais bem dada do que essa?

---

* Trocadilho: *G Spot* = Ponto G; Gee = Puxa!

— Outro dia — embromei-a. — Estou muito cansada e tenho que preparar meu discurso para o Fórum sobre a Menopausa no sábado, e ainda tenho uma cirurgia marcada para amanhã cedo.

— Você precisa mesmo relaxar, Gwynnie. Cheirar as rosas antes que morram, poxa. Vamos lá, vai ser divertido. Vou comprar umas calcinhas sem fundo e um novo par de algemas — torci com fervor para que ela estivesse gozando com a minha cara —, e você pode comprar um vibrador. Antonia tem uma coleção impressionante.

— Não preciso de um vibrador.

— Ah, precisa sim. Aposto que nem tem um.

— Tenho, sim. Está em algum lugar.

Comprara meu primeiro vibrador na faculdade. Antes de conhecer Stan. Tinha o tamanho, a forma e o peso aproximados de um nabo, e o péssimo hábito de parar de funcionar nos momentos mais inadequados. Quando o sexo começou a falhar, nos últimos anos de meu casamento com Stan, ele tornou a sair de um armário nos fundos da casa, para pifar de vez poucos meses depois de ele ter me deixado. E eu estava deprimida demais para comprar outro.

— Bom, você pode achar que movimentar as coisas na região inferior é indigno de você — ela insistiu —, mas um bom vibrador é melhor do que nada, e, já que você está descartando Harry, é tudo o que te resta.

Senti-me vagamente insultada.

— Talvez, mas prefiro algo um pouco menos mecânico.

Ela me olhou com olhos tristes.

— Queridinha, no seu ritmo atual, só trabalho e nenhuma diversão, sem homem e sem a perspectiva de ter um, você não vai usar um vibrador só para sexo, vai vestir um paletó nele e levá-lo para jantar fora.

Errado.

No dia seguinte, meu telefone tocou às seis da manhã.

— Gwyneth Berke?

— Ahã. — Meu pai tinha me acordado dez minutos antes, de um sono pouco restaurador e sem sonhos. Ainda estava bêbada de sono.

— Acordei você, não foi? Não é um bom começo. Aqui é Simon York. — Pausa. — Do Kerns-Brubaker. Nos conhecemos no congresso da IAGSO. — Uma longa pausa. — Você está aí?

— Desculpe. Você me pegou saindo do chuveiro. — Mentira. Estava sentada na cama, com as pernas de fora.

— É muito impertinente da minha parte telefonar. Mas você se lembra de mim, não?

— Lembro, claro que lembro, Simon.

Uma longa pausa. Um pigarro.

— Ah, que bom. — Um suspiro que pareceu de alívio. — A verdade, Gwyneth, é que desde Londres tenho desejado entrar em contato com você. Nos desencontramos o tempo todo no congresso. E sei que você tinha uma pergunta a que não pude responder. E gostaria de responder. De modo que pensei em ligar e ver se podemos... hum... nos encontrar.

— Sei — respondi, saltando de pé, para ver se o cérebro pegava no tranco.

— Mas andei fora da cidade. Na verdade, estava na Arábia Saudita. Esta é a primeira chance que tenho de telefonar. E estou um pouco sem graça porque não é uma ligação... hum... completamente profissional. — Uma respiração funda dos dois lados enquanto o fim da frase flutuava no ar. — Bom, tomei coragem e aqui estou.

— Você foi muito corajoso — respondi, o que não estava nada mau para aquela hora da manhã.

— Você acha? — ele respondeu, rindo. — Olhe, sei que isso parece muito indelicado, mas acabo de chegar depois de mais de duas semanas fora e estou meio afobado. Liguei para saber quando podemos nos encontrar. Gostaria que fosse logo, e então vamos poder conversar sobre aquela sua pergunta e tudo o mais que você quiser.

Para um pesquisador — uma raça notoriamente lenta, metódica e cautelosa —, ele estava galopando a toda a velocidade.

— Está livre este domingo, por acaso? — perguntou.

Merda. Duas vezes merda.

— Na verdade, vou estar na Filadélfia no fim de semana. Uma palestra no sábado para quinhentas mulheres sobre os riscos da reposição hormonal. — Minha vez de me exibir um pouco.

A exibição foi ignorada.

— Ah, Filadélfia. Trabalhei lá, no Abramson Center. A cidade é muito bonita. E se eu for até lá de trem?

— Até a Filadélfia? Só por um dia?

— Nova York fica a menos de uma hora de distância. Por que não? — Ouvi uns cliques ao fundo. Ele estava digitando no computador.

— Mas prometi algumas sessões adicionais no domingo à tarde com algumas das mulheres da palestra...

— Que tal café-da-manhã? OK, vamos ver. Chego por volta das nove e meia, apareço às dez no seu hotel e volto para casa ao meio-dia. Tempo suficiente para vermos o que precisa ser visto.

— Claro, claro — respondi. Brilhante.

— Em que hotel vai ficar?

— No Marriott. Do centro.

— McMarriott. Tenho uma alternativa muito melhor para você, me lembre da próxima vez. Gwyneth?

— Sim? — Só queria desligar o telefone.

— Fiquei feliz por ter ligado.

— É, acho que eu também.

Isso o fez cair na gargalhada.

Quando ele desligou, apertei o número seis na discagem rápida.

— Fleur — disse. — Simon York acaba de telefonar.

— O relâmpago britânico?

— Esse mesmo. Vamos tomar café-da-manhã juntos no domingo.

— Rapaz rápido. Acho que vou ter que devolver o vibrador que escolhi para você ontem. Espero que esse seu inglês seja muito bom. O Magic Bullet tem cinco velocidades.

Capítulo 20

Aos treze anos de idade venci um concurso público no Ginásio Ferdinand C. Latrobe Junior, recitando de memória a poesia "Renaissance", de Edna St. Vincent Millay, com todos os seus cento e quatorze versos. A frase "Como posso suportar isso, enterrada aqui" sempre me fazia chorar. Tentei evitar, mas chorei ao declamá-la no palco. E não sei o que os juízes viram. Penduraram uma medalha em meu pescoço.

Meus pais e meu irmão esperavam por mim no fundo do auditório, diferentes de todas as outras famílias no local, na escola, no universo. Ao lado deles estava o diretor, o Sr. Cohen, que disse quando me aproximei deles:

— Ah, a nossa oradora campeã. Estamos muito orgulhosos de Gwyneth. Uma aluna só com notas dez, e não preciso dizer que possui grande talento como oradora.

Minha mãe, com olhos ardendo em chamas, assentiu com a cabeça. Meu pai agradeceu. E Rolfe inclinou-se por trás dos dois para sussurrar:

— Você vai se dar mal.

Nessa noite fui para o porão e puxei um tijolo solto na parede ao lado da caldeira, um esconderijo que criara aos dez anos de idade.

— Foda-se. Foda-se. Foda-se. Foda-se. — Disse a frase em voz alta pela primeira vez na vida, embora já a tivesse dito em pensamento nos últimos anos. Escondi a medalha no fundo do buraco, entre outros tesouros que seriam confiscados por minha mãe caso soubesse da existência deles.

Quando meu pai saiu para o trabalho, na manhã seguinte, ela pediu para ver a medalha. Disse que a deixara na escola.

— Bom, traga-a para mim — disse. — Você só a ganhou porque as outras crianças eram uma merda. Não deixe que o que esse velho judeu do Cohen disse lhe suba à cabeça, Rainha do Sebo, Rainha do Talento, Rainha da Poesia. Não pense que é melhor do que os outros porque não é.

— Não penso — respondi.

— Pensa sim, só diz que não porque sabe que não vou tolerar essa sua arrogância. Sei o que você está pensando. Mas não vai funcionar. Sou mais esperta do que você. Vou abaixar a sua crista no tapa.

E foi o que fez em seguida, com vontade.

Anos mais tarde, quando tinha crescido e ela encolhido o suficiente para não se atrever mais a me tocar, desenterrei tudo o que escondera naquele buraco. A medalha, uma cruz de prata que minha tia Margie me dera no meu aniversário de dezesseis anos, algumas moedas do trabalho de babá que minha mãe não tirara de mim, uma fotografia de minha avó paterna que salvara da lixeira. No nosso segundo aniversário de casamento, Stan tirou escondido a medalha de minha caixinha de jóias e a colocou em uma corrente de ouro, que uso sempre que tenho que falar em público.

Poder-se-ia pensar que a tentativa de minha mãe de remover meu amor pela poesia a pancadas funcionou, mas nunca aconteceu e ainda sou boa para falar em público, apaixonada pelo som de minha voz amplificada, e pelo modo como o público reage quando o orador sabe vender seu peixe.

À mesa no palco na Filadélfia, ocupei a penúltima posição em um painel de cinco pessoas. Em uma extremidade estava Peggy McGrory,

Ph.D., antropóloga e autora do livro *Fogachos e Hotentotes: Um Estudo Sobre a Menopausa Entre as Girquas da África do Sul,* que iria comentar seu trabalho. Ao lado dela se encontrava Charlotte Springer, cuja proposta era o tratamento da menopausa com meios naturais, como ervas e acupuntura. Depois vinha Sidney Luskin, um cardiologista do Programa de Saúde Feminina da Penn. A cadeira ao meu lado estava vazia, com o cartão indicador virado para baixo.

— Antes de começarmos a tarde passando a palavra ao nosso distinto painel, tenho uma surpresa para vocês. — A Dra. Andrea Chung-Parker, presidente do Fórum, inclinou-se sobre o pódio.

Surpresa mesmo. Não sabia de nada e, pela expressão no rosto de Sid Luskin, tive certeza de que ele também não.

— Na noite passada estava em um jantar oferecido pelo governador da Pensilvânia e uma das convidadas era a mulher que, praticamente sozinha, fez com que a menopausa deixasse de ser vista como uma coisa vergonhosa para se tornar algo quase chique. Quando disse o que iríamos fazer hoje, ela perguntou se poderia fazer parte do nosso grupo.

Um rumor de sussurros especulativos percorreu a platéia.

— Como sempre, ela vem falar sobre temas femininos. Durante vinte anos, esse extraordinário ser humano tem moldado as mentes e aberto os corações da América. Embora viva em Nova York, ela é natural da Filadélfia... — Isso entregou sua identidade e fez com que um "ohhh" coletivo percorresse os assentos e chegasse ao palco. Elas sabiam. Até eu, que assisto somente aos noticiários e às comédias britânicas, sabia qual a identidade da participante misteriosa cuja lealdade à sua cidade natal era famosa. As mulheres se levantaram antes que Andrea pudesse anunciar seu nome, e, quando o fez, este se perdeu em meio a uma explosão de aplausos e gritos, de modo que mal pudemos ouvi-la gritar "Fortune Simms!".

Um ícone para metade do planeta, parecendo uma guerreira Masai, ao vivo e em cores, com o seu um metro e noventa, envolta num traje púrpura e amarelo com estampa tribal, Fortune Simms deu passadas amplas com as suas longas pernas até o centro do palco, ergueu os braços em um grande V e gritou a pergunta que era sua marca registrada:

— Quem manda na sua vida?

A platéia, composta por quinhentas médicas com Ph.Ds., mestrados e outras qualificações, respondeu em uníssono:

— Só eu.

Ouvi Sidney Luskin resmungar:

— Merda, isso vai ser um circo.

Mas não foi. Fizemos nossas apresentações de dez minutos para uma platéia em transe. A energia gerada pela presença de Fortune atingia a todos em seu caminho. Ela era realmente um fenômeno multimídia, galvanizando o público para qualquer que fosse o seu projeto atual. E, uma vez que Fortune estava prestes a completar cinqüenta anos, seu programa de TV andava obsessivamente preocupado com osteoporose, artrite e — tchan! — menopausa.

Fiz o meu discurso de praxe, alertando sobre os riscos de considerar sinais normais da menopausa como sintomas de câncer. Mas estava energizada e as frases familiares saíam como se fossem novas. Depois, respondi a perguntas do público. Uma era relacionada com a secura vaginal, e nesse momento ouviu-se o barulho de metade da platéia tomando um gole de água.

— Uma mudança de vida só deve mudar a parte sexual para melhor. Vamos trazer os homens para dentro da menopausa — disse, causando risadas, aplausos e um "viva!" de Fortune.

Em uma mesa central, uma mulher ergueu a mão e disparou:

— Arietta Washington, Aliança de Apoio à Mulher Negra. Tenho uma pergunta sobre diferenças raciais na experiência da menopausa. Mais especificamente, as mulheres negras passam por um tipo de menopausa diferente do das caucasianas? Porque, pelo que ouço quando estamos juntas, não parece a mesma coisa.

— Em que sentido? — perguntei.

— Para começar, parece que sofremos mais e reclamamos menos.

Quando as risadas diminuíram, respondi:

— O que você comenta também tem sido observado em alguns estudos. Enquanto as mulheres caucasianas parecem encarar a menopausa como um sinal de envelhecimento e declínio, as mulheres afro-americanas tendem a encará-la como uma libertação das responsabilidades da procriação e até mesmo como uma época bem-vinda para se dedicarem aos seus interesses pessoais.

— Amém — Fortune sussurrou alto o bastante para ser ouvida.

— Pude acompanhar isso quando dirigia uma clínica gratuita no centro de Baltimore, que atendia a uma população composta principalmente por afro-americanas. — Com minha visão periférica vi Fortune me observar atentamente, e depois que respondi a outras perguntas ela puxou uma calorosa salva de palmas.

Durante a recepção após o debate, ela abriu caminho até mim. Um homem enorme, usando um fone de ouvido e um paletó com o monograma FS no bolso, posicionou-se a poucos passos de distância, olhos grudados nela.

— Então, Dra. Gwyn. — Ela já me dera um apelido. — Parece que a senhora acabou com todas no debate.

— O que não é uma boa recomendação para uma médica — respondi com uma risada.

— É isso mesmo que quero dizer. Era exatamente o que estava procurando.

— Como?

— A presença de espírito. O comentário mordaz. A senhora se relaciona como um ser humano, não somente como médica. Vi como se conectou com aquelas mulheres enquanto respondia às perguntas. Não se escondeu atrás daquela atitude arrogante dos médicos... sabe como é, o jargão científico, o ar de superioridade. A senhora as respeitou. A senhora as *honrou*.

Típica linguagem de Fortune. Não era o meu estilo, mas Deus era testemunha de que funcionava para ela.

— A senhora tem um talento natural para a televisão e seria ótima no meu programa. Não, espere, me deixe terminar. — Ela interrompeu energicamente meu protesto. — Estamos preparando uma série para o final do ano sobre fazer e manter resoluções que modifiquem a vida. É claro que, no topo da lista, está a saúde. A senhora poderia abordar o ponto de vista ginecológico. Não sei qual seria o formato. Meus produtores podem trabalhar com a senhora. E estaria prestando um grande serviço às mulheres da América.

Visualizei Bethany McGowan se roendo de inveja e Seymour Bernstein incrédulo e maravilhado, nesta ordem.

— Colocando as coisas desse jeito, não posso recusar, posso? — respondi.

— Maravilhoso. — Ela me deu aquele glorioso sorriso Fortune. — O salário é o do sindicato. Mas vou fazer uma doação pessoal para a clínica que a senhora dirige em Baltimore.

— É muita generosidade sua. Mas precisei fechar a Clínica por falta de fundos.

— Jura? Ora, isso é uma *grande* pena. De quanto precisa para reabri-la?

— No mínimo, meio milhão. — Eu não nascera ontem. Os bolsos de Fortune Simms eram abissalmente fundos.

Antes que pudesse continuar com a minha petição, Peggy McGrory, outra participante do painel, abriu caminho e interrompeu nosso dueto. Trazia um exemplar de *Bons Tempos, Boa Fortuna,* o guia escrito por Fortune para enfrentar os perigos da meia-idade. Os livros estavam empilhados ao lado do bar, um presente para os participantes do Fórum e do painel.

Peggy estendeu o exemplar como se fosse um animal oferecido em sacrifício. Espiei enquanto Fortune o autografava: *Querida Peggy McGrory: Você está no controle de sua vida. Fortune Simms.* Seria de esperar que Peggy, professora titular de Yale, vencedora do National Book Award e ex-componente da equipe olímpica americana de luge, já tivesse chegado por conta própria a essa conclusão. Mas não, leu a dedicatória com a mesma reverência com que leria os Manuscritos do Mar Morto e murmurou seu agradecimentos enquanto se afastava, quase fazendo uma reverência.

Entreguei meu livro. Pretendia dá-lo de presente a Sylvie, de modo que uma dedicatória "Assuma o controle de sua vida", que poderia afastá-la prematuramente do mundo baratinado de meu pai em East Baltimore, não era uma boa idéia.

Debatemos um pouco e acabamos por concordar com: *Para Sylvie, uma mulher que se importa. Obrigada por estar aí,* que Sylvie poderia interpretar como sendo pelo fato de assistir a Fortune diariamente na velha TV de meu pai, ou como sendo por estar ao meu lado e ao lado dele, evitando que acabasse em uma casa de repouso.

— Então estamos combinadas, nos vemos em dezembro. — Fortune entregou meu cartão de visita ao homem com fone de ouvido.

— Não vou perder isso por nada neste mundo — respondi.

Naquela noite, ainda animada e toda vaidosa, liguei para meu pai. Depois de uma conversa sem pé nem cabeça, com o início confuso de sempre, disse:

— Conheci alguém que você vê na TV todos os dias, papai. Fortune Simms. Você sabe quem é Fortune Simms. A mulher afro-americana alta do canal 11. "Assuma o controle de sua vida." — Quem sabe que memória pode ser suficientemente forte para atravessar a barreira do Alzheimer?

— Quem fala? — ele disse, ficando mais agitado.

Sylvie pegou o telefone.

— Ele está bem? — perguntei.

— O Sr. Harald precisa beber mais água. Mas ele empurra o copo para longe.

— Dá chá e suco de laranja. Sylvie, conheci Fortune Simms hoje. Pedi que autografasse seu livro para você.

— Não diga. — Nenhum entusiasmo.

E continuei:

— Ela quer que eu participe do programa dela no ano que vem.

— Não assisto mais. Ela fala demais de problemas de saúde. Já tenho problemas de saúde suficientes por aqui. Para que preciso ouvir que meus ossos vão virar pó quando estiver velha e grisalha? Agora assisto a *Maury Povich*. Esse, sim, é um programa interessante. Hoje foi sobre garotas que se apaixonam por seus meios-irmãos.

Isso me ajudou a voltar a ver as coisas com objetividade.

Capítulo 21

Na manhã de domingo, comecei a me arrumar para o café-da-manhã com Simon e notei que minhas mãos, sempre tão firmes em uma cirurgia, tremiam enquanto eu aplicava o delineador, fazendo-o derrapar sobre uma rede de rugas finas.

Não tinha chegado a uma decisão sobre deixar Hank Fischman suavizar minhas pálpebras e erguer minhas sobrancelhas. Algumas horas na sala cirúrgica dele e sairia com pálpebras de uma menina de vinte no rosto de uma mulher de cinqüenta e quatro. Ah, para o inferno com a idéia. Esfumacei o delineador com um cotonete, dizendo a mim mesma que essa era a moda e que Simon, um homem cerebral, não iria ligar para isso. Ele iria se concentrar no que eu tinha a dizer e não na minha aparência. Estaria interessado no meu endotélio, as células por baixo da superfície, onde se trabalha para valer, e não no meu epitélio, a parte superficial que é só vaidade, nada além de vaidade.

O pensamento me acalmou enquanto passava um pouco de brilho nos lábios. O texto na embalagem dizia: “Restitui aos lábios finos o volume da juventude e não marca as rachaduras que chegam com a idade.” Com a idade. Como se houvesse uma festa. Como se alguém fosse louco de convidar a idade para essa festa.

Às quinze para as dez, o telefone tocou.

— Cheguei cedo demais? — Simon perguntou. — Peguei um trem mais cedo. — Sua voz parecia um pouco nervosa. O que achei doce e enternecedor.

Ao sair do elevador, topei com ele balançando o corpo, mordendo o lábio.

— Simon?

Ele me olhou e deu um sorriso. Eu estava enganada sobre a cerebralidade. Ele me mediu de cima a baixo como qualquer homem, pegou minha mão e deu um passo para trás para me ver inteira.

— Você valeu a viagem. Valeu a pena vir até a maldita Filadélfia para te ver. Estou morto de fome, e você? Vamos tomar nosso café-da-manhã.

Ele vestia um suéter com decote em V que parecia ser de cashmere, e carregava um paletó de lã fina e um boné de tweed, onde a etiqueta da Harrods era visível. A camisa era de um azul elegante e as calças cáqui, de pregas. Os pés estavam calçados em mocassins obviamente italianos, feitos em pele de feto de leitão. Um verdadeiro arraso. Os sapatos. *Ele* era simplesmente lindo de morrer.

No começo, conversamos sobre assuntos seguros. Meu estudo. A pesquisa dele. Escolhi a cadeira de modo a deixá-lo do meu lado esquerdo, meu melhor perfil, e entre garfadas de ovos mexidos mantive a cabeça erguida, disfarçando a papada. O Marriott escolhera uma iluminação quente, em tons de pêssego, para o local.

— Acho sinceramente que você está no caminho certo com sua pesquisa. Tomando alguns cuidados, vai acabar com um trabalho razoavelmente bom em mãos. — Fiquei chocada com a franqueza brutal do elogio, mas ele estava sorrindo com ar moleque. — Mas agora vamos falar sobre o que importa de verdade. Pessoas são mais importantes do que idéias, não?

Contamos nossas vidas. Dei uma censurada na minha, transformando minha mãe em uma excêntrica que morrera de causas não identificadas quando eu tinha vinte e um anos. Também não dei detalhes sobre o meu divórcio. Disse ter sido causado por uma divergência entre os rumos que queríamos seguir na vida. Que tudo fora muito civilizado. Nem tanto por nossa causa, mas pelos nossos gêmeos, o brilhante Whit e o artístico Drew. Simon pareceu satisfeito com essa biografia vaga, apresentada sob uma luz tão perfeita quanto a do restaurante. Contei essas mentirinhas quase sem nenhum desconforto. Ele não fez qualquer pergunta.

E então me arrasou com sua honestidade. Seu casamento tinha sido complicado. Tiveram um filho, hoje adolescente, com "problemas". O divórcio não fora agradável. Mas poucos o são. Cynara, a ex, era uma mulher decente, mas, segundo Simon, "nunca cresceu de verdade. Tem quarenta e seis anos mas parece ter dezesseis".

Meu primeiro pensamento foi: quarenta e seis. Oito anos a menos que eu. Droga. Mau começo. O segundo pensamento foi que parecer dezesseis aos quarenta e seis era um bom truque.

Beberiquei o café, tentando parecer compreensiva.

— A verdade é que não fui o marido e o pai perfeito. Envolvido demais com meu trabalho. Por causa disso, nos últimos anos, Cynara encontrou alguém que lhe deu a atenção que ela tanto queria.

— "Cynara. Fui fiel a ti, Cynara, a meu modo" — citei o poema que aprendera na escola, sem ignorar a ironia da citação, e vi seus olhos se iluminarem. Ele entrou na dança e declamamos juntos: — "E estou desolado e doente com esta velha paixão, assaz faminto pelos lábios do meu desejo." — O garçom parou de encher nossos copos de água e nos encarou, primeiro a Simon e depois a mim. Teria ouvido o coração desembestado de um de nós?

Simon cobriu minha mão com a dele.

— Juro por Deus, você é uma peça rara — ele murmurou. E seus olhos ficaram sombrios. — Você precisa saber de uma coisa, Gwyneth. Pode parecer prematuro para você, mas prefiro deixar tudo claro logo de saída para que você saiba com quem está lidando.

— Entendo — respondi. Claro que não entendia nada. Não podia imaginar que segredo obscuro Simon York estaria prestes a confessar. Estaria praticando ginecologia sem licença? Falsificando dados da pesquisa? Cheirando reagentes químicos? Usando roupas íntimas femininas debaixo do jaleco?

Esperei, com a respiração presa.

— A verdade é que não tenho muito sucesso em relacionamentos pessoais — ele disse e eu respirei aliviada. Só isso? Ele estava confessando que era tão problemático como noventa por cento das pessoas no mundo dos namoros? Não agüentei e caí na risada. E reclamei:

— Ah, Simon, por favor. Não posso acreditar...

Ele colocou um dedo nos meus lábios para me calar.

— Não, quero que você saiba a verdade nua e crua logo de saída. A verdade é que não sou muito bom na parte de dar e receber em um relacionamento. E assumo total responsabilidade por isso. No entanto, também é verdade que não tive modelos positivos a seguir. Meu pai morreu quando eu tinha seis anos, nos braços de outra mulher. Uma informação que minha mãe fez questão de me dar. Ela também não era grande coisa como mãe. Me despachou para um colégio interno logo depois do enterro de meu pai. De modo que nunca tive treinamento nesta área. — Enfiou uma garfada de ovos mexidos na boca, sem tirar os olhos dos meus, como se tivesse mais a dizer. E eu dei uma dentadinha na minha torrada.

— O meu histórico nesse departamento não me deixa orgulhoso. — Limpou a boca com o guardanapo e parecia verdadeiramente triste. Mas logo depois se animou: — Mas, mesmo assim, não sou um mau rapaz. E estou trabalhando nessa área. Aprendendo como desenvolver um relacionamento com consideração. Tenho lido todos os livros de auto-ajuda que vocês americanos escrevem tão bem. Sempre me impressiono com a rapidez do processo, a eficiência. E quero mesmo melhorar. *Sei* que posso melhorar se encontrar a pessoa certa por quem — *com* quem — me empenhar.

Ficamos em um silêncio desconfortável por um minuto, preenchido por canções de Cole Porter da década de 30 que um pianista de smoking tocava atrás de nós.

Felizmente, pouco depois, o garçom trouxe o chá de Simon. Um bule. Com um pratinho de fatias de limão. Que quebrou o clima.

— Limão, ah, não. Leite, por favor — ele disse rispidamente. E virando-se para mim, em tom animado: — Nunca entendi esse hábito bárbaro dos americanos de tomarem chá com limão. Você não acha isso um horror?

— Bebo chá gelado com limão — respondi. Era uma declaração patriótica.

— Chá gelado é uma aberração. Mas não vamos brigar por isso. — Seus olhos brilharam. — Temos tão pouco tempo. Na verdade — olhou para o relógio —, acho que tenho que ir embora se você quer chegar a tempo para sua sessão. Mas vamos fazer isto novamente em breve, não vamos? Nos encontrar novamente. Gostaria disso, Gwyneth? — Ele franziu a testa como se a resposta fosse um mistério.

— Gostaria — respondi. A voz saiu mais rouca e sensual do que pretendia.

No saguão, ele jogou o paletó por cima do ombro esquerdo e, com um único puxão habilidoso, me envolveu em seus braços, seu perfume. E me beijou. Um beijo forte, mas carinhoso. Estava surpresa demais para usar qualquer músculo e retribuir.

— Eu te ligo — ele murmurou.

— Ótimo — respondi, com a dose exata de confiança. E concluí que o calor que senti subir do peito às faces, quando ele acenou em despedida do banco traseiro do táxi, não era um fogacho. Não dessa vez. Era um rubor feliz e juvenil.

Ele ligou na manhã seguinte às seis. Haydn ao fundo e barulho de papéis sendo remexidos perto do bocal.

— E como vai a Gwyneth hoje de manhã?

— É cedo demais para dizer — arrisquei e provoquei uma risadinha, mas a informação foi recebida.

— Desculpe. Mas esta é mesmo a melhor hora do dia para eu telefonar. Todo meu trabalho clínico é feito pela manhã, uma cirurgia atrás da outra. Desse modo posso estar no laboratório ao meio-dia. É por isso que preciso começar cedo. E, quando entro em ação, fico tão ocupado que é difícil parar um minuto.

— Eu não tive intenção de... — comecei, pensando: *Que legal, você afundou o barquinho dele antes que saísse do porto.* Mas não.

— Tenho um dia horrível pela frente e pensei que seria bom sentir um pouco de luz do sol antes de seguir em frente — ele disse enquanto ambos ouvíamos o som distante do bipe que assinalava o *papus interruptus.* — Opa — Simon disse. — É comigo. Deve ser minha enfermeira. Preciso ir.

— Claro, claro. Eu também.

Simon gostava de se manter em contato. Ligava quase sempre de manhã, antes de ir para o hospital. Mas às vezes ligava antes de dormir, para dizer que estava exausto e que não podia conversar muito, mas que queria ouvir a minha voz. Comecei a esperar ansiosamente por essas ligações. Ríamos, contávamos coisas sobre nós. De vez em quando, ele fazia sugestões. Um livro que poderia me agradar, um CD que deveria comprar. Ele gostava de geopolítica e música de câmara.

— O que está ouvindo? — ele perguntou uma noite, na primeira semana.

— Dinah Washington.

— É uma dessas bandas de rock and roll?

Guardei a frase mentalmente para Whit, fanático por jazz. Ele se divertiu um bocado.

Marcamos um encontro, não para o próximo fim de semana, mas para o seguinte. Ele planejou tudo. Pegaria um avião para Baltimore e se hospedaria no Harbor Place Hotel, a poucos passos do Waterview.

— Vou tentar escapar por dois dias inteiros. Vamos nos divertir — garantiu. — Gostaria que pudesse ser antes. Somos pessoas ocupadas, os dois. Mas, agora que nos encontramos, temos que achar *tempo* para nós. Concorda, Gwyneth?

Antes que eu pudesse responder, o bipe dele tocou.

A semana a seguir foi... digamos... interessante. Foi isso que ensinei meus filhos a responderem quando comiam o que a avó preparava. A vida é um ensopado — às vezes gostosa, às vezes dá vontade de vomitar.

No meio da semana, meu pai teve um momento de lucidez e conseguimos manter uma conversa racional por dois minutos, sobre o fato de meu irmão Rolfe nunca o visitar. Até aí, nada de novo. Embora eu fosse o alvo principal da ira de minha mãe, desde os três anos meu irmão caçula desenvolvera a habilidade de se esquivar do drama familiar. Escondia-se em um armário ou debaixo da cama, preferindo a escuridão e o pó à fúria cega de minha mãe durante um de seus ataques.

Nos últimos tempos, Rolfe nos visitava na Páscoa e no verão, o máximo permitido por sua esposa. Nadine e Rolfe se conheceram no primário e ela participou do novelão da família Swanson no horário nobre. Eu não culpava Nadine por querer que Rolfe mantivesse distância de seus parentes insanos

— Mas tudo cai nas suas costas — papai disse. — Não é justo que você tenha que assumir todos os encargos.

— Você não é um encargo. — Beijei seu rosto encarquilhado como papiro.

— Eu sei o que sou. Às vezes não sei *quem* sou, mas sei o que sou. — Nós dois rimos, mas meu pai limpou as lágrimas e eu engoli as minhas.

Quanto a Stan, seu namorado Brad pediu emprestado uma poncheira de cristal lapidado que ele convencera o meu ex-marido a deixar comigo na partilha de bens. Não só consegui ser gentil com um homem que detestava, como deixei a poncheira na recepção junto com a receita do ponche de champanhe favorito de Stan.

Respondi ao seco olá de Seymour Bernstein com um alegre, e dei os parabéns a Bethany por ter detectado um câncer ovariano no começo, com base em sintomas vagos. Conversei com minhas pacientes sobre as famílias delas e verifiquei se o espéculo estava aquecido. Andei na ponta dos pés em cada um desses universos, tentando ser uma pessoa melhor, mais amorosa, generosa, compreensiva, esperando que Deus, a natureza ou quem quer que tivesse poderes sobre o meu destino continuasse sorrindo para mim. Muito disso, claro, inspirada por Simon. E ainda nem tinha dormido com ele.

— Você está gozando com a minha cara — Fleur fez a acusação depois de eu ter contado o que acontecera. — Toda essa pornografia telefônica de coraçõezinhos e flores, mas nada de sexo?

— Quando, criatura? Entre os ovos mexidos e as torradas? Foi só um café-da-manhã.

— Vocês estavam em um hotel. OK, no restaurante do hotel. Mas você tinha um quarto. O elevador estava quebrado?

— Era nosso primeiro encontro, Fleur. E nem era um encontro de verdade — justifiquei.

— Ah, me poupe. Quer que eu cante *Havah Nagilah* para lembrar você de um rala-e-rola recente?

— É diferente.

— Isso tem potencial para se tornar sério, certo?

— Pode ser.

— Isso quer dizer que Harry Galligan está definitivamente fora do páreo?

Fiquei surpresa com o fato de ela se lembrar do sobrenome dele.

— Não sei. Talvez. Não.

O que talvez não tivesse sido justo com Harry por causa de minha atração anterior por Simon, mas tudo estava no começo e eu não queria descartar o irlandês assim tão rápido. Meu cérebro me dizia que ele era um parceiro melhor para mim do que o inglês, e eu torcia para que meu cérebro assumisse o controle de meu coração, minha moela ou o que quer que estivesse no comando desse poderoso sentimento que brotava em mim por Simon York.

Capítulo 22

Na quinta-feira à tarde, Neil Potak aparecceu na minha sala. O que me deixou assustada mesmo antes de ele abrir a boca, porque este sócio, ao contrário do gregário Seymour Bernstein, não era muito bom em se entrosar com as pessoas. A última vez que Neil aparecera na minha sala tinha sido no ano passado, para dizer que a autoclave explodira na Sala de Exames Quatro.

— Novidades na obtenção de fundos para a Clínica? — perguntou olhando para a janela, de onde se viam nuvens de chuva cobrindo o céu sobre Inner Harbor.

O último nome da lista dera notícias.

— A Pearlmutter Family Foundation não está oferecendo apoio a projetos novos — respondi. — Ainda estou correndo atrás, mas já contatei quase todas as possibilidades. Mesmo assim — tentei fazer com que ele me olhasse —, estou achando que a pressão vai diminuir um pouco quando a UltaMed comprar o Covenant. Talvez façam uma oferta e recebam esses pacientes.

Neil examinou suas unhas bem feitas.

— Escute — ele disse. — Até agora é só um boato, mas um amigo meu acaba de ligar do Covenant. Os rumores são de que a UltaMed vai fechar o hospital. Em seis meses. A equipe deve estar se reunindo — olhou para o relógio — neste exato momento.

Eu estava revirando uma caneta nas mãos. A ponta extrafina deslizou perigosamente perto de meu pulso.

— Deve ser um engano — disse. — Não há outro hospital em um raio de quinze quilômetros. Não podem fechar o Covenant.

— Hoje em dia tudo depende do lucro. — Ele encolheu os ombros. — Há anos que há uma hemorragia de fundos no Covenant. Talvez a UltaMed esteja amputando. Parece lógico para mim. Você tem um pé gangrenado, você o corta.

Olhei para ele, chocada.

— Estamos falando de seres humanos, Neil, não de metáforas. Para onde vão essas pessoas se o Covenant fechar?

— Para cá é que não vai ser — Neil respondeu depressa demais, finalmente pousando os penetrantes olhos cor de âmbar nos meus. — Bethany está demorando para entregar o relatório final, mas já vi o esboço dos números de casos *pro bono*. Não podemos mais atender pacientes sem seguro. Não mais. Nenhum. E fique sabendo que Seymour está de acordo comigo.

— Filho-da-puta — murmurei quando ele saiu e fechou a porta. E liguei para o consultório de Dan Rosetti. O médico de meu pai era o chefe da geriatria do Covenant. Se alguém era capaz de separar o joio do trigo, esse alguém era Dan. A recepcionista disse que ele tinha sido convocado para uma reunião dos chefes de departamento às três horas. Eram três e quinze. Essas reuniões de diretoria nunca duravam mais de meia hora. Se me apressasse, poderia conversar com ele quando saísse.

Dirigi até West Baltimore debaixo de uma forte pancada de chuva. As famosas varandas de mármore branco na frente das casas de tijolinhos geminadas estavam manchadas de cinzento por causa do tempo nublado. Uma massa ensopada de folhas podres entupia a sarjeta. Tudo parecia tão desolado quanto eu me sentia.

Esse bairro era uma versão ocidental do bairro onde eu crescera. Classe operária. Um botequim em cada esquina. Uma lavanderia e um caixa eletrônico ladeavam a loja que abrigara a minha clínica para mulheres. O local agora era ocupado pelo Tabernáculo da Prece Jubilosa de Beulahland. O Covenant postava-se como uma avó de histórias infantis sobre o bairro, a sua saia de tijolos vermelhos estendendo-se por dois quarteirões, seu chapéu uma pequena réplica prateada da abóbada dourada do Hospital Johns Hopkins, seu brilho mortiço em meio à lugubre luminosidade da tarde. Do mesmo modo como minha mãe arrastava a Rolfe e a mim ao Hopkins por causa de dores de ouvido e alergias, os moradores desse bairro se consultavam com os médicos do Covenant.

Isso iria acabar.

Quando cheguei à recepção do consultório de Dan Rosetti na torre médica do Covenant, sua secretária disse:

— Ele ainda está em reunião, Dra. Berke. A senhora ouviu as novidades? — E usou dois dedos para fingir que cortava a garganta.

Fiz que sim com a cabeça.

— É oficial?

— Acabei de ouvir na rádio. — Olhou para o rádio na sua escrivaninha. — Trabalho aqui há vinte e um anos. Como diriam meus filhos, isso é uma grande merda. Nem tanto por mim. Mas fico pensando no que vai acontecer com nossos pacientes. Os idosos, coitados, não se adaptam a mudanças com facilidade. Principalmente os que sofrem de Alzheimer.

Não tinha pensado nisso. Meu pai sempre sentava na mesma poltrona verde a cada visita. Pegava, mas não lia, não conseguia ler mais, uma das revistas de letras garrafais empilhadas na mesinha. Ficaria perdido em outro local.

— Gwyneth? — Ouvi a voz de Dan Rosetti atrás de mim. Senti sua mão pousar com delicadeza no meu ombro, virei-me e deparei com um sorriso triste.

— Ah, Dan — disse, e me surpreendi com a emoção que me invadiu. — Que diabos está acontecendo?

— Vamos para a minha sala. — Esticou o pescoço naquela direção. — Vou contar tudo o que sei.

E o que ele sabia era o meu pior pesadelo tornado realidade. A UltaMed decidira vender o Covenant. E, em plena época do poder da mídia, eles já tinham tornado a coisa oficial, liberando a notícia para a imprensa.

— O Covenant é uma causa perdida — Dan disse. Ele trabalhava nesse hospital desde a residência, o que somava quase trinta anos.

— O que acontece com você? — perguntei.

— Vou ficar bem. O Union Memorial anda há anos atrás de mim. Eles possuem um excelente departamento de geriatria. O problema é que o Covenant estava assumindo as despesas de alguns pacientes meus. Não sei o que vai acontecer com eles agora. A menos que... — Pressionou seus dedos contra a testa. — Andei pensando em você. Na sua clínica.

— Minha clínica — suspirei. — *Não há* clínica e não parece que vá haver alguma. Já bati na porta de todas as fundações que pareciam remotamente promissoras. Cheguei ao fim da linha, Dan.

— Talvez não — ele disse.

O telefone tocou. Dan espiou o identificador de chamadas.

— Um paciente. Deve ter visto as más notícias na TV. Não demoro.

Olhei ao redor do consultório. Troféus concedidos por entidades patronais italianas e polonesas agradecendo pelo seu trabalho voluntário, lado a lado na parede com os diplomas de Yale e da Penn Medical School.

Na prateleira, uma caneca com a inscrição “Pai nº 1”, com todo o encanto dessas peças de artesanato feitas por gente miúda nas colônias de férias. Do lado da caneca, os inevitáveis porta-retratos. Em um deles, um jovem Dan, com cabelos negros, empertigado e orgulhoso como um soldado romano, sorrindo para a noiva saxônica que raptara. Sua esposa era loura e bonita. No colo, uma criança de seus seis anos, cabelos claros como os da mãe, mas com o sorriso generoso do pai. Em uma foto mais recente, a Sra. Rosetti revelava que tinha envelhecido mas estava bastante conservada para seus quarenta e poucos anos.

Quando Dan desligou, parei de olhar as fotos. Não ia repetir a cena que protagonizara com Hank Fischman, o cirurgião plástico, com as fotos da sua família perfeita. Saber demais sobre as vidas privadas dos meus colegas, com suas esposas mais jovens, era um passaporte para a depressão.

— Então você está tendo problemas em conseguir patrocínio — Dan disse, com as sobrancelhas franzidas de modo pensativo. — Mas acho que com o fechamento do Covenant você pode ter melhores chances. Principalmente se ampliar um pouco seus horizontes. Não me interrompa até ouvir tudo o que tenho a dizer. É uma clínica feminina. Nenhum problema. Mas agora há uma necessidade ainda maior a ser atendida.

Fiquei mordendo uma junta do dedo enquanto ouvia.

— Um dia por semana você oferece atendimento pediátrico. A maioria das mulheres que recorrem aos seus serviços têm filhos. De modo que esse é um desdobramento natural. Vamos usar médicos voluntários. — E citou o nome de dois dos melhores pediatras de Baltimore. — Garanto que, se eles não concordarem, eu encontro pessoas que concordem. Ou quem sabe podemos oferecer uma clínica médica geral uma vez por semana? Atendendo a todos. Homens. Mulheres. De todas as idades. Que diabos, sou especializado em medicina interna. Posso ser voluntário por uma manhã. Talvez um dia inteiro.

Balancei a cabeça, estupefata com a oferta dele. Quando a Clínica estava funcionando, era difícil encaixar uma tarde fora do consultório. Atendia duas noites por semana, tiradas de meu tempo de lazer, e no resto da semana usava os serviços de alguns jovens médicos que queriam trabalhar à noite.

— É muita generosidade sua — disse. — Acha mesmo que pode abrir mão de um dia?

— Por que não? Estou com cinqüenta e sete anos. Vou estar negociando um contrato novo e acho que posso definir alguns termos. Gosto de pensar que escolhi ser médico para cuidar das pessoas e não das contas bancárias delas. A Clínica pode me dar a oportunidade de provar isso.

Que homem surpreendente! Por um segundo, no meio da tarde sombria dentro e fora do ambiente, a esperança brilhou.

Mas não há rosa sem espinho. Descobri o meu.

— O que faz você pensar que podemos conseguir? — perguntei. — Uma clínica com atendimento completo, mesmo se aberta somente um ou dois dias por semana, vai custar muito dinheiro para pagar funcionários, equipamento, seguro. Se não consegui obter verbas para a minha clinicazinha...

— Ah-ah. Mas com uma base maior de atendimento a pacientes, temos mais chances de conseguir patrocínio — ele contra-argumentou. — Se quiser, ajudo a redigir a proposta. De qualquer modo, pense a respeito.

Prometi que pensaria.

E pensei. Até mesmo redigi o esboço de uma carta expondo o projeto. Mas surgiu algo que me deixou ocupada nas semanas seguintes. Uma situação mais urgente e muito, muito mais pessoal. Kat estava com problemas.

Capítulo 23

Não tive notícias de Kat por uma semana, e quando ela finalmente apareceu desejei que não tivesse aparecido. Não se era para ser daquele modo. Estava examinando uma paciente depois de uma cirurgia de quatro horas na sexta-feira pela manhã. As solas dos meus pés doíam, mas ainda estava movida pela adrenalina da cirurgia na sala pós-operatória quando meu bipe tocou.

Encontrei uma salinha vazia e liguei para Kat. Achei que ela queria falar sobre a exposição, programada para daqui a algumas semanas. Ou que queria desabafar sobre a situação com Summer ou Lee. Esquecera que ela nunca ligava durante o expediente, exceto em casos de emergência. Ela telefonara quando a irmã recebera o diagnóstico de câncer e quando a polícia ligara informando sobre o acidente com Ethan. Ouvi sua voz, fraca e sem entonação.

— Gwyn, encontrei um caroço no seio.

Sexta-feira ao meio-dia não é uma boa hora para descobrir um nódulo. A maioria dos nossos médicos começa o fim de semana cedo. Quando Kat ligou, seu ginecologista, Neil Potak, estava no campo de golfe do Woodholme Country Club. No hospital, os funcionários do Centro de Imagens de Mama começam a afrouxar a gravata no meio da tarde, e as chances de encontrar um profissional para dar uma olhada ou fazer um exame são remotas.

A menos que você tenha contatos. Eu tinha contatos.

Disse a Kat para ficar sentadinha e me dar cinco minutos. Telefonei para a radiologia, quatro andares abaixo, apanhei a técnica-chefe, Renee Carson, com o pé na porta e a fiz voltar para sua sala. Ela localizou Leah Abramovitz, minha radiologista favorita, e em meia hora reunimos uma equipe para realizar uma mamografia não programada.

Encontrei Ibrahim Sukkar almoçando tarde na sala dele. Era o médico que eu consultava para meu exame de mama, e sabia que possuía os dedos inteligentes de um cego.

— Abe, é um favor pessoal que lhe peço. Examine a minha amiga. — Expliquei a situação.

— Sem problemas — ele respondeu. Vinte minutos depois, Kat entrou na sala de espera da radiologia com a aparência de quem não dorme há dias. Pálida e despenteada, ela usava uma das jaquetas de Ethan com um jeans e uma camiseta. Enquanto a observava despir-se, com movimentos abruptos, preocupados e olhar frenético, fiquei feliz em ter reunido a equipe.

Eu a abracei e segurei a mão dela enquanto ela falava, nervosa:

— Ainda bem que você está aqui. Nem acredito que você tenha encontrado alguém para me examinar. Meu Deus, minha boca está tão seca que mal posso falar. Preciso de um cigarro. Não fumo há quinze anos e agora seria capaz de matar por um cigarro. Isso mostra como estou alucinada. É claro que sei que pode ser uma bobagem, já que oitenta por cento dos caroços são benignos, certo? E nem esta tortura é uma novidade para mim. — Kat sofria de uma moderada doença fibrocística. — Carrego estes sacos de gelatina desde os treze anos e já tive caroços antes, mas este é diferente. Parece um pedaço de pé-de-moleque, mas com um único amendoim no centro e sem arestas.

Não gostei da descrição, mas fui salva pelo gongo com a chegada de Renee Carson e seu sorriso mais brilhante.

— Oi, Dra. Berke. Está bonita. Pode entrar, Sra. Greenfield. — Renee leu o terror no rosto dela e acrescentou carinhosamente: — Está tudo bem, querida. Deixamos a máquina aquecida para você.

— Ah, meu Deus, como eu odeio isso.

Todas odiamos. Por quem os sinos dobram. Todos os anos pensamos que o nosso tempo se esgotou e que eles vão dobrar por nós. Durante as minhas mamografias fico banhada em suor, uma mulher aterrorizada como todas. O precioso título de Dra., todo o estudo, não valem nada quando seus seios estão no suporte. E faço a mesma oração todos os anos: "Perdoai-me por tudo e protegei-me contra células que se multiplicam alucinadamente, em nome do Pai, do Filho e do Espírito Santo, amém." Não me lembro da última vez que estive numa igreja, exceto para casamentos, mas sempre prometo que, se passar com boa nota na mamografia, voltarei a freqüentar. Jamais cumpri a promessa.

Mandei Kat para dentro da sala com outra promessa, que somente uma amiga pode fazer, uma médica nunca:

— Seja o que for, vamos dar um jeito. Você vai ficar bem.

Quinze minutos depois, ela voltou para a salinha, batendo os dentes, roupão desamarrado.

— Graças ao bom Deus, acabou. Renee é muito legal. Contou que você a operou há anos. Para ela é Deus no céu e você na Terra. Diz que não vai demorar nada. Que não tem ninguém na minha frente para ver a Dra. Abramovitz.

Renee apareceu por trás da cortina.

— Detesto ter que fazer isso com você, mas precisamos de outra mamografia. Não vá tirando conclusões precipitadas, querida. Este exame deixa todas loucas, e sei o que está pensando, mas só quero posicioná-la de modo um pouco diferente. Vamos lá, me deixe ajudá-la com o roupão.

Quando Kat passou por ela, Renee arregalou os olhos para mim.

* * *

As imagens da mama de Kat não pareciam conclusivas e Abe Sukkar convenceu Kat a deixá-lo fazer uma biópsia naquela mesma tarde. Às quatro e meia ele devolveu Kat, respirando fundo, aos meus cuidados. Quando chegamos à garagem do hospital, o cérebro dela já tinha feito o ajuste inicial, passando do choque para a possibilidade terrível. Um órgão incrivelmente maleável, o cérebro. Achamos que ele pode explodir com alguns dos pensamentos que ainda precisam ser processados. Mas não, ele simplesmente reconfigura as células e segue em frente. A menos que pire na batatinha.

— Não vamos saber nada antes dos resultados voltarem do laboratório. Por enquanto, não podemos tirar conclusões. Foram as palavras de Sukkar. Isso quer dizer que pode ser... — Ela não conseguiu terminar de falar.

— Pode ser o que Abe disse. Até que o patologista examine as células em um microscópio, é somente uma massa duvidosa.

— Massa. Isso lembra missa. Quero ir à missa no domingo. É hora de aumentar um pouquinho a oferta na minha barganha com Deus. — Kat deu um sorriso irônico. — A agnóstica na armadilha. Sou um grande clichê. — E suspirou, trêmula. — Quatro dias sem saber de nada. É uma tortura medieval. Na terça-feira vou estar em frangalhos.

— Vai ser um fim de semana muito comprido. Summer pode ficar com você?

— Summer está em Nova York com Tim, visitando os pais dele. Não vou estragar a viagem dela.

— E Lee?

— Não, Lee não. Acabou. Não o vejo há uma semana. Nós... bom, *eu* decidi que era melhor para todos. Antes que a coisa ficasse séria. Não me olha assim.

— Ele é um cara maravilhoso, Kat.

— Existem outros caras maravilhosos. Vamos esperar que eu esteja viva para conhecê-los.

— Ah, Kat, você vai estar.

Quando chegamos ao seu carro, ela insistiu em ir dirigindo para casa. Não discuti porque, fisicamente, ela estava em condições de dirigir e, emocionalmente, não era uma má idéia. Abrir caminho no meio da hora do rush era uma metáfora aceitável para o que ela deveria fazer nos próximos dias. Manteria a ilusão, por enquanto, de estar no controle da situação.

— Vai ser bom. Vou ouvir aquela rádio que toca os sucessos dos anos sessenta, e fingir que tenho dezesseis anos novamente. Quando a vida era simples e a gente não tinha que se preocupar com merdas como esta. — Essa era a versão da vida dela. Não da minha.

— Bom, pega leve. Vou passar em casa para fazer umas coisinhas e espero encontrar lençóis limpos no seu quarto de hóspedes, porque vou ficar com você no fim de semana — disse.

— Não. Juro. Está tudo bem. Não precisa. Vou dormir a maior parte do tempo.

— Talvez. Mas, quando acordar e precisar de um ombro para chorar, ou se tiver perguntas, vou estar do seu lado.

Para minha surpresa, ela não discutiu mais.

— Tive mesmo muita sorte quando peguei o seu nome na loteria da divisão dos quartos na faculdade, anos atrás. Não pense que não reconheço isso. — E apertou minha mão.

— Claro que sim, você poderia ter ficado com Brenda Cofee e seu cê-cê ou Susie Lemberg, que colocava o diafragma para secar no aquecedor, lembra?

A lembrança a fez sorrir.

— Sinceramente, não sei o que eu faria sem você e Fleur.

— Isso me lembra que preciso ligar para Fleur. Se você não se importar.

— Acho que não. Tudo bem. Sem falar que ela ficaria putésima se fosse deixada de fora do babado.

— Conhecendo Fleur como conheço, ela também vai querer dormir lá.

— Calma lá, estamos programando uma vigília, não uma festa do pijama. — Mas pareceu feliz. De repente, uma súbita reviravolta no subconsciente fez com que dissesse: — Não me importo com o seio, sabia? Podem tirá-lo. Podem tirar os dois. Nunca fui mesmo fissurada neles. Italianos são chegados em bundas. Uma bunda redonda, este é um símbolo verdadeiro de feminilidade. Eu lutaria como uma louca contra uma bundectomia, mas podem ficar com as tetas. Só não quero morrer. Não desse modo. Vi minha irmã morrer de câncer de mama e não quero partir do mesmo modo. — Ela estremeceu.

— Isso aconteceu há quinze anos. Existem vários caminhos hoje em dia que não levam ao lugar em que sua irmã foi parar.

Ela deslizou para trás do volante do velho e confiável Volvo que possuía há dez anos. Agachei-me ao lado da porta aberta.

— Tem certeza de que está bem?

— Tenho, mas estou totalmente apavorada. E me sentindo uma covardona. Estou tentando não prever uma catástrofe. Ethan costumava dizer que era isso o que eu fazia. Sempre esperando o pior. Mas quem sabe ele não pode falar com Deus a meu respeito? Escorar a morte na porta.

— Ah, Kat.

— Tem razão, tem razão. Desta vez vou tentar visualizar um final feliz. O resultado da biópsia vai ser negativo, nenhuma célula maligna. O resultado pode ser negativo, certo, Gwyn? Pode ser uma bobagem, não pode?

Dei a única resposta possível.

— Sem dúvida que pode ser uma bobagem. — O "pode" era a parte verdadeira. Mas era o "bobagem" que iria se tornar o mantra do fim de semana.

Capítulo 24

Por ironia, a natureza preparou um lindo fim de semana, que Kat atravessou angustiada. O sol de outubro brilhou, a temperatura subiu, o calor trouxe o perfume das flores de verão e um deslocado aroma de terra úmida primaveril. Deitada em uma espreguiçadeira no pátio, ela passou o dia olhando o jardim, enquanto os sinos de vento tilintavam e intermináveis xícaras de chá de camomila esfriavam na mesinha ao lado dela. Fleur e eu nos mantivemos em respeitoso silêncio, dando uma olhada nela de tempos em tempos.

No sábado, Harry Galligan me achou pelo celular. Ele sabia que estava em cima da hora, mas quem sabe eu não queria pegar um cineminha aquela noite?

— Ah, Harry, seria uma boa idéia — respondi —, mas estou passando o fim de semana na casa de uma amiga. Ela levou um susto — um probleminha de saúde — e agora está esperando o resultado de alguns testes. E, como é difícil esperar sozinha, estou aqui dando apoio moral.

— Está fazendo a coisa certa. — Pausa. — A pessoa com o problema de saúde não é a mesma que encontramos na sua portaria, é?

Puxei pela memória.

— Ah, Fleur. Não, não. Aliás, Fleur está aqui também. Não, é outra amiga. Seu nome é Katherine, Kat.

— Bom, diga a Kat que estou aqui fazendo pensamento positivo para ela.

— Pode deixar.

— Melhor ainda, e se eu passar aí mais tarde levando comida chinesa para vocês? Vocês precisam comer. E tenho certeza de que nenhuma está a fim de cozinhar.

— Quer nos trazer o jantar — disse em voz baixa para Fleur, que fez um entusiasmado sim com a cabeça.

— É muita gentileza sua, Harry, mas acho que este é território proibido para homens nos próximos dias.

— Ah, problemas femininos. Entendo. Fica para outro dia.

— Certo.

Depois que desliguei, Fleur disse:

— Não foi gentil da parte dele pensar em trazer comida? Um homem tão encantador. E você o está trocando por um inglesinho que viu duas vezes na vida e que mora a trezentos quilômetros de distância. — Ela deu um tapa na testa. — Muito, muito inteligente.

— Quem está trocando? Eu estou trocando? É cedo demais para trocar alguma coisa — respondi.

— Olha só como ela ficou zangada — Kat disse, piscando para Fleur. — Essa mulher está definitivamente trocando um pelo outro.

Naquela noite Kat enxugou três quartos da garrafa de vinho sozinha. Às dez da noite estávamos todas embriagadas e rindo à toa.

Fleur nos divertiu, fazendo uma análise dos seus mais recentes e-namorados.

— Tenho conversado muito online com o Mago, que é engenheiro espacial, e com o Homem Foguete, que não é nada disso. O Homem Foguete tem um problema de ejaculação precoce, daí o apelido. Parem de gargalhar, as duas! Existem problemas piores, e pelo menos ele está sendo honesto logo de cara.

A gargalhada histérica de Kat tinha provavelmente mais a ver com a sua própria situação do que com a piada de Fleur. Todas as suas emoções estavam à flor da pele. E Fleur estava garantindo uma boa diversão. Pelo menos por um tempo a mente da paciente tinha abandonado os pensamentos fatalistas.

— Juro — Kat disse, engasgando-se de tanto rir —, eu admiro você por se expor e encontrar todos esses homens. Se estivesse no seu lugar, não conseguiria.

— Sorte a sua que não está no meu lugar, não é? — Fleur respondeu. Ela não sabia que Kat tinha terminado com Lee. Agora, Kat estava contando os detalhes. Dissera a ele que o relacionamento dos dois estava ficando muito sério muito depressa, e que deveriam dar um tempo para esfriar as coisas. Lee merecia elogios por não ter concordado sem brigar. Era contra a separação. Disse que poderiam reduzir o ritmo. Se encontrar a cada quinze dias. Não, ela insistiu, precisava de tempo e espaço.

— Ele disse que gostava de mim e que achava que o sentimento era recíproco. Achava que tínhamos um futuro. Estava muito surpreso. E magoado. — Os olhos de Kat ficaram sombrios com a lembrança.

— Claro! Ele é louco por você. E você é só louca. Não posso acreditar que abriu mão do seu maravilhoso Lee. E para quê? Para atender às exigências absurdas de sua filha. Quando foi que a dentista extraiu a sua coragem? — Fleur perguntou e logo fez um ar chocado, porque a palavra "extrair" nos atirou de volta ao presente assustador. A perda de Lee, dolorosa como fosse, não era nada em comparação com a perda de um seio ou da própria vida.

Kat percebeu isso mais depressa do que nós.

— Estou feliz com essa decisão. Principalmente agora. Lee é jovem. Tem uma vida toda pela frente. Deve passá-la com uma mulher saudável.

Fleur se levantou de um salto.

— Isso é ridículo. Santo Deus! Tudo vai ficar bem. Certo, Gwyn? Ela vai ficar bem. — E envolveu uma Kat levemente hirta nos braços. — Sou uma grande idiota. Não queria chatear você. Você já tem muito que enfrentar. Merda. Você é uma cirurgiã, Gwyn. Não pode costurar a minha boca?

A manhã de terça-feira passou sem que os resultados laboratoriais de Kat chegassem. À tarde, participei do chá-de-bebê de uma das enfermeiras na sala de reuniões, quando Mindy, a nova contratada de Seymour, fez sua estréia. Morena, voluptuosa, na casa dos trinta anos, pernas de potranca puro-sangue. Lambeu a cobertura do bolo dos dedos com concentração científica. Mais uma com uma língua irrequieta. Falando nisso, Bethany apareceu por um minuto para comer um pedaço de bolo e deu um olhar perturbado para Seymour. Este ignorou completamente a chegada dela, continuando a conversa com Neil e Ken Dempsey em um bolsão de testosterona perto da janela. Mas, quando ele saiu da sala, tocou no meu ombro e sussurrou com voz de gângster pelo canto da boca:

— Posso trocar uma palavrinha com você?

Nos refugiamos na cozinha vazia. Ele falou rapidamente, como se estivesse prestes a ser preso.

— Bethany veio me contar uma história sem pé nem cabeça no outro dia, dizendo que você acha que ela e eu estamos... *grmph...* tendo algum tipo de relacionamento inadequado.

Deixei que ele suasse. Era um prazer ver a testa dele ficar cheia de gotinhas, como uma vidraça na chuva.

— Posso garantir que não há nada acontecendo entre nós.

Funguei levemente com desdém.

— Bom, diga isso a Bethany. Ela parece acreditar que há algo entre vocês. Na verdade, ela acha que vocês dois estão apaixonados.

A frase causou uma espécie de sorriso de desenho animado nele. Curvado nos cantos da boca. Parecendo o Pica-Pau.

— Amor? — ele repetiu. — Ela não pode acreditar nisso. Ora, isso prova que estamos falando sobre uma pessoa emocionalmente instável. Não sou psiquiatra, mas este é claramente um caso de otimismo combinado com uma imaginação fértil. Você precisa levar isso em consideração.

Eu estava roxa para lhe dar uma bolacha.

— Fontes, Seymour. Eu mesma entre elas. Suponho então que tenha sido uma alucinação minha ter visto o pé dela alisando sua braguilha debaixo da mesa de reuniões. Olhe, o que você faz lá fora é problema seu. O que você faz aqui dentro é problema meu. — *E de Neil*, era a ameaça velada.

— Gwynnie — ele disse como se fôssemos grandes amigos —, não sei o que você viu ou pensa ter visto, ou o que os boatos comentam, ou que confissão maluca Bethany McGowan fez, mas não estamos envolvidos um com o outro. Nunca estivemos e nunca estaremos. Essa é que é a verdade, acredite ou não.

Antes que eu pudesse dizer "ou não", Barbara apareceu.

— Dra. Berke, Kat Greenfield na linha dois.

— Transfira para a minha sala.

Toda essa sujeirada parecia vazia e frívola, com a vida de Kat em risco.

— Dr. Sukkar acaba de ligar. Recebeu os resultados do laboratório. — Kat parecia calma, quase aliviada. Fiquei aliviada também e ela disse: — É câncer.

Abalada, gaguejei:

— Sinto muito, Kat. Você está bem?

— Estou ótima, para ser franca. — Ouvi um suspiro entrecortado. — OK, talvez não ótima, mas bem. Agora já sabemos.

— Hum. — Minhas pacientes tinham me ensinado a ouvir.

— A terceira desgraça aconteceu. Sabe, esperei durante vinte anos por ela. Depois de minha mãe e Melanie, achei que era só uma questão de tempo para mim. Bom, aconteceu, e se o Dr. Sukkar puder cortá-lo e eu tiver sorte, continuarei com a minha vida.

— Sim, sem dúvida — concordei. — Ele disse mais alguma coisa? Que tipo de tumor? Que tratamento tem em mente?

— Ele disse qualquer coisa sobre o tumor, sim. Eu até anotei. — Ouvi-a mexendo em folhas de papel. — Não sei onde enfiei. Você pode ligar para ele. Na verdade, tenho dois tumores pequenos.

Um alarme disparou na minha cabeça. Tumores multifocais são a doença multiplicada. Respondi:

— "Pequenos" é bom.

— Ele disse que estão bem juntos e que vai poder extrair os dois de uma vez só. Vou perder um bocado de tecido, mas vou manter o seio. Depois, quimioterapia. A outra opção é uma mastectomia. — Ela arrastou a palavra, como que suavizando a sua violência. Respiramos fundo ao mesmo tempo. Depois Kat disse: — Quanto mais tecido sair, mais chances de remover tudo, certo?

— Na verdade, acabo de receber um estudo, está na minha mesa... — Remexi a papelada, procurando por minha zona de conforto. Mas Kat não queria ouvir mais nada disso e me interrompeu.

— Não tem problema. Tenho tempo para pensar sobre tudo. O Dr. Sukkar diz que não há risco de vida se esperarmos por uma semana. De qualquer modo, preciso de uma segunda opinião para a companhia de seguros. Você vai ter que me indicar alguém. E preciso ligar para Joel e Dirk. Os donos da galeria. Para adiar a exposição. O que você acha?

A vida é tão sedutora que voltamos para ela assim que podemos. Suas células más estavam roendo suas células boas, e ainda assim Kat estava preocupada em mandar reimprimir os convites.

— Vou falar com Abe para ver com o que estamos lidando.

— Nós — a voz de Kat se suavizou. — Vai estar junto comigo, não é, Gwyn?

— Lado a lado. Nas trincheiras.

— Muito anos setenta. — Ela forçou uma gargalhada. — Nas trincheiras, sem dúvida. Mas até o fim? Quero dizer, o amargo fim? Se o pior acontecer, não quero sofrer como minha mãe ou Melanie.

Sabia muito bem o que ela estava me pedindo. Se isso acontecesse eu a ajudaria, mas não do modo que ela desejava.

— Não vai acontecer — respondi. — Você ligou para Summer?

— Estou na casa dela. Ela está tendo enjôos matinais horríveis. Putz, esta merda de câncer apareceu na hora errada. Summer não precisa de mim desde os dez ou onze anos, e agora que precisa não vou estar ao lado dela.

— Claro que vai. Vai, sim. Vai dançar no casamento de seus netos.

— Só se for uma valsa, um foxtrote ou a dança do siri. São as únicas que eu sei. Lembra como Ethan ficava irritado por eu não dançar o mambo? Ele era um dançarino excelente. Ele... Ah, meu Deus. Pobre Ethan, deve estar tão preocupado comigo.

— Pode chorar — encorajei quando ela cedeu aos soluços. — Desabafa, querida. É bom chorar.

Eu mesma queria chorar muito, mas Mindy estava à espera para se instalar no meu escritório e tentar organizar os meus arquivos pela primeira vez. Quando fugi para o banheiro, encontrei Bethany acampada no saguão, chorando o suficiente por nós duas.

Na verdade, de um ponto de vista clínico, as notícias sobre Kat não eram completamente más. Ibrahim Sukkar me disse que ela tinha um carcinoma ductal infiltrante na mama direita. Bem perto desse estava um carcinoma ductal *in situ,* um CDIS pequeno, não invasivo, que também tinha que ser tirado. Ele podia remover a mama, mas não lhe parecia necessário, nem a mim. Ia fazer uma lumpectomia nos dois locais e remover bastante tecido adjacente para se certificar de que tudo fora erradicado. Depois ela teria que se submeter a radiação para matar quaisquer outras células que restassem por ali.

Menos de dois minutos depois de eu falar com Abe, Simon ligou, o que não era nada comum no meio do dia.

— Estou com saudades suas — ele disse, assim de repente, com voz sensual.

— Também estou com saudades suas — disse com um suspiro.

— Não precisa ficar assim tão triste. É bom sentirmos a falta um do outro. É um bom presságio para a relação.

— Não é isso. Sabe Kat, a amiga de quem lhe falei? O seu cirurgião acabou de telefonar com os resultados do laboratório. É maligno.

— Sinto muito, Gwyneth — ele disse. Depois a sua voz trocou o tom do amigo pelo do colega, enquanto discutíamos o prognóstico.

Depois que me acalmei, disse:

— Obrigada, foi ótimo poder desabafar sobre o assunto. É bom falarmos a mesma língua. Estava mesmo querendo passar este fim de semana com você. — Para dizer o mínimo. A idéia de dois dias com Simon era a luz no fim do túnel escuro dessa semana.

— Ah, sobre este fim de semana. Foi por isso que liguei. Estava pensando se podíamos adiar a minha visita. Só por um tempo. Vou publicar um artigo na *Cervix*. — Mais um dos apelativos nomes das nossas revistas acadêmicas. — E preciso de tempo para aprimorar o texto antes do prazo, na segunda-feira.

— Droga. — Mordi o lábio para abafar a decepção, depois agüentei. — Bom, trabalho antes do prazer, não é?

— Nossa. Do jeito que você fala, fica parecendo uma tragédia.

— A não ser que... — Dei rapidamente uma reviravolta na situação. Convidei-o para ir para a casa de praia. Não ia a Rehoboth desde agosto, mas Drew tinha ficado lá recentemente e ele tinha mania de limpeza, de modo que tudo estaria em ótimo estado para eu exibir. Simon podia trabalhar no artigo no estúdio de Stan, com vista para o mar. — Muito inspirador — assegurei. — Sei o que é ser pressionado por um prazo, por isso vou deixar você em paz. Mas, se quiser fazer uma pausa, a praia é muito agradável nesta época do ano.

— Como posso resistir a uma oferta dessas?

— Não pode — respondi, feliz comigo mesma.

— Vendido — ele cedeu com um riso.

Capítulo 25

O diagnóstico de Kat fez com que eu batesse de frente com a minha própria mortalidade. Os meus pacientes não faziam soar o mesmo alarme sinistro em mim, mas não há nada como um cancerzinho no próprio círculo de amigos para fazer a gente achar que só tem mais quinze segundos de vida. O aviso me instigou a reservar uma hora extra com o meu personal trainer. Por duas vezes em três dias, liguei para os meus filhos sob um pretexto qualquer, mas só mesmo para lhes dizer o quanto os amava, e marquei uma hora com o meu advogado para atualizar o meu testamento.

Fleur enfrentou o perigo de modo diferente. Pisou fundo no acelerador para arranjar um marido enquanto ainda podia atravessar a nave da igreja sem a necessidade de uma bengala.

O Plano não chegava a estar em ponto morto, mas também não estava a mil por hora em direção à igreja. Muitos homens, mas nenhum com uma aliança de diamantes e platina. Mesmo assim, Fleur estava convencida de que a única coisa que podia fazer era continuar apostando. Segundo ela, quanto mais candidatos encontrasse, mais chances teria de conseguir um marido.

Horas depois da mamografia de Kat, em um desafio histérico contra a morte, ela se inscreveu em um serviço de encontros chamado Coquetéis para Dois, e em uma empresa concorrente, Jantar às Sete. Se algum velho peixe escorregadio escapasse dessas duas redes, ela ainda o apanharia no Linho e Prata, um serviço de jantares para pessoas com mais de cinqüenta anos. Toda essa comida e bebida iria fazer um estrago tremendo na sua dieta, mas ela estava determinada a arranjar alguém para passar o réveillon. E disse que eu tinha prometido a ela que a acompanharia até a casa de Hannah Pechter, uma casamenteira de Pikesville, uma zona judaica no subúrbio.

— Vai me dizer que não se lembra de ter prometido ir comigo lá na noite de quinta.

Às vezes eu pensava que Fleur inventava essas coisas. Ela revirou a carteira e me mostrou um cartão de visitas.

— Shidduchs & Sheitels — li. — O que é um *shidduch?*

— Um *shidduch* é um casal formado por intermédio de terceiros. Uma *sheitel* é a peruca que as mulheres ortodoxas usam. Algum rabino obcecado com sexo inventou o mito de que o cabelo feminino tem o poder de afastar os homens das coisas sagradas. E isso aconteceu muito antes de inventarem os condicionadores. De modo que somente um marido pode olhar as melenas naturais da esposa. No que diz respeito ao resto do mundo, as mulheres ortodoxas escondem seus cabelos debaixo de uma peruca assim que dizem "Aceito". As *sheitels* são de excelente qualidade. Todas feitas com cabelo de verdade. Hannah tem um negócio paralelo de perucas.

No último instante, ela convenceu Kat a ir conosco.

— Vamos lá — Fleur pediu —, você precisa de uma boa risada. Aposto que a situação toda vai atingir 8,6 na Escala Sorrichter, Meu Bem.

E, antes que Kat pudesse mudar de idéia, Fleur e eu fomos correndo buscá-la. A noite estava agradável para meados de outubro, mas Kat estava vestida para o gélido inverno de sua alma. A saia era uma daquelas mexicanas listradas de que ela gostava, mais longa do que a pudica saia pelas canelas que Hannah Pechter usava, e um xale de franjas que envolvia seu corpo, apertado. Por cima dele, um paletó.

— Bem-vindas ao Shidduchs & Sheitels, onde a elite se conhece e me agradece. — Hannah nos fez entrar e deu um passo para trás, dando uma boa analisada em Fleur. — Gostaria de ter cem mulheres como você. Os homens vão derrubar a minha porta.

— Deus te ouça — foi a resposta de Fleur, e a casamenteira olhou para ela como se fosse um doce coberto com chantilly.

Então disse:

— Tenho dez candidatos em vídeo, escolhidos a dedo para você, Fleur querida. Dê uma olhada neles. Se nenhum lhe agradar, vou ter outros dez para a sua avaliação na semana que vem, e, se não gostar de nenhum, vou mandá-la para uma consulta com meu cunhado, um oculista, para que ele examine esses seus lindos olhos azuis. Vamos, vamos começar.

Seguimos a figura minúscula pelo corredor e passamos por uma sala cheia de prateleiras com perucas cobrindo cabeças de isopor.

— Este é o meu outro negócio. A maioria delas é para mulheres ortodoxas, mas também temos perucas para pacientes com câncer. Para as que fazem quimioterapia.

Ouvi os passos de Kat hesitarem atrás de mim e segurei sua mão.

A sala de avaliação dos candidatos possuía uma TV enorme dominando o ambiente. Na mesinha de centro, uma garrafa de vidro com café, quatro canecas, um prato grande com um strudel e uma pasta de papel pardo. Fleur se inclinou automaticamente para pegar uma fatia de strudel e Hannah automaticamente empurrou o prato para perto de Kat e de mim.

— Esse é meu filho do meio, Yossi — Hannah anunciou quando um pré-adolescente magro entrou na sala. — Um dia irá assumir o negócio e será a terceira geração no ramo. — Cuspiu duas vezes na mão dizendo "*Poi, poi*", e Fleur explicou que era uma defesa contra o olho-gordo que pode roubar a sua boa sorte. — Por que sou tão bem-sucedida? Porque ofereço um serviço pessoal, nada como a internet, onde você não sabe se está falando com um presidiário. Todos os meus clientes preenchem questionários detalhados. Fleur fez uma descrição de si própria nos mínimos detalhes. Depois, o cliente grava um vídeo. Yossi vai gravar um com Fleur agora à noite e, do mesmo modo que vocês vão assistir a vídeos deles, eles vão assistir a um vídeo dela.

— Vai gravar um vídeo, Fleur? Não nos contou nada disso — Kat disse, visivelmente animada. Estava contente em tê-la conosco. Shidduchs & Sheitels era o remédio certo para o seu coração perturbado.

— Tenho mesmo que fazer isso? — Fleur gemeu.

— Não se preocupe, você vai ficar maravilhosa. Seus atributos saltarão aos olhos. Agora, vamos dar uma olhada na elite dos meus candidatos com mais de cinqüenta anos, que selecionei pessoalmente para você. Yossi vai cuidar da apresentação dos vídeos. — Hannah entregou a Fleur a pasta com o perfil e a foto de cada candidato. — Aconselho que tome notas, ou nunca vai se lembrar das nuances. E, por favor, não descarte alguém só porque tem uma verruga ou a língua presa. Somos todos feitos à imagem e semelhança de *Hashem*, mas não exatamente iguais a Ele. Nenhuma alma na Terra é perfeita. Kat, há um interruptor atrás de você para diminuir as luzes. Yossi, enfie o Milton Rosenthal, por favor.

Milton, sessenta anos, careca e com cara de bebê, liderava a parada. Perdera a esposa no ano anterior. Quase todos os homens de Hannah eram viúvos.

— Pelo menos você sabe que eles não são aventureiros ou conquistadores. Esses homens foram felizes no casamento e querem ser felizes novamente.

Fleur concordou, séria. Ela já tinha atingido seu limite de aventureiros.

Ira era corretor de imóveis. Muito bem-sucedido, mas sofria de psoríase. Ken e David passaram rapidamente pelo vídeo. Fleur escrevia furiosamente.

Depois veio Elliot, que tinha um sotaque levemente britânico. Me animei. Fleur fez que não com a cabeça. Elliot tinha um sorriso doce e uma personalidade cativante, mas só comia comida *kosher*.

Barry, Mark, Howard, Lester e Sandy foram os seguintes, mas não guardei detalhes. E por último, mas certamente não menos importante por isso, Victor.

— Um vendedor de capas de chuva. Mas de alta classe. Muito atraente. As mulheres caem aos pés dele. Infelizmente, essas que dão em cima dele não o atraem. Escute.

— Procuro alguém gentil e generosa, que goste da vida. Alguém que compartilhe meus interesses como comida chinesa e ir a mercados de pulgas. Também sou um pouco marinheiro. Tenho o meu barco de vinte e dois pés ancorado em Annapolis, e estou procurando um co-piloto.

Kat e eu demos uma fungada desdenhosa, e Fleur revirou os olhos, mas colocou uma marquinha ao lado do nome dele.

No fim, Fleur ficou com Howard, Victor, Barry, Ken e Milton. Cinco a mais do que tinha quando chegara.

— Escolhas excelentes — Hannah *kvellou,* sorrindo de orelha a orelha.

Perguntei a Fleur:

— Vai contar que é convertida ao judaísmo?

Hannah vetou a idéia:

Não toque nesse assunto. Basta darem uma olhada em você para saberem que você não nasceu judia. Eles também sabem que você é judia agora ou eu não a teria aceito como cliente. Não precisa ser muito profunda na apresentação. Howard, o periodontista, não disse que teve câncer na próstata. E está curado.

Fleur tinha sido uma criança magra até os oito anos, ela me contou um dia. Depois que o pai — o cônjuge com o dinheiro — divorciou-se da mãe — o cônjuge com o *pedigree* —, Fleur e o irmão, Kenyon, passaram a afogar as mágoas em milk-shakes e sundaes. Kenyon estava com cento e setenta e cinco quilos quando morreu de um ataque cardíaco aos quarenta e oito anos.

Nunca defini Fleur pelo seu peso, mas ela o fazia com freqüência. Quando a gravação começou, Fleur soltou o verbo numa narrativa animadíssima. Falou de seu trabalho, de seu interesse por prataria americana antiga e de seu amor por livros de mistério ingleses. Depois disse:

— E gosto de todo tipo de comida, como você já deve ter percebido.

— Yossi, pare de filmar — Hannah elevou a voz. E dirigiu-se a Fleur com brandura: — Não acho que deva comentar o seu peso. Ele é óbvio. Por que chamar a atenção para isso? Eles vão ver uma mulher bem fornida. Muitos homens apreciam mulheres bem fornidas, mas não é necessário enfatizar que você é uma delas.

— Certo. — Fleur continuou explicando por que nunca se casara. — Enquanto a maioria de minhas amigas estava namorando e noivando, eu estava na faculdade de administração de empresas. Logo depois comecei minha empresa, tive sucesso e passei a cuidar dela em tempo integral. O casamento não parecia ser uma prioridade. — Hannah concordava com a cabeça o tempo todo, satisfeita. — Depois encontrei alguém especial e me apaixonei. Ficamos juntos durante quatorze anos, mas ele nunca me pediu em casamento.

— Corta!

— A coisa funciona assim — Hannah explicou na saída: — Vou mostrar seu vídeo aos cinco homens que você escolheu e eles decidem o que fazer. E Fleur, se ninguém telefonar até o meio da semana, me ligue. Às vezes eles precisam de um empurrãozinho.

Tive a impressão de que ela possuía braços bem fortes.

Ela entregou nossos casacos.

— Foi um prazer conhecer você, Gwyneth. Posso saber de onde vem o seu nome?

— Sou meio alemã, meio norueguesa. Mas acho que o nome é de origem inglesa. Minha mãe o tirou de um romance em que a heroína se chamava Gwyneth. — Sem dúvida de um daqueles romances baratos que ela devorava. Como se sua vida imaginária já não fosse suficientemente intensa.

Nada disso impressionou Hannah. Fleur tentou aumentar meu valor de mercado:

— Gwyneth é médica.

Hannah pareceu perplexa, como se não fosse possível conciliar a idéia de uma doutora com esta *shiksa* vestindo suéter e jeans. Mas acabou se convencendo.

— Jura? E qual a sua especialidade...?

— Ginecologia. Sou uma oncologista ginecológica, o que quer dizer...

— Sei o que oncologia significa — Hannah disse. — Você é muito bonita para uma médica. Um rosto clássico. É uma pena que não seja judia. E você também, Kat. Tão doce e quietinha. E, pelo que vejo, também não está casada.

Kat não estava usando a aliança. Não tinha notado antes, mas ela devia tê-la tirado do anular no período entre a limpeza do guarda-roupa de Ethan e o adeus a Lee.

— Tenho certeza de que poderia encontrar alguém para vocês. Se assinarem um contrato comigo hoje, dou um desconto de dez por cento para as três.

— Também não sou judia — Kat disse.

— Greenfield?

— Meu falecido marido era judeu, mas nunca me converti. Sou italiana. Católica. Não praticante. E você não iria querer mesmo alguém com meu perfil. Sou uma mercadoria com defeito. — Kat deu um riso frágil.

— O que você disse? — Eu só podia ter ouvido errado.

Ela me ignorou.

— Acabo de receber um diagnóstico de câncer de mama. Vou ser operada na semana que vem. Posso sair da cirurgia com um seio a menos. Não acho que exista uma fila de homens esperando por uma mulher com um seio só.

— Você tem razão — Hannah disse. — Não vou discordar de você.

O rosto de Fleur empalideceu, exceto por duas manchas rosadas nas faces. E eu disse:

— Meu Deus, isso é ridículo!

— Com licença. — Hannah ergueu a mão. — Me deixe terminar. Kat tem razão em dizer que existem homens por aí que rejeitariam uma mulher com um seio só. Quem sabe que mal ou que mesquinhez se esconde no coração de uma pessoa? Mas o que tenho a dizer a você sobre esses homens é: por que querer um deles?

— Não quero. Estou só dizendo que nenhum homem vai me querer.

— Acha mesmo? Por causa de um seio a menos? Posso dizer com certeza que existem homens que não ligam a mínima para um seio. Que olham mais fundo, para o que está debaixo dele.

— É muita generosidade sua, Hannah. — Kat encolheu os ombros ao vestir o casaco, como se estivesse se desvencilhando das palavras reconfortantes de Hannah.

Mas a intrépida Hannah não se deixou abater por tão pouco.

— Gostaria que você fosse judia para que eu pudesse provar o que digo. Poderia colocar uma fila de homens na sua frente.

— Não diga — Kat respondeu, mostrando seu desconforto e a necessidade de sair de lá. Tinha se distraído por um tempo com a aventura de Fleur, mas agora a diversão acabara e estava escuro lá fora.

No carro, a caminho de casa, disparei furiosa:

— De onde veio toda aquela merda de mercadoria com defeito? Nem parecia você, Kat.

— Talvez não pareça a antiga Kat. Talvez seja a nova Kat com um seio só falando.

Decidi ignorá-la. Mas Fleur não agüentou.

— Em primeiro lugar, não sabia que você já tinha decidido fazer uma mastectomia. Em segundo lugar, seja qual for a sua decisão, você tem um homem que te ama pelo que você é. Acha mesmo que Lee te abandonaria por ter um seio só?

— Lee não tem nada a ver com isso. Deixa o nome dele fora disso.

Poucos minutos depois, ela murmurou:

— Summer acha que o Dr. Sukkar é medieval por considerar a hipótese de uma mastectomia.

Ah-ah. Agora estava tudo muito claro.

— Summer acha? — Fervi de raiva. — Por acaso Summer se formou em medicina sem que eu soubesse?

— E, mesmo que ele só retire uma boa parte do meu seio, ela acha que vai ficar torto. Ela realmente acredita que ele deveria fazer duas pequenas lumpectomias. Disse que todo mundo está fazendo cirurgias conservando os seios, hoje em dia.

Não deveria, mas perdi a paciência. Girei no assento do carro e fixei os olhos na sua figura em meio às sombras.

— Veja bem o que está dizendo. Não estamos falando de aplicar luzes no cabelo ou colocar Botox na testa. Isso não tem nada a ver com o que todo mundo anda fazendo, como se houvesse alguma moda na cirurgia de mamas. E Abe não está empurrando você para uma mastectomia. Ele te deu a opção da lumpectomia. Porque acha que isso vai resolver o seu caso. Tudo bem, ele vai ter que remover mais tecido do que removeria se fosse um só tumor. Mas, se você ficar insatisfeita com a aparência, sempre pode fazer uma plástica.

— Quero poder olhar no espelho sem me encolher toda.

— Isso não tem nada a ver com seu seio, Kat. Se não quiser se encolher toda ao olhar seu reflexo no espelho, pára de fazer a vontade de Summer toda vez que ela encosta você na parede.

É claro que me arrependi imediatamente de ter dito isso. Kat emitiu um som abafado, como se tivesse levado um soco, e eu me enrolei em um casulo de culpa e arrependimento no assento da frente. Sair batendo em Kat quando ela estava tão frágil era imperdoável. E quem era eu para lhe dizer como manter um relacionamento com sua única filha?

Foi então que, ao estacionar na sua porta, o novo celular de Kat tocou. Era Summer, do pronto-socorro. Vomitara o dia todo, Tim tivera medo de que ficasse desidratada e insistira em levá-la ao hospital. Ela estava tomando soro para repor os fluidos e iria passar a noite no hospital. Tim estava lá, mas ela queria a mamãe. Eu não podia criticá-la por isso. Mas Summer tinha esquecido sua malinha. Kat poderia ir até a casa dela para buscá-la? Aquelas camisolas de hospital eram insuportáveis. E não esquece a escova de cabelos.

Fiquei novamente furiosa, mas dessa vez mantive a boca fechada.

Já passava da meia-noite quando deixamos Kat no hospital, depois de irmos apanhar as coisas de Summer. Fleur estava esgotada quando atravessamos a portaria do prédio, mas se recuperou o suficiente no elevador para dizer, indignada:

— Não acredito na maneira como Kat está deixando Summer mandar nela. Recebendo ordens daquela merdinha xexelenta. Desmanchando o namoro com Lee. Isso me deixa louca.

— Mas a verdade é que não é da nossa conta.

— Claro que é. Somos amigas dela.

— Amigas não críticas, até que ela se livre do câncer.

— Tá bom, tá bom — Fleur resmungou, emburrada. — Mas juro que, se as coisas correrem bem nesse assunto, vou me entender pessoalmente com Summer. Cara a cara, de mulher para mulher. Ou vou ligar para Lee e pedir que ele a salve.

— Não se atreva. Nem pense nisso.

— Me aguarde! — Fleur respondeu.

Capítulo 26

O fim de semana de Simon comigo na praia começou de forma tumultuada. Apesar do rosto de santo varão, ele foi retirado da fila no aeroporto Kennedy, apalpado e revistado, um choque para alguém acostumado a ser recebido somente com mesuras e cerimônias como as do Dr. Tashiki, em Londres. Depois ficou preso no aeroporto internacional de Baltimore-Washington por vinte minutos, e eu me atrasei porque um policial do aeroporto me fez ficar dando voltas e mais voltas durante meia hora. De modo que esperava encontrar um viajante mal-humorado. Mas não, quando o encontrei na área de chegada de passageiros, ele esbanjava bom humor.

Deslizou para o assento do passageiro e me deu um beijinho no rosto.

— Acho que o país todo está tendo um colapso nervoso... menos nós dois, claro. — Sorriu. — Como não vi o seu carro, achei que você tinha desistido de mim. Mas tudo está bem quando bem acaba.

Ficamos sentados olhando um para o outro enquanto uma buzina soava atrás de nós. Ele era lindo de morrer, com os cabelos prateados, a covinha no queixo e os inteligentes olhos cinza.

Mas foi *ele* quem disse para *mim*:

— Tinha esquecido como você é atraente, Gwyneth.

— Ora, obrigada. Vamos ver se você acha a mesma coisa no domingo, depois de passarmos dois dias juntos.

Ele jogou a cabeça para trás e deu uma gargalhada sonora.

— Sempre otimista, não é? Vamos nos divertir muito.

Quando chegamos a Crosswinds, ele estava exausto. E eu, moída por ter dirigido. Desabamos na cama. Em quartos separados, é claro.

Na manhã de sábado, acordei com um sol tão anêmico que mal tinha forças para se manter acima da água. Visto da minha janela, o mar parecia insípido, a areia gelada e pouco convidativa, e pensei comigo mesma se esse fim de semana na praia com Simon tinha sido uma boa idéia.

Surpresa. Ele já estava de pé, vestido, completamente energizado e revirando as gavetas da cozinha quando o encontrei.

— Já era hora, sua dorminhoca. — E deu um beijo com suave perfume cítrico no meu pescoço.

— Gosto da sua loção pós-barba — sussurrei, arrepiada da cabeça aos pés.

Ele esfregou o nariz na curva do meu ombro. Ó meu Deus.

Consegui me desvencilhar com delicadeza para fazer torradas e o café que ele preferiu tomar no lugar de chá em saquinhos. Durante o café-da-manhã ele me entreteve com as histórias de sua recente viagem à Arábia Saudita, onde tratara de uma das mulheres da família real. Depois disso deixei-o instalado no escritório que era de Stan. Uma sala enorme, com uma mesa em L de dois metros de comprimento que eu comprara para substituir a mesa antiga que o sócio de Stan usava para trabalhar.

— Precisa de mais alguma coisa? — perguntei, a uma distância prudente.

Ele olhou para a mesa, para a suntuosa cadeira giratória em couro e carvalho, ergonomicamente correta, para a luz batendo na tela do laptop, proveniente da ampla vista para a praia oferecida pela parede de vidro, e finalmente para mim.

— Preciso de um beijo de verdade — disse. — Não posso trabalhar sem um. — E me encurralou em seus braços. Ah, aquele homem sabia beijar. Este foi um beijo quente, doce e com gosto de café com aroma de nozes.

Prendi a respiração e mergulhei em um segundo beijo. Foi então que, meu bom Deus, algo delicioso deu sinal de vida abaixo da linha do equador. Mas, antes que eu tivesse a chance de saborear aquela sensação, ele me soltou.

— OK, isso vai nos segurar por um tempo. Por que não vai fazer o que costuma fazer nas manhãs de sábado? Aparece aqui lá pelas onze e meia e vamos ver em que pé vai estar este maldito artigo. — Colocou uma mão nas minhas costas e me empurrou para fora, com suavidade mas firmeza.

Simon gostava de mulheres. Você sabe quando um homem gosta mesmo do sexo oposto. Por exemplo, Stan achava que éramos uma espécie inferior e ficava todo nervoso e espetado em nossa companhia. Foi uma coisa que vi acontecer durante todo o nosso casamento, mas que só entendi em retrospecto. Por outro lado, Simon se iluminava na companhia de mulheres. Por isso, não me surpreendia o fato de que as mulheres pareciam gostar igualmente dele.

Por exemplo, minha vizinha e arquiteta responsável pelo projeto de Crosswinds, Sue Duffy. Linda aos cinqüenta, Sue parecia uma criatura mitológica: uma linda mulher da cintura para cima, uma tanajura da cintura para baixo. Sendo uma arquiteta e uma mulher bunduda, ela se orgulhava em ver além das estruturas. Uma vez me disse que seu olhar experiente atravessava as vigas e os tijolos, direto para o núcleo de força de uma casa. Desconfio que isso valia também para pessoas porque, enquanto conversava com Simon, seus olhos se estreitaram, avaliando-o. Despedindo-se na soleira da porta, ela me disse, longe dos ouvidos dele:

— Aquele é um exemplo do que há de melhor em produtos importados. Quando foi a última vez que conversei sobre Christopher Wren e a arquitetura barroca inglesa? Meu bem, ele é um achado.

Naquela tarde, Simon discutiu a arte persa do período Qajar com Yasaman Shariyeh, dona da Galeria de Arte Afsoon, trinta e cinco anos, de uma beleza exótica, com olhos de um marrom aveludado e uma luminosa pele dourada.

Quando estávamos prestes a sair, depois de ter comprado uma pequena gravura, ele lhe deu seu cartão de visitas.

— Se encontrar o par daquela gravura, me telefone.

— Pode deixar. — Ela abaixou os olhos. — Farei isso, Dr. York. — Muito educadamente, mas roçou os dedos nos dele ao pegar o cartão. Ele me olhou e franziu a testa, como se ela tivesse interpretado mal o interesse dele.

Do lado de fora da galeria, ele se inclinou e esfregou o rosto no meu, como uma borracha, apagando todas as dúvidas de que eu fosse a única mulher que lhe interessava. Depois passou o braço ao redor de minha cintura e caminhamos assim até a Avenida Rehoboth.

Paramos diante da vitrine do The Cook's Tour.

— Você precisa de chá em lata e de um coador, em vez daqueles saquinhos de chá.

— Aqui não — respondi depressa, tentado afastá-lo da loja de Brad. — Os preços são astronômicos. Tem uma loja no fim da rua... — Mas ele entrou assim mesmo e fui atrás, rezando.

Brad não estava em lugar algum. *Obrigada, Deus*. Nem Stan. *Amém*.

Betsy Whitkin, que tinha trabalhado como faxineira em Crosswinds, estava lendo languidamente uma revista quando a interrompemos. Ela acenou para mim e conversou com Simon sobre queijos ingleses até que eu o levei para dar uma volta pelos corredores dos produtos caríssimos de Brad. Pegamos um coador, pacotes de chá Darjeeling e Assam, uma caixa de biscoitos de gengibre Duchy e um pote de geléia de groselha Fortnum & Mason. Tudo isso deve tê-lo excitado um bocado, porque, já em casa, depois de tomarmos um chá à moda inglesa como manda o figurino, mal tive tempo de limpar a boca com um guardanapo quando ele me pegou nos braços e disse com voz rouca:

— Quero fazer amor com você, Gwyneth.

Sim, claro, eu sabia que isso iria acontecer quando o convidara. Uma casa na praia. O barulho das ondas. O som das gaivotas ao longe. À medida que o dia esfriava, liguei a lareira a gás na sala, obtendo autênticas sombras trêmulas na parede. Graças ao magnífico sistema de som estéreo de Stan, ecoava flamenco pela casa. Tudo nos encorajava. Nada nos impedia. Só Deus sabia o quanto eu queria. O que quer que tivesse causado o *coup de foudre* original, ainda estava em ação. Minha boca estava seca de desejo, mal conseguia falar.

— Tem proteção? — murmurei. Doenças venéreas eram uma ameaça sem idade.

— Sou médico, querida. Claro que sim.

— Teste de HIV?

— Há um mês. Negativo. — Muito romântica a linguagem do amor no século XXI.

Do que eu estava à espera? Bom, homens muito cultos não costumam ser fabulosos na cama. Trabalham demais com as suas cabeças hiperativas. Pensam demais todo o processo. Fazem amor como se tivessem aprendido em um gráfico com solas de sapato desenhadas. Um, dois, três, pulinho; quatro, cinco, seis, umbigada. Um péssimo ritmo, nenhuma musicalidade. Acho que eu estava esperando o dois-para-lá-dois-para-cá básico.

Ele era o Baryshnikov.

Unidos pelos lábios e quadris, caminhamos lentamente para o quarto. Perto da cama, tonta de desejo, me atrapalhei com os botões da blusa.

— Deixa comigo — ele disse. Com seus dedos ágeis de cirurgião desabotoou minha blusa, tirou meus jeans e os jogou longe. Enquanto eu lutava para respirar, ele me provocava, despojando-me lentamente da última camada de renda caríssima da Victoria's Secret, passando leves beijos na minha carne fremente.

— Meu Deus, Simon — balbuciei sem sentir, escorregando para aquele maravilhoso estado ébrio onde as inibições caem por terra e cada gesto é feito em câmera lenta.

E então o ar fresco na minha pele provocou um arrepio de medo. Por via das dúvidas, tinha colocado um roupão de seda café-com-leite em uma cadeira ao lado da cama. Por via das dúvidas, tinha atenuado a luz. E, da lareira do quarto, a luz tremeluzia, criando uma camuflagem de sombras. Mas, mesmo assim, a minha não era a nudez cheia de viço de uma mulher de vinte anos. Nem mesmo a de uma quarentona madura. E Simon, supunha eu, podia escolher o melhor para si.

— Não — ele disse quando estiquei o braço para pegar o roupão. — Me deixe ver você. Por favor, querida, preciso ver você. — Deixei o roupão cair, ouvindo a sua rápida inspiração. — Você é linda — ele sussurrou. E aquele "linda" me soltou tanto que consegui parar de surtar sobre a minha aparência e me concentrar nele, enquanto ele, lenta e provocantemente, tirava as calças e a camisa, dando um passo à frente.

Simon York *à la carte*, todo músculos, cabelo do peito encaracolado e olhos flamejantes ficava, se é que isso era possível, melhor ainda que Simon York no seu normal estado de perfeição com roupas de Savile Row. Pense em Heathcliff com aquele arquetípico rosto inglês, um sutil e sensual prognatismo, a mandíbula quadrada com aquela sombra de barba do fim da tarde. Pense em um grande leão inglês. Aquele para o qual o sol nunca se põe. Pense em um cabelo normalmente liso e prateado se transformando numa juba revolta. Feições nobres suavizadas pelo desejo.

E depois ele riu, uma risada grossa e sonora.

— Olha só o que você fez comigo. — Ele sorriu para a enorme ereção, em solene posição de sentido. — É por você. E *para* você. Você quer? Eu quero te dar.

Ah, eu sei que Fleur gosta de dizer: "Não é o tamanho do badalo que faz o som do sino." E em princípio ela tem razão, mas eu prendi a respiração ao olhar para Simon tão enorme, tão pronto para mim. Fui até ele. Passei os dedos pelas suas costas musculosas. Agarrei os seus ombros e pressionei meu corpo contra o dele. Me esfreguei contra aquela rigidez urgente e ouvi o rugido gutural dele antes de enfiar minha língua por entre os seus dentes.

Ele retribuiu meus beijos. Tão profundos. Tão úmidos. Contra a sua carne quente, inalei *Eau de Simon*, um perfume enlouquecedor de loção de barbear cítrica, suor e almíscar. Passei a língua naquele doce salgado, depois pelo seu pescoço, ouvindo-o ficar ofegante. Ele percorreu o caminho através dos meus seios, desenhando círculos úmidos à esquerda, à direita, colocou a boca em um mamilo e depois no outro. Gemi de excitação. E, enquanto sua língua deslizava para baixo, apoiei-me trêmula contra a parede, mais do que quente, mais do que febril, quase soltando faíscas.

No entanto, disse:

— Não — para o alto da sua cabeça, enquanto ele se ajoelhava. — Ainda não. — Querendo dizer não que não estava úmida de desejo, mas que o que ele tinha em mente era tão íntimo que eu precisava de mais tempo para...

Ele olhou para mim, olhos intensos.

— Por favor. Eu quero. Você quer.

Fiz que sim com a cabeça e o perdi de vista. Me perdi nele, enquanto ele usava aquela língua diabólica. Tonta de prazer, me encostei na parede e simplesmente... deixei... acontecer.

Quando ele se afastou para respirar, murmurou:

— Você tem gosto de mel. — Respondendo à pergunta de todas as mulheres, o medo secreto de todas as mulheres. — Deliciosa. Meu Deus, quero foder você. — Foi o que disse o meu brilhante cientista inglês, cujo vocabulário normal era tão educado, e eu virei uma papa. Senti literalmente minha carne se derreter em uma massa complacente, maleável, passível de ser moldada em qualquer coisa que se desejasse. Caímos na cama, rolamos nos meus lençóis Porthault com seiscentos fios, e os desarrumamos completamente.

Simon, o ginecologista, sabia onde estavam escondidos todos os pontinhos certos, e sabia exatamente o que fazer quando chegava neles.

Enquanto a guitarra tocava uma *bulería* frenética ao fundo, dedilhamos um ao outro até ficarmos esticados como cordas prestes a rebentar. Tanto que, quando ele finalmente me penetrou, só demorou alguns segundos antes de eu subir, voar, pulsar, explodir em todas as direções. Depois ele continuou até acabar, seu olhar preso no meu, me deixando ver aqueles olhos de puro cinza se turvarem, depois se incendiarem enquanto ele estremecia.

Nunca na minha vida, durante todos os anos em que fizera amor, tinha visto um homem ter um orgasmo de olhos completamente abertos. Sabe aquele clichê de serem a janela da alma? Absolutamente verdadeiro. Me senti magicamente ligada a ele.

Depois, enquanto estava deitada nos seus braços, ele disse:

— Meu Deus, foi ótimo, Gwyneth. Tudo o que eu esperava. Até mais. Você foi maravilhosa.

— Você é que foi — eu disse, quase sem conseguir respirar. Ele pegou na minha mão e beijou a palma.

— Nós dois fomos — respondeu.

Ao cair da tarde, tomamos martínis no deque. Enquanto Simon passava uma caneta vermelha pelo seu artigo para a *Cervix*, eu esticava meus músculos na outra extremidade do sofá de vime, meus pés no seu colo, completando as palavras cruzadas do *New York Times* do domingo anterior. Ocasionalmente pedia ajuda ao seu cérebro para uma palavra perdida. De tempos em tempos, dava uma olhada nele. A mecha de cabelo prateado que caía sobre a sua testa, o tique do seu maxilar quando ele se concentrava, os ombros quadrados sob um suéter de lã cinzento de decote redondo, como os que os meninos ricos usavam na minha universidade — tudo isso me fazia vibrar até os dedos do pé, que ele massageava com a mão livre.

Ao fundo, Isaac Stern tocava os *Concertos de Brandenburgo* no violino.

— Você joga bridge? — Simon perguntou, sem tirar os olhos do trabalho.

— Jogo. E que tal xadrez? — perguntei. — Você joga xadrez?

— Jogo — ele respondeu.

Era um encontro abençoado pelos deuses dos CDFs.

Só que os anjos da guarda são eternos, e o nosso fim de semana estava acabando. Mas ainda teríamos muitos outros fins de semana pela frente. Por que não? Fechei meus olhos e prolonguei o momento do modo como as mulheres fazem, prematuramente. Por que não poderíamos ir até o fim? Por que não poderíamos ser os Drs. York? Escrevendo monografias juntos. Fazendo amor fantástico até a eternidade.

Se não, se minha relação com Simon acabasse mal, bom, pelo menos eu teria tido um maravilhoso caso amoroso com um homem brilhante e charmoso. Mais do que um caso. Algo para ser lembrado com carinho quando ficasse sentada na cadeira de balanço na varanda do lar de idosos.

Foi o que eu disse a mim mesma enquanto o sol quente mergulhava no mar cor de turquesa, tal como numa pintura cafona em veludo.

— Lembrar com carinho? Ah, querida, você está se enganando — Fleur disse, rindo, quando lhe fiz a confidência no domingo à noite. — Vou te dizer uma coisa, se você e Simon se envolverem e ele romper com você, se Simon te puser um par de chifres, você vai ser como qualquer garota da periferia num programa de baixarias, louca para arrancar os olhos dele com as unhas. Somos todos criaturas primitivas quando nos enfiam uma faca nas costas. OK, você fez sexo. Sobre o qual não vai falar, porque senhoras bem-educadas não fazem isso. Só que você não foi bem educada, de modo que isso é uma frescura da sua parte.

— O sexo foi explosivo — disse, não conseguindo evitar um sorrisinho.

Fleur piscou para mim, como se eu fosse um novo tipo qualquer de Gwyneth que ela ainda não tivesse visto.

— Olha só para você. Explosivo, é? Isso é surpreendente. Os ingleses não são conhecidos pela perícia sexual. Pelas couves-de-bruxelas, sim. Pelo sexo, não.

— Bom, ele foi incrível — eu disse. — Há anos que eu não tinha um tão grande... bom, você sabe...

— Você teve um Grande Você Sabe? Então ele deve ser bom. Porque, honestamente, desde a menopausa que os meus Você Sabe não têm sido assim tão grandes. Acho que tem tudo a ver com hormônios. O sangue sobe ao rosto num fogacho, em vez de ficar nas regiões pudibundas, onde faz falta.

— A grande maioria das mulheres acima de cinqüenta anos diz que tem um aumento de intensidade nos orgasmos — respondi.

— Isso também é daquela sua pesquisa *farkuckteh*, não é? Essa pesquisa pôs a todas nós em apuros. Vou te dizer uma coisa, era muito mais fácil nos tempos de Jane Austen, quando senhoras de cinqüenta e quatro anos punham suas toucas de renda e se retiravam para jogar *whist*. Às vezes penso se a civilização tem mesmo evoluído.

— Seu encontro da noite passada foi péssimo, não foi?

— Foi — ela respondeu. — Um horror.

Capítulo 27

Trouxe lembranças do fim de semana na praia com Simon. De vez em quando, a recordação de seu perfil bem esculpido no travesseiro ao lado me vinha à mente. Ou eu era assaltada pela lembrança dele passando manteiga na torrada ou rindo de algo que eu dissera. Mas, justiça me seja feita, esses pequenos momentos de prazer não interferiam de modo algum em meu trabalho. Atendi pacientes, fiz cirurgias, assisti a CNN, tomei meu iogurte. Mas, às vezes, um pensamento sobre ele agitava os receptores de serotonina em meu córtex pré-frontal e, ao passar por um espelho, eu via a mim mesma com um sorriso bobo.

No começo da semana, Kat ouviu uma segunda opinião sobre a melhor maneira de tratar o tumor que concordava com a de Abe. Agora que ela sabia o que deveria ser feito, queria fazê-lo o mais depressa possível.

A lumpectomia de Kat era, na verdade, uma mastectomia parcial, e Abe e eu batemos de frente com a seguradora para conseguirmos um dia extra no hospital. Depois da cirurgia, ela precisaria de alguns cuidados. Ela pretendia ficar com Summer e Tim por alguns dias. O plano era que eu passasse por lá no fim de semana, para os cuidados pós-operatórios, cuja descrição deixou Summer branca feito cera.

— Ora, como ela é delicadinha. Não parece tão ruim assim. Ora bolas, eu mesma faço, se você me mostrar como é. Até pode ir para Nova York, se quiser — Fleur disse.

Simon me convidara para passar o fim de semana com ele lá, mas, nessas circunstâncias, Kat vinha em primeiro lugar.

— É isso aí, garota! — Fleur vibrou. — Amigas antes dos amantes. É bom saber que você se mantém fiel aos seus princípios. E você sabe, Gwynnie, que, quando os amantes já se foram há muito tempo, as amigas ainda estão do seu lado.

— Isso é um consolo — disse eu brincando, mas lá no fundo falava a sério.

Simon ficou desapontado quando adiei a visita, mas entendeu.

— É claro que você deve estar do lado da sua amiga. Você tem um bom coração, além de um cérebro bem razoável. Na verdade, acho que você é maravilhosa. Saiba que gosto muito de você, Gwyneth.

Engoli em seco.

— E eu gosto muito de você. — Fizemos uma pausa reverente pela exibição de sentimentos e eu acrescentei: — E que Deus nos ajude.

Isso o fez cair na gargalhada.

Não podia trocar as datas das cirurgias programadas para a tarde de quinta-feira, nem podia fazê-las correndo. E, embora, tivesse a intenção de estar ao lado de Kat antes de ela ser levada para a sala de operações, a pélvis de minha segunda paciente, a Srta. Violet Sandler, com oitenta e dois anos, tinha outras idéias. Abrir caminho por entre as aderências causadas pelos procedimentos a que ela tinha se sujeitado anteriormente foi como desbravar um matagal de durex. Quando acabei de falar com a família e tirei o jaleco, Kat já estava nas mãos de Abe há mais de uma hora.

Cheguei à sala de espera ao mesmo tempo em que ele saía para dizer a Summer:

— Foi como eu gostaria que todas as minhas cirurgias fossem, rápida e fácil. Os resultados finais da patologia chegam em alguns dias, e é melhor darmos um passo de cada vez. Sua mãe se saiu muito bem lá dentro.

E me puxou de lado para um relatório mais detalhado. Resumo da ópera: ele precisou remover muito mais tecido do que imaginara, e Kat deveria pensar seriamente em fazer uma plástica. Mas o prognóstico era bom: se continuasse com sorte, faria cinco semanas de radioterapia para prevenir o retorno do câncer e nada de quimioterapia.

Depois que Fleur saiu em busca de outra Diet Coke e Summer foi procurar um local tranqüilo para ligar para Tim do celular, entrei na UTI para ver a paciente. Não esperava que ela estivesse acordada, mas estava — acordada e linda, com o cabelo ondulado espalhado no travesseiro e o rosto pálido, mas aliviado.

— Correu tudo bem, garota. — Dei um tapinha na mão dela.

— É, foi o que o Dr. Sukkar disse. Até agora. Depois, radioterapia. Graças a Deus, nada de quimioterapia. — Os seus olhos pareceram ausentes e eu soube que ela estava pensando na mãe e na irmã, que sofreram terríveis sessões de quimioterapia, Melanie se arrastando para o tratamento bem depois de os médicos já a terem desenganado. — Obrigada, Deus. Obrigada, Ethan — Kat sussurrou ao seu anjo da guarda. Depois de beber um golinho de água, perguntou: — Summer está bem?

— Está. Ela e Fleur estão lá fora.

— Juntas? — Kat fez uma careta, como se eu tivesse deixado Drácula como babá do monstro de Frankenstein. — Escuta. — Me puxou para perto da cama. — Preciso de um favor. Quando for alimentar os gatos. No meu quarto, na cômoda — a voz estava rouca por causa da entubação e ela arrastava a voz, com a língua ainda enrolada —, no alto, envelopes. Cartas de última hora para meu advogado, outras pessoas, para você... você sabe, para o caso de acontecer alguma coisa lá. — Ela se referia à sala de operações. — Esconde tudo.

Em uma gaveta. Não quero que Summer veja. Ela não precisa saber que a mãe dela é uma cagona.

Cagona, é? De tarde, quando dei uma passada para ver como ela estava, encontrei Kat sentada, pernas penduradas para fora da cama, fuzilando Summer com os olhos. Esta se encostava no parapeito da janela, braços cruzados na defensiva. A paciente, cinco horas depois de uma cirurgia, estava arrasando a filha um decibel abaixo do equivalente a um grito.

— O que você parece não entender — Kat acenou rapidamente para mim com a cabeça —, é que aos cinqüenta e quatro anos de idade não tenho que prestar contas de minhas ações a ninguém. Sou uma mulher adulta, a sua mãe, não o contrário. Você não tem o direito de me dizer como devo viver o resto da minha vida, não importa o quão longa — ou curta — ela vai ser.

— Mamãe, por favor — Summer disse. — Não fala assim. O Dr. Sukkar me disse...

— O Dr. Sukkar não pode fazer promessas. A vida não é eterna, Summer. Seu pai não teve mais do que um resfriado em quinze anos. Um dia, sai de carro para comprar adubo e morre em um acidente de trânsito totalmente inesperado. Você precisa viver a vida que tem, seja qual for, porque ela pode terminar em um segundo. — Ela estremeceu ao estalar os dedos. Dei um passo à frente, prestes a lhe sugerir que fosse devagar, mas ela me afastou com um gesto. — Se a vida me der uma segunda chance aqui, não vou desperdiçá-la. Vou fazer o que *eu* quiser com ela. E você, minha filha querida, precisa parar de se meter. Estamos entendidas?

— Mas aquele homem é muito mais jovem do que...

— Não estou falando de Lee.

— Tá. — Summer revirou os olhos. — Tá bom.

— Summer Germaine! — A voz de Kat subiu ameaçadoramente de tom.

— Certo. OK. Está bem. Estamos entendidas, mamãe.

Quando contei tudo a Fleur, a reação dela foi:

— Mentira! Ela colocou aquela fedelha no seu devido lugar, hein? Eis aí um bom exemplo de que o que não nos mata nos deixa mais fortes. Isso quer dizer que ela vai voltar com Lee?

— Fiz a mesma pergunta quando Summer foi embora. A resposta curta e grossa foi: não. Lee é jovem demais para ter que carregar velhotas como ela nas costas. Palavras da Kat. Que ele tem o direito a ter filhos. Não que ela saiba se ele quer algum. E uma namorada sem um histórico de câncer e com um par de seios perfeitos. Não que ela tenha discutido o assunto com ele. Nem mesmo contou que *faria* a cirurgia.

— Você não acha que ele gostaria de saber? Estou meio decidida a ligar para ele — Fleur continuou.

— Meio decidida está bom. *Não* ligue para Lee. Se Kat quisesse, já teria feito isso. Fica fora disso, Fleur. O que ela disse a Summer vale para você. Você não pode viver a vida dela.

— Claro que posso. E seria uma vida melhor. Com Lee.

— Bom, está na cara que ela tem outros planos. Se Kat quer deixar as coisas assim, deixe as coisas assim.

Mas talvez não.

Naquela noite, com Mama Cass e Denny ronronando e se esfregando em minhas pernas, mantive a promessa e fui ao quarto dela. Na cômoda — provavelmente sem querer, não sei, ela é uma artista —, ela criara um santuário. Peguei o porta-retratos de prata com a foto do casamento e olhei-a atentamente pela primeira vez em trinta anos. Ela e Ethan se casaram no Parque Prospect, no Brooklyn, que tentaram transformar em Katmandu, espetando bastões de incenso na grama primaveril e pendurando nas árvores luminárias de papel que não puderam ser acesas porque a prefeitura não concedeu permissão. A noiva, usando um caftã de tecido leve, parecia uma libélula. O noivo barbudo parecia irmão gêmeo do rabino. Logo depois que a irmã de Kat bateu essa foto, um vagabundo maconhado passou pelos convidados do casamento, um bom presságio, segundo Kat, erguendo os braços, como se quisesse abraçar a humanidade inteira.

— Fé — disse inclinando a cabeça na direção do rabino-guru. — Esperança — disse inclinando a cabeça na direção de seu novo marido. — E caridade. — Aplaudimos e despejamos moedas sobre o drogado. Um dia feliz, há muito tempo.

Ao lado da foto, Kat colocara um vaso de flores — crisântemos alaranjados do jardim —, um pequeno Buda de jade e um leque de envelopes. Um para o advogado, um para mim, um para Fleur, um para Summer, um para Tim e um marcado "Lee", com os garranchos picassianos de Kat. Fiz o que ela tinha pedido. Escondi-as no fundo da gaveta, debaixo dos sutiãs que voltaria a usar.

Quando cheguei em casa, encontrei três mensagens na secretária eletrônica.

Sylvie:

— Seu Harald se comportou mal no barbeiro, hoje. Devo ligar para o Seu Stan e perguntar se ele pode cortar o cabelo do Seu Harald na próxima visita dele?

Foi a ligação que retornei.

— Não, não peça nada ao Seu Stan. Eu mesmo levo Seu Harald ao barbeiro na sexta-feira. Não se preocupe, consigo lidar com ele, Sylvie. — Não precisava estar na frente dela para saber que, com certeza, ela estava fazendo uma careta incrédula.

A segunda mensagem era de meu filho Drew, dizendo que viria passar comigo o feriado de Ação de Graças no mês seguinte, o que foi uma surpresa. Drew sempre fora mais chegado a meu pai do que o irmão, e evitava as ocasiões em que seria obrigado a ver o que havia restado de seu amado avô. Era incapaz de lidar com aquilo. A decisão parecia um grande avanço. Whit, o irmão estudante de medicina emocionalmente mais frio, ia jantar com a família da namorada na Virgínia. *E por que não?*, pensei. *Pelo menos, alguém vai participar de uma comemoração alegre.* Seríamos três pessoas dignas de pena sentadas à mesa do apartamento: Drew, o filho sensível, o avô insensato e a mãe pouco sensata.

A terceira mensagem tinha o vozeirão simpático de Harry Galligan perguntando como iam as coisas, já que fazia um bom tempo que não nos falávamos, e como estava passando a amiga com problemas de saúde. Típico de Harry. Ele merecia tratamento melhor do que estava recebendo de mim, e, mesmo no estado simonizado em que eu me encontrava, me senti culpada. Calculei que poderia liberar algumas horas dos cuidados com Kat para mim no sábado à noite e marquei um encontro com ele. Foi uma noite agradável. Sem fogos de artifício, mas cheia de calor, o que apreciei, já que as noites de outono começavam a esfriar.

Capítulo 28

O mês seguinte voou. Depois que Ibrahim Sukkar extirpou a herança familiar do seu seio direito, o otimismo natural de Kat reapareceu. Começou a radioterapia, flutuando nas sessões em uma nuvem de serenidade, visualizando as células cancerosas como pétalas de lótus sendo esmagadas por monges budistas e espalhadas ao vento. A cara de Kat. Eu lhe disse para fazer o que funcionasse para ela, mesmo as terapias alternativas, desde que não a afastassem da superior medicina ocidental, mesmo ainda não estando provado o efeito terapêutico de se imaginar com boa saúde.

Fleur, também atravessando uma onda de energia, tinha encontrado — e descartado — quatro dos garanhões nos vídeos de Hannah Pechter: um *schmuck*, dois *schlemiels* e um *schlimazel*. Mas havia um *mensch* no horizonte. Marcara um encontro com Victor, o vendedor de capas de chuva chiques que gostava de culinária chinesa, para a semana seguinte.

Na clínica, era óbvio que Bethany McGowan estava mal com o fora de Seymour. Retornara ao estilo conservador de antes do caso amoroso — sapatos sem salto e blusas puritanas abotoadas até em cima, com colarinhos tão apertados que eu temia pela segurança de sua carótida —, esgueirando-se pelos cantos, tentando passar despercebida, emagrecendo e ficando mais desanimada a cada dia, enquanto Seymour — como um vampiro sugando toda a alegria da sua alma — engordava e parecia cada vez mais sorridente. Fiquei de olho em Mindy, a nova funcionária, em busca de sinais de trepadas ilícitas, mas Seymour parecia ter aprendido pelo menos duas lições importantes: não apronte no consultório e, se fizer isso, não seja apanhado com as calças na mão.

Falando de trepadas, Simon me visitou três vezes. Visitas rápidas, vapt vupt. Literal, figurada e sexualmente. Mas boas de botar fogo nos lençóis. E, *finalmente*, encontrei um fim de semana livre para a minha tão adiada visita ao território dele.

Ele era dono de um apartamento de dois quartos em um edifício construído antes da Segunda Guerra Mundial, no Upper East Side, que devia ter custado uma fortuna. Mas, a não ser que se soubesse como os preços dos apartamentos em Manhattan estão inflacionados, e o que se paga por morar em um dos melhores bairros da cidade, podia-se pensar que ele vivia num local bem abaixo do que permitiria seu salário. Que deveria ser muito, muito alto.

Era impossível distinguir o Westwood dos outros dois edifícios vizinhos, todos com mesmo estilo despojado e elegante dos filmes de Woody Allen. O quarteirão também abrigava uma banca de jornais, uma joalheria e uma mercearia vietnamita. Do outro lado da rua, uma fileira de casas com tijolos aparentes transformadas em uma loja de gourmets, uma floricultura, um bar de *tapas** e um antiquário especializado em tesouros czaristas, que provavelmente servia de fachada para atividades da máfia russa. Talvez esse fosse o motivo de a vizinhança estar tão quieta numa sexta-feira à tarde. E o motivo pelo qual o edifício Westwood não precisava de porteiro.

Acenei com a cabeça de modo maternal para um jovem rapaz que mostrava seu cartão eletrônico de residente e ele me deixou entrar na

---

* *Tapas* é uma palavra espanhola usada para descrever petiscos variados.

linda portaria *art déco* restaurada. O elevador levou um tempão para chegar ao sexto andar.

— Já vai, já vai — Simon exclamou por trás da porta, naquela maneira impaciente dos britânicos, que me deixa toda excitada quando vejo em Jeremy Irons nos filmes. Alguns segundos se passaram e presumi que ele estivesse dando uma espiada pelo olho mágico. Depois ele abriu a porta com a correntinha ainda presa, para o caso de encontrar do outro lado um meliante de um metro e noventa e cento e cinqüenta quilos, dizendo:

— É a Gwyneth, sou eu, Gwyneth.

Ele destravou a correntinha, me deu um beijo e disse:

— Olá, minha linda hóspede. — Depois de pendurar meu casaco, me abraçou. — Senti muitas saudades. Estou encantado em ver você. Um minuto — ele disse quando o telefone tocou. Verificou o identificador de chamadas. — Estou fazendo uma consulta telefônica. A chamada estava prevista para agora de manhã. Desculpe. Tenho mesmo que atender.

E atendendo, disse:

— Martin. Onde você esteve? Ah. Bom, preciso ser rápido. Espera um segundo. — Virando-se na minha direção, disse: — Dez minutos. No máximo. Juro. Enquanto isso, fica à vontade. A casa está um pouco bagunçada, desculpe. Mas tem um monte de livros e a chaleira está no fogo.

Preparei uma xícara de chá e olhei ao redor. Em relação à tralha pela casa, ele não lembrava em nada os irmãos Collyer, os dois velhotes que, na década de quarenta, tinham empilhado jornais e revistas e cem toneladas de trastes ao seu redor no seu apartamento da Quinta Avenida, até que os policiais encontraram os seus corpos em decomposição por baixo de uma montanha de lixo. Não chegava a tanto.

Alguém tinha feito as camas, limpado os banheiros e arrumado a cozinha. Na bancada estava um carrossel de temperos, sinal ou lembrança de um toque feminino. A mesa de jantar de teca em estilo moderno estava vazia, mas pilhas gigantescas de revistas se erguiam no carpete atrás dela — *Science, Popular Science, Theoretical Science, Esoteric Science, Incomprehensible Science.* O escritório de Simon devia ter sido planejado para ser o quarto da empregada. Agora estava atravancado com um computador, arquivos, publicações acadêmicas, papéis desarrumados e até mesmo meio bolinho de amora que parecia ter mais de quarenta anos de idade. Óculos de leitura espalhados por cada sala. Post-its colados em todas as superfícies planas. Parecia que Simon era o clássico estereótipo do cientista distraído, mas sexy.

Meia hora depois, ele me encontrou lendo o *New York Times.*

— Dez minutos muito produtivos — ele disse. — Agora que terminei, posso pensar em uma maneira maravilhosa de passarmos os próximos, digamos, quarenta e cinco minutos. — Estava roçando o rosto no meu pescoço. — A menos que prefira jantar mais cedo.

— Tenho fome de outra coisa — respondi, maravilhada com o poço de sensualidade que esse homem abrira dentro de mim. A minha transa de uma noite com Ari Ben-Jacob tinha sido uma injeção de confiança, um lembrete de que ainda era considerada atraente pelos homens, apesar da preferência sexual de meu ex-marido. Mas não me senti tentada a embarcar em um avião para Tel Aviv em busca de mais. Simon era diferente. Pensar nele era o suficiente para me excitar. E eu não tinha vergonha disso. Surpreendente. Cinqüenta e quatro anos e finalmente despudorada!

— Aqui não. No quarto — murmurei. Ele precisou retirar livros e papéis de cima do edredom, colocando-os no chão, para termos onde nos deitar na cama. Mas tínhamos espaço mais que suficiente e, finalmente, tempo suficiente, enquanto ele me despia, falando o tempo todo o que estava fazendo enquanto fazia, com aquele sotaque de Mayfair que tornava cada sílaba sensual um poema de Shakespeare. Um Falstaff caliente. Depois, ele parou de falar, movendo aquela sua língua perversa e talentosa de outros modos. E eu também me mostrei bastante talentosa, muito melhor do que aos dezenove anos, quando todo meu repertório consistia numa única lambida repetitiva. Na faculdade, Susie Lemberg nos fazia praticar em picolés. Assim, não era de admirar que nos meus encontros os homens ficassem gelados.

Quando Simon gemeu que não agüentava mais, subi nele para olhar aquele lindo rosto, aqueles lindos olhos, enquanto eles se tornavam em aço derretido e, mais uma vez, me levavam à perdição.

Saciada, caí no seu peito. Ele acariciou o meu cabelo.

— Simon — foi tudo o que consegui sussurrar. Não queria estar em nenhum outro lugar, queria que esse momento durasse para sempre.

Como que lendo meus pensamentos, ele apertou minha mão sobre o seu coração, dizendo:

— Isso é ridículo. Só nos encontramos seis ou sete vezes, de modo que é muito cedo para sentir, quanto mais dizer uma coisa dessas, mas acho que estou me apaixonando por você.

Ainda tonta de prazer, tudo o que ouvi foi o "acho". Ele somente *acha* que está se apaixonando por mim. E foi aí que o sentimento me invadiu com força total.

Quando contei essa parte para Fleur, ela estava prestes a me internar em um manicômio, assinando os papéis de admissão por conta própria. Porque, em vez de deixá-lo em banho-maria, em suspense, roendo as unhas, ansioso, gemendo, escalando montanhas e cruzando rios para me vencer, respondi sem fôlego:

— Tenho pensado a mesma coisa.

— Tem mesmo, querida? — ele perguntou, puxando-me para cima para poder olhar meu rosto. — Fala.

E respondi, sorrindo com a loucura de tudo isso:

— Não sei de onde vem. Sou uma pessoa racional. Sempre pensei que fosse mais intelectual do que emocional. Nada impulsiva. E Deus sabe que não sou uma adolescente. Mas mesmo assim...

— Pois é — ele disse. — Mas mesmo assim para mim também.

Depois de trocarmos um beijo longo e suave para selar o sentimento mútuo, ele se levantou, energizado.

— Nossa, estou morrendo de fome. Você também? Que tal comida tailandesa?

A caminho do Bangkok Delight Carry Out, encontramos alguém saído de outra parte da vida dele. Pelo leve drapeado de pele ao redor do maxilar estimei que ela teria uns quarenta e cinco anos. Muita maquiagem nos olhos para quem estava usando roupas de ginástica, mas uma mulher atraente.

Era a Dra. Claire Alguma Coisa que estava fazendo um impressionante trabalho no laboratório dele, e eu era a Dra. Nome Murmurado colega e amiga, de Baltimore. Depois da apresentação ficamos paradas, constrangidas, analisando uma a outra. O resto da conversa, sobre a proximidade da primeira neve do inverno, chegou ao fim.

Depois que Claire desapareceu na esquina, disse:

— Então sou sua colega e amiga, é isso? — ressentida com o modo como fora relegada ao plano dos relacionamentos assexuados.

Ele se divertiu um bocado com a minha irritação.

— Queria que eu dissesse o quê? — Ele riu. — Namorada? Amante? — E depois continuou, sem rir: — Falando sério, Gwyneth, sou muito cuidadoso com a minha pessoa pública. Reputações são frágeis. Tento manter minha vida pessoal completamente separada da profissional. — Simon enfiou minha mão no bolso dele enquanto caminhávamos. — Imagino que você faça a mesma coisa. Claire trabalha no meu laboratório. Quero que se concentre no trabalho e não em especulações sobre o que faço fora do expediente.

— Você saiu com ela? — perguntei. Chame isso de intuição.

Chame isso de palpite. Simon pareceu verdadeiramente horrorizado.

— Santo Deus! Isso seria procurar sarna para me coçar. Nunca é uma boa idéia misturar negócios com prazer. Com exceção de nós, claro, mas nós não trabalhamos juntos. — Ele apertou a minha mão.

A caminho de casa, com as embalagens de comida esfriando, Simon deu uma parada na loja de CDs para comprar alguns compositores clássicos de quem eu nunca ouvira falar. Eu comprei Itzhak

Perlman tocando Paganini e Ella Fitzgerald cantando Gershwin. Quando saímos da loja já era noite, e, assim que chegamos à rua dele pequenos flocos de neve brilhantes como estrelas começaram a cair, iluminando a escuridão. Então, algo estranho aconteceu. Simon parou de supetão na frente da Friedman's Deli e deu uma olhada para os lados, certificando-se de que nenhum de seus colegas do Brubaker iria nos ver. Porque o que fez a seguir não tinha nada a ver com o eminente, controlado Simon York e sua impecável persona pública. Na luz salpicada de neve em frente à lanchonete, com o aroma de chucrute e alho pairando à nossa volta e o "Tema de Lara" fugindo de um apartamento próximo — ou talvez eu tenha inventado a música no meu cérebro para compor o momento —, em uma cena hiper-romântica à *Dr. Jivago*, ele se inclinou para mim e me beijou. Forte. Palpitando de paixão. Bem no meio da rua, para quem quisesse ver.

Quando me soltou, vi seus olhos brilhando, talvez de espanto pelo que acabara de fazer, e de amor por mim. É isso o que o amor faz, empurra você para além das suas barreiras. Mesmo sob o risco de cair de cara no chão, virar uma massa machucada no lugar de alguém que antes estava de pé, em vez de alcançar a maravilhosa e livre amplidão azul que jaz mais além. Mas valia a pena, pensei. E, pela expressão em seu rosto, Simon também achava.

Depois do jantar, coloquei o CD de Ella para tocar e o puxei.

— Não, não, não, não, não. Não sei dançar — ele protestou.

Mas me deixou arrastá-lo para um foxtrote e, maravilha das maravilhas, depois da absoluta falta de jeito inicial, de ter perdido um pouco da sua inibição e de se concentrar na música, não se revelou mau de todo. E eu disse isso a ele.

— Você está sendo gentil. Sou um perna-de-pau nato. Conheço meus pontos fortes e meus pontos fracos.

— Não mesmo. — E era verdade.

— Então é por sua causa. — E ele pareceu verdadeiramente encantado com seu novo talento e comigo.

"O modo como usa seu chapéu. O modo como bebe seu chá", Ella cantava, o aroma da erva-cidreira enchia o ambiente e o momento parecia perfeito. Simon, movendo-se com a habilidade recém-descoberta, sussurrou com voz rouca:

— Acho que isso faz de nós um casal. Gostaria disso, Gwyneth?

Declarações de amor de tarde, um casal à noite. Podia ouvir Fleur perguntando: "Assim depressa?" Mas não tinha mais dezessete anos e o luxo do tempo infinito. Meu coração, batendo completamente descompassado com a pergunta, respondeu: "Que diabos, por que não?" Estava doida por esse homem. Ele por mim. Por que não tentar vencer algumas barreiras?

Meneei que sim com a cabeça, esperando que ele visse na penumbra.

— Então estamos combinados. Somos um casal. — Ele riu baixinho.

E, aconteça o que acontecer, cantei em pensamento, junto com Ella, *não podem me roubar isso.*

Mas tentaram, quem quer que fossem *eles*, porque bem no meio dessa perfeição meu celular tocou na bolsa do outro lado da sala. Era Sylvie. Meu pai tinha caído. Ultimamente andava um pouco desequilibrado, passando cada vez mais tempo na poltrona reclinável. Eu disse a Sylvie para ficar de olho nele porque tinha detectado um pé se arrastando para a esquerda alguns dias antes e não confiava mais no equilíbrio dele.

O pânico fez com que o sotaque jamaicano de Sylvie ficasse mais forte.

— Seguinte, em nenhum momento eu tirei os olhos dele. Fiquei de olho nele o tempo todo. Mas essas coisas acontecem sem mais nem menos, sabe como é. Ele tropeçou no próprio pé e caiu no chão. Machucou o ombro. Está segurando o ombro.

Ouvi meu pai gemendo ao fundo.

— Passa o telefone para ele, por favor.

— Papai, você está bem? — Não esperava uma resposta. Queria somente que ele ouvisse minha voz. — Consegue mexer o ombro? Levanta o braço.

Sylvie pegou novamente o telefone.

— Ele não consegue levantar o braço.

— Sylvie, presta atenção, provavelmente o ombro não está quebrado — isso é uma coisa rara —, mas pode estar deslocado. Liga para o Dr. Rosetti. Vê se ele quer que meu pai vá até o pronto-socorro. E, por favor, telefona para mim depois que falar com ele. Não se esquece de me ligar, Sylvie.

— O que foi tudo isso? — Simon perguntou. Depois de ouvir meu breve resumo censurado da situação, ele disse: — Humm, parece que você vai ter que considerar a hipótese de procurar um nível mais elevado de cuidados para seu paizinho.

Não, não quero considerar um nível mais elevado de cuidados, que é um eufemismo para lar de idosos. Não esta noite.

— Acho que ele não está pronto para isso. E, sem querer ser grosseira, será que podemos mudar de assunto? Por favor.

Como se alguém prestasse atenção em mim. Ouvi praticamente as mesmas palavras, duas horas depois, quando Dan Rosetti, não Sylvie, ligou do hospital. Aquele homem maravilhoso foi se encontrar com Sylvie no pronto-socorro para examinar as chapas de raios X que mostravam que meu papai caíra bem em cima do ombro, causando um deslocamento.

— Está tudo sob controle. O ortopedista está enfaixando seu pai neste exato momento — Dan informou.

— Ele está muito assustado? Preciso voltar?

— Não, aproveita seu fim de semana. Demos um Percocet para ele, que está feliz da vida com as enfermeiras o paparicando — Dan continuou. — Sinceramente, não vejo necessidade de você voltar mais cedo. Sylvie pode cuidar dele. Já dei as instruções sobre os analgésicos e a aplicação de gelo. E, se isso deixa você mais tranqüila, passo na casa dele amanhã para ver como ele está.

— Uma consulta em domicílio? Dan, é muita gentileza sua. Não sei como agradecer.

— Imagina. Harald é um dos meus favoritos. Aproveite a cidade grande. Foi dirigindo?

— Vim de trem.

Ele fez uma pausa e depois disse com brandura:

— Não quero estragar sua visita, mas durante a viagem de volta talvez você deva pensar nos próximos passos a serem tomados. Estamos chegando ao fim da linha em termos do tipo de cuidados que Sylvie pode oferecer a ele. Por enquanto ela está quebrando o galho, mas em breve... — E não disse o indizível.

Apesar de ter ligado nove vezes para Sylvie para saber como meu pai estava, foi um fim de semana inesquecível. Percorremos as ruas cobertas de neve no Village, assistimos a um festival de filmes búlgaros no SoHo, fomos ver a exposição de Klee no Guggenheim e fizemos amor apaixonadamente mais duas vezes. Simon conseguiu encaixar algumas horas no hospital no final do dia no sábado, o que o deixou mais calmo, e depois cozinhamos juntos — frango com açafrão e azeitonas, uma receita marroquina de um livro que ele comprara em Rabat. Remexendo a frigideira, ele disse:

— Gosto de brincar de casinha com você. Somos uma boa dupla, não somos?

Mas, quando comentei no domingo, depois do café-da-manhã:

— Acho que vou voltar mais cedo. Estou preocupada com meu pai — ele disse:

— Sim, é melhor você ir. E eu tenho que começar a me mexer também. Preciso fazer as malas. — E foi para o quarto.

Fui atrás dele.

— Fazer as malas? Para onde você vai?

— Hã, não contei? Vou para Budapeste amanhã cedinho. Para o congresso da SACO. Apresentar um estudo. Volto em uma semana. — E tirou uma mala do guarda-roupa.

Mordi o lábio, fazendo as contas. Uma semana na Hungria e depois ele iria para a Flórida passar o feriado de Ação de Graças. Iriam transcorrer três semanas antes que eu o visse novamente.

— Por que o bico? — Ela fez um carinho rápido no meu rosto, depois pegou um punhado de gravatas e as jogou na mala.

Como não respondi, ele soltou a última gravata e me olhou.

— Vem cá. — Me envolveu em seus braços, murmurando: — Esta é a minha vida, Gwyneth. Tenho uma agenda lotada. Você, mais do que ninguém, sabe como é. Mas o que temos é tão importante para mim que quero aproveitar qualquer espaço de tempo que possamos compartilhar. Mesmo que não seja o suficiente, já é alguma coisa, não? — E beijou a minha nuca.

Derretida e apaziguada, me deixei envolver pelo abraço.

— É mais do que alguma coisa.

Mas não é tudo, precisei relembrar a mim mesma cinco dias depois, porque ele não telefonou.

Capítulo 29

— Quem liga a mínima para o seu frango marroquino? E caminhar sobre a neve entre os arranha-céus com aquela xaropada do "Tema de Lara" tocando ao fundo? A vida não é um romance meloso. Agora, sexo são outros quinhentos. Vocês ainda estão pondo fogo nos lençóis? — Fleur perguntou quando ela e Kat finalmente me pegaram para um relatório na sexta-feira à noite.

— Já não existe nada sagrado neste mundo? — Kat disse, cansada, e recusou o purê de batatas. Nos últimos dias os efeitos da radiação mostraram seus sinais. Exausta demais para sequer roer uma cenoura, pela primeira vez na vida ela não torceu o nariz para sua inimiga mortal, fast food. Fleur e eu passamos no KFC antes de irmos fazer o jantar na casa dela.

— Sexo não é o elemento principal de todos os relacionamentos, Fleur. — E mordi uma asinha de frango.

— Vai sonhando. — Fleur enfiou uma colherada de salada de repolho com maionese na boca. — E então, quando vai ser o próximo grande encontro?

— Ele vai passar o feriado em Key West com velhos amigos. Um feriado prolongado. Marcou com eles há quase um ano. O que para mim vem a calhar, porque Drew vem para cá no feriado. Portanto, nada de Simon até dezembro. Comprei ingressos para o concerto da noite de sábado. A menos que ele tenha mudado de idéia sobre vir para cá. Não tive notícias dele a semana toda. O que é estranho, porque ele sempre telefona.

— Ah, a dança do amante inseguro. Dois passinhos para a frente, um passinho para trás. Acredita em mim, ele se apavorou com aquela conversa de ser um casal e agora está passando pelo período de esfriamento de setenta e duas horas. Em breve vai aparecer com a cláusula de despejo. Eu sabia. Depois não diz que eu não avisei...

— Ah, pelo amor de Deus — Kat exclamou. — Não liga para o que ela diz, Gwyn. Simon parece ser maravilhoso. Fiz uma pesquisa sobre ele no Google outro dia, para passar o tempo. Vi uma foto. Ele é lindo de morrer. Não é à toa que você caiu de quatro por ele. O currículo dele tem um quilômetro de comprimento. E faz parte de uma lista de honra da rainha da Inglaterra. — Isso era novidade para mim.

— Hum, que luxo — Fleur disse.

Kat a ignorou.

— Cinco dias sem telefonar não é grande coisa. Mesmo se ele costuma ligar muito. Você não disse que ele estaria apresentando um projeto? Provavelmente está até o pescoço de trabalho. O cara disse que ama você e que vocês são um casal. Liga *você* para *ele*. Já é mais do que hora de nos livrarmos destas pequenas convenções sociais burguesas enfiadas nas nossas cabeças há quarenta anos. Estamos no século vinte e um. Existe coisa mais irrelevante?

E afastou o prato, impaciente. Ela perdera peso nas últimas semanas, parecia mais espiritual, como uma flor pálida e luminosa sobre um caule fino. Suas maçãs do rosto apareceram e seus lindos olhos violeta ficaram mais destacados.

— E você tem a desculpa perfeita. O telefonema da produção de Fortune Simms. Pode contar tudo isso para ele.

A produtora de Fortune telefonara no dia anterior para me dar instruções sobre a minha primeira aparição no programa.

— Não me lembro de ter visto um aparelho de TV na casa dele — disse. — Aposto que nem sabe quem é Fortune Simms.

— Por favor. — Kat revirou os olhos. — Fortune é mais conhecida do que o Papa. Aposto que ele vai adorar ter notícias suas. Liga para ele.

— Não se atreva! — Fleur agitou o garfo de modo ameaçador. — A maneira mais rápida de perder um homem é correr atrás dele. Sua mãe nunca disse isso?

— Minha mãe dizia que Hermann Goering estava falando com ela através dos seus dentes molares. Não se preocupe, Fleur, não vou ligar para Simon. Não uso sapatos claros a não ser no verão, não retoco a maquiagem em público, não envio cartões da Hallmark para desejar melhoras ou dar pêsames e não telefono para homens. Além disso, a última coisa que quero que Simon pense é que estou colocando uma coleira nele. — Virei-me para Kat. — Quanto a ser burguesa, ora bolas, passei a vida toda lutando para ser burguesa. Agora que consegui, só abandono o posto quando estiver morta.

Simon finalmente telefonou de Budapeste no sábado à tarde.

— Uma conferência agitadíssima — ele disse. — Estive muito ocupado. — Ouvi o ruído de cristais e prataria ao fundo.

Estava todo agitado por causa de um rumor que tinha ouvido, sobre um laboratório rival estar trabalhando em um projeto semelhante ao seu. Agora se tratava de uma corrida contra o tempo para ver quem chegava primeiro.

— Vou ter que meter a cara no trabalho quando voltar — avisou. — Desculpe não ter tido tempo para ligar antes. E não queria sujeitar você ao meu mau humor. — Que nesse momento não parecia nada mau.

— Amigos são para essas coisas. — Para o bem e para o mal, quase disse, mas segurei a tempo.

— Você tem razão, claro. Viu? Já está me ensinando algo sobre relacionamentos. Aprendo devagar, mas não desista de mim, por favor.

Como não respondi, ele disse:

— Opa. Sinto cheiro de arrependimento no ar? Ainda me ama?

— A maior parte do tempo — respondi, e só estava brincando até certo ponto.

— Ah, você pode melhorar — ele respondeu, rindo. — Vai ver, tudo vai ficar bem quando estivermos juntos.

Resmunguei:

— O que só vai acontecer em 5 de dezembro, daqui a mais de duas semanas. — E só na noite de sábado, porque ele deveria participar de um evento para arrecadar fundos para o Kerns-Brubaker em Washington no domingo.

— Eu sei, querida. Falta muito, mas vou compensar você.

Uma voz feminina cantarolou ao fundo:

— *Siiiimon*.

Ouvi violinos tocando música cigana com paixão.

— Magda Zilahy, uma veterana maravilhosa nestes eventos, presidente do comitê — ele sussurrou. — Parece que a mesa está pronta. Amo você, Gwyneth. Se cuida. Ligo novamente em breve.

O que ele fez. Quase todos os dias. Voltamos ao ritmo habitual.

O feriado de Ação de Graças foi melhor do que eu esperava. Muito menos constrangedor do que no ano anterior, quando Drew devorou rapidamente o que pôde, cabeça voltada para o prato, olhos afastados do meu pai que babava, recusou a sobremesa e foi se esconder no outro lado da sala com um livro. E o velhote percebeu. O abandono foi registrado pelo que restara de consciência nele.

— Vem cá, *grandaião* — ele chamara o neto —, senta aqui comigo. — Mas Drew só deu um adeuzinho de longe.

Magoada por causa de papai, nervosa por causa de meu filho, tinha tentado, mas Drew se recusara a falar sobre o assunto. Não comigo, nem, até onde eu sabia, com Dan Rosetti, que já explicara há tempos o prognóstico do Alzheimer aos meus filhos e os convidara a telefonar sempre que tivessem perguntas para fazer, ou mesmo quisessem desabafar.

Este ano observei, meio triste, meio orgulhosa, Drew limpar a cidra que escorrera pelo queixo do avô e passar manteiga no seu pão. Cortou o peru em pedacinhos mas, como a mão de meu pai tremia demais, impedindo-o de levar o garfo à boca, ele mesmo se encarregou de alimentá-lo. Uma enorme transformação.

Quando estava na cozinha, pegando a torta, Drew entrou com os pratos e aproveitei a oportunidade para dizer:

— Obrigada por cuidar dele. Sei que você acha que ele não percebe, mas posso garantir que você fez contato. — Meu pai, que parecia tão perdido no ano passado, dera largos sorrisos para Drew durante todo o jantar.

— Sem problemas — Drew respondeu, empilhando os pratos na pia.

— Sei que é difícil para você ver seu avô desse modo.

— Pois é, bom, é duro para todos.

— Verdade. Mas você tem sido muito bom com ele e só...

— Mãe, pelo amor de Deus, eu não fiz nada de mais, sinceramente. — Ele não tirou os olhos dos pratos que limpava.

Para mim, fez. E para ele também — respondi.

— OK, bom, a verdade é que eu não queria vir aqui hoje. — Virou-se para mim, segurando um prato na frente dele como um escudo. — Achei que não conseguiria lidar com isso. Mas é dia de Ação de Graças e se eu não viesse vocês dois ficariam sozinhos. Então liguei para o Dr. Rosetti e conversamos. Ele explicou uns negócios aí para mim. De modo que, bom, ainda não aceito o fato de as células do cérebro do vovô estarem desaparecendo, mas, pelo menos, consigo lidar com isso. — Ele colocou o prato na pia e secou as mãos na toalha. — A propósito, não culpe o Dr. Rosetti por não contar nada. Eu não queria que você soubesse. Não tinha certeza se conseguiria.

— Mas conseguiu.

— Acho que sim. Então, se esta for a última lembrança dele de mim, vai ser boa, certo?

— Ah, sim — respondi e o beijei no rosto.

Obrigada, Dan, por dar esse presente ao meu filho e ao meu pai. Obrigada por tudo, pensei, no dia de Ação de Graças.

Depois do jantar, meu pai insistiu em assistir a um jogo de futebol e, enquanto eu punha a louça na máquina, Drew sentou com ele no sofá, um braço envolvendo os ombros magros do velhinho, explicando as jogadas. Mas, poucos minutos depois, Drew contou mais tarde, papai ficou irrequieto e começou a andar sem rumo pela sala, pegando e recolocando os objetos de decoração nas mesinhas.

Somente quando entrou o intervalo Drew percebeu que o avô tinha desaparecido. Foi quando o ouvi chamar:

— Vovô, onde foi que você se meteu?

E logo depois:

— Mãe, meu Deus, mãe. Vem cá.

Encontrei Drew parado na porta do banheiro da minha suíte, olhando para meu pai, que vestia o meu roupão de seda pêssego com babados nas mangas. Enrolara um lenço Gucci ao redor do pescoço e colocara um chapéu que eu não usava há vinte anos.

— Lindo toque, o da pena no chapéu. Joan Rivers iria amar o modelito — Drew disse. Nos abraçamos, segurando as risadas e engolindo as lágrimas.

— Você precisa encarar os fatos, mamãe — Drew disse depois que levei meu pai para casa, devolvendo-o aos cuidados de Sylvie. — Ele está mesmo perdendo o juízo. Se você esperar até que ele se torne incontinente ou que não possa mais andar, suas opções de locais vão ficar reduzidas à metade. Sei que é difícil para você, mas pode pelo menos começar a dar uma pesquisada. É melhor já ir deixando tudo acertado para quando ele precisar de um lugar.

Fazia sentido. E aliviava o peso no meu coração, já que eu podia dizer a mim mesma que era um plano para uma eventualidade, e não algo inevitável.

— Drew é um rapaz inteligente. Você fez um bom trabalho com seus filhos — Dan Rosetti disse no dia seguinte, quando passei no seu consultório para agradecer pela ajuda. — Vou apresentar você a Michelle Isaacs, uma assistente social da geriatria que é excelente. Ela vai achar o lugar certo para o seu pai. Enquanto isso, não se preocupe muito com o fato de Harald virar uma drag queen, mas mesmo assim vou ajustar um pouco a medicação dele. — Enquanto rabiscava algo no bloco de receitas, perguntou: — Novidades quanto aos pedidos de verba para a Clínica?

Eu tinha analisado as sugestões que ele enviara para a revisão das minhas propostas. E ele tinha apontado coisas que eu deixara de lado.

— Faz uma mentalização positiva para mim — respondi. — Enviei duas solicitações. Ainda não obtive resposta. Vou tentar enviar mais algumas hoje de tarde. Tirei o dia de folga. A clínica está fechada por causa do feriado.

— A nossa também — ele respondeu, concentrado no que redigia.

— Você veio só por minha causa?

Ele levantou rapidamente a cabeça e depois olhou para mim com um ar que eu nunca tinha visto. Hesitante.

— Pelo seu pai, por você — disse. — É o mínimo que posso fazer. — Pousou a caneta, deu um sorriso enigmático e passou os dedos pelo cabelo. Parecia um gesto nervoso, algo incomum em se tratando de Dan. Finalmente disse: — Agora já sei que seu filho e seu pai gostam de futebol. E você?

Fiz que sim com a cabeça, perplexa.

— Ótimo. Tenho dois ingressos para o jogo dos Ravens no domingo. Quem sabe você gostaria de ir comigo?

Ele estava me convidando para sair? Impossível. Para começar, ele era casado. Dei uma olhada na foto da Sra. Rosetti. Dan percebeu e respirou fundo quando minha surpresa se tornou visível.

— Ah. Você não sabia. Melinda morreu há dois anos. Um aneurisma. Foi totalmente inesperado.

— Lamento, Dan, eu *não* sabia. — Ele estava cheio de surpresas, hoje.

— Ela era uma grande mulher — disse e girou na poltrona para arrumar o porta-retratos. — Esperamos ser felizes para sempre, mas não preciso dizer a você que nem sempre as coisas saem como planejamos. — Encolheu os ombros. — Seja como for — girou novamente na cadeira e me encarou com seus olhos castanhos —, estou moral e legalmente livre para convidar uma mulher adorável a sair comigo. Quer dizer, se você estiver interessada.

Se as circunstâncias fossem diferentes, eu teria agarrado a oportunidade com unhas e dentes. Bom, não agarrado, porque, segundo Fleur, que conhecia as regras desse jogo de cor e salteado, agarrar com unhas e dentes significa estar subindo pelas paredes, e subir pelas paredes fica a um passo de matar cachorro a grito. Portanto, nada de unhas e dentes. Mas teria aceitado alegremente sair com Dan Rosetti. O que no momento estava fora de cogitação, porque eu tinha Simon. E Simon me tinha. Completamente. Estávamos apaixonados e éramos um casal. Oficialmente, mesmo que Simon estivesse, neste momento, passando o feriado em Key West, e eu na frente de um homem batendo com a caneta na mesa enquanto esperava minha resposta.

Que saiu de supetão:

— Juro por Deus que estou lisonjeada, Dan. Mas a verdade é que estou namorando alguém.

Ele ergueu as sobrancelhas.

— Era de se esperar. — Girou a caneta para o alto e a pegou, como se dissesse "Entendi. Sem problemas. Página virada". Mas o que ele disse foi: — Bom, tudo na vida se resume a chegar na hora certa. Fico feliz por você, Gwin. Meus parabéns ao felizardo.

Um homem inferior teria me dado um gelo, mas não Dan, o melhor dos homens. A mudança foi sutil. Voltou a escrever no bloco.

— OK, estes são os telefones do escritório e do celular de Michelle. Já descrevi o caso de Harald para ela. — Olhando para mim, deu um sorriso neutro, mas não totalmente. Quando me entregou a página, tomou cuidado para que seus dedos não roçassem nos meus. Ou talvez eu estivesse vendo mais do que deveria no gesto.

Não me ajudou a vestir o casaco como costumava fazer, e me deu um tapinha nas costas quando saí, o tipo de tapinha que dava em meu pai e nos pacientes idosos.

— Como eu disse, tudo na vida se resume a chegar na hora certa — ele falou quando me acompanhou até a porta. — No caso de seu pai, não espere demais. Ligue para Michelle. E aproveite o fim de semana.

Capítulo 30

Estava pegando um sanduíche de sobras de peru quando Fleur passou lá em casa a caminho do brunch de domingo. E não era como os brunches de costume, com um bufê de waffles frios e ovos mexidos azedos, assegurou. Era uma promoção especial do Linho e Prata, o serviço de encontros para pessoas com mais de cinqüenta anos de idade, para os clientes especiais.

— Vários sócios são aposentados e acho que não têm muito o que fazer além de brincar com um taco de golfe ou com o próprio taco. De modo que vão a esses brunches para encher o pandulho. Melhor do que descongelar o jantar no microondas em casa. Tomam uns drinques, fazem olhar de peixe morto para as mulheres e vão para casa tirar uma soneca.

Ela tinha saído com alguns dos homens que conhecera nos encontros do Linho e Prata.

— Ninguém que a gente queira apresentar à mãe, mesmo se a esta altura do campeonato a mãe estiver aceitando até mesmo o empacotador do supermercado. Sei que você não está no mercado no momento, mas se só quer beber uma champanhezinha com suco de laranja, os quinze dólares valem a pena. E Connie deCrespi vai estar lá. Vocês gostaram uma da outra, lembra?

Fleur andava passando um bocado de tempo com Connie ultimamente, pessoal e profissionalmente. Estava pensando em abrir uma filial da Madame Max em Bethesda, e entrara em contato com a advogada para tratarem das complicadas manobras legais envolvendo a expansão dos negócios. Conversavam horas a fio tomando drinques.

— Parece irresistível, mas infelizmente tenho que recusar. Preciso encaminhar umas solicitações de verba e vou sair para jantar com Harry.

— É mesmo? — Fleur respondeu. Sua voz estava gelada. — Espero que não esteja usando esse homem. Quero dizer, para tapar os buracos que Simon deixa. Porque, por tudo o que você me contou, Harry tem um coração. Espero que esteja tomando cuidado para não parti-lo.

Eu concordava com ela. Quando Harry telefonou perguntando se estava tão cheia de comer sobras de peru como ele e se gostaria de ir comer caranguejos no vapor no sábado à noite, aceitei na hora. Mas não podia continuar deixando esse homem decente em banho-maria. Era moralmente condenável continuar tratando-o como um estepe. Pretendia primeiro deixá-lo mais relaxado com umas cervejas, e só depois diria adeus.

Disse isso a Fleur, que retrucou:

— Boa menina. Mas *maluca*. Descartando Harry por Simon York — por *qualquer outro homem* —, mas, ainda assim, uma boa menina.

Se ela achava que eu era maluca por dar um fim às saídas com Harry, iria me colocar em uma camisa-de-força se soubesse que eu dispensara Dan Rosetti. Mas essa informação eu não pretendia dar a Fleur nem em mil anos. Só de pensar no que ela faria se soubesse o que acontecera, eu já ficava com dor de cabeça.

— Vem com o papai, belezinha — Harry Galligan falou suavemente para um lindo exemplar de caranguejo vermelho no vapor, um dos dois sobreviventes da pilha de doze que pedíramos no Bo Brooks Crab House, na Rua Boston, em Baltimore. Bateu o martelo de madeira com força, esmigalhando a casca do caranguejo, espalhando o molho temperado que encharcou a mesa forrada com jornal.

Com um sorriso malvado, quebrou as pinças do caranguejo, enfiou a lâmina afiada da faca na carapaça, escavou os macios pedaços de carne do corpo eviscerado e enfiou um pedaço na boca.

Talvez não tivesse sido a idéia mais inteligente do mundo pensar em desmanchar com alguém segurando um instrumento contundente, mas criei coragem com duas cervejas e meia e respirei fundo.

— Você é um bom homem, Harry — comecei.

— Sou. — Ele se concentrou em chupar um pedaço de carne do polegar. — E você é uma linda mulher. — Ele me olhou. — O que é que está pegando?

Ali estava alguém que conseguia ler meus pensamentos. Uma habilidade rara. O sonho de todas as mulheres.

— Pegando? — Engoli rapidamente uma colherada de sopa de caranguejo, esperando que a pimenta aguçasse meus sentidos.

— Bom, não fomos muito longe neste relacionamento, mas algo me diz que você está prestes a me dispensar.

Fiquei pensando quando ele adquirira a habilidade de ler mentes. Provavelmente depois do divórcio, porque me contara que tinha ignorado a traição de sua esposa com a namorada política durante os últimos seis meses de seu casamento.

Estraçalhou um caranguejo.

— Ah, bom, *de gustibus non est disputandum.* — Ele notou meu olhar de incompreensão. — Gosto não se discute.

Acertou na mosca. E em latim, ainda por cima. Bem feito para mim, por vê-lo apenas como um duende gigante. Na minha obsessão por Simon, não dera a Harry o seu devido valor. Uma pessoa que percorrera o mundo. Um cientista dos melhores, provavelmente tão respeitado no seu campo como Simon no dele. E, como ser humano, alguém dotado de grande empatia.

Abaixei a colher. Como explicar um *coup de foudre* sem dizer a Harry que com *ele* não tinha havido relâmpagos, nem mesmo um trovão ao longe?

— Você é uma pessoa fantástica, Harry — comecei novamente.

— Uau. No começo eu era bom. Agora já sou fantástico. Quando chegar em espetacular, pare, OK?

Como não respondi, ele disse:

— Quer conversar sobre ele?

Era como tentar desmanchar um namoro com Houdini.

— Vamos lá. Se sou tão fantástico e mesmo assim você não me quer, é porque existe outra pessoa. Estou falando na boa, sem ressentimento. E está na cara que você precisa desabafar.

Foi o que bastou para que eu disparasse um monólogo de dez minutos sobre meus sentimentos por Simon, sentimentos que de certa forma eram mais fáceis de ser explicados para Harry do que para Kat ou Fleur.

Contei da surpresa que tivera em cair, ou melhor, em despencar apaixonada nos braços desse homem. Depois me lamuriei sobre as dificuldades em manter um romance a longo prazo. Que tínhamos de nos esforçar para encontrar tempo para nos vermos.

— Sou uma pessoa ocupada. Ele é mais ocupado ainda.

— Você me diz que ele é o máximo no seu campo. Como acha que ele chegou lá? — perguntou.

— Mas ele me avisou que não é muito bom em relacionamentos.

— Ponto para ele, pela honestidade.

— Ele está passando o feriado na Flórida. E não me liga desde quarta-feira.

— Liga para ele, se está preocupada. Mas venhamos e convenhamos. Ele tem a nossa idade, certo? Não somos como essa molecada pendurada nos celulares o tempo todo. Ele está ocupado. Vai ligar para você quando voltar. As mulheres ficam obcecadas com as coisas mais estranhas.

— Você tem toda a razão. — Só mesmo Harry para descomplicar algo que eu complicara a ponto de perder o sono. — E a verdade é que tenho grande respeito por ele. E admiração. Ele é brilhante, charmoso. E culto.

Harry ergueu uma sobrancelha, o que podia querer dizer que estava impressionado, ou talvez que tivesse sentido a mão pesada do chef com o molho de pimenta.

— Cultura é muito importante para você, não? Você nasceu em Dundalk? — Ele citou o bairro operário onde meu pai trabalhava para a Siderúrgica Bethlehem.

— East Baltimore, Patterson Park — respondi, sentindo um calor não menopáusico subindo pelo rosto.

— Ahhh. — Harry entendera tudo. — Mesmo assim, estou um pouco surpreso. Você é uma médica. E achei que sendo casada com Stan teria convivido com os ricos e famosos.

— Não mesmo. A revista só decolou nos últimos dez anos. Antes disso era um empreendimento restrito a Baltimore. A revista *Berke's Law* ainda é regional. Quando a *Business* ficou famosa, já tínhamos nosso próprio círculo de amigos. A maioria bem-sucedida. Muitos com dinheiro, mas Baltimore não é Washington ou Nova York. Os grandes nomes não vivem aqui. — Dei uma martelada no último caranguejo. — Estive em algumas festas em Washington. Mas não me impressiono com os empresários. Meus colegas na medicina são outra coisa. Simon é um dos maiorais no meu campo de atuação. National Academy of Sciences. President's Commission on Cancer.

— O que significa que ele é um bom médico, mas não diz bulhufas sobre ele como pessoa. — Ele se concentrou em passar manteiga no pão. — Ah, não preste atenção no que eu digo. Se você acha que ele é o Super-Homem...

— Não estou dizendo que ele é perfeito. Ele tem um ego gigantesco. Todos os grandes nomes na ciência têm. Mas há algo vulnerável nele que toca meu coração. E eu adoro a covinha no queixo dele.

— Seu coração. A covinha dele.

A garçonete despejou outra dúzia de caranguejos na mesa.

Dei uma risadinha e Harry esvaziou o resto da minha cerveja no copo dele.

— Bom, cada um na sua — ele disse. — O cara com a covinha é obviamente o que você acha que precisa. Pois então, vai fundo. Desde que tenha certeza de que acabou de eliminar Stan do seu sistema. Porque seus sentimentos por Simon podem simplesmente ser uma válvula de escape para a dor antiga.

— Eu já superei — disse. — Estou pronta para uma nova dor.

— Um brinde a isso. — E tomou um gole da cerveja. — Se serve de consolo, eu sabia que o que existia entre nós era só amizade. Não estou dizendo que no começo não tinha esperanças de que poderíamos ficar juntos. Sabe como é, namorar. Mas não é preciso ser um gênio para perceber que você não estava ardendo de desejo por mim. E, sem querer magoar seus sentimentos, eu também não caí de quatro quando nos beijamos. Olhe, se você gosta mesmo de Simon, ele deve ser um bom homem.

Mais tarde, já comendo a torta de queijo que pedira de sobremesa, ele ficou sério e disse:

— Vai parecer um clichê, mas espero que continuemos amigos. Temos muitas coisas em comum e é fácil conversar com você. Sei que você tem amigas, mas pode querer uma opinião masculina sobre seu novo namorado. E pode ser que algum dia eu precise de uma opinião feminina sobre outra mulher.

— Tem alguma coisa que você está escondendo de mim? — Não era de surpreender que minha revelação romântica não o tivesse deixado totalmente arrasado. Ele tinha outras opções em vista.

— Mais tarde, menina, mais tarde. No momento, ainda são apenas sonhos. Quando tiver algo de concreto, você vai ser a primeira a saber, pode ter certeza.

E colocou a mão, grande e peluda como a de um urso, sobre a minha.

— Eu te desejo sorte, você sabe disso. Torço por você. E por esse tal de Simon, mesmo sendo um inglês de meia-tigela.

— Sei que sim, Harry — respondi, olhando para a minha xícara, tentando ler o futuro no café que mexia com a colher e pensando se não tinha cometido um grande erro.

Capítulo 31

Segunda-feira

De volta ao trabalho. A semana depois do feriado de Ação de Graças costuma ser caótica — os pacientes tentando marcar uma consulta antes das festas de fim de ano. Menos um item na lista de Natal. Estávamos até o pescoço.

Cada um de nossos médicos lidava com a agenda lotada à sua moda. Seymour, com a cabeça enfiada num gráfico, esbarrava em quem estivesse por perto. Neil, irascível, dava broncas nos funcionários. Ken corria de um lado para o outro com uma lata aberta de refrigerante diet dando um banho no bolso do jaleco. Bethany... ah, uma prova interessante de como os aspirantes ao estrelato podem cair das nuvens. Todo o arzinho serelepe e seboso de patricinha, toda a insuportável insolência de sua figura tinham dado lugar a um fiapo de gente trajando lã cinza, uma aparição, sempre escondida pelos cantos ou se esgueirando encurvada, olhos no chão como o Inspetor Clouseau à procura de pistas. Muito misterioso.

Talvez estivesse tentando conseguir provas contra Seymour e Mindy, ambos com um ar de inocência tão excessivo que pareciam os querubins de Rafael, até quando ele se fartava na mesa dela (de bombons tirados de um pote, bem entendido). Quando eu passava, ele soltava a altos brados palavras como "organização" e "xerox", que provavelmente enfiava no meio de frases sobre como gostava de passar a língua na orelha dela.

Tudo bem, talvez minhas antenas estivessem hipersensíveis por causa da aventura de Seymour com Bethany, e ele podia simplesmente estar tratando de assuntos de trabalho com Mindy. Mas, mesmo assim, apesar de estarmos com a corda no pescoço, no primeiro dia depois do feriado peguei-o parado na recepção três vezes, o que era um pouco demais. E, se eu vi, Bethany também viu. Era de se imaginar o que ela estaria pensando. Sentindo. Como devia ficar louca com aquilo. Mesmo que tudo estivesse só na cabeça dela.

Falando em loucura, Seymour tinha reclamado semanas atrás de que as faxineiras andavam mexendo nos papéis da mesa dele. Depois encontrou um enorme arranhão na porta do motorista do seu amado Jaguar XJ. Ele jurava que o arranhão não estava lá quando o estacionara na garagem de manhã. Casual ou premeditado? Um acidente, Bethany ou uma de suas pacientes retribuindo um exame pélvico à moda de Seymour Bernstein? Seymour era famoso por enfiar seus dedos gigantes em espaços apertados com a delicadeza de King Kong namorando Fay Wray.

Quem sabe as loucuras que uma mulher é capaz de fazer quando maltratada? A Bethany educada em Harvard, nascida em berço de ouro. Eu. Será que o meu Prêmio Turnbull, minha coluna no *GinecologiaHoje,* minha aprendizagem penosa de como usar os talheres de peixe e os meus poetas da Renascença conseguiam suprimir os fogosos genes de Helen Kohl Swanson? Enquanto assistia ao drama do rompimento entre Bethany e Seymour, pensei comigo mesma que gene atávico viria à tona, que monstruosidades seria capaz de fazer se fosse desprezada.

À tarde, durante a entrevista para o *Baltimore Sun* sobre minha participação no programa de Fortune, ouvi perguntas a que pude responder.

Terça-feira

O artigo no *Sun* foi bem escrito e o fotógrafo era um craque em iluminar rostos. Fiquei com a aparência de um monumento à confiança, vestida com um tailleur Tahari e um colar de pérolas Mikimoto. Meus colegas me cumprimentaram e alguém até pregou um recorte da reportagem no painel da cantina, onde eu o relia pela nona vez quando meu bipe tocou o sinal de urgente.

As mãozorras de Seymour o tinham metido em uma enrascada feia dessa vez. Em geral não é preciso muita delicadeza para fazer um parto. Você aprende a técnica na faculdade de medicina, mas poderia aprendê-la na Federação de Luta Livre. Basta agarrar o pescoço, dedos apoiando a cabeça, e puxar. Não é uma coisa que exija grande habilidade.

Cesarianas exigem mais habilidade, mas depois de algumas centenas você pega o jeito. Só que de vez em quando a coisa complica. É necessário manobrar. E às vezes é um cabo-de-guerra entre a vida e a morte.

A chamada veio da enfermeira de Seymour.

— A Sra. Garland está se esvaindo em sangue na Sala de Cirurgia 1. Precisamos de ajuda imediatamente. — E eu subi as escadas de dois em dois degraus.

A Sra. Garland só podia ser Sherry Garland, que eu conhecera ao remover o útero canceroso de sua mãe alguns anos atrás e que no dia anterior interrompera seu rebolado de pata-choca para conversar comigo no corredor, ao sair da consulta com Seymour. Tinha um marido e dois filhos em casa. Muita gente precisava dela.

Na minha especialidade, o médico topa de vez em quando com uma hemorragia. Nunca perdi ninguém por causa disso, mas cheguei perto algumas vezes. Meu pior caso foi há dez anos. Estava removendo uma massa pélvica de uma paciente com linfoma quando me vi mergulhada em sangue até os punhos. Mas, com um trabalho de mãos habilidoso e trinta unidades de AB positivo, conseguimos salvá-la. Depois disso, criei fama como especialista em salvar vítimas de hemorragias das garras da morte, e comecei a receber chamadas de cirurgiões sem esse talento peculiar.

Dessa vez, cheguei andando depressa à Sala de Cirurgia. Seymour, que sempre parecia confiante demais, agora parecia de menos. Acima da máscara, os olhos — mostrando mais branco do que outra coisa — arregalaram-se ainda mais na minha direção. Gotas de suor brotavam na sua testa. Era uma cesariana. Ele tinha retirado o bebê com segurança, mas a mãe não parava de sangrar. Por causa de acreções placentárias, que ocorrem quando a placenta se expande para o músculo uterino. O procedimento para separá-la exigia mais delicadeza do que as mãos enormes de Seymour eram capazes, e agora o sangue jorrava. Ele fez uma reverência ao me deixar passar e saiu da minha frente enquanto minhas mãos começavam a trabalhar. Nessa altura do campeonato não se pensa, é tudo baseado em reflexos e instintos, e ou se sabe fazer ou não.

Essa é a parte que eu amo. A luta. Não precisa ser mortal, basta ser perigosa. Quando o dragão põe fogo pelas ventas, mata-se o dragão. Quanto mais perto ele chega da gente, maior é a calma, melhor se maneja a espada.

Conhecia a topografia da área de cor, mas a paisagem interna da Sra. Garland tinha ficado turva e escorregadia pela hemorragia e, por uma fração de segundo, quando o anestesiologista informou calmamente uma queda de pressão arterial, senti meu coração dar um salto com a possibilidade do fracasso. Afastei o pensamento e me concentrei em visualizar a artéria ilíaca interna, a que irriga a pélvis. Imaginei exatamente onde estava e como deveria ser sentida pelo tato, e me obriguei a agir rápida mas cuidadosamente.

Encontrei. Depois eu e os meus fiéis instrumentos manipulamos, fechamos e, vinte unidades de sangue depois, bloqueamos o grande rio.

Depois de a mamãe ser enviada para a recuperação, Seymour e eu nos reunimos fora da sala de operação para tirar os jalecos.

— Foi uma hemorragia das brabas. Obrigado, Gwyneth — ele disse com respeito — Você é boa. — Não *ainda* é boa, o que teria lhe valido uma cara feia. Apenas boa, dito de maneira categórica e incondicional.

Falamos do trabalho por alguns minutos, durante os quais a cor voltou ao seu rosto. Mesmo antes de eu correr para a minha própria paciente, ele disse:

— Sabe o artigo no *Sun* de hoje? Ótima cobertura. Esse lance da Fortune pode ser um grande golpe publicitário para nós. Dê um jeito de mencionar o nome da clínica no programa. E veja se eles põem o número do nosso 0800 na tela. Eu disse a Barbara para preparar as garotas da recepção para uma enxurrada de telefonemas. Com o programa na TV e o artigo do jornal, vamos ser inundados. Sabe, em retrospecto, você tinha razão sobre a sua presença na WJZ sobre o teste de Papanicolau. Você é a profissional. Eu nunca deveria ter permitido que Bethany fosse no seu lugar. Ela não tem presença na mídia.

Não havia dúvidas de que ela tinha perdido a sua posição de favorita do Rei Seymour.

— Para dizer a verdade, acho que ela fez um trabalho bastante razoável — respondi.

Entendam, com minha foto no site da Fortune e o artigo do *Sun*, eu podia me dar ao luxo de ser magnânima. E também não estava disposta a deixar passar essa bordoada gratuita de Seymour em Bethany. Se queria expulsar o pé dela da sua virilha, tudo bem. Mas não precisava chutar a criatura para a calçada por causa disso.

— Ela parecia saber do que estava falando. Soube se expressar bem. Talvez pudesse ter ficado mais à vontade na frente da câmera, mas isso exige tempo e prática.

— Tem razão, tem razão — Seymour concordou. — Ela precisa de experiência. Dê alguns anos para ela.

No fim das contas, uma manhã muito satisfatória.

Quarta-feira

No meio de uma azia causada por um sanduíche de atum comido às pressas, recebi um telefonema interessante. Do meu velho amigo, o ginecologista das estrelas de Hollywood, Davis Standish, com seu rabo-de-cavalo prateado e seus bolsos fundos. Não falava com Davis desde a convenção da IAGSO em Londres, quando conversamos por dois minutos naquela recepção pífia na Tate Gallery. Depois das amenidades de praxe, ele me surpreendeu.

— Pusemos um anúncio na *Annals* à procura de um obstetra e fomos inundados por currículos. Afinal de contas, todo mundo quer morar em Los Angeles, certo?

Não discordei, embora, pessoalmente, tivessem de declarar oficialmente a minha morte cerebral antes de eu permitir que enviassem o que quer que fosse meu para Los Angeles.

— Estou analisando os currículos e acabo de trombar com o papel timbrado de sua clínica. Pelas regras ridículas do HHS não posso perguntar e você não pode dizer nada, mas que se fodam. O que acha dessa, hã... Bethany McGowan?

— Bethany? Jura? — gaguejei. Não poderia estar mais surpresa, levando em consideração as roupas cinza e a nuvem da mesma cor sobre a cabeça para combinar. Eu tinha achado que ela ia agüentar firme até o suposto namorico de Seymour e Mindy acabar, para poder consolá-lo. Mas era preciso dar a Bethany o que era de Bethany: ela tinha amor-próprio demais para continuar aqui.

Olhem só para mim, cheia de simpatia por ela, quando há poucos meses a idéia de me livrar de Bethany teria me enchido de alegria. Mas por que haveria de me regozijar? Ela não estava pensando em sair por eu ter alcançado uma grande vitória na guerra entre os calores da maturidade e os ardores da juventude. Na grande tradição das mulheres de todas as idades, ela sofrera uma derrota retumbante no jogo do amor.

— Bom, pela carta de apresentação, tenho a impressão de que isso ainda é um contato muito preliminar — Davis dizia. — Meu palpite é que ela está sondando, tentando descobrir o que existe no mercado. Mas não quero perder a oportunidade, se ela for realmente boa.

— Ela é realmente boa. Os pacientes a adoram. É um burro de carga. E muito inteligente.

— É, eu imaginei. Harvard e Hopkins. É um belo currículo. E o que me diz do perfil psicológico dela? Ela é uma pessoa de bem com a vida? — Ah, o mundo dos ingênuos, dos loucos e dos que tratam de ambos. — Ela joga em equipe? Tenho uma clínica muito bem azeitada aqui. Não vai estragar a minha dinâmica, vai?

— Sua dinâmica está a salvo. — *Você, por outro lado, talvez não. Bethany gosta de homens mais velhos, libidinosos e influentes*, pensei, mas não disse nada.

— E por que ela está pensando em sair daí?

Mastiguei lentamente uma porção do meu sanduíche, tentando inventar algo plausível.

— Meu único palpite é que ela está cansada dos invernos de Baltimore. Que quer clinicar em algum lugar com mais glamour. Nós somos meio antiquados, tradicionais, enfim, tipicamente Costa Leste. Sem falar que os outros dois sócios são obstetras. Ela não tem muita chance de brilhar aqui.

— Parece razoável. — Melhor ainda que plausível. — Ela é inteligente e jovem. O pessoal do politicamente correto vai acabar comigo por perguntar, mas ela é bonita, certo? Quero dizer, ela não precisa ser uma estrela de cinema, mas os californianos são muito ligados em beleza. De modo que ela não pode ter duzentos quilos ou...

Dei uma cortada nele porque estava prestes a vomitar meu sanduíche de atum.

— Ela tem muito boa aparência, Davis.

— Maravilha! Escute, é melhor não comentar sobre este telefonema com ela. O anúncio prometia confidencialidade.

— Minha boca é um túmulo.

— Fico muito grato, Gwyneth. Foi muita generosidade sua. Se ela vier trabalhar conosco, vou contar como você foi generosa.

— Não precisa.

— Da próxima vez que for a Baltimore...

— Hum-hum, nós almoçamos — respondi. E, assim que desliguei, despejei o resto do meu almoço no cestinho de lixo.

Dirigindo a caminho de casa naquela noite, meu telefone tocou. Era Fleur.

— Está sentada?

— Estou dirigindo. Ou seja, sim, estou sentada. Você está bem? Kat não está com problemas, está? — perguntei, um pouco alarmada.

— Não, tudo tranqüilo. OK, reduz a velocidade ou não vou me responsabilizar.

Estava presa no tráfego. Tem sempre algo sendo construído perto do cais do porto para atrasar você na hora do rush.

— Pode me considerar parada. Qual a manchete?

— Ah, querida — Fleur disse. — Pare as máquinas. Lembra que conversamos sobre a foto da esposa de Dan no consultório dele?

— Lembro. — Fazia meses. Uma repentina sensação desagradável fez meu estômago dar voltas.

— Ele não é casado. — E fez uma pausa, provavelmente esperando ouvir os pneus cantarem na freada.

Controlei-me e usei meus talentos de atriz.

— Uau! Dan não é casado? *Que* surpresa. Estou pasma.

— Eu também. Imagina só, sem esposa. Bom, quer dizer, ele tinha uma esposa, claro. Melinda Pringle Rosetti, uma das herdeiras ziliardárias das batatinhas Pringles, de Roland Park-Captiva Island. Ela faleceu há três anos. Muito antes de ele começar a cuidar de minha mãe. Foi uma coisa inesperada. Uma espécie de derrame. — A voz de Fleur ficou sombria.

— Isso é horrível — eu disse.

— Horrível. E minha mãe sabia. Os Pringles são amigos dela. Ela esteve no enterro. Você acredita que aquela bruxa osteoporótica nunca me disse nada? Acho que teve medo de que, se eu descobrisse que Dan era solteiro, iria dar em cima dele e estragar as chances dela de fugir com ele para a Sicília.

— Hummm — respondi. — Como foi que você descobriu?

— Não pela minha mãe. Bettina, uma amiga de minha mãe e enfermeira aposentada, é quem geralmente acompanha mamãe nas consultas com Dan, mas estava gripada e eu tive o prazer de assumir a função. Depois da consulta de mamãe tive a chance de conversar a sós com Dan para saber das condições dela. Fiz um comentário sobre a foto, perguntei como estava sua linda esposa e bum!, a bomba explodiu. Viúvo.

Senti-me subitamente derretendo sob um ataque de calor hormonal. Numa fração de segundo, as nefastas implicações da curiosidade de Fleur ficaram totalmente claras. Dan iria pensar que eu contara a ela sobre o nosso encontro no consultório na semana passada, sobre a minha recusa em sair com ele. E ficaria mortalmente constrangido. Não mais do que eu já estava. Meu Deus, como é que eu iria conseguir olhar para ele?

— Vou dar o telefone de Connie para ele — Fleur disse.

— O quê? Não. Não é uma boa idéia — balbuciei. Desabotoei o máximo de botões do casaco que pude. Estava pingando.

— É uma idéia brilhante. Olha, eu mesma iria atrás dele, se não achasse que minha mãe cometeria fleurcídio por transar com o amante dos sonhos dela. Kat está enfrentando um câncer, de modo que não precisa de mais emoções fortes no momento. Sem falar que ainda não desisti dela e Lee. E você, lindinha, está de pito aceso por Simon York e fora da jogada. Mas me recuso a deixar um homem do calibre de Dan Rosetti ser desperdiçado ou apanhado por uma tipinha como a Bambi do Jack.

Apertei a buzina. O idiota daltônico na minha frente estava parado com o sinal verde, como se fosse o dono da rua, e a picape atrás de mim estava colada no meu pára-choque.

— Temos Connie, que é italiana e fabulosa, e Dan, que é italiano e fantástico. É *beshert.* Destino. Já deixei um recado na secretária eletrônica dele — Fleur disse.

Dan não era do tipo que gosta de encontros arranjados, disse a mim mesma, lutando para tirar o casaco com o cinto de segurança. Os planos de Fleur nem iriam decolar, decidi, e ao mesmo tempo fiquei pensando por que não estava feliz com a possibilidade da formação de outro casal feliz. Porque ninguém era boa o bastante para o maravilhoso Dr. Rosetti, último exemplar de uma raça em extinção. Só isso. Nem mesmo Constanza deCrespi, a advogada arrogante e aristocrática de Fleur.

— Espera um minuto — ela disse —, tenho outra ligação.

Espiei o Honda na minha frente. O motorista usava um fone de ouvido e gesticulava furiosamente. E não dava sinais de que iria sair dali. Malditos telefones celulares. Enlouquecendo as pessoas. Comecei a tentar sair de trás dele.

Fleur voltou ao telefone.

— Escuta, é o Dan na outra linha. Preciso falar com ele sobre Connie. Ligo para você depois.

— Fleur — disse. — Fleur! Droga! — Mas ela já tinha desligado e a picape atrás de mim me deu uma cortada, passando por trás do meu pára-choques direito numa cantoria de pneus. Fiz um gesto obsceno para a motorista, mas ela já tinha desaparecido, sem notar nada. Tarde demais. Que merda, tarde demais.

Capítulo 32

Enquanto eu achava que nunca mais ia me livrar das sobras de peru do feriado, novembro foi embora, dezembro chegou, o Saab de um certo inglês estacionou na garagem do prédio e eu me vi em seus braços. Até que enfim. Três semanas sem Simon tinham me deixado faminta por ele. E não somente por causa de seus talentos na cama. Teria me contentado só em dormir nos braços dele, depois do luxo de termos tempo para nós.

Ele me prometera três quartos de um dia e uma longa noite, antes de ir para Washington no domingo para o chá beneficente em homenagem à sua fundação.

— Vamos fazer o que for divertido na sua cidade natal — disse, deixando a programação por minha conta. Para Simon, diversão era ir ver a exposição dos neo-impressionistas no Walters Art Museum, e assim comprei ingressos para a apresentação da Sinfônica de Baltimore à noite. Depois disso, jantaríamos em um restaurante onde o caranguejo era delicioso. Por fim, ele me levaria para a cama, onde me esperava o céu. Esse era o plano.

Passeamos de mãos dadas pelas galerias do museu, como qualquer outro casal sem pressa em um sábado à tarde. Dei alguns passos para trás, na Galeria Ocidental, enquanto Simon se inclinava para observar mais de perto os pontos de tinta perfeitamente distribuídos em uma tela de Seurat. De repente, do mesmo modo que a pintura diante de mim fazia sentido vista ao longe, vi o grande quadro do nosso amor: esse homem extraordinário tinha entrado em minha vida e a iluminado, acrescentando-lhe cores vivas e uma pincelada de excitação. E, se uma grande parte do relacionamento não fazia sentido vista de perto — as agendas superlotadas, a inconveniente distância geográfica e o abismo entre nossas origens sociais —, olhando de longe, tudo funcionava. Ele me fazia extremamente feliz. Envolvida por uma onda de ternura, cheguei mais perto e passei a mão no cabelo em sua nuca.

Ele girou nos calcanhares e sorriu.

— Vem cá, Gwyneth, você precisa ver isso. A precisão do fracionamento da luz é absolutamente científica. Impressionante, não? — Quando meneei que sim com a cabeça, ele pressionou os lábios na minha testa. — Adoro estar aqui com você — disse e me puxou para perto, quando então senti o celular dele vibrando no meu quadril.

— Agora não — ele gemeu. Deu um olhar desesperado na minha direção e afastou-se alguns passos. — Pronto — atendeu rispidamente, sem mesmo verificar o número no visor. — É sim, sem dúvida. — A voz se suavizou, como se alguém tivesse passado manteiga nela. Fazendo um pouco de força para ouvir, escutei: — Na verdade, em Baltimore. Ahh, entendi. Cerca de uma hora de viagem. Sim, fico feliz. Não, não, nenhum problema. Não se preocupe. Meu velho e querido pai já dizia que planos foram feitos para serem alterados. De jeito nenhum. Vejo você lá.

— Gwyneth. — Vi seu pomo-de-adão saltar quando desligou. — Acho que temos um problema. — Seus lábios comprimiram-se em uma linha fina de decepção.

— Ah, meu Deus — eu disse. — Não me diga. A lua-de-mel acabou.

Com a mão no meu ombro, ele me encaminhou para as escadas enquanto falava sem parar:

— A fundação que me patrocina. Estão todos em Washington para o evento Brubaker de amanhã e formaram um comitê *ad hoc* para se reunir hoje à tarde. Querem me sabatinar sobre os projetos. Não tenho escolha, é óbvio. É fundamental que eu os defenda. Meu trabalho depende da verba que eles me dão.

"E se eu for com você?", quase disse. "Descubro algo para fazer em Washington e pelo menos passamos a noite juntos." As palavras ecoaram em minha mente, mas não saíram pela minha boca. Eu aceitara migalhas de Stan durante vinte e seis anos. Nunca mais faria o mesmo.

Mestre em fazer mil coisas ao mesmo tempo, Simon não afrouxou o passo enquanto descia depressa a escadaria de granito rosa, abotoando o casaco e falando comigo, que ofegava para acompanhá-lo.

— Eu telefono para você, mas não sei dizer quando. Conhecendo como conheço essa gente, posso garantir que vamos trabalhar a noite toda. Com sorte, vou conseguir dormir umas duas ou três horas. Talvez não volte para casa antes de amanhã.

Pensei no quadro de Seurat que acabáramos de ver. Uma amazona equilibrada num pé só sobre um cavalo branco que corria ao redor de um picadeiro. A corajosa ainda sorria. Ou talvez estivesse trincando os dentes.

No fim da escadaria, Simon virou-se e viu meu rosto. Que não devia estar lindo. Ele parou bruscamente.

— Gwyneth, você tem uma paciência infinita, e é mais tolerante do que eu teria o direito de esperar. Eu não faria isso se não fosse fundamental para meu laboratório. Não posso correr o risco de ofender os meus patrocinadores.

A fonte da verba. Um argumento irrefutável.

— Imagine se fosse a sua Clínica feminina que estivesse em jogo.

Concordei com a cabeça e foi a dica para receber um de seus sorrisos encantadores, esse mesclado com simpatia.

— Escute, querida, por que não fica no museu? Não é porque meu dia está perdido que você precisa perder o seu também.

Ele só podia estar brincando.

— Estou falando sério — ele disse. — Veja o resto da exposição. Tomo um táxi até seu prédio e pego meu carro.

— Isso é ridículo.

— Nossas vidas são ridículas, o que as torna mais interessantes.

— A esta altura eu preferia uma coisa menos interessante — respondi, emburrada.

— Eu entendo — ele disse. — Você tem razão, claro. Vou compensar você, prometo. Vamos nos sair melhor. — Os nós dos seus dedos alisaram meu rosto, apaziguadores. Recostei-me em seu peito.

Por baixo do pulôver de cashmere com decote em V, pude sentir seus músculos tensos, prontos para correr para a saída. Suspirei e me afastei.

Ele me deu um beijo rápido, de olho no relógio.

— Sinto muito mesmo, mas tenho que ir.

Por fim, sabendo que não estava sendo lógica, porque ele não tinha o intuito de acabar com o nosso fim de semana, querendo ir trabalhar em vez de se divertir, resmunguei:

— Boa sorte.

Ele já estava longe.

— Você é um anjo — ele gritou.

Naquela noite, o anjo de Simon, com as asas cortadas, decidiu mandar tudo para o inferno. Já que tinha visto Seurat sozinha, não ia desperdiçar os ingressos do concerto. Era um programa com compositores russos, tão romântico como estrogonofe, perfeito para uma mulher solitária tentando esquecer seus planos de fim de semana arruinados pelo amante fugitivo.

Mas não cheguei a assistir ao concerto. Assim que saí do elevador na portaria, o celular tocou. Do outro lado da linha estava Sylvie, a implacável jamaicana, que agüentava as loucuras de meu pai com equilíbrio e doçura, tendo um ataque de nervos. Nos dois minutos que ela levara para ir fazer xixi, contou ofegante, meu desorientado pai conseguira descobrir como destravar a complicada tranca que eu instalara na porta da frente. E desaparecera no bairro. Em dezembro. Com a noite caindo.

Meu Deus.

Engoli o pânico e disse a Luann, a zeladora, que eu precisava ir procurar meu pai. Falei em voz alta, mais para me acalmar do que outra coisa:

— Acho que ele foi até o McDonald's. Meu pai adora o McDonald's. Fica a dois quarteirões de casa. Ou talvez tenha ido à loja de conveniência. Costumamos comprar sorvete para ele na loja de conveniência. Passo por lá no caminho.

— Ele não pode ter ido longe — ela garantiu. — Provavelmente saiu andando sem rumo, parou na casa de algum vizinho e está sentado na varanda sem que eles tenham notado.

— Certo — respondi, agarrando todos os fiapos de esperança que pude, junto com as chaves do carro. Mas, enquanto corria para a garagem, chamei a polícia.

A teoria de Dan Rosetti era a de que pacientes com Alzheimer saem vagueando em direção a alguma coisa. Os pacientes com um objetivo em mente saem em busca de suas mães, dos falecidos esposos ou, se estiverem em um lar, de suas casas. Mas Dan dizia ter certeza de que os que vagueiam sem objetivo também buscam algo. Buscam a pessoa que foram anteriormente. Isso não basta para partir seu coração?

O meu batia como um tambor quando girei a maçaneta na porta da casa de meu pai, na Rua Streeper. Enquanto estava a caminho, conseguira convencer a mim mesma de que ele já estava de volta, sentado na segurança de sua poltrona reclinável. Mas não, ainda estava desaparecido e somente Sylvie se sentava no sofá, torcendo nervosamente um lencinho-de-papel. Ao lado dela, uma policial fazia uma lista de locais aonde ele poderia ter ido.

— Você sabe que ele tem Alzheimer? — perguntei à policial enquanto tirava o blazer.

Blanchett era seu nome, uma gorducha bem morena.

— Sei, a Sra. Needam me contou — ela respondeu. — Com casos como o do seu pai, não costumamos esperar. Já temos policiais fazendo uma busca na vizinhança. E, se isso serve de consolo, casos como este são de rápida resolução. Eles nunca vão muito longe. Ele tem algum tipo de identificação com ele, certo?

Fiz que sim com a cabeça. Tinha levado o carro dele numa hora em que ele não estava olhando, mas não me deixara pegar a carteira de motorista. E também usava uma pulseira médica.

Passamos algum tempo analisando possíveis pistas. Fui buscar a foto mais recente dele, que na verdade era de nós dois, tirada, como se eu precisasse de mais dor ainda, na noite d'A Traição, na cozinha do Crosswinds.

— Ora, que fofinho que ele é. — A policial Blanchett olhava a foto. — Que lindo sorriso.

A maldita casa estava gelada. Por que diabos o termostato estava em quinze graus quando os velhos ossos de meu pai precisavam de calor? A esfarrapada manta dos Orioles em que se enrolava, no inverno e no verão, não era páreo para esse gelo com cheiro de cânfora.

Não era culpa de Sylvie, lembrei a mim mesma. Ele era *meu* pai. Eu precisava estar mais presente, verificando as coisas, não na cama com Simon ou fazendo as unhas no salão de beleza. Segurar a mão de Kat e remover carcinomas de pacientes em perigo eram atividades relativamente nobres, mas não havia desculpa para o resto. Por causa de minha negligência, minhas preocupações egoístas, meu pai estava vagueando pelas ruas, sem casaco, no frio do inverno, em algum lugar, não se sabia onde. Levantei e peguei meu blazer.

— Chegou a cavalaria! — Uma voz familiar me fez girar sobre os calcanhares e vi Fleur liderando um batalhão de gente saindo da cozinha, uma bela equipe heterogênea que rapidamente encheu a pequena sala de estar da casa da Rua Streeper. Meu antigo namorado/novo amigo Harry Galligan e Mark Silva, presidente da divisão local do FRESH. Tracy, minha manicure, que correu para me abraçar. Quincy Dickerson, o gerente da loja de Fleur, estava atuando como Queenella LaBella numa festa para arrecadar fundos para a AIDS, mas seu namorado principal — um bombeiro musculoso chamado Brendan — viera em seu lugar com uma lanterna enorme e uma sacola com café.

E também o Dr. Dan Rosetti, com a mão no ombro de uma jovem lindíssima, que lembrava vagamente a garotinha de rabo-de-cavalo no colo da mãe, na mesa de seu consultório.

— Minha filha Chrissy. Ela trabalhou em uma agência de assistência social. Chrissy é ótima em grupos de buscas.

Quando consegui ficar sozinha com Fleur, dei um abraço nela.

— Não posso acreditar. Como ficou sabendo sobre papai?

— Bom, é claro que você não me contou, porque não faz a mínima idéia do que é a amizade. Luann me contou. E dei uns telefonemas. Com todo mundo envolvido na busca, vamos fazer as coisas mais depressa e talvez você possa salvar o resto do seu grande fim de semana com Simon. — Ela inclinou a cabeça para espiar o hall atrás de mim. — Então, onde ele está? — E leu a resposta em meus olhos. — Ah, meu Deus, ele não está aqui. Por favor, me poupe. — E ergueu a palma da mão em minha direção, gesto impossível de ser ignorado.

As palmas da mão de Fleur são grandes como as de um homem e ela usa anéis tamanho vinte.

— Não me venha com a lengalenga de praxe sobre ele ser britânico, como a governanta o criou e os maus-tratos que sofreu em Eton ou sei lá onde. O Príncipe Charles estaria aqui com uma lanterna. Para o seu governo, Dan Rosetti tinha um encontro marcado com Connie, mas cancelou para ficar ao seu lado. — Deu um muxoxo exasperado. — Claro que o seu maravilhoso Simon...

— ... nem sabe que meu pai desapareceu — terminei a frase por ela. — Estávamos no museu quando ele recebeu uma ligação para participar de uma reunião em Washington. Com o seu principal patrocinador.

Quando ela fez um ar de desdém, acrescentei:

— Você faz uma idéia de como é difícil conseguir patrocínio nos dias de hoje? Adivinha só com quem é que eu sairia se tivesse que escolher entre uma noite de amor com Simon ou algumas horas expondo o caso da Clínica feminina ao presidente da Fundação Franzblau.

Ela suspirou tão fundo que pensei que seu sutiã fosse explodir.

— Tudo bem, esquece Simon. Temos um grupo de pessoas prontas para virar a vizinhança ao avesso. Vamos encontrar o único homem em sua vida com quem você pode contar.

— Que não possui dois neurônios coerentes em funcionamento. Faz sentido. Meu pobre pai perdido.

Só quando ela passou a mão para limpar as lágrimas de meu rosto foi que percebi que estava chorando, e talvez não só por ele, talvez também pela sua pobre filha perdida que, sem ter movido uma palha para isso, e apesar de tudo o que a sua mamãe dizia, com um cinto na mão ou um cabide erguido, tinha amigos fiéis que estavam aqui para lhe prestar apoio, tal como fizera o seu papai.

Agora que percebi que estava chorando, deixei-me explodir em soluços.

— E se ele tiver sido atropelado? E se tiver sido assaltado? Existem drogados por aí que matam por um dólar.

— Não por um dólar de mentira — Fleur respondeu.

Minha voz fraca se elevou, descontrolada:

— Como se eles olhassem primeiro. Eles atiram e só depois olham sua carteira.

— Vamos, controle-se. Vai ter tempo para desabafar quando tudo estiver resolvido. — Fleur teria sido uma excelente chefe de carceragem em um presídio feminino. Me girou e me empurrou, sendo um pouco bruta quando hesitei. — Você vai se sentir melhor quando estiver fazendo alguma coisa. Vamos andando.

* * *

Chrissy mapeou nossas rotas e nos organizou em grupos. Dan, Mark e Tracy. Fleur, Harry e Brendan. Chrissy e eu. Sylvie ficaria em casa para receber telefonemas ou para o caso de meu pai voltar para casa. Os policiais já tinham batido de porta em porta no quarteirão e feito uma busca em outros dois quarteirões em cada direção, mas nós nos espalhamos, cada um checando um paradeiro provável ao longo da maior rua do bairro, a Avenida Leste, e suas transversais. Chrissy e eu paramos em um bar que meu pai costumava freqüentar, quando era o excesso de cerveja e não as conexões falhas entre seu cérebro e pernas que o deixavam desequilibrado. Verificamos a lavanderia vinte e quatro horas, o restaurante grego onde minha mãe uma vez ameaçara a garçonete com uma faca porque a *moussaka* estava com pouca carne de cordeiro e o hospital veterinário para onde Snookie, a vira-lata da família, fora levada, carregada em um lençol por mim, Rolfe e meu pai, depois de ter sido atropelada. Isso fora há quarenta e três anos, mas, como meu pai conversava com a minha falecida tia Margie, talvez tivesse decidido ir buscar Snookie.

Por volta das onze da noite, nos reencontramos em casa depois de quatro horas de busca infrutífera. Uma nova visita, da equipe da WJZ-TV, invadira a sala.

O desaparecimento do meu pai era a notícia principal numa noite sem muitas notícias. Com olheiras de rímel e lágrimas, supliquei na frente das câmeras da emissora local:

— Por favor, se alguém vir um homem idoso com um pulôver marrom que parece não ter ninguém — quase perdi o controle nesse momento —, por favor ligue para o número de emergência da polícia.

Um número de telefone surgiu na tela sobre a foto de meu pai. Depois a âncora do noticiário disse:

— Esta foi a Dra. Gwyneth Berke, uma ginecologista local cujo pai, com problemas mentais, desapareceu em East Baltimore.

Era publicidade, mas não do tipo que Seymour Bernstein tinha em mente quando encorajava os sócios a aparecerem na mídia.

— Você se saiu bem — Fleur disse na cozinha minúscula e abafada, aonde me levou para tomar um café depois da saída da equipe. — Você precisa botar a boca no trombone. Por falar nisso, ligou para os meninos?

— Whit está no meio da semana de provas. Drew está em Los Angeles fazendo um estágio curto no Hirschorn. Não quero deixar os dois malucos a menos que haja um bom motivo. Ou, neste caso, um horrível motivo. Ligo amanhã se ele ainda estiver desaparecido.

— OK, e por falar em desaparecidos — Fleur me olhou por cima da xícara, semicerrando os olhos com a expressão sábia de uma tartaruga —, já ligou para Simon?

Ele não tinha ligado, o que significava que estava ainda pressionando os patrocinadores ou que desabara na cama do hotel, exausto. Não queria perturbá-lo.

— Resolvi que não. Escuta aqui — me apressei em dizer para evitar que ela abrisse a boca —, eu sei que ele teve um dia duro e horrível. Mesmo que conseguisse falar com ele, ele teria que voltar dirigindo até Baltimore e descobrir como chegar até aqui. E não quero que fique rodando por aí. — Gesticulei na direção do Parque Patterson. — Esta é uma zona cheia de ruelas. Ele pode se perder.

— Por estar lá fora sozinho? Porque Baltimore é uma selva, enquanto Nova York é...?

— Tem razão, tem razão. Mas será que precisamos mesmo de mais uma pessoa andando nas ruas? E não sei o que ele poderia fazer, além de segurar a minha mão. Mas você está aqui para isso.

Enfiei o dedão em um ponto do linóleo que começara a descascar. Quantas vezes eu já não pedira a meu pai para me deixar dar um jeito na casa, já que ele se recusava a se mudar? Mas não, ele gostava da deprimente cor mostarda que minha mãe escolhera para as paredes há trinta anos, e da bizarra coleção de palhaços que ela pendurara nas paredes. Até mesmo se recusara a me deixar tirar as capas de plástico transparente da mobília da sala.

Passei a mão sobre o tampo de fórmica da mesa da cozinha, espanejando os grãos de açúcar.

— A casa não é chique o bastante para Simon, não é? — Fleur sempre conseguia ler os meus pensamentos.

— Você está sendo injusta. — Não olhei para ela. — Ele não é um esnobe.

— Quem disse que estou falando dele?

Senti um constrangimento brutal, quando encaramos a vergonhosa verdade a meu respeito: eu não me sentia à vontade com a idéia de Simon visitando a casa da Rua Streeper e tendo um vislumbre das minhas humildes origens operárias.

Que Deus abençoasse Fleur. Dias depois ela iria desancar comigo por me comportar como uma arrivista tacanha e sem amor-próprio. E eu não iria me defender. Mas por ora limitou-se a me lançar um olhar de piedade e a despejar mais café na minha xícara.

Capítulo 33

Passei a noite procurando por meu pai. Com Mark. Com Dan. Sem sorte. Às duas da madrugada, do lado de fora de uma farmácia vinte e quatro horas, Mark e eu encontramos Quincy Dickerson, que saíra correndo do show para se juntar à busca. Apesar de ter tirado a peruca de Tina Turner e trocado os sapatos de salto dez por Reeboks, não tinha tido tempo de remover a maquiagem teatral. Ouvi Mark dar um gritinho incrédulo e vi suas íris se dilatarem à luz de um letreiro de néon quando olhou para o seu reflexo ainda com os restos de Queenella LaBella.

Quincy piscou para ele e abriu um mapa de Baltimore.

— Esta foi a parte que cobri. Mas não se esqueça de que só estou nas ruas há pouco mais de uma hora. — Traçou um raio de vinte quarteirões com a unha pintada de magenta. — Sei que você está desanimada, mas confie em mim, é uma questão de tempo até ele aparecer. Metade dos policiais de Baltimore está procurando por ele. Bem na frente do Polish Home Club, fui parado por um carro da polícia com dois lindos uniformes dentro dele. Uma blitz de rotina. Pensaram que eu estava me prostituindo. Mentes sujas.

Mark deu uma risadinha, constrangido.

— Mas, quando disse que estava procurando por Harald, me deram estes folhetos. E fita adesiva. Colei em janelas, postes e mais um monte de lugares. Seu pai é a mais nova garota de programa de East Baltimore. — Dei um sorriso irônico e os cílios postiços dele bateram furiosamente, telegrafando compaixão. — Ah, benzinho. Alguém vai ver seu pai. Juro por Deus. Espere até a manhã chegar, quando as pessoas saírem às ruas.

Assenti com a cabeça, desejando de todo o coração poder acreditar nele. Mas sabia dos efeitos das temperaturas abaixo de zero em um corpo frágil, e não achava que tivéssemos tanto tempo assim.

Quando o sol raiou, meu pai ainda estava desaparecido. Fleur e eu sentamos na sala da Rua Streeper, tentando oferecer mais pistas para o novo oficial a cargo da busca. Beirando a aposentadoria, com bochechas de sabujo e um horrível resfriado, o sargento Jamison não fez o menor esforço para me confortar, ao contrário da oficial simpática da noite anterior.

Assoou o nariz, tossiu ruidosamente e arremessou o lenço-de-papel usado para a lixeira, salpicando o ar com seus vírus. Depois olhou, cansado, para mim.

— Escute, você é médica e posso ser direto com você. Cada hora que passa é um ponto contra ele. Já se passaram doze horas. Li um relatório que diz que metade dos pacientes de Alzheimer que desaparecem morrem, se não forem localizados em vinte e quatro horas. Sem falar que faz um frio terrível lá fora. O relógio está andando. — Como castigo, Deus lhe mandou um acesso de tosse. Quando conseguiu voltar a falar, ele disse: — Por outro lado, temos carros de patrulha procurando por ele. Alguém pode ter levado seu pai para um abrigo. Ele pode estar dormindo em uma saída de ar quente. Milagres acontecem.

Fleur deu-lhe uma olhada fulminante e me puxou para a cozinha, onde nos reabastecemos com o café extraforte de Brendan. Enroladas em uma manta de chenille tirada do antigo quarto de Rolfe, ela parecia uma vidente e, depois de tantos anos de amizade, provavelmente conseguia mesmo ler a minha mente.

— Ele não está morto, Gwynnie. O seu cérebro pode ter virado requeijão, mas fisicamente ele é forte como um touro. Eles vão encontrá-lo. O Sargento Tainha não disse que eles têm montes de policiais tentando localizá-lo? Deixa os caras fazerem o trabalho deles. Por que não tenta dormir um pouco? Se achar que no quarto vai ficar longe demais dos acontecimentos, deita por meia hora no sofá. Eu atendo ao telefone e não deixo você sem saber de nada. Combinado?

— Combinado.

Mas não consegui dormir. Como se não fosse o suficiente ser assombrada pela imagem de meu pai congelado em posição fetal perto de alguma lixeira, a meteorologia previa uma tempestade de gelo para o fim daquela tarde. De modo que saí batendo em portas e colocando folhetos em postes, sob um céu ameaçador. A caminho de casa, parei para acender uma vela na igreja de São Stanislau, a igreja que minha mãe freqüentava. Ela ia à missa todos os domingos e presumi que fosse onde fazia suas enlouquecidas confissões semanais. E também estava enterrada ali. Se restasse alguma bondade naquela sua alma atormentada, pairaria sobre as estátuas de santos ou em meio ao incenso de São Stan. Uma chance em mil, mas estávamos quase sem opções.

Fui criada luterana, como meu pai — Rolfe, porque ela o detestava menos, conseguiu ser católico —, mas nunca fui muito amiga de orações. Tentei rezar quando criança, mas não funcionou. Agora, de joelhos por causa de meu pai, rezei para minha mãe, logo quem, pedindo ajuda.

— Se você algum dia o amou, encontre-o. Por favor, mamãe. — Tal era o tamanho do meu desespero.

Quando saí da igreja, a escadaria estava cheia de pequenas pedrinhas de gelo, e dez minutos depois caía granizo com tanta força que só ouvi as consoantes quando Quincy me chamou, atrás de mim:

— Se cobre! — Ficou do meu lado, inclinando o guarda-chuva de modo a cobrir os dois, e ajustou a passada à minha.

— Agora pode tirar o lenço de camponesa da cabeça. Não é um bom visual. A menos que esteja tentando se misturar com as pessoas simples da Polônia rural. Como vai? Nada bem, hein?

Só consegui balançar a cabeça.

— Nem eu. Há quanto tempo está fora de casa?

Ergui quatro dedos enluvados.

— Escute, e não pense que estou desistindo porque isso está longe de ser verdade, mas acho que fizemos o que é possível a pé. Que tal voltarmos para a casa de seu pai, tirarmos estas roupas molhadas, tomarmos um café e depois, se quiser, darmos uma volta com o carro? Dirigirmos por aí e ver se o encontramos. Que tal? E podemos passar no centro da terceira idade. Alguém ligou para eles? Ligou? E que tal conversarmos com aquela senhora que trouxe aquele bolo de rum delicioso? Vamos ligar para ela. Ela pode ter alguma idéia.

A Sra. Parente, a tricoteira do centro da terceira idade. A amiga de meu pai. Não tinha me lembrado dela.

Dei o primeiro sorriso do dia para Quincy, um sorriso agradecido. O primeiro detetive travesti do mundo. E um detetive muito melhor que o sargento Jamison, o qual, segundo Fleur me disse quando liguei para casa pelo celular, estava roncando no sofá do meu pai, cuspindo germes como um chafariz.

— Estamos indo para casa — gritei ao telefone, para me fazer ouvir em meio à saraivada de granizo. — Nesse ínterim, vê se Sylvie conseque encontrar o número do telefone da Sra. Parente. Diz a ela que é a senhora que trouxe o bolo ontem.

— Alguém trouxe bolo? Tem bolo aqui? — Ouvi Fleur dizer animada antes de a ligação cair.

Estávamos a quatro quarteirões da Rua Streeper, andando cautelosamente pela calçada escorregadia, quando de repente o céu desabou, lançando uma saraivada de pedaços de gelo, e escorreguei. Quincy me amparou antes que caísse e me ergueu novamente. Depois me guiou para o refúgio mais próximo, o McDonald's favorito de meu pai.

— Vamos esperar aqui até que passe o pior — ele disse, enquanto descansávamos no calor e na luz. Depois deu uma boa olhada em mim e apertou os lábios. — Ah, querida — continuou, recuando —, você está mesmo parecendo o Abominável Homem das Neves. Ronald McDonald, me deixe lhe apresentar Madame Yeti. — Apanhou um punhado de guardanapos de papel e limpou o gelo do meu rosto, depois limpou o seu. — Muito melhor. Não queremos assustar todo mundo, não é? E agora, se me desculpar por um minuto, estou apertado. Tenho que ir ao banheiro. Pede um café preto para mim, grande, por favor. E uma daquelas tortas de maçã frita. Isso deve degelar meu trato intestinal.

Sumiu. E depois, no que me pareceu um intervalo de segundos, reapareceu. Eu me concentrava em colocar colheres e guardanapos na mesa, quando vi sua sombra corpulenta antes de o ouvir dizer:

— Gostaria de umas batatas fritas para acompanhar isso, senhora?

Olhei para cima e vi Quincy sorrindo com meu pai ao seu lado.

— Papai! — Corri para ele. Abracei-o. Beijei o seu rosto barbado, a sua testa, a palma de uma mão. Envolvi os seus ombros magros nos meus braços e o embalei. Era o meu pai, mas também o meu bebê.

— Afinal, onde é que você estava? — ele disse, quando finalmente o soltei. O que me fez rir histericamente. Depois Quincy começou a gargalhar e por fim meu pai também caiu na risada. Ficamos os três ali no ar quente, gorduroso e delicioso do McDonald's rindo até as lágrimas. Depois de um minuto os homens pararam, mas eu já tinha passado das lágrimas de alívio e não conseguia segurar meus soluços. Só os engoli quando Quincy disse:

— Você o está assustando.

Tinha razão. Meu pai, o rosto contraído de comiseração, levou a mão ao bolso das calças e tirou um amarrotado lenço cinzento. Comprimiu-o em meus olhos. Quantas vezes ele tinha feito isso ao longo da minha infância, esse gesto que era uma desculpa e uma admissão de impotência? Depois, comprimiu-o em meu nariz.

— Assoa — disse, com muita clareza.

Assoei-me e me encostei nele, desfrutando desse raro momento de felicidade em que reassumíamos nossos velhos papéis.

Entramos triunfantes na casa da Rua Streeper, com Quincy trinando:

— Iú-uuu!, alguém em casa? Olhem só o que achamos na lata de lixo.

Fleur saiu da cozinha e, ao ver o nosso trio sujo e amarrotado, lançou na pia o garfo que estava lambendo e se atirou nos braços do meu estupidificado pai. Sylvie, depois de um sobressalto inicial, recostou-se na estante, com os olhos fechados, louvando a Deus e agradecendo a Jesus uma vez atrás da outra. Liguei para a polícia e avisei que tínhamos encontrado o meu pai.

Enquanto enxugávamos um bule de café fresco — papai tomava sopa com pão —, Quincy explicou como os roncos no cubículo do lado tinham chamado sua atenção. Debruçando-se, viu um par de pernas terminando em chinelos sob a divisória.

— Eu disse "Quem está aí, quem está aí?". Depois de gritar algumas vezes, ele acordou e respondeu "olá, olá" e, é claro, reconheci a voz. "Harald, abre a porta", disse para ele. "É Quincy, lembra de mim? Quincy, o amigo de Gwyneth. Trabalho para Fleur, a dona da loja de vestidos. Abre a porta." Nada. Ele não conseguia. Ou não queria. Por isso, tive que passar por baixo. E, podem crer, foi um número de contorcionismo. Graças a Deus que sou bailarino e estou em forma. Tenho uma senhora musculatura, mas que nem por isso deixa de ser uma musculatura de senhora. — Sacudiu a enorme cabeça, apreciando a própria piada. — Então rastejei por baixo, tentando não pensar nas colônias de germes que estava limpando com a roupa. Mas valeu a pena, porque lá estava ele, não estava, querido? Sentado no trono. Todo arrumadinho, sem ninguém para apreciar a cena. Encolhido feito um gatinho. Os chinelos estavam secos, de modo que provavelmente estava lá desde antes do granizo.

— E ninguém o viu lá? — Fleur perguntou. — Por mais de uma hora?

— Brendan tinha ido lá antes, mas não o tinha visto. Talvez ainda não estivesse lá. E com a tempestade o lugar estava quase vazio, certo, Gwyn? Mesmo que algum funcionário entrasse, são todos garotos. Não iam achar estranho um reservado fechado com um par de pernas aparecendo por baixo.

— Mas você não faz idéia de onde ele estava antes do McDonald's? — ela insistiu.

— Bom, o bafo dele cheirava a batatas fritas, Sherlocka. E eu limpei um pouco de ketchup do seu queixo. Os garotos no balcão disseram que não deram comida a ele, de modo que deve ter pegado o jantar na lixeira. Tudo o que sabemos é que o instinto de sobrevivência dele entrou em ação. O como e o porquê dessa longa jornada McDonald's adentro provavelmente vai continuar sendo um mistério. Ele não vai dizer nada, não é, Harald? Mas, também, que importância isso tem? Ele está bem de saúde, feliz e em casa. Isso é o que importa.

Depois de dar cabo do resto do bolo da Sra. Parente, meu pai me deixou levá-lo para o quarto para lhe fazer um exame. Parecia estar bem para um homem que enfrentara as ruas geladas de Baltimore por vinte horas. A única prova residual da sua aventura era uma desidratação ligeira, mesmo depois de toda a água e suco de laranja que lhe enfiamos goela abaixo no McDonald's, e ainda mais água, chá e sopa em casa. Não havia sinais de hipotermia, provavelmente porque ele tinha usado o seu velho e desgastado suéter e uma camisa de flanela azul por baixo. Ou talvez porque tivesse se refugiado em um ou outro corredor quente ou junto a saídas de ventilação. Ou talvez o seu surpreendente estado de saúde fosse devido à minha mãe. Seria de esperar que eu tivesse desistido dela, até do seu espírito, depois do que ela nos fizera passar. Mas, de alguma maneira, era reconfortante pensar que ela saíra do mundo dos mortos para atender à minha prece.

Dr. Dan, que passou por lá mais tarde para fazer um exame mais detalhado, disse que Harald era um durão que sobreviveria para vaguear novamente por aí. E que era por isso que tínhamos que conversar.

— Mais tarde — pedi.

Assim que Sylvie e eu pusemos o meu pai na cama, fui buscar uma garrafa de aguardente e servi uma rodada para todos.

— A papai — disse, erguendo o copo em brinde na direção do seu quarto. — A regressos em segurança e finais felizes. E a Quincy. Como posso lhe agradecer?

Quincy pôs uma mão cheia de anéis no peito largo, verdadeiramente comovido.

— Ah, querida, não precisa. Agora, uma coisa é certa: foi muita sorte sua eu ter decidido usar o banheiro masculino e não o feminino, como faço de vez em quando. E graças a Deus que ele concordou em vir comigo. Afinal, quem sairia na maior com uma drag queen negra de um metro e oitenta exibindo um moletom da Judy Garland e cílios postiços? Pois bem, ele pode estar com alguns parafusos faltando, mas tem um bom gosto que vou te contar. Por isso, à saúde de Harald. À saúde de todos nós.

Antes de sair, Dan me encurralou na cozinha.

— Você não quer ouvir isso e eu não quero dizer, mas está na hora, Gwyneth. Ele precisa de um lugar mais seguro. — Sua expressão arrasada era um reflexo da minha. Ambos estávamos consternados. — Michelle disse que você não telefonou. — Só havia se passado uma semana desde que ele rabiscara o nome da assistente social no papel que ainda estava dobrado na minha carteira. — Ela vai ajudar você a fazer a transição. Você pode demorar meses para colocá-lo em algum lugar, por isso precisa começar a agir agora.

E, antes de eu sair, Sylvie me puxou de lado.

— Não posso passar por outro susto desses, Dra. Berke. Tenho pressão alta. Então estou avisando que fico com ele até o ano-novo, mas só até lá. E, se está pensando em ficar com Blossom, as aulas dela começam em 3 de janeiro, portanto não conte com ela. Eu lamento muito, mas estou dando um mês à senhora para encontrar alguém para ficar com o seu Harald. — Os olhos dela estavam úmidos.

Passei meu braço ao redor dela.

— É muito justo, Sylvie.— O que era verdade, embora eu não soubesse se poderia encontrar um lugar para ele viver em tão pouco tempo. E, mesmo que pudesse, não sabia como iria conseguir conviver com a culpa.

Capítulo 34

Ainda estava emocionalmente exausta quando Simon finalmente telefonou na noite de domingo. Claro que tinha andado atolado de trabalho e que só agora parava para respirar. Sentia minha falta. Como eu estava?

Contei sobre o desaparecimento de meu pai e as buscas. Como o velho tinha vagado durante horas em uma tempestade de gelo sem um casaco. Como eu passara a noite toda fora de casa à procura dele. Fiz questão de contar sobre o apoio dos amigos. Funguei quando contei sobre o encontro no McDonald's.

— Minha pobre Gwyneth. Parece ter sido infernal. Fico feliz em saber que seus amigos estavam ao seu lado. Por que não me telefonou? Deveria ter telefonado.

— E você teria feito o quê? Interrompido a reunião? Deixado os patrocinadores esperando? — perguntei com voz cansada. — O que adiantaria? Seja honesto, Simon. Se tivesse que escolher entre mim e seu trabalho, teria me escolhido?

Silêncio mortal do outro lado da linha. Interrompido finalmente por um pigarro seu. Finalmente, ele disse:

— Talvez você tenha razão sobre o velho Simon. Mas o novo Simon revisto e melhorado iria estar do seu lado. Teria comparecido à reunião e depois iria embora. Teria dirigido até Baltimore para fazer o que pudesse para ajudar você a encontrar seu pai. Mas você não me deu essa chance, deu?

— Eu pensei...

— Eu sei o que você pensou. E há alguns anos estaria certa em pensar desse modo. Mas não é mais assim. Não com você. — Ele deixou a frase fazer efeito antes de continuar: — É claro que ainda temos um longo caminho a percorrer em termos de confiança, de conhecer o coração um do outro. O que parece ser um dos pontos fundamentais para o sucesso de um relacionamento íntimo, não é? — Parecia que ele voltara a ler livros de auto-ajuda. Talvez *eu* estivesse precisando ir à livraria.

— Desculpe — disse, sentindo que havia cometido uma injustiça com ele. Tracy, minha manicure, dissera que eu tinha problemas em confiar nas pessoas. Causados por minha mãe e agravados por Stan. Agora essa dificuldade estava estragando meu relacionamento com Simon. — Eu tenho uma tendência a fazer julgamentos precipitados. Vou trabalhar nessa área — prometi.

— Não precisa se desculpar. Ambos temos coisas para resolver. Não vamos ampliar as proporções do que aconteceu. Pense que foi apenas uma lombada nesta que, espero, será uma estrada longa e feliz.

Pois parecia menos uma lombada do que um desses buracos enormes que engolem a gente inteira.

No dia seguinte, no meio da manhã, estava no consultório pondo a papelada em dia quando Mindy passou uma ligação de Simon. Depois da introdução habitual, ele foi direto ao ponto.

— Você ainda não leu o *Washington Post* de hoje — disse, como se tivesse uma bola de cristal.

Eu não tivera tempo naquela manhã para esse luxo. O jornal estava na minha pasta. Se tivesse a sorte de arranjar tempo para almoçar, eu o leria. Caso contrário, voltaria para a pasta e eu tentaria lê-lo à noite.

— Por quê? — perguntei. — Você saiu na primeira página? — Eu estava brincando, *ma non troppo*: não podia descartar a hipótese de ele ter abiscoitado algum prêmio científico importantérrimo. — Estou com ele bem aqui. — Tirei o jornal da pasta.

— Bom, gostaria que você o abrisse agora, por favor. Caderno de Estilo, página C3, acima da dobra. Coluna da direita. Eu espero.

— Não demoro — disse —, eu leio depressa. *Ondas de calor?*

Quase senti o arrepio dele no telefone.

— É.

Ondas de calor, o título, estava em negrito. Debaixo dele, a matéria.

Ducky e o Doutor: **Romance no lago?** Esta é a rica patronesse de Washington, Delores "Ducky" Franzblau, nos braços de Simon York, o médico oncologista tão inglês (e quase tão famoso) como a Rainha, no chá beneficente do Kerns-Brubaker realizado ontem no Ritz-Carlton. As estrelas nos olhos de York, que em momento algum saiu do lado de Ducky, não podem ter sido causadas somente pela contribuição de dois milhões para a famosa instituição nova-iorquina. O casal não desgrudou e dançou todas as valsas e foxtrotes. Quando perguntada sobre um provável romance, Ducky disparou: "Somos velhos amigos. Mas amigos muito íntimos." Já o cosmopolita York comentou com galanteria: "Uma mulher adorável com um coração generoso. Você conhece uma combinação mais irresistível?"

— Missão cumprida — anunciei, como se dissesse: "Ponto final." Estava girando na cadeira.

Ele respirou tão profundamente que o som parecia ter enchido todos os alvéolos dos pulmões.

— Você entende por que decidi avisar você antes que lesse a matéria sozinha e chegasse a uma conclusão errada?

— Espera um pouco — disse. — Estou olhando a foto.

Nela, Simon, mais animado do que eu gostaria de ver neste momento, estava olhando para a câmera, com a sua expressão normalmente serena transformada no equivalente humano do rosto que as crianças desenham com um círculo, dois pontinhos e uma curva: as íris eram dois grossos pingos de tinta, o sorriso ia de orelha a orelha. E estava mesmo coladíssimo pelos quadris em Ducky Franzblau, seu braço enroscado ao redor de uma minúscula cintura lipoaspirada. Ducky tinha uns quarenta anos e era razoavelmente atraente, possuía o melhor nariz que o dinheiro pode comprar e um teor de adoração por Simon no olhar que eu já conhecia de outros carnavais.

— Linda foto — disse. — Vale por mil palavras.

— Todas elas falsas — tornou Simon. Quando o meu silêncio do outro lado da linha começou a incomodar, ele perguntou: — Gwyneth, você ainda está aí?

— Estou — disse. — Ducky Franzblau. Que tipo de mulher se chama Ducky? — Reli a nota, sentindo pequenos choques percorrerem meu corpo sempre que lia uma frase-chave. — Você ficou grudado nela — li. — Com estrelas nos olhos. Vocês eram um casal. Por Deus, Simon.

— Não é verdade. É tudo mentira. Uma coluna de fofocas. Tudo inventado. Como nos tablóides. Essa mulher é a presidente da minha fundação.

Sem comentários. Usei minha estratégia de médica. Só ouvi.

— O fotógrafo dirigiu a pose, colocando um bem perto do outro. Acho que deveria ter prestado mais atenção nas conseqüências, mas não pensei que um gesto amigável poderia ser mal interpretado. E você não pode dizer à sua benfeitora que não quer ficar perto dela. — Fez uma pausa e depois jogou aquela que lhe pareceu ser sua melhor cartada: — O que aconteceu com aquele problema de confiança que você prometeu trabalhar?

Não foi inteligente da parte dele ser agressivo no meio de uma defesa fraca. Um dia desses, se é que iria haver outro dia, seria fácil acabar com ele em um jogo de xadrez.

— Quer falar sobre confiança? Enquanto eu estava revirando as ruas atrás de meu pai, a vinte graus negativos, você estava se esquentando com Ducky Franzblau. Essa foi a reunião pela qual você me trocou. Confiança... pois sim.

— Não é verdade. Houve uma reunião no sábado. O chá beneficente foi no domingo. Você não está sendo sensata. Não é do seu feitio, Gwyneth. Ser assim dramática. — Ele suspirou. — Olhe, não vai funcionar pelo telefone. Precisamos nos ver. Conversar frente a frente. Quando estiver nos meus braços, essas suas dúvidas vão desaparecer, prometo. — Ouvi papéis sendo revirados freneticamente. — Você vem a Manhattan na sexta para o programa de TV, certo?

Certo. A primeira das duas aparições no programa de Fortune Simms.

— Eu sei que disse que estaria na Califórnia no fim de semana para uma reunião da diretoria editorial. — Simon fazia parte da diretoria de uma das mais prestigiadas publicações em nossa especialidade. — Mas não vou para San Francisco antes do meio-dia de sexta... ah, aqui está, 11 de dezembro. Por que não vem para cá mais cedo e dorme aqui na quinta-feira? Aí podemos conversar e esclarecer tudo.

— Quinta-feira? — Fiz uma longa pausa. — Vou pensar.

— Por favor — ele disse.

— OK — respondi, com um toque de relutância adequado.

— Maravilhoso. — Ficou imediatamente animado. — Querida, o que existe entre nós é especial. Vamos dar todas as chances que pudermos a isso.

Depois dessas palavras, não bati, mas desliguei o telefone.

Então sequei as mãos suadas no jaleco e li pela terceira vez a nota social. Devagar. Procurando nuances. Roendo uma unha. E, sendo a cientista que sou, analisei todas as possibilidades. Minha conclusão: examinando microscopicamente o contexto, a reação de Simon poderia perfeitamente ser interpretada como a reação de um beneficiário agradecido pela grande doação da benfeitora.

O que me fez sentir muito melhor. O problema era: como descobrir quando você está enganando a si própria?

Às oito da noite chegou uma entrega de flores. Fleur viu Luann, a zeladora, assinando o recibo em meu nome, e ligou para que eu fosse pegá-las.

— Flores. Que romântico! — matraqueou Luann por trás do balcão da portaria.

— Ducky e o Doutor: Romance no Lago? — Fleur perguntou. Ela tinha lido a matéria no *Post* e pela primeira vez não me dissera o que pensava. Até agora. Mas olhou as flores com suspeita.

Li o cartão.

— "Vamos resolver tudo. Juntos. Com amor." — Dei o cartão para Fleur. — Não vai me dizer que não acha encantador da parte dele.

Ela assobiou. E abrimos a embalagem verde e branca.

— Santo Casanova — Fleur murmurou enquanto olhávamos a caixa com três dúzias de rosas vermelhas. Ela soltou outro vasto fiu-fiu. — Isto deve ter custado uma nota preta. Estou impressionada. Ele não poupou esforços para voltar às boas com você. Mas não posso deixar de pensar. É amor? Ou é culpa? Uni-duni-tê, salamê-mingüê...

— Bom — Luann disse —, acho que as flores são maravilhosas. E o inglês... o médico?... é muito elegante. Mas confesso que, na minha humilde opinião, o de barba, aquele Sr. Galligan que costumava vir aqui, sabe qual? Esse, sim, é um homem charmoso.

— Concordo plenamente. Harry Galligan. Um homão — Fleur conseguiu dizer antes que eu girasse sobre meus calcanhares e fosse para o elevador, segurando minhas rosas.

Capítulo 35

Assunto: Boa sorte
Data: Domingo, 6/12, 16:00h
De: Fortune@FortuneSimms.net
Para: gsberke@md.com

Querida Gwyneth,

É hora de reunir energias para sua participação no programa *Good Fortune!*, na sexta-feira, dia 11 de dezembro. Nosso outro convidado é o Dr. Prasad Rao, que irá nos ensinar a fazer um balanço de nossos relacionamentos como exercício de fim de ano. Uma cópia de seu novo livro *Homens São Cocos e Mulheres São Romãs* deverá chegar às suas mãos na segunda-feira. Aconselho que o leia antes de sua participação. Vai lhe dar a coragem e a confiança necessárias para assumir seus sentimentos e dizer o que está em sua mente.

Dicas para otimizar seu poder esta semana:

Seja saudável: Evite álcool, coma bem. Experimente uma dieta de sucos 24 horas antes do show, para que seu corpo elimine toxinas.

Seja inteligente: Pratique ioga, que aumenta o fluxo sangüíneo para o cérebro e mantém os neurônios em excelente forma.

Seja atrevida: Recupere as energias com bom sexo.

Seja centrada: Medite para enriquecer seu espírito. Abençoe cada dia com a promessa de assumir o controle de sua vida.

Segunda-feira: Colha as recompensas de estar no seu auge.
Terça-feira: Obtenha prazer com o trabalho e seus talentos especiais.
Quarta-feira: Ofereça livremente, sem esperar retribuição.
Quinta-feira: O amor é negociável. Barganhe com o coração.
Sexta-feira: Confie na luz que se acende — o Grande Ahá! —, quando tudo fica claro em um instante.

Vejo você na sexta, na Sala Verde, para uma reunião final.

Com amor e alegria,
Fortune

— Uma dieta de sucos? Fazer sexo? Aquela mulher é um metro e noventa de *chutzpa* da mais alta qualidade. Que criatura controladora. Será que o marido dela tem permissão para mijar de pé? — Fleur leu o e-mail por trás de mim, despejando migalhas de torresmo no computador.

Kat surgiu na porta carregando uma bandeja com xícaras fumegantes de chá de ginseng e um prato com frutas e queijo.

— Pode debochar da Fortune Simms à vontade, Fleur, mas consta que ela estudou filosofia oriental em um *ashram* no Tibete. Pessoalmente, acho que ela diz algumas coisas interessantes. Sobre a gente não se culpar pelas escolhas que fez na vida, mas sim assumir a responsabilidade por elas. E Gwyneth, talvez fosse interessante pôr essa atitude em prática enquanto tenta resolver seus problemas com Simon esta semana.

Fleur se apropriou de todo o Gouda, cheirou o chá e o recusou, sacudindo a cabeça.

— Boa sorte. — Ela me deu um olhar cético. — Esse homem não me convence. Talvez Simon York seja brilhante ao lidar com bactérias e células cancerosas, mas, mesmo depois de *avisar* você que é imprestável para lidar com formas de vida avançadas, você vai e se apaixona por ele. Juro que não entendo isso. Por que as mulheres não acreditam nos homens quando eles confessam suas falhas? Por que acham que vão ser aquela capaz de finalmente mudá-lo? Mesmo depois de batalhões de outras mulheres terem beijado a lona, pensando a mesma coisa.

— As pessoas *podem* mudar — Kat retrucou, com os olhos faiscando. — Tenho a impressão de que ele já melhorou bastante e de que está disposto a melhorar ainda mais. Quanto a essa tal de Ducky, vamos evitar conclusões precipitadas. Afinal de contas, podemos mesmo confiar na mídia para saber a verdade? Tudo é tão sensacionalista nos dias de hoje. E ele admitiu ter ido um pouco longe demais para agradar à benfeitora. Não ajuda jogar a culpa só nele. Gwyn precisa assumir um pouco da responsabilidade por não ter definido as regras do relacionamento desde o começo. Responsabilidade, não culpa. Fortune diz que a culpa é uma parede de tijolos. E a responsabilidade é uma janela aberta.

— E eu sou uma porta que vai bater na sua cara, se você não parar de despejar essa baboseira nos meus ouvidos. Francamente, Kat, você é tão boboca. Fortune Simms não é nenhuma filósofa. Ela é uma máquina de marketing. Acertou na mosca ao se concentrar nos medos e dúvidas das mulheres, e ganha milhões com esses Band-Aids verbais, que...

— Chega, Fleur — Kat, sempre educada, cortou o discurso. — Não estou dizendo que você tem que concordar cegamente com a filosofia dela. Mas ela não chegou aonde chegou sem ter tocado em um nervo universal. Por que não extrai apenas aquilo de que precisa do que ela tem a oferecer?

Boa pergunta. Por que não?

"O amor é negociável." A citação para quinta-feira de Fortune tinha sido extraída de *Homens São Cocos,* etc., uma salada russa de duzentas e quarenta e quatro páginas misturando psicologia pop, misticismo oriental e horticultura estrambótica, que fui lendo no trem para Nova York.

Achei que, se ia dividir o sofá dos convidados de Fortune com o autor, Dr. Rao, no dia seguinte, deveria saber algo de sua teoria frutífera. Ele também poderia me dar algumas dicas para o meu encontro com Simon.

A idéia básica era a de que os homens são cocos — um organismo simples, com casca grossa, peludo do lado de fora e razoavelmente agradável do lado de dentro. Mulheres são romãs — complicadas, compartimentadas, em parte intragáveis e com um cerne de difícil acesso. Mas, quando se chega a ele, ah, a recompensa — as sementes do Nirvana, doces, picantes e suculentas. Os homens-coco querem que os relacionamentos sejam simples, de uma doçura uniforme. Quando surge algum problema, dão uma marretada nele e o expoem. Já as mulheres-romã cutucam, cutucam, cutucam, chupam e cospem, chupam e cospem, o que deixa os homens-coco malucos. O livro do Dr. Rao aconselhava as mulheres a atingirem as metas do relacionamento negociando à moda dos cocos: cortando de uma vez até o centro do problema e apresentando o cerne das suas preocupações, rápida e diretamente.

Uma plantação de abobrinhas ou uma estratégia brilhante? Iria descobrir quando conversasse com Simon. Estava preparada para cortá-lo em fatias.

Quando cheguei, só faltou uma banda de música me dar as boas-vindas. O apartamento estava impecável, como se a faxineira tivesse acabado de sair. Ao fundo ouvia-se uma rapsódia romântica e Simon até tinha acendido uma vela de baunilha na sala. Está passando da conta, pensei. Mas, mesmo assim, um lado meu ficou comovido com todo o esforço dele.

Aceitei o beijo, mas não retribuí.

— Precisamos conversar — disse assim que tirei o casaco.

— Claro, mas não tem pressa. Você fez uma longa viagem de trem. Põe sua camisola. Fiz chá com biscoitos. Que tal uma bandeja na cama? Faço uma massagem nas suas costas e você relaxa.

— Nem massagem, nem biscoitos.

Ele pareceu tão chocado que acrescentei:

— Quanto ao quarto e ao chá, OK.

Havia um sabonete de lavanda no banheiro próximo à minha toalha, e no meu lado da cama um vaso com rosas brancas e vermelhas.

— A florista me disse que vermelho significa paixão — Simon explicou — e branco, harmonia. — Esta última parte foi dita com suavidade, como se estivesse fazendo um voto fervoroso.

Não funcionou. Quando saí do banheiro, encontrei-o inclinado nos travesseiros, de olhos fechados. Ele deu uma palmadinha no cobertor, ao lado dele.

Sabia que se caísse nessa iria sentir o calor daquele delicioso coco peludo contra a minha pele, ouvir o sotaque britânico murmurar coisas doces, e acabaria por ceder. De modo que fiquei de pé, ao lado da cama, e falei. E ele abriu os olhos.

Disse como estava desapontada por ele ter tão pouco tempo para nós. Que era verdade que tínhamos agendas complicadas e que vivíamos em cidades diferentes, mas que, se era para continuarmos esse relacionamento, precisávamos nos esforçar mais.

— Se queremos que dê certo, precisamos investir mais nele. Porque os relacionamentos são construídos com base no tempo em que as pessoas passam juntas, e nós quase nunca ficamos juntos.

— Isso não é totalmente verdade — ele protestou. — Na realidade, nós nos vimos várias vezes desde nosso encontro em setembro. O fim de semana passado foi um desastre, concordo. Mas vamos recapitular. Perdemos duas semanas por causa da lumpectomia de sua amiga. É claro que não posso ser responsabilizado por isso. Depois foi Budapeste. Inevitável. E o fim de semana em Key West. Que tinha sido marcado antes de nos conhecermos.

Ele fechou os olhos, fazendo contas, suponho, porque depois disse:

— Nós nos vimos oito vezes em três meses. O que é bastante razoável, levando tudo em consideração.

— Dois ou três desses encontros duraram poucas horas. E pareceram ser puramente sexuais.

Os olhos dele se arregalaram.

— Esse é um comentário indigno de você, Gwyneth. Seja como for, tem razão quanto ao principal. Vamos nos esforçar mais. Agora mesmo. Já, já. — Ele saltou da cama, vestiu um roupão de seda e abriu espaço no meio da confusão de coisas na mesinha redonda ao lado da cômoda. Puxou duas cadeiras.

Pegamos as nossas agendas. A minha era eletrônica, de última geração, e ele a via com desconfiança. Aparelhos eletrônicos não eram o forte de Simon. Sua agenda era um primitivo livrinho com capa de couro marrom, provavelmente lotada de anotações feitas com os típicos garranchos dos médicos.

Marcamos quatro encontros para as próximas seis semanas. Dois deles eram de meio dia em Baltimore para Simon, um a caminho da Eslováquia, para tratar da recém-eleita primeira-ministra, e o outro na volta de uma consulta em Miami. E já tínhamos dois fins de semana inteiros anotados há algum tempo, o do réveillon em Manhattan e um em Baltimore, no fim da próxima semana, depois da apresentação dele na conferência do GRIA, em Washington.

Estava bom para mim. Pelo menos por enquanto. A longo prazo, não tinha certeza do quanto a distância entre nós não iria atrapalhar. Mas não era hora de sofrer por antecipação. O livro do Dr. Rao continha um capítulo inteiro dedicado a viver o momento — "o presente é um presente" era o título.

— Pronto — Simon disse, fechando a agenda —, muito bem. Várias datas para esperarmos ansiosamente. E agora — deu um sorriso cintilante —, mais alguma queixa? A hora é esta, meu amor. Vamos pôr as cartas todas na mesa e lidar com elas. Não quero nenhum assunto mal resolvido estragando nossa noite.

— Bom, temos o problema da exclusividade.

— O quê? — Seu sorriso se desfez.

Apesar de uma enxaqueca nervosa já começar a latejar em minha têmpora, continuei.

— Exclusividade. Pode ser que as coisas tenham andado depressa demais. Só estou pedindo que, caso você queira sair com outras mulheres, me informe, para que eu possa seguir as mesmas regras.

Ele deu uma risadinha sem graça.

— Regras? Outras mulheres? Sobre o que está falando, Gwyneth?

Fui em frente antes que tivesse tempo de me censurar.

— Ducky, ou melhor, Delores Franzblau. Ora, Simon, as coisas estavam bem claras na foto. Olha, não quero amarrar você. Se anda tendo dúvidas, eu entendo. — Bom, não muito. Mas ele não precisava saber disso.

Simon falou bem devagar, como se eu tivesse um problema de compreensão — ou falasse azerbaijano.

— Isso tudo só existe na sua cabeça, Gwyneth. Eu já disse que a Sra. Franzblau é a presidente da fundação que patrocina meu trabalho de pesquisa. É uma mulher simpática e rica. Só isso. Não precisa ter ciúmes dela. Nem de ninguém. — Ele engoliu em seco. — Mas, se quer sair com outros homens, não posso obrigar você a um compromisso. Só que não é o que quero. É o que você quer, Gwyneth?

— Na verdade, não — confessei.

A atmosfera pesada no quarto se dissolveu. Ele se inclinou e pegou minha mão.

— Então tudo isso só pode ser porque você tem medo de não ser amada. — O que poderia ser parcialmente verdade, mas também eliminava a responsabilidade dele. — É isso? Porque juro que você é amada. Muito, mesmo. Vem cá. — Levantou-se, me levantou e me levou para a cama. Em seguida deitou e ergueu o lençol para que eu deslizasse para os braços dele. Que eram quentes, fortes e reconfortantes. As mãos dele arrepiavam minha pele. Os dedos prometiam prazeres. — Me deixe provar a você. Pronto. Mais tranqüila? E que tal isso? E isso?

Pensei que o "isso" ia ser uma continuação do "aquilo", que tinha a ver com os lábios dele no meu... Surpresa! Ele esticou um braço por cima de meu corpo, abriu a gaveta da mesa-de-cabeceira e tirou uma caixinha.

— Para você — disse. — De mim.

Olhei para o lindo anel de ouro e jade aninhado no veludo.

— Uma prova do meu afeto. Toma, experimenta. Tentei adivinhar o tamanho do seu dedo, mas olha só, cabe direitinho. É para que você olhe para ele sempre que sentir necessidade de estar perto de mim. Preciso sentir você perto de mim, agora.

Enquanto estava deitada, enroscada em seus braços, ele murmurou:

— Estive pensando. Anos atrás, recebi uma proposta da Johns Hopkins para dirigir um laboratório lá. Recusei. Na época, não tinha motivos para me mudar para Baltimore. — E acariciou um seio. Roçou a boca numa orelha. — Mas agora tenho um motivo. Acho que vou ligar para eles. Ver o que está disponível. Explorar minhas opções. Que tal? — E aninhou meu queixo entre as mãos. Me olhando com olhos esperançosos.

— Amo você, Simon — disse sem fôlego.

— E eu você, querida.

Isso é que são preliminares!

E então, na verdade, quando tudo parecia estar perdido, as coisas entraram nos eixos. Inclusive eu, é claro. Entre os murmúrios de Simon — "Você não estava falando sério quando falou sobre sair com outros homens" — e seu sono pós-coito de oito horas seguidas na comportada posição de um papa morto, experimentei o Supremo Você Sabe — *duas vezes*. Pela primeira vez na vida.

Uma grande salva de palmas para a suculenta romã.

Na manhã seguinte, ele me acordou com um beijo para iniciar nossa lua-de-mel de duas horas. Ele estava feliz. Eu estava totalmente insana: uma mistura indiagnosticável de euforia, alívio, excitação e ansiedade. As palavras perfeitas de Simon, as datas marcadas nas agendas, o anel de jade e o sexo inacreditável tinham dissipado todas as minhas preocupações.

Ele preparou meu café-da-manhã. OK, somente granola e leite de soja, mas ele os despejou na tigela. Também me deu a página editorial do *New York Times,* o que não parece ser grande coisa, mas pense no gesto como o de um gato que deixa um rato morto aos seus pés. Pode não ser um presente que impressione à primeira vista, mas, considerando-o do ponto de vista do gato, é uma oferta de grande valor, um enorme sacrifício, e o que se acredita ser uma demonstração de amor da espécie.

Às dez, completamente energizado, ele me deu algumas instruções antes de sair para o laboratório. Me fez prometer que sairia do apartamento ao meio-dia porque a faxineira viria. Mostrou onde ficavam as toalhas limpas e me ensinou usar a ducha nova. Me lembrou duas vezes de não esquecer de verificar se a porta da frente estava trancada quando eu saísse. Não precisava trancar, só bater. Me perguntou tantas vezes se eu tinha mesmo guardado o bilhete de retorno do trem, que fui obrigada a tirá-lo da carteira e lhe mostrar, só para ele largar do meu pé.

Maleta de viagem sobre o ombro, cachecol Burberry sob o casaco, ele me deixou depois de um beijinho no rosto e de me lembrar que ia ficar comigo em Baltimore na próxima sexta-feira à noite, depois da conferência da GRIA em Washington. Como se eu pudesse me esquecer disso. Desejei um bom vôo até a Califórnia, uma reunião editorial produtiva e o acompanhei até a porta.

Depois de ter tomado banho e me vestido, mas sem me maquiar, porque meu rosto e meus cabelos ficariam a cargo dos profissionais do programa de Fortune, fiquei uma hora sem ter o que fazer. Estava com o que Fleur chamava de *shpilkes* e meu pai de bicho-carpinteiro. Passeei pela casa, espiei a coleção de CDs de Simon, tentei fazer as palavras cruzadas do *Times*, liguei a TV na CNN e observei as fotos na parede do escritório dele. Dei uma olhada nos livros empilhados atrás da impressora do seu computador para ver o que estava lendo. Pushkin. Agradável e ligeiro. Arre. Uma coisa chamada *Como as Mulheres Pensam*. Um poeta japonês de quem eu nunca ouvira falar. Um livro de fotografias chamado *Grandes Pontos Turísticos da Europa*. E, só porque Deus tem senso de humor, *Homens São Cocos, Mulheres São Romãs*.

Mas não olhei, por causa de um resto de indignação com as invasões de privacidade de minha mãe durante minha infância, em nenhum destes lugares: armários de banheiro, armários debaixo da pia da cozinha, gavetas, folhas impressas na sua escrivaninha, nem sequer o pedacinho de papel cor-de-rosa usado para marcar o livro *Como as Mulheres Pensam*, com “Meu querido Simon” visível sob a borda mal cortada. Embora admita que tenha sido duro ignorar este último.

Fiz xixi entre cada uma dessas atividades. Talvez seis vezes em uma hora. Até então todas as minhas aparições na TV tinham sido em estações locais. Fortune era vista por não sei quantos milhões de pessoas. A ansiedade encolhera minha bexiga, deixando-a do tamanho de um grão-de-bico e hiperativa.

Quando o telefone tocou, estava fazendo meu último — assim esperava — xixi. Corri para o telefone mais próximo no escritório de Simon pensando — juro — que era ele ligando para desejar boa sorte. Quando cheguei ao aparelho, a secretária eletrônica já tinha atendido à chamada. O volume, totalmente abaixado, só permitia ouvir um sussuro, que tanto podia ser de homem quanto de mulher. Inocente como um bebê, aumentei-o. E ouvi uma voz rouca de mulher dizer:

— Simon, é a Claire. Me perdoa por ligar para este telefone, mas tentei ligar para o seu celular e ele está desligado. Deixei uma mensagem na caixa postal de seu escritório, mas não sei quando você vai acessá-la. Enfim, estou no aeroporto de Denver prestes a embarcar, de modo que... *com certeza* vou chegar a tempo para jantar com você hoje à noite. Então pensei que, para poupar tempo, seria melhor passar pela sua casa por volta das cinco para ajudar você com a faixa e as abotoaduras. Estou louca para passarmos a noite juntos na sua casa. Preciso desligar. Amo você, querido.

Amo você, querido? Noite juntos? Eu conhecia essa Claire. A cientista do laboratório dele. Fiquei olhando o telefone, paralisada. Quando minhas pernas começaram a tremer, despenquei na cadeira da mesa de Simon, o coração disparado.

Obrigando-me a respirar, inspira-expira-inspira-expira, peguei o telefone e olhei o identificador de chamadas — rezando — para ver se a mensagem de Claire fora gravada há um ano e por qualquer problema eletrônico ressuscitara. Mas não, lá estava a informação, cintilando com segurança digital: Claire McKenna, 10/12, 11:54, e o número do celular dela. Isso me pôs em movimento. Cheia de adrenalina, peguei uma caneta na escrivaninha de Simon e uma folha de papel no montão do cesto de lixo. Escrevendo com grande dificuldade, anotei o nome completo e o número de telefone de Claire no verso.

Depois, porque agora a coisa estava mesmo preta e eu *a um triz* de fazer uma cena de programa de baixarias, alcancei a pilha de livros de Simon e puxei a nota "Meu querido Simon", esperando o pior. E descobrindo exatamente isso.

Meu querido Simon,

Só queria dizer o quanto adorei nosso longo e divino fim de semana. E estou devolvendo os óculos de sol que você esqueceu na minha varanda. Veja que os mandei pelo correio noturno. Achei que iria precisar deles na Califórnia. Sinto muito a sua falta, meu amor. A cama parece terrivelmente vazia sem você. Mal posso esperar que você venha para cá no Natal!

Amor e muitos beijos,

Jordan

Com a data da semana anterior, e, na margem inferior, junto a uma minúscula palmeira gravada em cor turquesa, o nome Jordan Conrad. Não havia dúvidas de que era a amiga de Key West.

Filho-da-puta. O brilhante, bem-sucedido, bonito, charmoso Simon York, por quem eu tinha me apaixonado perdidamente era, bem no fundo, onde deveria estar o seu coração, apenas mais um mulherengo. Não, *não apenas mais um*. Porque Simon não era um mulherengo comum. Da mesma forma como tudo na sua vida, a sua galinhagem era de primeira classe. Ele traía de modo espetacular. Merecia o Nobel da Traição. Duas, na ponta do lápis, *duas* outras mulheres. E eu sem enxergar um palmo adiante do nariz.

Mais firme agora, trincando os dentes, anotei ao lado do nome e do telefone de Claire: Jordan Conrad, Key West. Não fazia a mínima idéia do que iria fazer com essa informação.

Mas tinha certeza de que pensaria em alguma coisa.

Capítulo 36

Arrastei-me pelas horas seguintes por uma Nova York fria e garoenta, e o tempo horrível combinava com meu estado de espírito. Minhas lembranças eram uma colcha de retalhos: o motorista de táxi de Gana que me passou sua caixa de lenços-de-papel pela divisória entre os bancos, Fortune na Sala Verde chacoalhando as pulseiras e abaixando a cabeça com um turbante para me dar um beijo de boa sorte, o maquiador dizendo:

— Benzinho, você precisa parar de fungar porque seu lindo nariz está ficando vermelho, e se começar a chorar vai borrar esse delineador fabuloso. E, pode crer, ele não vale a pena.

O maquiador sabia. Fleur e Kat, assistindo em Baltimore, não sabiam. Depois, Fleur me disse que eu parecia um poço de tranqüilidade e que meu discurso estava totalmente coerente. Kat garantiu que eu tinha estado maravilhosa, mas que vira minha pálpebra direita tremer, o que interpretou como uma conseqüência do fato de o Dr. Rao ser acometido por um acesso de tosse para chamar a atenção sempre que a câmera me focalizava.

Fortune me apresentou como sendo não só sua ginecologista favorita, o que não deve ter feito Sam Goldsmith, seu médico e meu colega de Nova York, dar pulinhos de alegria, mas também como um exemplo de como mulheres de qualquer idade podiam ter um visual e uma vida excelentes. E terminou gritando:

— Auditório, a Dra. Gwyn parece ter cinqüenta e quatro anos?

— Nãããо — foi a resposta retumbante.

Que era a deixa para Fortune gritar novamente:

— Isso mesmo, essa é a aparência hoje em dia de uma mulher de cinqüenta e quatro anos. — Aplausos entusiasmados.

Então, se eu era tão maravilhosa, tão talentosa e um sucesso tão grande em cadeia nacional, por que Simon precisava de Claire, de Jordan e de uma mulher em cada porto para ser feliz?

Mas, enquanto a câmera me focalizou, não pude pensar a respeito. Fiz o que devia fazer. Liguei o piloto automático, cobri os temas da entrevista e somente recobrei a consciência antes do último intervalo comercial, quando percebi que o Dr. Rao mencionava o título do seu livro a cada duas frases. Decidi que onde come um, comem dois. Falei da minha falecida clínica, e de como o único serviço de atendimento médico para centenas de mulheres fora fechado por falta de verbas. Para explorar o coeficiente emocional, mencionei cânceres que se tornaram mortais e pequenos problemas transformados em problemas mórbidos por pura negligência. Quando terminei de falar, Fortune estava pegando os lenços-de-papel que mantinha na mesinha lateral e o Dr. Rao estava tendo um acesso de tosse.

Quando o programa terminou, ao lado da mesa do bufê para os convidados e a equipe, Fortune me encurralou.

— Impressionante — ela disse. — Você fez um excelente trabalho com a lista de resoluções saudáveis para as festas de fim de ano. E adorei o modo como defendeu a causa de sua clínica. Você conseguiu o equilíbrio perfeito entre a justa indignação e a compaixão. E tudo com grande sinceridade.

— Bom, estou realmente desesperada — respondi, dando um passo para trás para poder olhá-la nos olhos. — Enviei uma solicitação para a sua fundação. Não recebi uma resposta até agora.

Ela franziu a testa e achei que era por simpatia.

— Provavelmente porque este ano é dedicado aos países do Terceiro Mundo. A Fundação Fortune decidiu concentrar a quase totalidade de sua verba este ano em projetos na África, na América Latina e no subcontinente indiano. A diretoria da fundação não gosta que eu interfira porque tenho o hábito de tomar decisões com isto aqui. — Bateu a mão no peito e encolheu os ombros em um gesto que dizia "Azar, sinto muito".

Esse não era o meu dia.

— Agora — ela pegou minha mão —, você tem uma nova participação marcada para logo depois do fim do ano. Vai falar sobre resoluções de ano-novo para a saúde. Coisas do tipo marcar na agenda o teste de papanicolau, fazer o auto-exame todos os meses etc. E minha produtora vai falar com você sobre a possibilidade de uma participação regular no programa, talvez quatro vezes por ano. Acho que o que você tem a dizer é de importância fundamental para as mulheres e adoro o modo como se expressa, Gwyn. Você tem uma voz agradável e fala com autoridade. É isso o que minhas telespectadoras precisam ouvir, a voz de uma mulher em quem podem confiar porque ela confia em si mesma.

A gargalhada a seguir — mais uma bufada sardônica — foi minha.

E ela ainda ecoava na minha mente quando saí às pressas para pegar um táxi que me levasse não para a estação de trem, mas para o bairro de Simon. Se não pegássemos o trânsito pesado do fim do dia, eu teria tempo suficiente para sentar na primeira fila e ver o espetáculo oferecido por ele e Claire.

Por que estava fazendo essa viagem humilhante?

Qualquer júri do país composto exclusivamente por mulheres iria condenar aquele homem por mentir e me trair com pelo menos outras duas mulheres, com base na mensagem de Claire e no bilhete de Jordan. E eu não sou uma masoquista. Mas sou uma cientista.

Fui a garota que ficou em terceiro lugar na feira de ciências com um diorama representando o laboratório de Marie Curie em Paris e, quando cheguei à idade adulta, passei boa parte de minha vida checando dados repetidas vezes. Portanto, sou, por natureza, uma pessoa incapaz de tirar conclusões definitivas baseada somente em palavras de terceiros. Para declará-lo culpado, eu teria que ver Simon York com outra mulher na Rua 79th East, no exato momento em que ele deveria estar voando a cem mil metros de altitude sobre Indianapolis. E isso depois de ter descartado qualquer explicação razoável para a cena, ou anos depois, numa noite de inverno com neve caindo e o "Tema de Lara" tocando num rádio, eu poderia sentir um arrependimento mortal e achar que cometera um erro terrível, o que é muito pior no fim da vida do que a osteoporose.

Instalei-me na lanchonete que ficava quase em frente ao edifício de Simon. Há pouco mais de um mês, o interior da Friedman's Deli iluminara o beijo salpicado de neve com que pretendêramos romper nossas barreiras. Agora, a luz banhava a rua enquanto a noite caía. Sentada a uma mesa perto da janela, eu tinha uma visão clara da entrada do prédio, mas ele não me veria a menos que olhasse diretamente para dentro do estabelecimento.

Não estava com o menor apetite, mas paguei a consumação para usar o local.

— Rosbife em pão de centeio. Com maionese. — O garçom me mediu com olhos de cão farejador.

— Maionese não é uma boa pedida, minha flor. Rosbife, só com mostarda. E, se não se importa, não aconselho o rosbife para você. Não há nada de errado com o nosso rosbife. Eu diria mesmo que não deixa nada a desejar em relação aos melhores da cidade, mas o sanduíche tem duzentos e cinqüenta gramas de carne e vai pesar no seu estômago como um tijolo. Você não parece muito bem. Recomendo uma sopa com massinha. Igual à que a mamãe fazia. A minha mãe, não a sua. O tio Nate sabe o que diz.

Ótima idéia, Nate. Tive tempo de sobra para tomar minha sopa com calma. Quando acabei, comi um bolinho de passas. Se não me enganara nos cálculos, Simon e Claire iriam aparecer em menos de meia hora. Não era de admirar que ele tivesse checado várias vezes o meu bilhete de volta naquela manhã. Precisava ter certeza de que eu estaria fora da cidade quando aparecesse com a outra namorada.

Trinta e dois minutos depois, Simon saiu sozinho do prédio. Nunca o vira usando um smoking e meu coração idiota deu um salto. A maioria dos homens parece um garçom quando põe uma gravata-borboleta; pois aquele homem nascera para usar uma. Empurrei o prato com o bolinho para o lado, enjoada. Já estava provado que o acusado não se encontrava em um avião, nem a caminho da Califórnia, e que, no mínimo, mentira descaradamente para mim, Meritíssimo.

Depois, atrás dele, surgiu Claire, usando jóias suficientes para afundar um navio. Não consegui ver detalhes, somente o cintilar de várias pulseiras, brincos grandes e um colar maravilhoso por cima da capa de veludo preto. A moça não usava peles, condenadas pelos ecologistas, embora a temperatura estivesse abaixo de zero e uma neve fina como açúcar começasse a cair. Simon esticou o braço e a puxou para o seu lado, levando a mão sem luvas dela aos lábios. Culpado, culpado, culpado! Se eu caísse dura aqui e agora, será que tio Nate seria interrogado como suspeito?

Simon deu dois passos para a frente. Procurando por um táxi. Nada. Voltou para o lado de Claire e pareciam estar definindo uma estratégia. Logo depois de me abaixar para não ser vista, e enquanto espreitava por entre a cortina suja de comida e a janela, ele a deixou e atravessou a rua para o lado da lanchonete.

Agora ele andava de um lado para o outro em frente à janela central, de costas para mim. De repente passou batido, tão perto que pude ver que se cortara ao fazer a barba. Finalmente chamou um táxi e acenou para Claire, que atravessou a rua nos píncaros de saltos que só podiam ser dez. Ele tornou a passar à minha frente, enquanto o táxi estacionava, e, dessa vez, virou a cabeça, talvez para sentir o aroma do pastrami. Ou talvez — enquanto Claire passava o braço por sua cintura — para dar uma espiada na prostituta que vinha rebolando pela calçada.

Seja como for, seu rosto em close, estampando a feliz ignorância do fato de ter sido apanhado em flagrante, foi a última imagem que vi antes de tornar a me recostar no assento de curvim verde e fechar os olhos. Bastava. Tinha visto o suficiente. Não queria saber o que vinha a seguir — se Simon acariciara o braço de Claire de forma amorosa e íntima ao ajudá-la a entrar no carro, se a puxara de encontro a si no momento em que o táxi partiu. Quando abri os olhos e espiei novamente, só pude ver meu destroçado reflexo no vidro.

Quando liguei para Fleur no celular, ela não teve o menor escrúpulo em dizer:

— Eu sabia que tinha alguma coisa errada com esse cara. Por que você acha que ele nunca tinha tempo para te ver? É porque estava enfiando o pirulito em todas as mulheres que chegavam perto demais do dito-cujo.

Dei um gemido magoado.

— OK, lamento que tenha terminado assim — Fleur continuou —, mas fico feliz que ele tenha saído da sua vida. Você não precisa dele. Parecia a Catherine Deneuve na TV. Foda-se o filho-da-puta.

Solucei baixinho e tomei o que sobrara do chá. Nate, me olhando com seus olhos caninos cheios de carinho e compaixão, me deu um monte de guardanapos de papel junto com o troco, justamente quando Fleur dizia:

— Ele não merece suas lágrimas. Merece é um bom pontapé no rabo. Não só por sua causa. Ele também está enganando Claire não-sei-das-quantas e a mulher em Key West. Você tem que contar a elas.

— Pretendo fazer isso — respondi, assoando o nariz e recuperando a compostura. Procurei o papel dobrado na bolsa com os dados de Claire e Jordan. — Posso precisar de sua ajuda e de Kat.

— Conta com a gente, Gwynnie. — A voz de Fleur estava inequivocamente animada. — Vai ser um grande prazer para nós, pode crer.

Capítulo 37

Já em casa, desabei e dormi nove horas seguidas de um sono pesado e sem sonhos. Poderia ter dormido até o meio-dia da manhã de sábado se Fleur não esmurrasse a minha porta, me obrigasse a vestir um par de jeans e me arrastasse até a casa de Kat, no subúrbio, porque:

— Você precisa estar cercada por amigas que restaurem a sua autoestima, achincalhando com o homem pelo qual você fez a burrice de se apaixonar. A propósito, você está com uma cara horrível. Toda essa negatividade está acabando com o colágeno de sua pele. Sacode a poeira!

Bem que eu gostaria, mas a dor era tão profunda que não tinha forças para alcançar o espanador. Estava relacionada com a perda e com a sensação de estar perdida, depois de passar meses na ilusória Terra de Simon. Que uma parte de mim sabia ser um deserto emocional do tamanho do Saara. Mas, meu Deus, como eu iria sentir falta dos oásis.

A outra dor, talvez a pior delas, era a de me sentir uma perfeita idiota.

— Esperta, esperta, esperta — minha mãe costumava debochar do meu boletim com notas dez —, mas não tem cabeça suficiente para entrar em casa quando está chovendo. — Às vezes até mesmo uma mãe insana sabe mais do que a gente.

Kat não concordou com o meu autodiagnóstico. Quando me chamei de otária amorosa, ela brandiu o dedo para mim.

— Melhor ingênua do que cínica. Nunca lamente possuir um coração aberto. *Ele* é que é um idiota e um filho-da-puta — acrescentou com uma incomum falta de caridade.

Na verdade, ir para a casa de Kat foi uma boa idéia. Apesar de estar bem no meio da radioterapia, ela encontrara forças para decorar a casa para o Natal. Durante as festas, Kat sempre abandonava o estilo moderno pós-hippie e mergulhava de cabeça na cafonice da sua infância. Este ano, em especial, a decoração tradicional lhe serviria de conforto. Pelo menos foi confortante para *mim* ver que o mundo não tinha saído do seu eixo.

— Isso aqui está parecendo uma vitrine de loja — Fleur debochou. — Não sabia que havia tantas renas no universo. E a casa toda está cheirando como o banheiro feminino na estação central. O cheiro de pinho está me dando dor de cabeça. — Ergueu um porta-sabonete em formato de boneco de neve. — Nem posso acreditar que fraca como ela está tirou toda essa tralha do armário para decorar a casa.

Mas tudo isso foi dito com carinho. Fleur adorava Kat. Colocou um punhado de cebolinha picada nos ovos mexidos que preparou para a amiga. Cortou a casca do pão integral do mesmo modo que a avó de Fleurie fazia quando ela era menina. E até mesmo cortou uma das flores do bico-de-papagaio que estava na mesinha de centro para alegrar a bandeja que ia levar para Kat, que descansava no quarto.

Quando desceu, atravessou a cozinha e passou meu braço pelo dela. Eu era a próxima da lista.

— Larga esses pratos — disse. — Vamos lá. Temos trabalho a fazer.

* * *

— Vamos ver. Jordan C-o-n-r-a-d. — Fleur digitou no computador de Kat, no site da lista de assinantes de Key West. — Quantas Jordan Conrad podem viver em Key West?

Por incrível que pareça, duas. Jordan H. Conrad e um certo Dr. Jordan R. Conrad. O com o R. era um cirurgião plástico.

— Jordan é um nome que serve para os dois sexos. Você não acha que Simon é outro Stan, acha? — Fleur perguntou.

— Era só o que me faltava. Não, o papel de carta era rosa. Deve ser a médica — disse. — É ela que Simon iria querer passar na cara. — Anotei o telefone.

— Espera um minuto. Os cirurgiões plásticos sempre põem as suas fotos nos sites para mostrar aos pacientes em potencial que não vão obter os padrões estéticos de Quasímodo — disse Fleur. — Vamos ver se Jordan R. Conrad é um judeu com transplante de cabelo ou se é... bingo!... uma ruiva tremendamente atraente, formada pela Universidade de Dublin.

— Era de se esperar. — Mordi o lábio ao ver o maravilhoso par de seios dentro do decote em V do conjunto da Dra. Jordan Conrad, e nenhum sinal de aliança nos dedos que apoiavam um queixo maravilhosamente esculpido. Solteira e, baixando o CV em formato .pdf, pude calcular, com trinta e um anos de idade.

— Trinta e um! Ela é um bebê. Bom, essa é a pá de cal. Será que alguma vez tive chance nessa loteria de merda chamada amor? — perguntei, abatida.

— Só porque ela é jovem e bonita? Minha amiga, o fato de Simon comer qualquer coisa que tenha uma xoxota tem tanto a ver com amor quanto estupro com sexo. É um lance de poder. De ego. Quer mais uma prova? — Ela digitou algo com dedos hábeis. — Dr. Date é um site de encontros para médicos solteiros. Decidi fazer umas investigações depois que você telefonou ontem. E... *voilá*.

Li:

— "Distinto médico britânico de fama internacional procura companheira exuberante, compreensiva e carinhosa, que queira somente o que a vida pode oferecer de melhor — gentileza, consideração e um coração afetuoso." Ah, meu Deus. — Olhei para Simon, que me olhou de volta com olhos luminosos enquanto convidava a mim e a outras cinco mil mulheres para lhe enviarem um e-mail. — Meu Deus, Fleur, temos como saber quando ele se registrou neste site?

— Não. Mas ainda está registrado. Três meses depois de conhecer você.

— O que é essa coisa piscando?

— Essa coisa piscando é um ícone que diz que — ela espiou a tela — às 12:08, horário de Nova York, ou 9:00, horário da Califórnia, onde quer que ele esteja, seu lindo namorado está, neste exato momento, procurando por uma xoxota. E agora — ela girou a cadeira para me encarar —, acredita que essa traição dele não tem nada a ver com você e tudo a ver com a imundície de Simon, o Porco? Certo. Gosto da expressão no seu rosto. Como a de uma guerreira amazona. Lágrimas secas? Ótimo. Hora de ligar para Jordan Conrad.

— Pode deixar — disse. — Mas, primeiro, Claire McKenna. Você não estava fazendo um café? Vai pegar uma xícara. Não quero você resfolegando atrás de mim enquanto parto o coração dessa pobre mulher.

Levei somente alguns minutos para convencer Claire McKenna de que ela não era a única namorada de Simon. Ficou um pouco engasgada, mas nada surpresa.

— Estava mesmo imaginando quando o outro sapato iria cair. Achei que o tinha pego me traindo no ano passado. Mas ele jurou que não havia mais ninguém e eu queria acreditar nele. Merda. Bem que tive um pressentimento quando encontrei você — ela disse. — As mulheres sempre sabem esse tipo de coisa. E perguntei à queima-roupa. Ele me disse que eu tinha um problema em confiar nos outros.

— A mim também. Todas as mulheres de Simon têm um problema em confiar nos outros. Por que será?

— Claro que ele negou tudo. Disse que você era uma colega de Baltimore trabalhando com ele em um projeto muito importante.

— Trabalhando debaixo dele, para dizer a verdade. Ele *me* disse que você era uma funcionária do laboratório de pesquisa, e nada mais. Fez com que me sentisse uma paranóica por sugerir um relacionamento extraprofissional. "Nunca misturo trabalho com prazer, querida" — disse imitando o sotaque britânico de Simon.

— Mentiroso — Claire disse. — Mentiroso, calculista, trapaceiro mentiroso. — Os estalidos que eu ouvia do outro lado da linha deviam ser suas unhas sendo roídas. — Já ouviu falar de uma tal de Beata Karnikova?

— Bitti — disse. — Ela também?

— Tiveram um caso tórrido anos atrás. Meu palpite é que ele ainda estava casado e que foi o motivo de Cynara finalmente o abandonar. Ele jurou que estava tudo acabado. Mas, quando esteve em Praga no verão passado, não pegou o celular para me telefonar nem uma vez.

Isso não me era estranho.

— O nome Jordan Conrad te diz alguma coisa? — perguntei.

— A prima dele na Flórida? Ah, meu Deus, a prima também, não! O que é que há de errado com a gente?

Eu ainda estava trabalhando na resposta.

— Nada de errado — respondi, para nos animar um pouco. E dei o meu melhor palpite: — Simplesmente nos apaixonamos pela fantasia e não pelo homem. Acontece o tempo todo. Mas justiça seja feita a Simon: ele é muito bom na criação da fantasia.

— Pois espera só até eu colocar as minhas mãos na fantasia dele na semana que vem. Vou arrancar pedaços do corpo que ele nem sabe que tem. Só queria que ele voltasse mais cedo. Seria uma pena desperdiçar o pique em que estou.

— Ele vai estar aqui comigo na sexta à noite. — Um pensamento interessante e diabólico cruzou minha mente. Por que não? Por que não mesmo? — Você é muito bem-vinda em Baltimore, Claire. Podemos fazer um *ménage à trois*. *Isso* seria uma surpresa e tanto para ele, não?

Sem hesitar, Claire respondeu:

— Adorei a idéia. Rá! Maravilhoso! Na próxima sexta-feira. Estarei aí.

— Não na próxima sexta, nessa agora. Ele está planejando voar da Califórnia para Washington para o encontro da GRIA na sexta-feira. E vai passar a noite aqui.

— Não pode ser. Era para ele passar uma semana na Califórnia, até domingo — ela disse. — Não me disse que ia ao encontro da GRIA.

— Vai apresentar um trabalho — respondi.

— É impossível. Ele teria me dito. Eu saberia.

— Posso dizer sobre o que é a apresentação. — Virei a página onde tinha anotado os nomes e os telefones dela e de Jordan. — Tenho a primeira página comigo. Li quando voltei de trem para casa. Na verdade, parece interessante. Original. Uma abordagem inovadora na detecção do câncer ovariano. — Declinei o título quilométrico. Quando vi que o silêncio do outro lado da linha estava durando mais do que devia, fiquei assustada. — Claire? Você está bem?

— Pode ler a página toda, por favor? — ela finalmente disse num fio de voz.

Li.

— Onde conseguiu isso? — perguntou quando terminei.

— A folha de papel? Na cesta de lixo de Simon. No escritório do apartamento dele. Ele tinha impresso e jogado fora um monte de páginas. E eu precisava de um papel para fazer uma anotação. Peguei uma das folhas.

— Esse projeto é meu — ela disse. — Quem deveria apresentá-lo sou eu. Simon York vai aparecer na frente dos melhores cientistas do mundo neste campo apresentando um trabalho feito com a *minha* pesquisa.

Bom, isso não era incomum.

— Ele é o chefe. O diretor do laboratório de pesquisa — respondi com voz branda, para acalmá-la. — Você sabe como são as coisas no mundo da ciência. Acontece o tempo todo. Concordo que não dizer nada a você foi muito chato. Mas, enfim...

— Não, você não entende. Simon me afastou do projeto porque achava que a minha linha de pesquisa não tinha futuro. Fiz os testes mesmo assim. Passei quase um ano analisando tudo. E mostrei os dados que obtive há um mês. Ele ficou entusiasmadíssimo. Disse que meu trabalho era revolucionário. — Ela parecia estar prestes a entrar em parafuso. — Começamos a esboçar o projeto juntos. Devagar. Com cuidado. Você conhece as regras, Gwyneth. Ele iria ficar com uma parte do crédito. Mas agora redigiu tudo sozinho e vai ficar com o crédito todo.

Um gemido alto, como o ganido de um animal apanhado em uma armadilha, veio pelo telefone. Imaginei o rosto dela branco com o choque.

— Lamento muito por você — disse. — É uma coisa horrível para se fazer.

— Mais do que horrível. Meu Deus. Ah, meu Deus. — Cheguei a ouvi-la engolindo em seco. — Meu nome está na lista dos autores do estudo? Ele pelo menos me deu algum crédito?

Li o parágrafo inicial.

— Tem cinco nomes relacionados. O seu é o terceiro.

— Escondida — ela disse. — Sabe, ele já fez isso antes. Ouvi boatos. Nunca acreditei neles. Não conseguiria acreditar e continuar amando-o, mas a gente ouve coisas. E, se forem verdade, esta não é a primeira vez que ele rouba um projeto e recebe os louros de outra pessoa. Mas ele sempre se safa.

— Bom, você conhece o protocolo. Procure o chefe de Simon ou a diretoria à qual ele se reporta e exponha o caso.

— Por favor — Claire bufou —, eu nunca teria um julgamento imparcial. Simon é intocável no Brubaker. Seus amiguinhos nunca se desfariam dele. Ainda por cima ele é o astro da clínica, com todas aquelas cirurgias pagas que faz no jet set estrangeiro. Gera milhões de dólares para o hospital, anualmente. Sou só uma Ph.D. Ele é médico *e* doutor em medicina. Não é uma luta justa.

Suspirei, concordando.

— Que filho-da-puta! Me fodeu na cama. Me fodeu no laboratório. — A voz dela falhou. — Desculpe, Gwyneth. Não posso mais conversar. Isso é demais. Ligo para você mais tarde, OK? E obrigada. Sei que não foi uma decisão fácil telefonar para mim.

Ela desligou.

Depois do telefonema, vesti um casaco e fui andar no jardim de Kat. Estava fumegando de raiva. O cara traía minha confiança pessoal — até aí nada de novo: vide Stan, *op. cit.* Mas, sem querer minimizar o gesto de Stan, a promiscuidade de Simon era cruel, dolorosa e incrivelmente vulgar para um homem com uma fachada de elegância como a sua. Porém, infinitamente pior da sua parte era foder a profissão médica que eu amava. Isso sim, era o que me fazia ter vontade de estapeá-lo com uma boa luva e enfiar um florete na sua garganta.

Caminhei pelo jardim, relembrando a voz entrecortada de Claire, o que intensificou a minha ira. Fechei mais o casaco para me proteger da fria tarde de dezembro, e observei uma fileira de caules e corolas murchas, com a camada de cascas de árvore soltas sobre a terra adormecida. A estação das flores tinha passado. E, mesmo assim, enquanto caminhava, senti algo germinando. Algo perverso e maravilhoso. Que iria atingir Simon York onde mais doía: sua reputação. Devolvendo a Claire o que era seu de direito e satisfazendo a sede de vingança que eu pensava não existir em mim. Só era muito perigoso.

Mas perfeito.

Capítulo 38

— Uma a menos — Fleur disse duas horas depois de meu telefonema para Claire, sentada no canto da cama de Kat. — Falta Jordan Conrad. — E apontou para o telefone na mesinha-de-cabeceira.

— Por que a pressa? — Kat perguntou, encostando os travesseiros na cabeceira da cama. — Não são boas notícias que você vai dar para essa mulher. Você tem que se dar alguns dias para se recuperar, para assimilar essa loucura toda.

— E ficar muito deprimida — Fleur disse.

— Acho que não — respondi. — Depressão é raiva interiorizada. Minha raiva está bem aqui. — Na verdade, tinha aumentado desde que eu saíra do frio do jardim. No calor perfumado da casa, minha sanidade mental voltara. Decidi que minha idéia era um golpe ridículo. Arriscado demais. Eu só iria encostar Simon na parede pela cachorrada que fizera comigo, e depois tentar esquecer o assunto.

Pensava em voz alta enquanto ajudava Kat a ajeitar a bandeja no colo.

— OK, posso cancelar o telefonema para Jordan Conrad. Mas Simon são outros quinhentos. Ele vai telefonar antes da sexta-feira e quero que ele pense que nada mudou desde que trocamos um beijinho de despedida. Não quero que desconfie de nada. Ele precisa estar completamente por fora e bem na minha frente quando eu disparar a espingarda.

— Normalmente, eu recomendaria algo não-violento — Kat disse. — Mas, neste caso, estou com você e não abro. Senta a pua!

— É a radiação que está destruindo as células dela — Fleur comentou. — É a única explicação para a frase que acaba de sair dos lábios de Katherine "A Pacifista" Greenfield. — Pegou um biscoito do prato de Kat. Olhou bem para ele. E o colocou de volta no prato. — Tem uma coisa que está me incomodando. Tudo bem, você vai dizer a Simon que ele foi um mau menino, balançar o dedo para ele e mandá-lo embora. Mas, na minha opinião, desse jeito ele se safa muito fácil. Será que você não tem nada maior que uma espingarda? Um míssil rastreador, por exemplo? Afinal, depois do que ele fez com Claire McKenna, seu destino merece um clímax explosivo. E não me refiro aos do tipo que ele costuma ter com você.

— Sabem — respondi, sentindo a insanidade reaparecer —, às vezes acho que minha mãe estava certa e que nasci mesmo com uma mente maléfica. Porque, andando no jardim, Kat, pensei em algo que pode ser diabolicamente brilhante ou completamente louco. Algo que iria acabar com Simon e, ao mesmo tempo, dar uma grande vitória a Claire. O problema é que o risco é enorme. Todo o futuro profissional de Claire estaria em jogo.

— É claro. A pobre coitada ainda não sofreu o suficiente. Tenho certeza de que ela toparia no ato. — Fleur desistiu e devorou o biscoito.

— Ela é adulta. E parece ser inteligente — Kat disse. — Vamos deixar que ela decida.

— E a gente — Fleur disse. — Desembucha.

E expliquei tudo.

— Você tem que fazer isso — Fleur disse quando terminei de falar. — Claire vai adorar.

Kat parecia cética.

— Ou detestar. É uma idéia muito arriscada. E tudo depende dela — disse.

— Liga para ela. — Fleur estendeu a mão para o telefone.

A mão de Kat saltou do calor do edredom e segurou o pulso de Fleur.

— Devagar — advertiu, acalmando o ímpeto de Fleur. — Você precisa fazer isso pessoalmente, Gwyn. Pelo que descreveu, é uma manobra muito arriscada. O que exige ainda mais cautela e ponderação em seu planejamento. Claire precisa estar na sua frente. Você vai ter que analisar a resposta dela, ter certeza de que ela não vai perder o controle se as coisas se complicarem. Uma personalidade forte é fundamental para o plano dar certo. E você precisa olhar nos olhos dela para ter certeza de que ela entendeu muito bem onde está se metendo. Essa é a maneira responsável de agir.

Olhei para Kat, com o cabelo ondulado preso em um coque e os fios soltos emoldurando os zigomas salientes. Seu rosto, com a sua cor mediterrânea desbotada por um bombardeamento de isótopos, fazia dela um camafeu acima do tecido da camisola. Parecia uma deusa grega — Atena, a deusa da sabedoria. E, como sempre, acertara na mosca.

— Falar com ela pessoalmente. — Pensei nisso. — Mas estou com a agenda lotada de cirurgias nos próximos dias e temos que começar já.

— Por que não hoje? — Kat olhou o relógio. — Ainda é cedo. Ela pode embarcar no Metroliner e chegar aqui em algumas horas. E todas nós podemos entrar em ação. — Sua face abatida iluminou-se com a idéia de uma conspiração da pesada.

— Tem certeza, Kat? — perguntei. — Não quero sobrecarregar você.

— Vai ser bom para ela. — Fleur abriu um sorriso radiante. — Considere como entretenimento. Como uma novela: "Quando o Estômago Embrulha."

Liguei para Claire, que estava com o nariz entupido, como se tivesse andado chorando. Dei a ela informações suficientes para desobstruir suas vias aéreas superiores.

— Puta merda — ela disse e senti uma centelha de esperança em sua voz. — Estou a caminho.

Claire apareceu na soleira da porta de Kat com um visual muito elegante, bem nova-iorquino: cabelo com luzes feitas à perfeição, para dar a impressão de naturalidade, bolsa de grife, jeans de duzentos dólares e vários braceletes em cada pulso. Fleur a olhou de alto a baixo e torceu a boca em sinal de desaprovação. Cheguei a ouvir seu veredicto mental: "Falsa." Mas aí estava algo que Claire não era, e mais tarde Fleur admitiu que logo percebera o mesmo que eu tinha intuído ao telefone: Claire era uma pessoa autêntica. E também inteligente e determinada — além de estar furiosa, é claro. E o visual nova-iorquino era mais do que uma fachada. Ela se produzia *à la* Big Apple porque gostava, e ponto.

Trocou um abraço comigo e apertou as mãos de Fleur e Kat, que se vestira e descera para a ocasião. Em poucos minutos, Claire estava recostada na poltrona diante da lareira crepitante da sala, bebericando o uísque que preferira no lugar de vinho.

— Antes de mostrar o seu, me deixe mostrar o meu — disse com um sorriso irônico. Reunidas ao redor dela como garotas acampando, ouvimos sua assustadora história. Que já durava mais de um ano.

Para começar, disse, precisávamos entender que Simon dirigia um dos maiores e mais importantes laboratórios de pesquisa em seu campo. Todos os funcionários eram excelentes. Ela tivera a sorte — principalmente por ser mulher, sim, ainda nos dias de hoje — de ser escolhida para fazer parte do grupo. Há quinze meses, pensava estar no caminho certo e avançando a passos largos rumo à descoberta do tão esperado teste para detectar o câncer do ovário nos seus estágios iniciais. Centenas de pesquisadores em todo o mundo estavam atrás da mesma coisa. No começo, Simon a encorajara a fazer testes. Estavam apostando uma corrida contra o tempo e contra outros dois laboratórios, e ele pensou que ela tinha encontrado uma boa pista. Mas, como os primeiros testes não deram bons resultados, ele a afastou do projeto.

— Alguma de vocês também é cientista? — ela perguntou a Kat e Fleur.

— Kat é uma artista brilhante — respondi —, e Fleur é uma empresária muito bem-sucedida.

— Tenho uma loja de roupas para gordas — Fleur disse.

— Bom, Fleur, até você seria capaz de fazer as titicas idiotas de que ele me encarregava. E o que me deixava furiosa era que eu sabia — como você, Kat, sabe quando alguma coisa dá certo na sua arte —, eu tinha a certeza de que estava no caminho certo. Supliquei para que me deixasse continuar com os testes. Ele veio com a conversa mole de sempre sobre verbas limitadas. Sobre não poder ter favoritos. Mesmo me amando. — Olhamos uma para a outra com simpatia. — No fim, ele simplesmente me mandou parar. Mas não pude. Sabia que estava certa. Que só precisava de mais alguns meses. E continuei assim mesmo.

Fleur estava de costas, mexendo na lenha da lareira. E virou-se com a boca exageradamente aberta.

— Simon atende os pacientes no hospital de manhã — Claire continuou. — Assim, consegue tirá-los do caminho logo cedo. Entre dez e meio-dia chega ao laboratório e, devo admitir, às vezes passa a noite trabalhando. Mas eu tinha uma janela de oportunidade durante a madrugada, quando ele não estava lá, nem ninguém da equipe. Fui para aquele laboratório todos os dias às cinco da manhã, para ter três horas de trabalho antes de os madrugadores chegarem. — Sorriu à lembrança de sua astúcia. — E consegui fazer a pesquisa. Ninguém ficou sabendo. Há alguns meses consegui os dados que confirmavam meu palpite.

Tirou um caderno da bolsa.

— Meu caderno de anotações. Todos os detalhes estão aqui. É claro que ainda são necessários testes e pesquisas com seres humanos. Mas o material de base é sólido. Minhas conclusões vão ser comprovadas.

— E qual foi a reação de Simon quando descobriu que você tinha feito tudo escondido? — perguntei, imaginando a fúria dele.

— Ficou eufórico. Nas nuvens. Perdoou tudo. Simon é o ser humano mais ambicioso que conheço. E, afinal de contas, sou membro da equipe dele. Se ganho um Lasker, são grandes as chances de que o meu chefe ganhe um Lasker.

O Prêmio Lasker, expliquei a Fleur e a Kat, é uma espécie de Nobel americano.

— Na verdade, vários ganhadores do Lasker acabam também recebendo o Nobel.

Claire concordou com a cabeça.

— É *muito* importante. Foi então que Simon me disse para não contar nada a ninguém. Nem mesmo para os outros membros da equipe, que poderiam vazar informações. Nós não podíamos correr o risco de os laboratórios concorrentes descobrirem o que estávamos fazendo.

— E foi então que ele roubou o seu projeto — Kat disse, chocada. Durante todo o nosso relacionamento, ela sempre concedera a Simon o benefício da dúvida. Mas algo tão inescrupuloso, tão imoral, que afetaria a vida de milhões de mulheres? Duvidei que ela algum dia o perdoasse.

— Entendo que ele quisesse vencer os outros laboratórios e chegar em primeiro lugar. — Ela mexeu o gelo do uísque com o dedo. — Mas para me afastar do trabalho, me prejudicar em público. E foi intencional. Ele está apresentando o projeto como uma palestra adicional no congresso. — Ela explicou a Fleur e a Kat: — Palestras adicionais são aquelas que são programadas tarde demais para aparecerem no site do congresso. Eu verifiquei. Não está lá. Vocês não acham que isso já é...

— Passar dos limites — Kat acabou a frase por ela. — Presumo que haja dinheiro envolvido na história. Patentes. Direitos autorais.

— Para o cientista principal, uma descoberta dessa importância é o equivalente a ganhar na loteria — Claire disse.

— Como então, ele é um terrorista romântico. E um ladrão de créditos alheios. E se inserirmos o dinheiro na equação, um batedor de carteiras vulgar. — Fleur fumegava de raiva. — Ele precisa ser impedido. Vocês precisam expor esse homem. Baixar as calças dele em público para que todos vejam seu caralho murcho.

— Uau! — Claire caiu na risada. — Gosto do seu estilo. Era isso o que você tinha em mente, Gwyneth?

— Hipoteticamente — respondi. Fiz uma pausa antes de soltar a bomba: — Quero mostrar quem ele é durante o congresso da GRIA. Na frente de todos! Bom, não eu. Nós.

— Você só pode estar brincando. — Claire se inclinou para a frente, entornando o uísque. — Diante de todos os membros da GRIA, a nata dos pesquisadores ginecológicos?

— Gwyn tem um cérebro extremamente doentio. Temos muito orgulho da nossa menina. — Fleur se inclinou e deu um tapinha no meu braço.

Eu a ignorei.

— Vamos brincar de arrasa-o-cientista — disse a Claire. — Já que o projeto é seu, você sabe fazer perguntas a que ele não pode responder, certo?

— Sem dúvida alguma — ela respondeu, com as narinas dilatadas. — Simon conhece o básico da pesquisa, mas eu conheço as nuances. E — ela soltou a frase final no veloz ritmo nova-iorquino — tenho dados que ele nem sequer viu. Análises nas quais andei trabalhando nas últimas semanas que posso colocar em uma apresentação PowerPoint. Provas inequívocas de que sou a pessoa que deveria estar apresentando aquele projeto. Além disso — ela lambeu os lábios como uma mulher faminta em um bufê —, tenho uma carta na manga. Um ás. Que vai acabar com o jogo. Se fizermos tudo direito, Simon York vai se dar mal!

Ela se levantou de um salto e me puxou. Fiquei parada, com um sorriso indulgente no rosto, enquanto ela dançava uma salsa ao meu redor. No final, fez uma pirueta e me beijou no rosto.

— Ele nunca vai prever uma coisa dessas. Nem em um milhão de anos. Gwyneth, você é um gênio. Devo tanto a você.

Do outro lado da mesinha de centro, vi Kat me fazendo sinais, a deixa para eu dizer a coisa certa.

Deixei Claire desabar sorrindo na poltrona. Encostei-me na cornija da lareira e fiz meu melhor ar sério de mentora.

— Bom, acho que temos boas chances de conseguir que você receba o que lhe é de direito, mas gostaria que você estivesse consciente do risco envolvido. Eu não corro risco algum. O congresso é para pesquisadores, que não são a minha turma. Nem vou ser reconhecida por eles. Além disso, atuo na área do atendimento particular e vou estar segura mesmo se me reconhecerem. Você, por outro lado, está arriscando sua carreira indo contra Simon e os pesos pesados em público. É uma coisa que não se faz. Há uma grande possibilidade de que esse pessoal se volte contra você, o que a tornaria *persona non grata* entre seus colegas.

Claire abanou um guardanapo para refrescar o rosto afogueado. Podia ter sido a dança na frente da lareira que a tinha deixado vermelha como um pimentão do pescoço para cima. Ou, com quarenta e quatro anos, poderia ser um sintoma de perimenopausa. Uma idade avançada para correr um risco daqueles na carreira.

— Acho que não — respondeu. — Principalmente se Simon já tiver feito isso antes. Pode haver ressentimento entre os outros pesquisadores que ele prejudicou, e esta é a hora de explorá-lo. O pior cenário possível — ela bebeu o resto do uísque — é eu ser obrigada a ir trabalhar na Finlândia. Uma empresa farmacêutica anda há anos atrás de mim. Muitos euros. Se receber crédito pela descoberta, posso definir minhas condições contratuais. Sem falar que devemos isso a todas as mulheres que Simon York usou na vida. Como Jordan Conrad. — Ela deixou a frase no ar antes de continuar: — A caminho do aeroporto, liguei para ela.

— Ah, a engraçadinha de Key West — Fleur resmungou.

— Na verdade — Claire disse tranqüilamente —, ela parece ser legal. Sim, sei que ela é uma cirurgiã diplomada, mas tem voz de menina. Começou a soluçar quando contei que Simon andava transando com umas e outras. Na nossa idade, Gwyneth — ah, que merda, eu sabia que ela estava puxando o meu saco com esse "nossa" —, com nossa experiência de vida, nós só ficamos deslumbradas. Jordan ficou totalmente enfeitiçada. Ele disse a ela que estava lhe tentando arrumar uma posição no departamento de cirurgia plástica no Brubaker, para que ela pudesse se mudar para Nova York e ficar perto dele. Há mais de um ano está enrolando a coitada com essa história. — Claire revirou os olhos.

Fiquei envergonhada demais para confessar que tinha caído na conversa de Simon sobre a sua mudança para Baltimore. A lábia dele era incrível. Mas não tão incrível quanto a credulidade de certas mulheres.

— Jordan achava que Simon iria se casar com ela. Como se aquela porcaria de anel de jade fosse um anel de noivado com um diamante de quatro quilates da Tiffany's. — Claire enfiou a mão no bolso. — Presumo que você também ganhou um.

Fleur prendia a respiração há tanto tempo que seu rosto já começava a passar de lilás para roxo.

Revirei a minha bolsa.

— Logo na semana passada.

Colocamos os anéis lado a lado.

— Ele deve comprar no atacado em Hong Kong — eu disse. — De todos os tamanhos.

Claire deu uma risada melodiosa. E depois ficou séria.

— Já que estamos fazendo comparações, posso fazer uma pergunta pessoal?

Ao me ver hesitar, Fleur gemeu.

— Vamos lá, Gwyneth. Somos todas amigas. Pense que é como estar do outro lado, em uma daquelas suas pesquisas científicas que fuçam a vida dos outros.

Olhei para Claire e fiz que sim com a cabeça.

— Com você ele gozava de olhos abertos? — ela perguntou, com o rosto completamente vermelho.

— Oh, meus santinhos! — Fleur balançou na cadeira. — Isso é fisicamente possível?

Fiz que sim com a cabeça.

— Uma estratégia para criar um vínculo instantâneo e poderoso — especulei.

— O cacete — Fleur rugiu. — Com todas essas mulheres, ele abre os olhos para saber quem está fodendo naquele momento.

Quando as gargalhadas acabaram, Claire disse:

— Não entendo o motivo. Por que ele faz isso? Ter todas essas mulheres?

— Porque pode — Fleur disparou. — Ele é o todo-poderoso Simon York. No topo da cadeia alimentar. Mulheres são apenas luxos para ele, como voar de primeira classe.

— Deve ser mais do que isso — Kat disse, pensativa. — Porque nem todos os que podem *fazem*. Talvez ele tenha sido desmamado cedo demais. — Debaixo das vaias desdenhosas de Fleur, ela continuou: — Bom, é possível. Ele teve uma infância infeliz, certo? Talvez esteja procurando o afeto e o amor que não recebeu em bebê. E, agora que é um adulto, nunca se dá por satisfeito.

— Acho que Kat chegou bem perto. — Tinha pensado um pouco a respeito. — Minha impressão é de que Simon tem todas essas mulheres para evitar intimidade com uma só. Quero dizer, muita intimidade. Ele tem a conversa certa, mas viver dessa maneira o apavora completamente. De modo que pula de uma para outra...

— ... evitando intimidade. Acho que é isso mesmo — Kat disse.

Claire ficou quieta enquanto debatíamos o assunto, ouvindo e revirando os braceletes. Finalmente disse:

— O problema é que eu estava muito apaixonada por ele. — Olhou para mim. — E você?

— Estava perto disso — respondi.

Fleur interrompeu o momento de silêncio fúnebre que se seguiu com palmas rápidas.

— Muito bem, senhoras, o velório acabou. Temos trabalho a fazer.

— Certo — Claire disse. — Vou ligar para Beata Karnikova. Ouvi dizer que ela é implacável. Eu sei que nós três, mais vocês, claro — olhou para Fleur e Kat —, podemos fazer isso. — Segurou minha mão, apertou-a com firmeza e olhou bem dentro dos meus olhos com os seus, verde-esmeralda. — Isto é mais do que uma vingança — ela disse, com as íris em fogo. — Isto é justiça.

— Pois para mim, beira a vingança — Fleur disse. — Morte ao infiel! Enforquem o canalha!

Kat simplesmente acenou com a cabeça, em sinal de encorajamento.

— Vamos nessa — Claire disse.

Capítulo 39

Os quatro dias seguintes passaram correndo. Todas tínhamos uma missão a cumprir. Fleur deu retoques na apresentação PowerPoint de Claire e conversou com o gerente de conferências do Hotel Clay-Madison, que tinha a lista final das palestras adicionais a serem apresentadas — as quais incluíam, sim, uma palestra do Dr. Simon York sobre a detecção do câncer ovariano em seus estágios iniciais. E o Salão Colonial, onde seria feita a apresentação das palestras adicionais, possuía, sim, duas telas e um sistema audiovisual sofisticado.

Pelo telefone, Kat, que participara de um grupo de debates na faculdade, e eu, a melhor oradora do liceu Ferdinand C. Latrobe, treinamos Claire para confrontar Simon. E a instruímos sobre como se defender de cada possível reação indignada.

Consegui falar com Beata Karnikova pouco antes de ela embarcar para os Estados Unidos.

— *Zkurvysyne!* — ela o xingou depois de saber que tinha sido outra vítima do golpe amoroso mundial aplicado por Simon. O *zasranec* mentiroso tinha até reservado uma suíte para os dois passarem a noite de quinta-feira no Clay-Madison. — Mas é claro que a idéia de dormir com ele agora me dá nojo. — O que acabou sendo a desculpa perfeita para que ela mudasse seus planos e chegasse somente na hora de ver nossa vingança.

— Fomos todas umas otárias em cair na conversa dele, não foi? Mas o dia dele está chegando — ela disse. — Diga às outras que estou cem por cento do seu lado. Basta mandar um e-mail dizendo o que quer que eu faça.

Claire telefonou para Jordan Conrad e pediu que mantivesse tudo em segredo por mais uma semana — se Simon telefonasse, ela deveria fingir que estava tudo bem. Segundo Claire, ela choramingou muito, mas concordou. Em outra linha de frente, Claire ligou para uma amiga advogada no departamento jurídico do Kerns-Brubaker, que deu uma investigada e confirmou que Simon havia, sim, começado a discutir as possibilidades de solicitar uma patente para um novo tipo de teste de câncer ovariano. O nome de Claire não tinha sido mencionado.

E, falando em telefonemas, recebi um do próprio Casanova na noite de terça-feira. Todo cheio de amor para dar. Meu desempenho foi digno de um Oscar. Mais convincente, impossível. Dez minutos depois de nossa despedida melosa, Claire ligou para dizer que Simon acabara de ligar para *ela*.

Ele era realmente um cafajeste *zkurvysyne*.

Sexta-feira, 18 de dezembro, 13:45. Bitti Karnikova e eu chegamos praticamente juntas ao encontro marcado no toalete feminino do mezanino do Hotel Clay-Madison. Ela apertou minha mão com um único movimento firme e depois me surpreendeu com um beijo em cada face. Era uma mulher que eu classificaria não como bonita, mas como vistosa. Quarenta e poucos anos, ombros largos como uma cangalha de boi, traços eslavos generosos, simetricamente distribuídos sob uma prática cuia de cabelos castanho-avermelhados e brilhantes. Uma escolha interessante para Simon. Eu bem podia imaginá-la jogando-o por cima do ombro como um saco de batatas e carregando-o para o quarto para estuprá-lo. Não conseguia imaginá-la como alguém que fizesse o tipo dele — mas, por outro lado, quem não fazia o tipo dele?

— Lamento estarmos nos encontrando nestas circunstâncias — disse, afastando-se. — Um minuto. — Ergueu a mão, agachou-se para espiar o cubículo atrás de mim e depois checou os outros cinco. Para encerrar, abriu abruptamente e depois fechou a porta do banheiro para deficientes físicos. Estava me divertindo com toda esta coisa de espionagem da Guerra Fria. Depois me lembrei que Bitti tinha crescido na Checoslováquia ocupada pelos soviéticos. — Tudo limpo — declarou. — É importante tomar cuidado. Nunca se sabe quem pode estar ouvindo.

Como que para provar o que ela dizia, uma mulher vestida de preto dos pés à cabeça entrou pela porta e passou à nossa frente para arrumar o lenço da sua cabeça no espelho. Não usava maquiagem, nem jóias. Olhou para o meu reflexo enquanto eu a observava.

— Não me reconhece? — O sotaque era do Oriente Médio, com erres carregados e pouca entonação. — Meus amigos me chamam de Fátima. — Virou-se para mim e piscou.

A piscadela, revelando um lampejo de íris verde-esmeralda, acabou com o disfarce.

— Pelo amor de Deus, Claire, é você?

— A própria. Mas enganei você por um momento, não foi?

— Juro que não fazia a mínima idéia de que era você até ver a cor dos seus olhos.

— Achei que funcionaria de longe. Claire McKenna. — Sorriu e estendeu a mão para Bitti, que a cumprimentou com seu aperto de mão esmagador. — Decidi que não deveria disparar os alarmes de Simon, caso esbarrasse com ele no corredor.

— Um disfarce excelente. Hoje em dia cada vez mais se vêem lenços de cabeça. Alia Rashid é uma cientista brilhante e está coberta dos pés à cabeça por um *chador* — Bitti comentou, encostada na máquina que vendia tampões absorventes, de olho na porta.

— Bom, isto é só um velho terninho Valentino e um lenço que encontrei numa gaveta. E escondi a franja — Claire disse, examinando seus dentes no espelho. — A propósito, Simon já está na sala. Estava atrás dele no hall e o vi entrar. — Ela passou uma camada de batom. — Deixei passar alguns minutos e depois espiei a sala de reuniões. Quase todos os assentos estão ocupados. Quanto mais gente, melhor, na minha opinião. Vamos mostrar para o mundo o cafajeste que ele é. — Ela sorriu para seu próprio reflexo. — Meu Deus, não durmo há dias. Meu rosto está despencando de tanta ansiedade.

Uma adolescente entrou. Bitti esperou que ela escolhesse um cubículo, entrou em outro e deu descarga. Camuflagem sonora.

— Vamos lá. O tempo está passando. Precisamos nos mexer — Bitti disse. — Duas coisas boas. Primeiro, Angela Barola é a presidente da sessão. O que nos ajuda, porque Angela já foi funcionária do Centro Italiano Femminile. E é muito envolvida com o movimento feminista italiano. Se for necessário, ela vai ficar do nosso lado.

— Viva o nosso time! — Claire girou para pegar uma toalha de papel e remover o excesso de batom dos lábios. Percebi que seus gestos eram muito bruscos. Estava uma pilha de nervos. Olhos brilhando, corada. Não pude deixar de imaginar se não teria tomado uns uisquinhos no vagão-restaurante do trem para aumentar a coragem. Ou algo em forma de comprimido. — É disso que eu gosto, uma cientista totalmente subjetiva.

Bitti deu descarga em outro cubículo.

— Em segundo lugar, arrumei tudo com o rapaz encarregado do audiovisual. Os vários recursos são controlados por um sistema de painel de controle remoto. Na apresentação a seguir, Simon vai estar no pódio e seu PowerPoint será exibido na tela à esquerda. A tela à direita do palco — não se esqueça, à *direita* — foi programada para exibir os seus slides PowerPoint, Claire. Simples, não? Aqui está o seu controle remoto. E um crachá para você. — Ela chapou o primeiro na palma da mão estendida de Claire e prendeu o segundo na sua lapela. — E este é para você, Gwyneth. — Espetou o crachá no meu bolso. Por baixo dele, meu coração estava nervosamente descompassado. E minha boca seca como a de uma atriz prestes a entrar em cena.

— Tudo pronto, não? Vamos lá.

Saímos atrás dela como patinhos em fila atrás da mãe. Antes de abrir a porta, ela parou sem aviso e girou sobre os calcanhares.

— Vocês rezam? — perguntou e, antes de ouvir nossa resposta, fez o sinal-da-cruz. — Eu não, mas não custa tentar.

— Meu Deus — Claire murmurou atrás de mim. E não estava rezando.

Capítulo 40

Tratamos de nos separar. Claire se enfiou na última fileira à direita e se encolheu na cadeira. Encontrei um homem com um cabeção redondo como o do Charlie Brown e me escondi atrás dele. Bitti sentou-se no meio do corredor central. Não precisava se esconder.

Em poucos minutos a sala estava cheia e era possível sentir a expectativa do público. Os rumores eram de que Simon York estava prestes a revelar um avanço inovador na detecção do câncer ovariano em seus estágios iniciais. Era um evento importante. Bitti dissera que tinham afastado as paredes removíveis da sala para aumentar o número de lugares.

Angela Barola, a mediadora, levou alguns minutos para pôr ordem no recinto. Vestida com um conjunto sem graça e uma recatada blusa branca, Angela fuzilou a multidão com seus olhos abrigados por sobrancelhas que nunca tinham visto uma pinça na vida. Ela realmente parecia uma freira científica, uma daquelas mulheres que canalizam toda a sua paixão para a ciência, à qual seguem como se fosse uma religião. Fiquei animada ao ver que a apresentação que fez de Simon não foi tão reverente como provavelmente ele gostaria que fosse. Angela não parecia ser do tipo de mulher que se deixaria enfeitiçar por Simon.

Ao contrário de outras três mulheres que Simon conhecia e que, no momento, estavam livres do feitiço e prontas para a briga.

Encolhida na minha poltrona, tentando me esconder atrás do cabeçudo na fileira da frente, senti uma onda de calor menopáusico me invadir, deixando-me encharcada de suor e sem fôlego. Um fogacho clássico, muito comum sob estresse. Afastei o suéter de cashmere do peito, enxuguei o rosto e a nuca e olhei o lenço-de-papel molhado em minhas mãos. E continuei olhando. Não pusera os olhos em Simon desde a tragédia na lanchonete em Nova York e estava evitando fazê-lo desde que me sentara na platéia.

Contei até dez e me obriguei a olhar para ele.

Respirei fundo e lá estava ele, atravessando o palco, usando seu terno azul-marinho favorito e um novo bronzeado que provavelmente conseguira só Deus sabe em que praia da Califórnia, ao lado de só Deus sabe que californiana. Simon York. Meu Simon. O Simon de todas as mulheres. E percebi, enquanto analisava minhas emoções, que não doía mais. Estava livre da dor. Meus lábios estavam cerrados e meus ombros um pouco tensos. Mas não havia dor real.

Observei Simon mexendo no indicador a laser. Com os cabelos prateados e a covinha no queixo, ainda merecia, numa escala de beleza de um a dez, nota quinze.

— Senhoras e senhores — começou. A voz grave de barítono, o sotaque de Knightsbridge macio como veludo.

Simon clicou para exibir o título de sua apresentação. Procurei por Claire atrás de mim e a encontrei. Ela fez um trejeito com a boca, disse "meu" por mímica labial indicando o slide e fez o gesto de quem corta a garganta. Ele meneou a cabeça em direção ao fundo da sala. As luzes diminuíram de intensidade. Simon começou a falar.

Claire deixou que ele fizesse a introdução: cinco slides descrevendo os objetivos e os dados preliminares. Por um momento, quando ele se referiu ao trabalho como "nosso" trabalho e ao problema como o desafio que "nós" encaramos, pensei "*Ah, meu Deus, nós o julgamos mal*", achando que ele ia falar de Claire McKenna, a verdadeira heroína desta descoberta. Mas o nome de Claire em nenhum momento foi mencionado, e quando ele começou a descrever a metodologia usada nos testes passou a usar o onipotente *eu*. *Eu* calculei isso. *Eu* fiz a extrapolação daquilo. Eu, eu, eu. Ai, ai, ai... Claire já saíra de sua poltrona, e caminhava em direção ao corredor para pegar um dos três microfones disponíveis para perguntas e respostas. Vi que Bitti já estava posicionada ao lado do microfone à esquerda. Senti uma nova onda de calor se alastrar por meu peito. *Vamos lá, menina*, disse para mim mesma, *não desista agora*. E avancei na direção do terceiro microfone.

A interferência no palco aconteceu depressa demais para a platéia reagir. Não que os cientistas sejam seres particularmente rápidos. Mas se remexeram nos seus assentos. E quase deu para ouvir o som coletivo de duzentos pescoços se esticando para ver quem estava falando, enquanto Claire dizia e o microfone ampliava:

— Dr. York, preciso interromper sua exposição neste ponto.

Claire retirou o lenço da cabeça. Eu pigarreei. Bitti bateu no microfone para ver se estava ligado.

No palco, o orador ficou amarelo. Honestamente, foi um prazer ver o sempre inabalável Simon York perder a tramontana em público. Estava na cara que não conseguia perceber as implicações da cena à sua frente. Seus olhos passavam de uma mulher para outra. Claire. Bitti. Gwyneth. Juntas. Que diabos era aquilo? Pelo sorriso pasmo e o olhar acuado, percebi que ele sabia que estava em péssimos lençóis.

Levemente trôpego, agarrou-se ao pódio para se recompor. Depois, como uma marionete que se sacode para pôr as juntas no lugar, conseguiu se recuperar e manter razoavelmente a pose. Mas não a tempo de impedir o anúncio de Claire, que se apresentou como sendo Claire McKenna do Kerns-Brubaker Medical Institute, cientista sênior do laboratório de pesquisa dirigido por Simon York. E ela se sentia na obrigação de protestar contra a apresentação dele.

No início, a reação da platéia foi um silêncio chocado. Depois, uma onda de sussurros percorreu a sala.

Agarrada ao microfone, Claire se virou para a platéia.

— Sei que o que estou fazendo aqui não tem precedentes. Mas também sei que vocês são cientistas, para quem a verdade é sagrada. E, a bem da verdade, é imperativo que vocês vejam o que estou prestes a exibir. — Me remexi, temendo que o arranjo de Bitti com o cara do audiovisual de algum modo tivesse dado errado e o PowerPoint de Claire não estivesse pronto para passar. Trinquei os dentes quando vi seu polegar apertar o botão do controle remoto. Relaxei quando na tela atrás dela, sob o logotipo do laboratório Kerns-Brubaker, apareceu o ás que ela afirmara ter na manga, enorme e impressionante. Ela se virou para ler em voz alta:

Claire,

Lamento ter gritado com você ontem. Mas parece que não estou conseguindo fazer com que você entenda de uma vez por todas que a sua insistência em continuar as experiências com os testes do gene CA é pouco sensata, para dizer o mínimo. Não há chance de sucesso nisso. Sendo assim, não vejo motivos para continuarmos com essa linha de pesquisa.

Considere isto um aviso oficial de que o projeto está cancelado a partir de hoje. Vamos nos encontrar na segunda-feira para discutirmos pessoalmente como usar melhor seus consideráveis talentos.

Simon

Claire deixou passar um segundo e voltou-se para Simon.

— Dr. York, o senhor nega ter redigido esse memorando?

A sala silenciou sob o peso das respirações presas.

Estranhamente, os olhos de Simon pousaram em mim. Suplicantes. Como se eu o pudesse salvar. Dei um sorrisinho e encolhi os ombros. Ele balançou a cabeça, desconsolado.

— O memorando é meu — admitiu com voz baixa. Depois, mais alto: — Sim, sim, claro. Redigi o memorando. — Estava enrolando, ganhando tempo. — Mas — ergueu um dedo cujo tremor era visível até de onde eu estava — foi redigido num estágio inicial do projeto, e depois tivemos outras discussões que mudaram radicalmente minha opinião inicial.

Claire se balançava nas pontas dos dedos dos pés, como se mal conseguisse se conter para não saltar no palco e esganar o orador. *Vá devagar, Claire*, disse baixinho para mim mesma. *Você o agarrou pelos testículos. Não perca a compostura.*

Enviei vibrações positivas para que ela se lembrasse das instruções de Fleur e Kat no sentido de se ater ao assunto. Elas a tinham treinado sem descanso quase até o momento em que as deixáramos lá embaixo no bar do hotel, onde estavam esperando por nós, bebericando um vinho merlot e um suco de laranja, para celebrar ou nos consolar quando tudo terminasse.

Claire as deixaria orgulhosas.

— Não é verdade, Dr. York. A verdade é que o senhor mudou de idéia só depois que apresentei dados que comprovavam a minha teoria. Só depois — ela enfatizou o *depois* — que trabalhei no projeto durante meses sem o seu conhecimento ou aprovação. Só depois — ela apontou o dedo para ele — que apresentei provas definitivas de que os testes haviam tido um sucesso acima de minhas expectativas. Foi quando o senhor disse que eu tinha conseguido. Que tinha provado que o senhor estava errado. Disse estar feliz com isso. Que eu tinha me alçado à esfera dos grandes pesquisadores. "Um trabalho excelente", foram as suas palavras exatas. — A voz de Claire se tornou um sussurro. — Contou muito para mim ouvir essas palavras.

Tive a impressão de que toda a sala se remexeu desconfortável nas poltronas.

— Dr. York, o senhor se lembra dessa conversa?

— Claire — ele começou a falar, como se tivesse se esquecido de onde estava, como se estivesse na cama ao lado dela. Do outro lado do palco a cabeça de Angela Barola ergueu-se de estalo. — Dra. McKenna — ele se corrigiu. — Isto é um absurdo. Ridículo. A senhora contou com meu apoio, minha colaboração e minhas idéias a cada passo do processo.

— Essa é uma mentira deslavada e meu caderno de anotações prova isso. — Garota corajosa, a nossa Dra. McKenna. Ela exibiu o slide seguinte, que mostrava páginas do seu caderno com datas de semanas após o memorando. E em seguida outro slide com mais páginas de meses depois. Sabia que todos na platéia estavam esquadrinhando as assinaturas de Simon nas entradas datadas, procurando qualquer rabisco que indicasse que ele, como supervisor, sabia do trabalho, participara dele. Nada.

— Mesmo afastado deste projeto como o senhor se manteve, não me importei em dividir os créditos com o senhor. — Claire estava pescando a cumplicidade da platéia, como um promotor. — Eu sigo as regras. Mas o senhor era meu mentor. Eu confiei no senhor. Que nem sequer me informou que esta palestra seria feita hoje. Sua traição é uma quebra de...

Por um instante, achei que ela tinha engasgado. Mas não, alguém desligara seu microfone. O que provocou uma briga perto dos fios do som, e fui correndo para lá. Então vi que o cabo-de-guerra tinha sido vencido por Carolyn Dean, uma amiga minha do laboratório do Hopkins, uma mulher com a constituição de Fleur mas com mais músculos, que levantou o cabo elétrico em triunfo antes de ligar a tomada novamente. De volta ao microfone, consegui atrair sua atenção e lhe enviar um sorriso de agradecimento. Ela me retribuiu com um olhar de cumplicidade e um polegar virado para cima, e depois assumiu uma posição beligerante de pernas afastadas e mãos nos quadris perto dos cabos, para mostrar aos patifes de plantão que estava de guarda contra futuras sabotagens.

— Que vergonha! — No meio da platéia um homem de cabelos brancos se levantou para gritar e pensei que tínhamos vencido a batalha contra os velhos de gravata-borboleta. Mas seus gritos eram para Claire. Seu corpo e sua voz tremiam de indignação. — Não podemos permitir que esta palestra descambe para a anarquia. Insisto que a mediadora termine com esta demonstração vergonhosa e que o Dr. York continue com sua palestra.

Ninguém dizia a Angela Barola o que fazer. Ela assistiu à explosão com o cenho franzido, e acenou com a mão para dissipar o tumulto que se seguiu.

— Silêncio, silêncio — ordenou. — Vamos nos acalmar, por favor. Todos voltem aos seus lugares. — No fundo da sala um bom samaritano acendera e desligara as luzes várias vezes para impor ordem na sala.

Estávamos em uma encruzilhada. Agora tudo dependia de Angela, cujo ativismo em prol da justiça só se equiparava à sua veneração pela ciência. No nosso caso a causa era justa, mas os métodos extremos. Ela poderia seguir em qualquer direção. Acariciei a medalha de oratória do Latrobe que estava usando como talismã. Por baixo da corrente meu pescoço estava molhado de suor. Rezei para Santo Antônio de Pádua, que protege contra os naufrágios. O bom samaritano acionou novamente as luzes: ligadas, desligadas, ligadas, desligadas. Quando a sala se acalmou, Angela disse:

— Concordo com meu estimado colega que a contestação feita pela Dra. McKenna ao Dr. York em uma sessão pública é extremamente incomum, mas acredito que a divulgação de discordâncias é saudável para a comunidade científica. Na minha opinião, devemos prosseguir e ouvir os dois lados.

Sob um coro de protestos, ela se virou para uma antiga aliada. Bitti era famosa por manter a calma sob fogo cerrado.

— Professora Karnikova, a palavra é sua.

— Obrigada, Dra. Barola. — A voz rouca e com sotaque forte de Bitti se ergueu acima da algaravia reinante. — Peço a todos que não percam o essencial de vista. Se o que meus colegas — inclinou-se na direção de Simon e depois na de Claire — sugeriram até agora é verdade, este trabalho é tremendamente importante. Então, vamos voltar a ele.

Alguém gritou: "Apoiado!", e ouviram-se alguns aplausos.

— Uma pergunta, Dr. York. — Bitti agiu rápido. — Não tenho certeza se compreendi bem os dados exibidos no terceiro slide. — E, muito bem ensaiada por Claire, disparou uma pergunta que envolvia mutações genéticas germinais específicas. Era grego para mim. E estava na cara que era suaíle para Simon.

Ele olhou para ela. Nunca tinha visto aquele rosto brilhante ficar pálido antes, sua luz reduzida a um lampejo.

— Se me der um minuto para encontrar a referência — murmurou enquanto girava desesperadamente sua apresentação PowerPoint.

— É claro — ela respondeu. E esperou educadamente, alisando seu anel de jade, enquanto Simon revirava sem sucesso as anotações de seus slides e o murmúrio da platéia aumentava. Finalmente, ele ergueu os olhos arregalados.

Agora, Bitti, antes que percamos o controle, supliquei em silêncio.

Talvez ela tenha me ouvido porque, Deus a abençoe, disse com a dose certa de solenidade:

— Para ganharmos tempo, é melhor prosseguirmos. Dra. McKenna, será que pode nos explicar? — A platéia se calou. Claire clicou seu PowerPoint e exibiu um slide na tela.

— Aqui se pode ver que usei uma eletroforese de gel de gradiente desnaturalizante para o *BRCA1* — ela começou e depois lhes mostrou slide após slide, com dados recitados de memória, detalhes da sua metodologia, análises das suas descobertas. Não disse tudo, mas o suficiente para provar que conhecia o projeto como só o seu autor poderia. *Viva, Claire,* vibrei quando ela terminou de falar, sob uma considerável salva de palmas.

— Outra pergunta. — Esta era a minha voz, forte, segura, no corredor do meio. Inclinando-me para o microfone, me apresentei — Gwyneth Swanson Berke. Hospital Johns Hopkins. — Uma afiliação de trinta anos atrás, quando eu era uma residente, mas quem queria saber? O Hopkins era respeitado no meio dessas pessoas.

Um mar de rostos curiosos se virou para mim. Pude sentir o sangue pulsando em minha carótida. O batimento era irregular, mas eu não corria risco de vida.

— Essa mulher nem é membro da GRIA — Simon resmungou no palco.

Cravei meus olhos nele. *Ah, meu amor, a que ponto nós chegamos*, pensei. *Mas você me forçou, forçou a todas nós, com a sua arrogância, com seu orgulho desmedido. A hora da vingança chegou.* E foi muito bom. Naquele exato momento, percebi que por baixo de tudo — da educação, do título de Dra., da casa na praia e do suéter de cashmere — eu era uma garota de um bairro pobre de Baltimore. Malandra e boa de briga como todos os que freqüentaram a escola da vida, e, pela primeira vez em cinqüenta e quatro anos, orgulhosa disso.

— Mas me inscrevi na palestra — respondi, extremamente calma. Tinha pago a taxa de inscrição online naquela manhã. — Tenho todo o direito de estar aqui. Esta é uma sessão aberta.

— Um circo, isto sim — Simon resmungou.

— A Dra. Berke é uma oncologista ginecológica de renome e sua especialidade são tumores ovarianos — Bitti disse.

Angela Barola revirou os olhos.

— Continue, Dra. Berke — ela ordenou, sua voz abafando a respiração ofegante de Simon no microfone.

— Dr. York... — E fiz minha pergunta, baseada em dados novos que Claire não compartilhara com ele. Dados tão complexos, tão herméticos que, se me interrompesse no meio da pergunta, não saberia refazê-la. De modo que disse tudo de um jorro. E, como recompensa, recebi aquilo que tínhamos vindo buscar aqui — Bitti, Claire e eu — a completa e absoluta demolição de Simon York, cientista pesquisador e mentiroso de primeira categoria, perante um júri formado por seus pares. De *coup de foudre* a *coup de grâce* em três meses. Esse deveria ser um novo recorde mundial.

Simon não esperou que eu acabasse de fazer a pergunta. Já estava dando o fora dali quando cheguei ao fim. Com o rosto apopleticamente roxo, mãos frenéticas, agarrou as anotações no pódio, pegou a maleta na lateral do palco e saiu. Claire bloqueava seu caminho no corredor direito. Bitti estava no esquerdo. Acho que ele me considerou a menos ameaçadora de todas. E dirigiu-se direto para o corredor do meio, na minha direção.

Enquanto se aproximava, ignorando a multidão murmurante e espantada em ambos os lados, lançou-me um olhar do mais profundo ódio, cuja intenção era me desestabilizar. *Desta vez não, querido.* Fiquei ali, firme. Nem pisquei. Retribuí o olhar e, antes que ele pudesse se desviar de mim, tirei o anel de jade do dedo e o estendi na sua direção.

— Acho que isto é seu — disse, meiga.

— Sua vaca — ele cuspiu, em voz suficientemente alta para que todos ao redor o ouvissem. Alguém o vaiou.

— Antes uma vaca do que um cafajeste mentiroso — respondi, e observei sua mão direita se afastar por reflexo, com a palma estendida. Dava para sentir a intensidade do seu desejo de levar a coisa em frente. Mas ele acabou cerrando o punho, engolindo em seco e passando por mim.

Um médico já idoso, sentado perto do corredor, disparou em voz alta:

— Que coisa mais feia. York pode dizer adeus ao seu Nobel. É um homem com a reputação manchada.

Estou certa de que Simon o ouviu. Afinal de contas, o homem falara alto o suficiente para ser ouvido em Estocolmo. Mas prosseguiu em sua marcha furiosa para a porta de saída, acompanhado pelos olhos de duzentas pessoas. Quando a porta bateu com um estrondo, voltaram a olhar para os vivos, do mesmo modo que se faz em um enterro quando a tampa do caixão é finalmente abaixada.

— Agora — Angela Barola disse em um tom de voz que não admitia réplicas —, gostaria de continuar com a *sua* apresentação, Dra. McKenna?

E Claire os deslumbrou.

Capítulo 41

Foi durante a animada sessão de perguntas que decidi já ter ouvido o suficiente sobre bioquímica por um dia e escapei em direção à Sala Colonial, para contar as novidades sobre a derrota de Simon para Fleur e Kat. Tínhamos combinado de nos encontrar com Claire — Bitti ia presidir o debate seguinte — no bar Clay-Madison, mas quando atravessei o saguão vi as duas no fundo dele, Kat deitada em um sofá fofo e Fleur na frente dela, em uma poltroninha.

Fleur acenou com a mão, um pouco desanimada.

— Kat não estava se sentindo muito bem. E achei melhor procurarmos um local para ela descansar um pouco.

Que merda. Tinha avisado a Kat. Praticamente suplicara para que não viesse conosco essa manhã. Às nove e meia ela estava sob um acelerador linear, sendo bombardeada por raios X, e somente uma hora depois de ter passado por isso estávamos pegando-a no hospital a caminho de Washington. Depois da viagem, mais duas horas sentada no bar bebendo suco de laranja e mordiscando um hambúrguer de soja. O que tínhamos na cabeça? Como médica e amiga, deveria ter ignorado a insistência dela em nos acompanhar. Mataria Simon York se algo acontecesse com ela. Era o que pensava nesse momento.

Kat abriu os olhos.

— Estou bem — ela disse. — Fleur é a mulher mais medrosa do mundo. Toda aquela conversa sobre seus ancestrais terem enfrentado mares bravios em mil seiscentos e alguma coisa. Ela teria sido jogada ao mar no Cabo da Boa Esperança por amarelar sob fogo cruzado.

— Você estava com dores no peito — Fleur retrucou, irritada.

Kat sentou-se.

— No seio. Estava com dores no seio. Algo que o radiologista disse que poderia acontecer. Umas pontadas que acabaram depois de alguns comprimidos de Aspirina. Foi isso e o cansaço. A fadiga é um efeito colateral comum da radiação diária. Explica para ela, Gwynnie. Ela queria ligar para o 190. Boboca. Só precisei de uma soneca para me sentir nova em folha. O sono de ondas curtas é muito estimulante. Estou completamente recuperada. — Esticou o braço e puxou minha manga. — Agora conte o que aconteceu lá dentro.

— Só quero saber o seguinte: foi feita justiça para Claire e Simon? — Fleur perguntou.

— E você ainda tem alguma dúvida? — respondi.

— Vou fazer xixi primeiro — Kat levantou-se rapidamente — e depois quero ouvir tudinho, nos mínimos detalhes. Samba-canção ou sunga?

— Da última vez que o vi, samba-canção — respondi com um meio sorriso, sabendo que nunca mais confirmaria essa informação direto na fonte. — Simon usa cuecas samba-canção justas e pretas, de Ralph Lauren.

— Só o fato de você saber a marca já mostra que era um relacionamento doentio — Fleur murmurou. — Estou *tão* feliz que você tenha se livrado dele.

Vinte minutos depois, tinha contado a história toda nos seus detalhes divinamente escabrosos e estávamos ajudando Kat a vestir o casaco quando Claire saiu do elevador, conversando animadamente com um jovem usando um crachá da imprensa. Ela nos viu ao mesmo tempo que a vimos e seus olhos se iluminaram. Sussurrou algo para o rapaz e fez um sinal para que a esperássemos.

Caminhou em nossa direção com passos contidos e profissionais até que, faltando poucos passos para nos alcançar, começou a sambar e a estalar os dedos, dizendo em voz baixa:

— Conseguimos, conseguimos, conseguimos! — Houve uma profusão de abraços e ela acrescentou: — Desculpem por não ter ido ao bar, mas fui retida por várias pessoas que ou queriam me dar os parabéns, ou contar histórias horríveis sobre Simon, ou me oferecer um emprego. Puxa vida, que tarde, esta. Obrigada a todas vocês. Contou tudo para elas, Gwyn? Você parece um pouco esgotada, Kat. Senta aí. Vamos todas sentar. Você está bem?

— Ela está bem e nós maravilhosas — Fleur respondeu abruptamente. — Chega de delicadezas. Gwyn já nos contou como vocês três arrasaram lá dentro. Parabéns. Isso é bom demais. Agora queremos ouvir as histórias horríveis sobre Simon. A menos que você tenha que voltar para o seu novo namorado.

— Ele espera. Seu nome é Steve Não-Sei-Das-Quantas e ele trabalha para o jornal do congresso. Imaginem que o projeto e eu — tentou parecer modesta e falhou completamente — somos a matéria principal do número de amanhã. Que é entregue no quarto do hotel em que cada participante está hospedado.

— Simon vai cair duro quando receber seu exemplar. — E saboreei a imagem mental dele lendo sobre o triunfo de Claire, nosso triunfo, quando o café-da-manhã chegasse ao quarto.

— Bem que eu gostaria disso. Mas parece que ele não está sentado esperando que aconteça. Pelo que sei, já saiu do hotel. Uma das pessoas que me deu os parabéns disse tê-lo visto pegando um táxi com a mala e o laptop.

— Ah, isso é um pouco triste — disse a sensível Kat. E no mesmo tom de voz suave acrescentou: — Mas ele que se foda. Mereceu tudo.

Caímos na gargalhada.

— Anda, conta logo as histórias sobre o homem mau feito um pica-pau — Fleur insistiu.

— Bom — Claire inclinou-se mais para dentro de nosso círculo e disse com sua voz mais íntima, e senti invadir minha consciência, como um soco no estômago, o pensamento de que aquela também deveria ser sua voz na cama com Simon —, uma mulher me contou que Simon arruinou a carreira de uma amiga dela, uma microbiologista de Atlanta. Ele a afastou de uma pesquisa em que eles estavam trabalhando juntos. A diretoria abafou o caso, mas a coitada tentou se suicidar.

— Ele é mesmo um canalha de marca maior — Fleur disse.

— Outra história é sobre como ele tentou receber crédito por uma patente que não desenvolveu. Aliás — ela revirou a bolsa e pegou um cartão de visita —, um biólogo do Sloan-Kettering me deu isto. Seu cunhado é um advogado especializado em patentes. Ah, meu Deus, já ia me esquecendo da melhor novidade de todas. Um dos médicos do comitê editorial da *Ovary Today* me disse que vão definitivamente rejeitar o projeto de Simon e me convidaram para enviar o meu.

— Isso que dizer que ele vai voltar para Londres com o rabo entre as pernas? — Kat perguntou. — Tenho visões dele trabalhando em uma lanchonete, com as mãos engorduradas.

— Não vai chegar a tanto — respondi. — Ele ainda tem o ramo clínico. É a galinha dos ovos de ouro do Kerns-Brubaker e vai continuar arrecadando fortunas com as cirurgias de alto nível. E duvido que tirem o controle do laboratório das mãos dele, embora devam passar a observá-lo mais atentamente, não é Claire? Daqui a alguns anos, se descobrir alguma coisa importante, talvez volte novamente ao topo. Mas não acho que vá receber seu Prêmio Lasker, não com essa mancha em sua reputação. E, sem Lasker, não há Nobel. Ou se torna muito pouco provável. De modo que causamos algum dano a ele.

— E não se esqueçam de que colocaram um cadeado no pinto dele — Fleur comentou. — Porque agora ele vai pensar duas vezes antes de montar um novo harém.

Claire olhou na direção de Steve.

— É melhor voltar para a minha entrevista. E quero participar do debate que começa logo depois. Já contei que decidi ficar até o fim do congresso? É o melhor lugar para se fazer contatos, e eu preciso achar um novo emprego logo. Tenho três semanas de férias a tirar, assim não preciso voltar ao laboratório e encarar o Maligno, mas depois disso a mocinha aqui precisa trabalhar. Já falei com vocês sobre a oportunidade na Finlândia, mas estou em dúvida. Herb Korets, da MicroPharmaceutics em Pittsburgh, disse que eles têm uma vaga no departamento de pesquisa e desenvolvimento. E tem alguém de Israel que quer me encontrar para tomar um drinque hoje à noite. Trabalha em um superlaboratório nos arredores de Tel Aviv e está procurando um novo diretor.

Sou capaz de jurar que vi as orelhas de Fleur se empinarem.

— Alguém de Israel? Gwyn conhece um adorável médico israelense. Será o mesmo?

— Dvora Garon? — Claire perguntou.

— Dvora é um nome feminino — comentei com Fleur, dando um sorriso presunçoso. — Não, não a conheço. Mas não acho que você vá para a fila dos desempregados, Claire. É uma decisão importante. Escolha com cuidado — aconselhei. — Você tem uma carreira brilhante pela frente. Vejo um Lasker no horizonte.

— Um Lasker? Por que não um Nobel? Estamos falando de câncer. Inúmeras vidas salvas — Fleur disse. — O Nobel dá dinheiro?

— Dez milhões de coroas suecas, mais de um milhão de dólares — respondi.

— Bom, não vá se esquecer das velhas amigas.

— Fleur! — Kat exclamou.

— Pelo amor de Deus, eu estava brincando. Kat está perdendo todo o senso de humor. Está na hora de irmos embora.

Levantamos em grupo. Claire disse, com os olhos marejados:

— Será que eu já disse que amo vocês? Porque amo. Vocês são mulheres maravilhosas. São como irmãs para mim. Mais do que minha própria irmã, que vive no Oregon e não fala comigo. Todas temos os e-mails umas das outras, certo? O de Bitti também? Vamos manter contato, prometem? Não apenas trocar cartões de Natal.

Prometemos, trocamos beijos e ela saiu correndo para a sua entrevista, deixando-nos em meio a uma nuvem de perfume Escada.

Na garagem, Fleur comentou com voz melodiosa, toda inocente:

— Quem sabe Claire não aceita o emprego em Israel? O clima de lá é bom. Você pode ir visitá-la, Gwyn. Passar um tempo lá. Rever velhos amigos.

Bem feito para mim, por fazer confidências para Fleur.

— Por que não? — ela perguntou. — O caminho está livre, com Simon fora dele. Você disse que esse tal de Ben-Gurion era um doce de pessoa, que ele achou que seus ombros eram duas montanhas arredondadas ao luar ou outra baboseira do gênero. E que ele era fantástico na cama. Sem falar que está a mais de doze mil quilômetros de distância, de modo que você não precisa catar as meias dele no chão. O que mais uma mulher pode querer? O Hanukkah é na semana que vem. Liga para ele. Para desejar muitas *latkes* crocantes.

— Você é *meshuga,* Fleur — respondi, roubando uma de suas palavras favoritas. — Por que simplesmente não põe uma arma carregada na minha mão? Eu e os homens somos uma combinação fatal. Só resulta em dor e sofrimento.

— Desta vez concordo com Gwynnie — Kat disse. — Ela precisa de uma folga. Descobrir por que vive escolhendo parceiros tão destrutivos. Passar um tempo explorando sua *gestalt*.

— Um tempo, não. A eternidade. Chega de homens. Aprendi minha lição com Simon.

— Ari Ben-Não-Sei-Das-Quantas não é Simon. Ele é prata noventa. Vá lá, *kessef* noventa — Fleur insistiu. — Só estou dizendo para pensar no assunto. Não vale a pena gastar alguns de seus excelentes neurônios pensando na hipótese de procurar o cara?

— Vale, vale — respondi. Mas disse isso só para que ela largasse do meu pé, porque a idéia era completamente absurda.

Capítulo 42

Cheguei à conclusão de que abrir mão de Simon era igual a deixar de fumar, algo que eu conseguira fazer há vinte e cinco anos. Lembrava-me que a abstinência física era mais fácil de suportar do que a psicológica. A física é superada pelo corpo na primeira semana ou quinzena, mas a psicológica demora muito mais e corrói a resolução como uma lenta tortura.

Para ajudar com a parte psicológica, Kat saiu e comprou outro livro do Dr. Prasad Rao, o guru de Fortune e autor de *Homens São Cocos, Mulheres São Romãs.* Este outro se chamava *Quando a Fruta Apodrece: Um Guia para Terminar um Relacionamento Organicamente*, e me obrigou a beber litros de chá verde, fazer meditação — mas me recusei terminantemente a usar os enemas que ele recomendava — e usar um elástico no pulso para me dar uma estilingada sempre que pensasse em Simon. Tudo o que precisaria fazer, quando a imagem de um lindo Simon surgisse em minha mente, era dar um *plect!* e trocá-la pela imagem dele vindo em minha direção, com olhos injetados e saliva escorrendo pelo canto da boca.

Mas havia outros problemas mais profundos. O que me levava a escolher homens tão destrutivos. Primeiro Stan, agora Simon. Como eu decidira que homens com sérios problemas eram meu ideal de perfeição, com os seus sotaques chiques e cuecas de grife. Mesmo que nunca mais namorasse um homem novamente — o que parecia ser uma idéia brilhante —, de acordo com Kat, o meu autoconhecimento poderia mapear e talvez redirecionar o meu rio emocional interno. E ela conhecia um profissional que podia ser meu guru. Escolhi outra solução.

Tracy, minha manicure, ponderou, enquanto passava creme hidratante na minha mão direita:

— Na minha humilde opinião, você teve uma mãe fria e distante. Durona por fora, mas por dentro muito assustada e insegura. E também muito imprevisível, certo? Então você passou a infância tentando fazer o possível e o impossível para que ela a amasse. Mas ela era louca de pedra e incapaz de amar alguém. Coloca a outra mão na água. E o que é que uma criança sabe da vida? Você continuou insistindo, batendo com a cabeça nessa parede de gelo, por assim dizer. Pois bem, agora você é adulta e se sente atraída por homens malucos e imprevisíveis. Que por fora são muito educados e sofisticados, mas por dentro são completamente inseguros e fazem você de boba, mentem para você. E você não pode confiar neles, assim como também não podia confiar na sua mãe. Fica com a mão parada, ou eu vou estragar a camada de base. Mas você acha que se insistir e fizer tudo direitinho isso vai fazer com que eles te amem, sejam fiéis e parem de mentir e magoar você. Mas eles nunca vão ser capazes de dar a você o que você precisa, certo? E você está condenada ao fracasso desde o começo do relacionamento, a menos que decida que vale mais do que isso. Pensa nisso. Encanto Puro ou Creme Francês?

Alguns dias antes do Natal, almocei com Kat para comemorarmos o fim da radioterapia.

Ela enrolou um fio de macarrão integral no garfo.

— Está se saindo bem em relação a Simon? Quero dizer, não está tendo dúvidas ou ficando obcecada como de praxe quando um namoro acaba, está?

— Para quê? Acabou e pronto. — O que era quase a mais pura verdade. Às vezes, ouvindo o sotaque impecável do âncora da BBC News, precisava dar um *plect* no pulso com o elástico.

— É assim que me sinto sobre meu câncer — Kat disse, fazendo uma comparação oportunista. — Acabou. Não penso a respeito. Para que perder tempo? Fiz tudo que pude. Agora preciso me concentrar em fortalecer a minha resistência. Descobri um comprimido de extrato de papaia que dizem estar carregado de antioxidantes e ginseng para dar energia.

Coisa de que ela precisava, porque a exposição estava programada para daqui a duas semanas.

— Tenho tecido como uma louca. Joel e Dirk, os donos da galeria, vão deixar uma área livre até o ultimo momento para que eu exponha esta tapeçaria. Ontem fiquei três horas seguidas no tear e depois fui com Summer ao shopping comprar o enxoval do bebê. O primeiro ultra-som está marcado para meados de janeiro, de modo que não sabemos o sexo ainda. Estamos comprando coisas em branco e amarelo. E roxo. Agora fazem roupas de bebê roxas. Adorei isso.

— Você e Summer estão se dando bem?

— *Comme ci, comme ça.* Acho que ela ainda não se recuperou do meu ataque de nervos. Eu disse coisas muito duras. Mas o que importa é que somos mãe e filha. E ela precisa de mim. Vai precisar mais ainda quando o bebê nascer.

— Então você não se arrependeu em relação a Lee, o Escultor?

Kat tomou um golinho do suco de laranja.

— Este é outro “para quê?”. Provavelmente Lee, o Escultor, está passando as noites em uma discoteca ao lado de uma estudante universitária de vinte anos de idade. Eu fui só um interlúdio interessante. Uma experiência. Como uma viagem na Máquina do Tempo.

— As discotecas saíram de moda em 1982. E aquele homem não te considerava uma experiência, de jeito algum. Lee não parece alguém que brinca com os sentimentos dos outros. Era óbvio que estava se apaixonando por você. Você sabe que ele deve estar magoado.

Kat espiou por cima dos óculos de leitura que todas usávamos para ler os cardápios.

— Mas agora sei que ele está melhor sem mim. Olha, foi bom enquanto durou. Mas talvez alguns romances não sejam para durar para sempre, não é? Lee e eu. Você e Simon. O que quero dizer é que nem todos os namoros dão certo. Os que mais pegam fogo são os que queimam mais depressa. Pelo menos é essa a minha teoria. Enfim, teria sido bom ter passado mais tempo com Lee — encolheu os ombros —, mas mesmo assim fiquei com uma coisa maravilhosa para recordar quando estiver mais velha e mais grisalha.

Passou os dedos no colar de âmbar.

— Podemos parar de falar sobre homens? Com o meu amor perdido e o seu amor perdedor, o assunto fica muito deprimente. Por outro lado, não é fantástico saber que a sua experiência recente enriqueceu o seu autoconhecimento e que agora tudo o que você tem a fazer é aplicar esse autoconhecimento? O ano-novo está chegando. Recomeço. Celebração. É isso o que a sua amiga Fortune Simms diz. Aliás, Fleur e eu estamos planejando passar o réveillon em Annapolis. Vamos dar umas voltas por lá e voltar a tempo de ver os fogos de artifício de Inner Harbor na varanda dela. O prédio de vocês é o melhor lugar para isso. E você pode vir com a gente.

O réveillon na capital de nosso estado é um grande festival que acontece principalmente nas ruas da cidade, com comida, música e teatro de ambulantes. Costuma atrair sobretudo famílias, com bebês em mochilinhas, crianças correndo por todo lado, narizes escorrendo com o frio. Suspirei.

— O réveillon vai ser divertido — Kat insistiu, olhando compadecida para mim. — Sinceramente, vai ser ótimo. Não posso agüentar a sua decepção também, além da de Fleur. Ela estava esperando passar o réveillon acompanhada. Ela já te contou que saiu com outro homem na noite passada?

— Não. Nem uma palavra. — Fiquei chateada por Fleur não ter me contado. Nós três éramos as melhores amigas uma da outra. Senti uma pontada de angústia adolescente. De novo deixada de fora.

Kat deve ter percebido que fiquei sentida e apressou-se a explicar:

— Ela não tem certeza se isso vai dar em alguma coisa, por isso não está falando sobre ele. Foi uma coisa que deixou escapar depois de três taças de vinho merlot. Seja como for, pelo pouco que ela disse, esse cara tem tudo para ser o tal, alguém de quem ela gosta mesmo. E é claro, sendo Fleur como é, pensou que ele ia convidá-la para passarem o réveillon juntos depois de alguns encontros, mas ele não convidou. Por isso, ela não tem escolha senão ficar com a gente. Pobre Fleurie. Se ele não voltar a telefonar, ela jura que vai desistir de *O Plano*. Dessa vez, para sempre. Se esforçou tanto, e até agora praticamente não saiu da estaca zero. — Os olhos violeta de Kat se franziram acima de um sorriso irônico. — Mas, também, que plano funciona como deveria?

A semana entre o Natal e o ano-novo é a melhor época para um cirurgião pôr o pé na estrada. Podendo escolher, a maioria das pessoas adia a cirurgia para janeiro, de modo que as salas de operação do país ficam quase vazias e muitos médicos tiram férias.

Grandes férias. Tudo que eu varrera para baixo do tapete durante o tempo em que me ocupara exclusivamente com Simon simplesmente explodiu na minha cara. Entre os cartões de Boas Festas, estava uma carta de recusa da última instituição subsidiária a avaliar minha solicitação de fundos, a proposta que Dan me ajudara a redigir. Isso acabou com os meus sonhos de reabrir a clínica. E só Deus sabia a falta que ela fazia. Apesar de uma manifestação de protesto — a minha própria paciente, Freesia Odum, carregando uma placa com os dizeres "Cure o Hospital Covenant", fora entrevistada na TV —, a decisão era definitiva. As portas do hospital seriam fechadas no primeiro de abril. E depois havia o meu pai. O Natal passara. Não havia mais desculpas. Não podia mais fechar os olhos para o assunto. Ele *tinha* que ir para um lar de idosos.

O que me obrigava todos os dias a acordar às sete para revirar Baltimore com a assistente social de Dan, a competentíssima Michelle Isaacs. Dirigimos de Seven Oaks para Birchwood e Maple Grove, as casas nas árvores, como eu as chamava, lares de idosos astronomicamente caros, com unidades de Alzheimer em cores chamativas, onde meu pai poderia viver a sua segunda infância. Os melhores eram extremamente depressivos e Michelle ia apertando meu braço cada vez com mais força ao sentir meu instinto de fera acuada despertando.

— Não posso fazer isso — disse, na metade do primeiro dia.

Michelle voltou o seu olhar para mim. O meu aspecto devia refletir como eu me sentia.

— Vou virar no próximo retorno — ela respondeu. — Você tem razão. Talvez seja demais de uma só vez. É o tipo do remédio difícil de engolir, em grandes doses.

— Eu quis dizer que não posso pôr o meu pai num desses lugares.

— Você não quer pôr o seu pai em nenhuma das instituições que vimos hoje — ela repetiu o que eu disse, mas com uma entonação que deturpava o sentido da frase. — Compreendo, mas, honestamente, é só uma questão de encontrar uma combinação perfeita para ele. Vamos tirar uma folga amanhã e tentar de novo na quarta-feira.

Ela não compreendia coisíssima nenhuma, mas assenti, exausta. Para que tentar explicar? E na quinta-feira já tínhamos visto alguns lugares decentes. Michelle estava toda animada.

— OK, estamos nas listas de espera. Agora só falta aguardar até que surja uma vaga.

Ela disse isso às três da tarde da véspera do ano-novo. Às seis, Fleur e Kat me arrancaram do meu canto.

— Ah, não, Gwyneth — Fleur rugiu. — De jeito nenhum você vai passar o réveillon sozinha. Se a gente te deixar aqui, você vai chorar a noite inteira com a cara enfiada no travesseiro. Você vem com a gente. Isso é uma ordem. — Enfiou para valer as unhas no meu braço e me puxou.

Então, no começo coagida, me arrastei pelas ruas festivas e geladas de Annapolis, onde os músicos tocavam, atores fantasiados gracejavam, tocadores de gaitas de foles faziam o seu número e a multidão se empurrava. A luz elétrica das falsas lanternas do século dezoito fragmentava-se em confetes sobre a multidão, mas eu devia estar com um ar tristonho, porque uma mímica com o rosto pintado de branco correu em minha direção e puxou com os dedos os cantos da boca escarlate, como que dizendo "Sorria". Eu sorri e depois de algum tempo senti... bom, que talvez tivesse voltado a fazer parte da raça humana.

E então, uma surpresa. Estávamos andando pela calçada, bebendo copos de chocolate quente, quando Fleur parou tão bruscamente que entornou um pouco do dela no casaco.

— Rápido. Do outro lado da rua. Com o cachecol xadrez. Kat, você nunca o viu. Esse é Dan Rosetti, o geriatra favorito de Gwyn e meu, e a paixão de minha mãe.

Era mesmo Dan, de braço dado com uma loura usando um casaco comprido e botas.

— Ele é uma gracinha. Cabelo bonito. Aquela é Connie deCrespi? — Kat perguntou.

— Que pode ir se foder — disse Fleur. — Só que parece ter melhores opções. Graças a mim, a idiota.

— Epa — eu disse, quase engasgando com o meu chocolate quente. — Até onde eu sabia, vocês duas eram inseparáveis. Você não jantou com ela na segunda?

— Jantei. Depois, na quarta, encontrei uma conta na minha correspondência pelos seus últimos conselhos legais. A mulher deveria ter me dado um desconto por eu tê-la apresentado para Dan. Em vez disso, cobrou as horas em que fomos juntas comprar sapatos. Então, ontem à noite, eu telefonei para ela. Mas de cabeça fria, juro!

Eu bem podia imaginar.

— Só que a mulher tem um gênio de cão. Quem poderia adivinhar? Seja como for, discutimos e ela acabou me dizendo que, se eu tiver um problema com a conta dela, envie uma reclamação para a Ordem dos Advogados, e desligou na minha cara. Era essa a minha suposta amiga. E é neta de uma condessa. O que prova que berço nem sempre é sinônimo de classe — Fleur disse, me dando um olhar significativo. — É claro que nunca mais vou falar com ela. Infelizmente, agora não vou saber como está indo o namoro dela com Dan. Tenho vontade de bater com a cabeça na parede por desperdiçar um homem tão bom com uma fulaninha dessas.

— Bom, eles parecem muito agarradinhos — disse Kat. — Braço dado. Quem é a morena que está junto deles?

— É a irmã de Connie, Tessa. Herdou os genes bons. — Fleur deu uma olhada. — Humm. Tessa fez uma plástica desde a última vez que a vi. Decididamente, no nariz.

— Ela está do outro lado da rua — eu disse. — Nesta multidão mal consigo enxergar um palmo adiante do nariz. Você conseque identificar uma plástica de nariz do outro lado de uma rua apinhada?

— Até do outro lado do Grand Canyon — Fleur respondeu. — Olhe, eu não vou sair daqui, mas, se quiser ir lá falar com eles, fique à vontade. Não me importo.

— Quer saber? Não quero — disse. — Não consigo pensar em uma maneira mais deprimente de começar o ano-novo do que sendo simpática com Connie deCrespi. Não só ela foi uma safada com você, como também agarrou um dos últimos homens bons do planeta.

— Você tem razão. A maioria dos bons já foi fisgada e, na nossa idade, até mesmo o cardume dos maus já vai encolhendo. Dá pouca vontade de pôr o maiô. — Fleur se apoiou em mim sob a luz da rua enquanto víamos o trio entrar em uma padaria.

— Isso é que é astral de ano-novo — Kat disse. Eu estava perto o bastante dela para sentir seu calafrio.

— Quero ir para casa — eu disse. — Quero *mesmo* ir para casa.

E então fomos. Estávamos de volta ao meu condomínio bebendo champanhe quando o telefone tocou. Todas saltamos. Peguei o fone, pensando *Ó Deus, meu pai*. Mas era Harry Galligan, imaginem. Então, decidimos convidá-lo para se juntar a nós.

O convite não foi idéia minha. Foi de Kat.

Harry estava telefonando de uma festa do FRESH em Annapolis que, como chefe do comitê recreativo, ele tinha organizado. Mas um bando de cônjuges rejeitados não fazem uma boa festa, razão pela qual ele estava farto e prestes a ir para casa. A menos que...

Fizemos uma rápida conferência cochichada longe do telefone. Eu decididamente não estava a fim de companhia masculina. Estranhamente, Fleur lavou suas mãos. Mas Kat nunca tinha se encontrado com Harry e queria conhecê-lo, pois tinha pena dele.

Ela acabou por levar a melhor e ele se juntou a nós na varanda, passando um braço confortante ao meu redor. Eu tinha comentado ao telefone que Simon e eu tínhamos nos separado e que não queria mesmo falar sobre o assunto, mas Kat, à falta de assunto mais adequado a uma virada de ano, resolveu lhe contar a história em detalhes. Fleur ficou por perto mas não falou muito. Ela demorou para simpatizar com Harry. Pobre homem. Não tinha idéia de que representava todo um sexo caído em desgraça na noite mais romanticamente sensível do ano.

Levantei para ir me deitar depois dos fogos de artifício, deixando Harry e Fleur jogando Scrabble. Com um ar exausto, Kat disse que também iria dormir e dirigiu-se para o meu quarto de hóspedes.

À meia-noite e meia o telefone na mesinha-de-cabeceira me acordou. O identificador de chamadas só mostrava um prefixo e uma localização, cidade de Nova York. Simon, pensei, tinha entornado Glenfiddich demais em alguma festa de gala, e estava telefonando para me xingar. Ou — não dava para saber com Simon — para declarar o seu amor eterno. Tenho orgulho de dizer que nem por um momento cogitei de tirar o telefone do gancho, apesar de ter passado as três horas seguintes me revirando nos lençóis e amaldiçoando a sua alma infiel.

Na manhã seguinte, ouvi a mensagem da meia-noite na minha secretária eletrônica. Era Claire telefonando do seu apartamento. Estava alegre com o vinho, sem companhia, feliz com isso, e só queria nos desejar melhores dias. Comecei o ano caindo do cavalo.

Capítulo 43

Na quinta-feira seguinte, às seis e dez da tarde, saí do frio congelante e entrei no ambiente aquecido e com aroma de vinho da Bentley-Zindell Gallery para me juntar à multidão animada na abertura da exposição de Kat. Meu plano era ficar no máximo quarenta minutos na exposição, pegar o trem para Nova York, chegar ao hotel por volta das onze da noite e estar descansada o suficiente para a minha participação de fim de ano no programa *Good Fortune!* no dia seguinte.

Peguei uma bebida, esquadrinhei a galeria em busca de um rosto conhecido e encontrei Kat circulando entre os convidados, recebendo os elogios com o sorriso cético que era sua marca registrada. Ela tinha depilado as sobrancelhas para a ocasião e elas se curvavam como o alto de um ponto de interrogação quando dizia "Acha mesmo?" em resposta às mil e uma variações sobre o comentário "Maravilhoso. Seminal. Tão vibrante. Adoramos seu trabalho."

— Fico feliz que tenha vindo — ela repetia sem cessar, estendendo a mão que se escondia debaixo da capa de cashmere mesclado que tecera ao completar cinqüenta anos, e que só usava em ocasiões especiais. A lã tinha sido um presente de aniversário de Fleur e meu.

— Ela está deslumbrante. A lã valeu cada centavo — Fleur disse, surgindo ao meu lado, com um copo de bebida na mão.

Quando nos viu, Kat nos puxou para um abraço dentro da capa, como se fosse a Mulher Maravilha.

— Amo vocês. Estou tão feliz em vê-las. Dá para acreditar no tamanho desta multidão? Conseguimos. — E afastou-se, flutuando como uma nuvem, um cúmulo em tons de roxo e prateado, para cumprimentar o crítico de arte do *Washington Post*.

Kat conspirou com os donos da galeria para programarem o coquetel de inauguração no mesmo dia da Primeira Quinta-feira em Baltimore, uma tradição mensal das galerias de arte na Rua Charles, a principal artéria comercial do centro. Todas ficam abertas até tarde, oferecendo queijos e vinhos, e os *connaisseurs* vagueiam entre uma exposição e outra. Estava com ela quando Joel, um maioral no ramo das galerias, lhe disse:

— Vamos convidá-los para o coquetel enquanto ainda estão sóbrios e com fome, maravilhá-los com sua magnífica arte em fibra e meter a mão na mufunfa. Desta vez não vamos cobrar barato, Kat. Seu trabalho está de babar.

Com efeito, Fleur parou para salivar na frente de uma tapeçaria enorme chamada *A Terra Curativa*, que ela rebatizou como "Torta Floresta Negra".

— Não, falando sério. Está vendo as dentadas na beira e o coco ralado no alto? Quase dá para sentir o gosto.

— A sua dieta já está durando demais — respondi.

— Não o suficiente. Faltam seis meses e vinte e cinco quilos para chegar ao alvo, depois entro em modo de manutenção.

— Mas já se vê a diferença. Dá mesmo para perceber.

— Ainda quero me livrar do queixo duplo. Mas, como pode observar, o terceiro queixo desapareceu. — Ela ergueu o elegante perfil dos Talbot para mim, franziu os olhos e disse: — Pela madrugada, olha só quem entrou rolando na sala. Você vê o que eu vejo? Ora, ora, *alguém* engoliu uma melancia.

Summer, usando uma bata de gestante azul-marinho e um arquinho xadrez nos cabelos, acenou para nós do outro lado da sala, mas não deu um passo em nossa direção.

— Ela que venha até nós! — Fleur fungou de desdém, espanejando o ar com o aceno mais fingido na história dos olás. — Ela que venha apresentar os seus respeitos. Ela que vá tomar... hã... a bênção de Kat. E quero só ver como ela caminha com aquele Graf Zeppelin preso na cintura. Está só com quatro meses e já está imensa. Será que vai dar à luz um filho de King Kong?

— Ela está com um senhor barrigão, realmente, mas isso não é incomum na primeira gravidez.

— Senhoras — uma voz conhecida surgiu por trás de meu ombro direito. Virei-me e entrei no microambiente repleto de água-de-colônia do meu ex-marido.

É difícil admitir isso, porque mostra o meu lado mesquinho da época que se seguiu à Traição, mas eu costumava sonhar em ver Stan com a exata aparência com que estava hoje.

Ele era o retrato de Dorian Gray, sem tirar nem pôr. Todas as rugas expostas, com a palidez profunda de quem sofre de insônia e bolsas debaixo dos olhos, queixo flácido, pescoço pelancudo, com as peles do papo caindo em pregas sobre o decote do suéter de tricô. Tinha perdido tanto peso que o couro cabeludo tombara para a frente, revelando (e Fleur encarando na maior) uma faixa artificialmente reta de tufos de cabelo pixaim transplantado. Que ele tingira. Sabia disso porque estavam negros nas pontas, brancos nas raízes e desbotados no meio.

— Você está maravilhosa — ele disse a Fleur.

— Você também — ela conseguiu responder. — Verdadeiramente incrível.

— Perdeu peso.

— Você também.

— Hum-hum. Dieta?

— Atkins. E você?

— Não foi dieta — ele respondeu.

Fleur desviou o olhar constrangido para um ponto ao longe.

— Ora, ora. Não é a Summer quem está na mesa do bufê? E sem o Tim. A mamãezinha está sozinha e tenho certeza de que ela não faz a mínima de idéia de como conversar com estes esnobes metidos a entendidos. Vou até lá dar uma xeretada e descobrir se ainda continua vomitando. Melhor ainda, vou perguntar sobre as hemorróidas. As mulheres grávidas são obcecadas pelas suas hemorróidas, não são, Gwyn? E é um bom tema de conversa para me manter longe da comida. — E fugiu, abandonando-me na companhia de Stan, que estava bebendo o seu vinho.

Peguei na outra mão de meu ex-marido.

— O que está acontecendo com você? — Observei-o, não como esposa, mas como médica. Olhei o branco dos seus olhos. Ergui sua mão e examinei suas unhas. É possível obter uma quantidade de informações observando as unhas de uma pessoa. Felizmente, as de Stan estavam rosadas, sem rachaduras ou ondulações. Mas seus dedos esqueléticos estavam frios e, se não tomasse cuidado, iria perder seu anel de formatura. — Você está magro demais, Stan. Já consultou Blumenstein? — Nosso clínico geral.

— Já, fiz uma consulta com Blumenstein e ele disse que estou bem. E não é o que você está pensando, se é o que está pensando. Sou negativo. Sei que pareço estar morrendo e tem dias, Deus sabe, que gostaria de morrer, mas não vou.

Estranho, agora que estávamos separados, conseguia ler seus pensamentos. Numa consulta recente, o meu oftalmologista dissera que a minha visão para longe melhorara com a idade.

— Brad?

Brad, o Breve. Faltando uma semana para as românticas férias de fim de ano planejadas em Aruba, Brad dissera a Stan que estava apaixonado por um universitário de dezenove anos que preparara uma vitamina de frutas para ele numa lanchonete do shopping.

— Dezenove anos de idade e um cérebro do tamanho de um amendoim. Juventude e beleza, como se luta contra isso? — Ele balançou a cabeça com um sorriso irônico. — Você desejou que isto acontecesse comigo, benzinho? Não que eu não mereça.

Acho que isso era o mais perto que Stan iria chegar algum dia de um pedido de desculpas.

— Ninguém merece isso — respondi, um modo indireto e curto de dizer que não aceitava totalmente essas desculpas.

— Verdade. É uma tortura. Não há outra descrição melhor para isso. — Ele pegou um camarão de uma bandeja. — Pensei que tinha uma vida com Brad. Acreditava sinceramente que venceríamos as dificuldades, que são muitas para pessoas como nós, e que ficaríamos juntos até morrer. O que me deixa doido é que nem em mil anos eu teria previsto esse desfecho. — Ele disse isso para mim, para *mim*, sem um pingo de ironia. — Onde é que eu estava quando ele e o Rapaz Abacaxi...

Enquanto ele continuava naquilo, percebi que estava ouvindo mais sobre os desejos e sofrimentos íntimos de Stan do que nos nossos vinte e seis anos de casamento. E era muito mais do que agora desejava saber.

— Minha solidão tem sido imensa — Stan disse. — Ele levou até o cachorro com ele. Então, o que faço agora? Não estou interessado apenas em... — Mas mudou de rumo, pensando duas vezes antes de discutir sobre encontros em bares e transas de uma noite com a ex-esposa. — Quero um relacionamento sólido. Como é que a gente recomeça tudo aos cinqüenta e seis anos?

Era uma pergunta retórica? Talvez estivesse mesmo pedindo conselhos, e, se eu fosse uma pessoa melhor teria respondido: “Lamento muito que Brad tenha abandonado você. Lamento muito que você esteja sozinho, sofrendo e recomeçando a vida aos cinqüenta e poucos anos. Posso fazer alguma coisa? Indicar uma boa manicure para uma boa chamada à realidade? Emprestar a lista de Fleur dos dez melhores lugares para se encontrar homens? Ligar para Faith Shapiro e ver se ela tem algum jogador de beisebol alto e gay para apresentar a você?"

Mas ainda estava me reerguendo daquela queda nos degraus do porão de Crosswinds alguns anos atrás. Sem falar nos vinte anos de um casamento falso. Meu estoque de simpatia por ele não era grande. Ó meu Deus, será que eu desejara que isso acontecesse com ele? Por mais de um ano, desejara vê-lo esquartejado, coberto de piche e penas, espancado e magoado. Agora queria que vivesse e ficasse bem por nossos filhos. Quanto à felicidade, ele que lutasse por ela, como todos nós.

Dez minutos antes de eu sair para pegar o trem, Lee Bagdasarian apareceu. Fleur me deu uma cotovelada tão forte nas costelas que me desequilibrei e quase derrubei *Triunfo dos Urubus*, a tapeçaria de Kat inspirada pela radiação. Um estudo em vermelho e azul.

Ficamos petrificadas observando-o atravessar a sala em direção a Kat, que nada sabia.

— Como será que ele descobriu a exposição? — Fleur perguntou.

— Não é nenhum segredo. Deve ter sido comentada na comunidade artística. E foi anunciada na revista *Baltimore*.

— Hum.

Não gostei do som daquele "hum". Musical demais. Como o trinado de um canário que descobriu como cantar o *Messias* de Haendel. Contente demais, como se tivesse lavrado um tento.

— Você não fez isso — acusei.

— *Moi?* Não fiz o quê?

— Ah, Fleur, você não tinha esse direito.

— Que direito o quê, às vezes o mundo gira nos seus eixos, outras você tem que dar um empurrãozinho nele. Ela vai me agradecer.

— Ela vai matar você — disse. Mas já era tarde. E talvez Fleur tivesse razão. Dar um empurrão no destino, se ele não empurra você na direção da felicidade. E era reconfortante saber que, apesar de sua frustração com *O Plano*, Fleur ainda achava que era possível manipular o universo.

— Na verdade, assim que passar o choque inicial, o que não vai demorar muito tempo, garanto, ela vai beijar meus pés em gratidão. Afinal de contas, olha só para ele. Não é gostoso? Tinha me esquecido de como ele é gostoso. Andei comendo tantos restos no Lovingmatch que estraguei meu paladar.

Lee era, sem dúvida alguma, um homem atraente. Alto e esguio, mas com braços fortes de escultor, os músculos delineados por baixo da mesma suéter preta de gola rulê que usara no dia de agosto em que conhecera Kat na exposição dele. Quem sabe não a estava usando para dar sorte? Ou talvez tivesse vinte suéteres pretas de gola rulê no armário porque sabia que ficava delicioso dentro delas.

— Fica de olho na Summer que eu conto o que está acontecendo com Kat, passo a passo.

Summer estava conversando sobre sabe-se lá o quê com uma mulher com um piercing no nariz e cabelo rosa. Foi então que viu Lee. Era óbvio pelo movimento brusco da cabeça.

— Dois metros... metro e meio... mais perto... mais perto... esquece a Summer, olha, olha, Kat vai virar. — Fleur usou o catálogo para se abanar. Minhas pernas amoleceram por Kat. — Gol! Ah, lindo. Muito lindo — Fleur comentou quando Kat olhou para cima, ficou surpresa, contente, balançou um pouco e finalmente levou uma mão ao pescoço, em um gesto inconsciente de prazer. Lee debruçou-se para lhe beijar o rosto, depois afastou a mão dela enquanto deslizava os lábios para a curva do seu pescoço e os deixava lá. Kat, completamente corada, com os olhos brilhando, alisou seu cabelo escuro.

— Você viu aquilo? — Fleur estava criando um furacão com a velocidade com que se abanava.

— Lindo. Mas não posso esperar pelos créditos finais. Vou perder o trem.

— Não, ainda não. — Ela esticou o pescoço. — O que aconteceu com a Summer? Você chegou a ver a cara dela quando Lee beijou Kat? Parecia que estava prestes a ter um ataque de nervos. — Fleur inspecionou a sala. — Onde diabos ela se enfiou?

— Bom, ou está arrebentando o banheiro feminino, ou então teve o bom senso de cair fora para não estragar a noite da mãe dando um chilique. — Encontrei um espaço e pousei minha taça de vinho vazia. — Tenho mesmo que ir embora.

Fleur girou para observar o casal reunido, de mãos dadas e olhando um nos olhos do outro, completamente derretidos.

— Você não pode ir agora.

— Preciso ir. Faz umas anotações. Vai ficar lindo em um álbum de recordações para os netos.

Na verdade, Summer tivera mesmo o bom senso de cair fora. Cruzou a Rua Charles em uma velocidade inacreditável. Estacionara sua picape três carros à frente do meu sedã. Cheguei bem a tempo de ver o arquinho xadrez entrando no automóvel e a porta sendo batida de uma maneira pouco elegante para um carro tão caro. Gastei um minuto observando Summer manobrar e, quando coloquei minha chave no contato, ela finalmente saiu da vaga. Atravessou a Rua Charles, avançando o sinal vermelho no monumento a Washington, e provavelmente continuaria pisando fundo até chegar em casa.

Coitada da Kat, pensei. *Vai cortar um dobrado.*

Capítulo 44

— Ah, doutora, sua aparência está mil vezes melhor do que da última vez que a vi sentada nessa cadeira. — Marco, o maquiador de Fortune, usava um lápis coral para aumentar meus lábios naturalmente pouco carnudos. Deu um passo atrás para avaliar seu trabalho. — A minha intuição me dizia que era um *l'affaire de* coração, se bem me lembro. Mas agora a senhora está absolutamente luminosa. Devo pensar que vocês reataram?

— Bom, *eu* reatei comigo mesma — disse.

Ele inclinou a cabeça raspada e deu um gritinho de aprovação.

— Não é à toa que Fortune adora a senhora.

Na verdade, não tinha certeza do quanto Fortune me adorava. Notei que ela deu uma parada na cadeira de maquiagem do outro lado da sala, para abraçar a outra convidada, uma ex-atriz pornô que estava vendendo o seu novo livro de dieta.

— Ela comeu até perder o emprego — Marco troçou. — Garganta larga e profunda. Ganhou trinta e cinco quilos. Dá para imaginar? Com todo aquele exercício horizontal? Depois disse ter inventado essa dieta. Grande dieta. Ela foi ao banheiro três vezes em quinze minutos. — Ele fez um barulho de vômito por trás da mão. — Tudo que entra sai. Ah, aí vem Fortune.

Mas ela não chegou a parar, só passou por mim com um sorriso frio e deu um leve aceno, como se os seus dedos estivessem fazendo cócegas no ar.

No entanto, à frente da câmera, voltou a exibir sua personalidade esfuziante. De pé no centro do palco, com seu glorioso metro e noventa vestido em um caftã, levou a platéia ao delírio ao dizer que estava aqui, e que iria carimbar *pessoalmente* o bilhete que lhes dava o poder de tomar conta das suas vidas. Depois, sem qualquer interrupção, discutiu a dieta da atriz pornô, que parecia praticamente consistir em tubérculos.

A segunda parte do programa era exclusivamente minha. Quando me apresentou de modo exuberante como a Dra. Diva, devo ter piscado, porque ela comentou:

— Olha só como ela está chocada, gente. Mas, minhas amigas, uma diva é qualquer mulher no comando da sua vida, só isso. E a Dra. Gwyn não é uma dessas mulheres? — Aplausos altos. — Agora nos diga o que precisamos fazer para nos mantermos em forma e saudáveis nos próximos doze meses e para sempre.

Depois de mencionar a minha lista de resoluções médicas para o ano-novo, ela disse:

— Agora, vamos falar da Clínica. Na última vez em que esteve aqui, contou como várias mulheres iriam ficar sem atendimento médico quando o hospital local fechasse. Conte como estão as coisas.

E falei sobre a Clínica, de sua urgente necessidade, de como um colega e eu tínhamos tido a idéia de uma versão ampliada para atender a todos na região e de como, apesar de nossos tremendos esforços, não recebêramos patrocínio. Quando terminei, com a voz falhando, ela pegou a minha mão.

— Não há dinheiro para um projeto tão louvável? Isso está certo, minha gente?

Um unânime "Nããão".

— Bom — inclinando-se para a frente, para aquele íntimo *pas de deux* com a lente que fizera dela a mulher mais popular da televisão —, nem essas pessoas. Vejamos o que alguns dos que apóiam a Dra. Gwyn têm a dizer. Primeiro, uma de suas pacientes.

Enquanto a tela atrás de nós era preenchida com uma imagem enorme, Fortune sussurrou para mim:

— Não tente falar com ela. É uma gravação.

Bom Deus, era Freesia Odum, usando um conjunto muito elegante, com a neta se remexendo em seu colo.

— Dra. Berke — a Sra. Odum disse —, saudações de Baltimore. A senhora me ajudou quando eu não tinha seguro-saúde e nenhuma maneira de pagar um médico, e só queria dizer que sabemos como tem trabalhado duro na Clínica e estamos rezando pela senhora. Deus a abençoe e a Fortune.

Antes que eu tivesse tempo de assimilar o que ouvira, Fortune disse:

— E agora um colega, o Dr. Daniel Rosetti, um geriatra de renome, tem algo a dizer a você.

Dan se materializou na tela, com um sorriso evasivo, entre divertido e embaraçado. Fora filmado no seu consultório. Atrás dele, a foto da pequena Chrissy no colo da mãe.

— Oi, Gwin, oi, Fortune — ele disse com sua fineza natural. — Essa clínica é um projeto de compromisso com a vida. Já funcionou uma vez e merece a oportunidade de funcionar de novo. Estamos todos muito orgulhosos do que Gwyneth Berke proporcionou à comunidade durante a sua carreira médica e esperamos que ela consiga pôr essa clínica em funcionamento em pouco tempo. — Ele fez uma continência para a câmera. — Estamos todos com você, Gwyn.

— Há muito amor ali — Fortune disse quando a tela ficou preta. — Você está bem?

— Só chocada — disse, trazida para a realidade apenas pela mão quente de Fortune pegando na minha, gelada, e pela fragrância do seu perfume de sândalo. Ainda não entendia, não conseguia encaixar as peças no lugar.

Ela me puxou de pé e me arrastou em passos largos até a beira do palco, como uma elegante e exótica girafa aproximando-se de um lago.

— E então, minha gente? As pessoas dessa comunidade negligenciada não merecem uma ajuda?

— SIIIIIIIIIIIIIIM.

— A Dra. Gwyn não merece realizar seu sonho?

A platéia estava de pé e gritando. Ela gritou ainda mais alto:

— Concordo cem por cento com vocês. Vamos fazer algo a respeito. Vamos assumir o controle da situação. E, para dar o pontapé inicial, gostaria de presentear a Dra. Gwyn com um cheque pessoal meu de um!... milhão!... de dólares!

E me deu uma cópia gigante de um cheque com seis lindos zeros assinado por Fortune Simms.

Apesar de eu tentar com todos os genes escandinavos dos meus cromossomos sufocar as lágrimas, elas saíram. Enquanto Fortune puxava lenços-de-papel da sua caixa onipresente, eu chorei como uma bezerra desmamada. Na frente de milhões de telespectadores. Mas que diabos. Eu era uma diva, podia ter ataques histéricos.

Depois, nos bastidores, ela me puxou para o casulo de seu caftã dizendo:

— Você não tinha idéia? Jura? Aquela gracinha do Dan Rosetti não contou nada? — Ela me soltou e me afastou à distância de um braço. — Vou te contar, garota, quase estraguei tudo quando te vi na cadeira de maquiagem. Tive mesmo que me afastar, porque pensei que você ia perceber pela minha expressão.

— Sinceramente, fiquei sem fala. Totalmente pasma. Como posso agradecer a você? — perguntei. Estava sorrindo tanto que minhas bochechas doíam.

— Fazendo o trabalho. Fico feliz de ter os recursos para ajudar. É para isso que estamos aqui, certo, você e eu? Não é por isso que fazemos o que fazemos?

Minha intuição me disse que ela estava falando sério. Acho que Fleur estava enganada quanto a Fortune. Ela podia ser um gênio do marketing, mas não era uma máquina de marketing. Tinha um coração grande demais.

Por falar nessa famosa crítica de televisão, Fleur telefonou para o meu celular enquanto eu estava no táxi entre Manhattan e Penn Station, tão feliz por mim que pensei que iria saltar de dentro do telefone para me abraçar. Depois de me atirar uma avalanche de parabéns, disse:

— Olha só, está caindo uma puta tempestade de gelo aqui. Não dá para você voltar para casa naquele seu bibelô sobre rodas. Eu tenho como conseguir uma picape, e vou te buscar na estação. Não discute comigo, Gwyneth. Eu vi como você está, totalmente descompensada. Não tem condições de dirigir nem um carrinho de golfe.

Cheguei de trem a uma Baltimore gelada, quatro horas depois. O maquinista falou:

— Cuidado com o gelo, cuidado com o gelo, está muito escorregadio lá fora.

E lá estava Fleur avançando pé ante pé pela plataforma, com seu casaco de mink, todo aberto para me envolver.

Enquanto subíamos os degraus da estação, ela borbulhava perguntas como um brinquedo de fazer bolas de sabão, terminando com:

— Agora que você conseguiu o dinheiro para a Clínica, dá para relaxar? Dá para tirar uma folga antes de entrar de cabeça no projeto? — Ela apertou meu braço com mais força quando comecei a escorregar. — Porra de gelo. Vamos lá, levar você para casa. Vamos servir uma boa taça de vinho, ou talvez cinco. Acredite em mim, o clima vai parecer muito melhor através de copos cor-de-rosa.

Pensei que o "vamos" em "vamos servir" era só um plural majestático da sempre modesta Fleur. Mas não, encostado à sua picape, que estava estacionada com o motor ligado sob o sinal da zona de cargas, Harry Galligan ergueu uma mão de boas-vindas. Depois curvou-se para o banco dianteiro e retirou um buquê de flores. E não eram flores de supermercado.

— Harry — eu disse —, você soube da Clínica? — Harry, amigo como sempre. Harry se preocupava. Estava aqui para me dar uma força. O que não fazia muito sentido. Confusa, olhei para ele, depois para Fleur, que estava de olhos arregalados, depois de novo para ele. — O que está fazendo aqui, Harry?

— Sou o motorista da picape. — Ele me deu o buquê.

— Tulipas em janeiro. Obrigada. — Tentei sorrir, mas os meus lábios não conseguiam se esticar.

— Flores raras para uma mulher rara.

— Ahh, que amor.

— Bom, não fui eu que inventei a frase. É de Fleur. — E estendeu a mão para apertar a dela.

Também atirou a minha mala para a traseira e abriu a porta de trás para mim, para eu saber onde ficar. Sentei. Fleur ocupou o assento do carona, com uma naturalidade de proprietária. E a coisa ficou ainda melhor durante a viagem para casa. Eu estava meio fora do ar, mas ainda tinha atividade cerebral suficiente para notar que alguma coisa estava acontecendo. Um tapinha dele no braço, um contato de ombros que esticou os cintos de segurança e, hum-hum, a mão dela deslizou até pousar no joelho dele.

— Você está bem aí atrás? — Harry perguntou. — Posso aumentar o calor. Não queremos que essas tulipas congelem.

— Não, estou bem. Elas estão bem. Vão sobreviver.

— E você? — ele perguntou a Fleur. — Você está bem, querida? — E não era o "querida" de Baltimore, usado para todo mundo; era um "querida" romântico, dito com uma voz idem.

E Fleur, que nunca sentira frio em toda a vida, que tinha um gerador interno capaz de aquecer uma pequena cidade, respondeu:

— Na verdade, acho que o meu pescoço está frio. Que estúpida, esqueci de trazer um lenço. — Como se não estivesse usando um casaco de mink com gola.

Achei que ela queria o braço dele ao seu redor, o que, nessas estradas escorregadias, acabaria por nos matar. Mas Harry, abençoado seja, fez ainda melhor. Primeiro aumentou o calor, e depois, em uma manobra hábil com uma só mão, tirou o cachecol que estava usando e o colocou ao redor do pescoço dela.

Um cachecol não é um paletó, mas era o suficiente. Kat iria ficar eufórica.

Capítulo 45

Fleur Talbot é uma mulher para quem nada é segredo, nada é sagrado — uma pessoa para quem a privacidade é mais um item esquerdista sem pé nem cabeça da agenda liberal ou, em algumas ocasiões, uma noção reacionária para lá de esquisita, do mesmo tope do direito à posse de armas. Estou falando de uma mulher que nunca teve problemas em perguntar qual a cor dos pêlos pubianos do namorado. O fato de Fleur ter conseguido manter seu romance com Harry em segredo durante um mês só pode ser descrito como um milagre.

— Eu não queria que entrasse areia — ela explicou. — Tudo começou quando saímos à procura de seu pai. Depois saímos juntos algumas vezes. Foi ótimo e pensei que minha sorte tinha finalmente mudado. Mas fiquei puta da vida quando ele não me convidou para passarmos o réveillon juntos. Ele tinha organizado aquela festa para os divorciados de gays e não me convidou. Mas, quando apareceu no seu apartamento, as coisas entre nós pegaram fogo e acabamos no meu apartamento. — Ela viu meus lábios franzidos. — Me deixa, mulher. Está vendo? Foi por isso que não te contei nada. E você também tinha saído com o Harry. Por isso eu achei que tinha que esclarecer as coisas com você, mas cadê coragem?

— Bom, agora que já está tudo certo, parabéns. Falando sério, estou feliz por você. — Abracei-a para dar o meu consentimento.

Por sua vez, Kat abriu o jogo sobre seu relacionamento com Lee desde o reencontro dos dois na exposição. Que recebeu elogios da crítica. De modo que ela tinha dois excelentes motivos para transbordar de alegria. Mas, de vez em quando, eu via um lampejo de dor em seus olhos e sabia que estava sofrendo pelo afastamento de Summer. A qual mandou um e-mail furibundo para a mãe no dia seguinte da exposição, e depois disso manteve silêncio absoluto. Recusou-se a atender aos telefonemas de Kat e, quando esta foi até a casa dela, Tim impediu que entrasse. Isso acabou com Kat, mas ela repetiu corajosamente o mantra que criara com Lee: tal como Kat deveria tomar as decisões da sua vida, Summer deveria assumir a responsabilidade pela sua. E, fosse como fosse, ainda tinham cinco meses antes de o bebê nascer para pensar em alguma coisa.

No dia 4 de fevereiro, Michelle, a assistente social de meu pai, telefonou dizendo que um residente da ala masculina do The Elms havia falecido e aberto uma vaga. Precisávamos ser rápidas antes que outro idoso pegasse o leito vazio.

— Não posso fazer isso — disse. — Preciso de tempo para pensar a respeito. — A eternidade não seria suficiente.

Michelle endureceu comigo.

— Se não disser sim agora, e eu me refiro a este exato momento, vai perder a vaga. — Se ela tivesse me consultado com antecedência, eu poderia ter passado meses numa dúvida mortal, mas agora não havia tempo para o meu coração doer antes de se partir.

Uma hora antes da mudança, sentei-me com meu pai para explicar o que estava acontecendo. Acariciei sua mão enquanto falava sobre The Elms, tentando parecer animada. Durante um ano e meio ele estivera desligado da realidade. Agora, quando um pouco desse desligamento seria útil, ele estava lúcido e atento.

— Prefiro ir para Ocean City — insistiu quando pedi que pensasse na mudança como se fossem umas férias. E me interrompeu no meio da minha história sobre uma linda casa com pessoas que lhe traziam comida e faziam a sua cama, acenando para a sua mais recente acompanhante, que roía nervosamente as unhas do outro lado da sala.

— Minha querida faz isso tudo aqui mesmo. Ela é a minha garota. Não quero ir para esse outro lugar. Escuta aqui, doutora, isso é um segredo, mas eu vou contar para você. Se for para lá, só saio dentro de um caixão.

Michelle precisou assumir o controle para que eu pudesse sair correndo para ir chorar no banheiro.

Demoramos quinze minutos para colocar as coisas dele no carro. Isso não é triste? Quinze minutos para carregar o que sobrara de oitenta anos. Alguns álbuns de fotografias, a Bíblia dele, o jornal e um *Guia da TV* velho encapado com plástico. Embora não pudesse mais ler há dois anos, estas coisas o confortavam.

Mais triste ainda foi vê-lo sentado no assento do carona, olhos fixos no volante, enquanto colocávamos as coisas no porta-malas. Ele se recusou a olhar para a casa onde vivera nos últimos sessenta anos.

— Má, má, má — murmurou quando me sentei ao seu lado. Qual foi a ciência que decidiu que o cérebro desse homem era uma bolota de placas amilóides e nós neurofibrilares? Má, má, má... era isso mesmo: tanto situação como a sua filha traiçoeira.

— Vai ficar tudo bem, papai. Amo você — disse engasgada. Ele me deu um olhar úmido. Depois fechou os olhos e virou a cabeça. Ainda bem. Eu não queria que ele visse as minhas lágrimas, tal como ele não queria que eu visse as dele. Talvez a vergonha seja a última emoção a desaparecer. Ou a culpa. Se eu tivesse sido a filha que ele merecia, o teria trazido para viver comigo. Abandonado o meu trabalho para cuidar dele. Michelle disse que essa culpa era uma reação comum entre os entes queridos.

— Mas, honestamente, o Sr. Swanson vai ficar melhor acompanhado de enfermeiros treinados que podem maximizar o poder cognitivo que ele ainda tem, e tomar todas as precauções necessárias para a sua segurança física — dissera ela.

Para mim, tudo isso soava a jargão de assistente social. Tudo o que eu sabia era que ele tinha poder cognitivo suficiente para me culpar pela sua saída da casa da Rua Streeper. No seu quarto em The Elms, fez que não com a cabeça quando a enfermeira deu um tapinha na poltrona que já tinham levado para confortá-lo com um ambiente familiar. Em vez disso, ele subiu na cama, completamente vestido, e ficou lá deitado, batendo sem parar com o punho na palma da outra mão, olhos fixos no teto, recusando-se a olhar para a TV ligada e a fazer contato visual comigo.

— Papai — implorei, me debruçando sobre ele e bloqueando a vista do teto.

Ele tentou me bater. Falhou. Mas não por muito.

— É hora de ir embora — disse a enfermeira, levando-me para a porta. — Eles se adaptam melhor sozinhos, no primeiro dia. Além disso, a senhora parece estar precisando de um descanso.

E então, deixei-o. Em casa, caí em um sono sem sonhos. Ou talvez tenha sonhado, mas felizmente bloqueei a lembrança, porque, quando acordei às nove horas, o meu travesseiro estava úmido de suor ou lágrimas, e os meus dentes batiam. O meu primeiro pensamento consciente foi de que tinha de ver meu pai. Ter a certeza de que estava bem. Não perdido por aí. Que alguém estava cuidando dele. Dirigi os dez quilômetros até The Elms, respirando mal durante um ataque de pânico.

Encontrei-o dormindo profundamente na sua cama, a TV emitindo o som metálico das gargalhadas de um antigo concurso de televisão. Uma bandeja de comida com um pedaço de bolo de carne meio comido estava na mesinha. Então, ele tinha comido.

Alguém tinha cuidado dele. Ajudado a vestir o pijama, penteado o seu cabelo, colocado a sua dentadura num copo. Não teria ficado surpresa se essa pessoa fosse Dan Rosetti — o meu Médico Encantado —, que estava cochilando na poltrona ao lado da cama, com o seu perfil de moeda romana destacando-se contra o veludo cotelê castanho, um braço protetoramente esticado sobre o cobertor do meu pai. A sua outra mão descansava sobre um álbum de fotografias no seu colo.

Debrucei-me sobre o ombro de Dan para ver. Meu Deus. Há quanto tempo eu não punha os olhos nessa foto? Eu com dezessete anos, usando uma calça saint-tropez e uma blusa de mangas-morcego, o cabelo repicado *à la* Farrah Fawcett, posava nos degraus da biblioteca Enoch Pratt, mostrando a carta que anunciava que eu tinha ganho uma bolsa de estudos em Barnard. O meu passaporte para a universidade em Nova York, para além do alcance do longo braço da minha mãe. Daí o sorriso radiante e os olhos pela primeira vez sem a sua tristeza característica.

Talvez tenha sido porque eu parecia cheia de esperanças e mais bonita do que nunca. Ou talvez porque aquela foto específica estivesse debaixo da mão bondosa de Dan. Por alguma ou nenhuma dessas razões, surpreendi-me engolindo as lágrimas ao sair pé ante pé do quarto.

Na sala das enfermeiras, perguntei:

— Quando foi que o Dr. Rosetti chegou aqui?

— Ele ainda está dormindo? — A enfermeira encarregada riu. — Ele chegou há duas horas para ver o Sr. Swanson. Acalmá-lo. Falaram dos Redskins, Ravens, alguma coisa de futebol. Não entendi nada do que diziam. Eu gosto mesmo é de basquetebol. Depois os dois ferraram no sono. Estava pensando em acordar o Dr. Rosetti na mudança de turnos, por volta das onze. A não ser que a senhora ache melhor acordá-lo agora, Dra. Berke. — Enfermeira à moda antiga, deferente para com o médico como uma autômata. Já não se fazem mais enfermeiras como antigamente. Graças a Deus.

Acabei por não ter que decidir. Quando voltei ao quarto do meu pai, encontrei Dan de pé, andando de um lado para o outro. Ele ergueu uma mão em cumprimento, mas continuou a falar no celular.

— Ok, desculpe. Não, não sei quanto tempo demora para o Salmão Annabelle secar. Assim tão rápido? — Ele piscou para mim enquanto falava com ela. Tive certeza de que *era* uma mulher antes mesmo de ele dizer: — Para compensar, você escolhe o restaurante amanhã à noite, que tal? Tudo o que você quiser. Olha, preciso ir. Tenho uma colega aqui com algumas perguntas. Ligo para você de manhã.

Colega, é? Por mim, tudo bem.

— Quem diria que o salmão é um peixe tão temperamental? — ele disse depois de desligar.

— Pobre Connie — adivinhei.

Ele deu um sorriso embaraçado.

— Ela estava fazendo jantar para nós dois na casa dela. Pelo visto, estraguei tudo. Ela já me disse que eu não estabeleço bem as minhas prioridades. Acho que tem razão.

— Bom, eu, pelo menos, fico grata por isso. — Olhei para o meu pai, de boca aberta, ressonando pesado. — Ele estava muito agitado quando saí. E olha só para ele agora.

— Só precisava de uma conversa de homem para homem, sobre futebol — Dan disse com um riso. — O traguinho de aguardente também não fez mal. — Ele sorriu enquanto pegava uma garrafa embrulhada em um saco de papel marrom e colocava o casaco sobre ela. — OK, Harald está fora de circulação por esta noite. E, se acordar, as enfermeiras cuidam dele. Você não precisa estar aqui, Gwyn. Vai para casa. Dormir. Vamos lá, eu te acompanho até o carro.

Lembrando como Harry Galligan e eu tínhamos começado nosso pequeno romance no estacionamento do FRESH, procurei intenções ocultas no rosto de Dan. Mas não, era o retrato da inocência. Ao contrário de algumas pessoas mais promíscuas, Dan era homem de uma só mulher.

— Obrigada — respondi —, mas vou ficar por aqui mais um pouco. Mais por mim do que por ele. E eu tirei uma soneca há pouco.

— Eu também — ele disse rindo. — Essa velha poltrona me enfeitiçou. — Enrolou o cachecol ao redor do pescoço. — Você vai ficar bem, não vai? O seu pai é um cara muito adaptável. O lado positivo é que, em pouco tempo, ele vai ver isto como a casa dele. O negativo é que ele pode se esquecer que já viveu em outro lugar.

No fim das contas, Dan estava meio certo. Meu pai se lembrava da Rua Streeper mesmo dentro do seu cada vez mais denso nevoeiro.

Apesar da minha mãe, a sua vida lá brilhava com uma luz que a demência tivera que lutar para extinguir. Por outro lado, assim que se instalou em The Elms, pareceu feliz. Em poucas semanas ganhou peso e o seu eczema desapareceu. Alguém do pessoal do lar, e não o meu ex-marido, o barbeava regularmente. E, quando eu o visitava, ele geralmente estava refestelado naquela poltrona detonada roncando em meio ao pandemônio dos concursos da TV, como se nunca tivesse saído de East Baltimore. Ainda melhor, às vezes eu o encontrava sentado em um círculo com outros pacientes de Alzheimer, sacudindo um pandeiro enquanto o terapeuta musical tocava ao piano. E ele gostava do arroz-doce de lá.

Mas, era mesmo assim, não podia me esquecer que ele dissera que só sairia daqui num caixão.

Outra saída memorável. Dessa vez Bethany, que entrou no meu escritório na semana seguinte, com um ar animado como eu não via há tempos. Faces novamente rosadas, cabelo com luzes feitas há pouco tempo. Rímel?

— Só vim aqui para lhe agradecer — ela começou. — Estou muito grata pela referência que deu a Davis Standish.

— Ah, então correu tudo bem?

— Começo em 15 de março.

— Meus parabéns. Vamos sentir a sua falta. — Brinquei com meu lápis. — Tem certeza de que quer fazer isso?

— Ah, sim. Tenho que sair daqui. O rolo do Seymour com aquela cretina da Mindy. Não vou ficar aqui para ver.

— Tem certeza de que está acontecendo alguma coisa? — perguntei. Tinha sentido um leve cheiro de sarro no ar, mas nada além disso.

— Ah, por favor. É tão óbvio. Não posso acreditar que logo você não tenha percebido.

Logo eu. Porque eu a flagrara com Seymour? Ou porque, depois de ter passado meu casamento inteiro de olhos fechados, deveria ser a mais observadora das criaturas?

— Todos os sinais estão aí, pode crer. Ou por outra, ninguém precisa de um milhão de provas para saber, não é? — Meneei a cabeça para mostrar que entendera. Entendera, só? Depois de Stan, depois de Simon, poderia ter escrito um livro sobre o assunto. — Então — suspirou —, é hora de eu seguir em frente. E a Califórnia estabelece uma franquia para o seguro contra erros médicos. O paraíso dos obstetras. Enfim, obrigada. Você sabe, por tudo. Estou falando sério. — Estendeu a mão e nos cumprimentamos. Muito profissional. Talvez eu não tivesse sido exatamente a melhor mentora, ou Bethany a melhor pupila, mas evoluímos, a fuinha e eu. — Ah, eu ia me esquecendo — ela disse já na porta, como que num presente de despedida: — Acabamos de fazer o último ultra-som de Summer Ellicott. Parece que a gravidez dela está mais adiantada do que calculamos. Estou estimando o parto para 10 de junho. Se ela se agüentar até o fim. Do que, é claro, eu duvido.

— Isso quer dizer o quê? Gêmeos?

Os olhos de Bethany brilharam com um humor inesperado.

— Achei que sua amiga tinha lhe contado. Dois meninos.

— Jura? Que bom — disse, fazendo o comentário do modo mais neutro e profissional possível, quando na verdade queria sair sambando e tocando pandeiro pela sala. Porque essa era uma boa notícia para Kat. A temperamental, mimada e egoísta Summer não tinha a menor condição de lidar com dois bebês sem ajuda. Os pais de Tim moravam em Nova York, e Kat era a única avó disponível. Deus tem um senso de humor estranho, não tem? Dois XYs e pelo menos um deles com todas as probabilidades de herdar a personalidade de Summer. Ah, sim, a Miss Chilique iria precisar muito da mãe.

E, quem sabe, Lee, o Escultor, não podia fazer um móbile para o quarto dos pimpolhos?

Capítulo 46

Fleur e Harry anunciaram seu noivado com toda a pompa e circunstância no Dia dos Namorados. Fleur publicou uma nota na coluna social do *Baltimore Sun* (principalmente por causa de Jack e Bambi — com um parágrafo parrudo relacionando os diplomas e credenciais de Harry, uma vingança à moda dos Talbot) e escolheu um discreto diamante de quatro quilates e meio para ser montado no anel vitoriano que fora de sua avó Broussard. Na hora da verdade, sempre mostramos quem somos. No caso de Fleur, uma flor na venerável árvore genealógica das famílias Caldwaller-Talbot-Broussard. Nem morta ela seria vista usando um anel de noivado vulgar.

— Você não vai acreditar. Depois de cinqüenta e cinco anos, minha mãe quer saber por que estou com pressa. — E girou o dedo ao lado da orelha, fazendo o sinal de "maluca".

— Ela provavelmente está surpresa. Foi tudo tão rápido.

— Acho que sim. Mas para que esperar? Não vamos achar nada melhor na nossa idade, certo? E ainda tenho quatro meses para planejar o casamento. Na verdade, para *planejarmos*. Kat, você e eu.

— Estou montando uma clínica, Fleur. Não sei se vou ter tempo para passear pela cidade, experimentando amostras de salgadinhos para a recepção.

— O que quer dizer com "montando uma clínica"? É você que está assentando os tijolos? Ou andando por lá com um capacete de segurança? Não, você verifica os números no computador e nos pedidos de suprimentos. E duas ou três vezes por semana vai até lá ver o que estão fazendo. Isso leva no máximo três horas. E o que está fazendo com o resto do seu tempo livre? OK, tem o seu pai. Mas você não está namorando. Você trabalha, faz ginástica e dorme. Além disso, Kat não vai se você não for, e ela precisa sair de casa. Apesar de estar transando com regularidade, anda deprimida. O problema com Summer está acabando com ela.

Contrariando as minhas expectativas e a minha dança mental quando Bethany me contara o resultado do ultra-som, Summer não enviou um SOS para a mãe. Kat não sabia que ia ser avô de dois meninos e eu não podia contar nada para ela, por causa dos regulamentos da Associação Médica que protegem a privacidade dos pacientes.

Tudo o que pude dizer foi:

— Summer vai dar a mão à palmatória quando tiver que passar metade da noite acordada amamentando. É duro bater o pé quando mal se consegue ficar de pé.

O mês de abril trouxe presentes. Vários para Fleur. Quincy, no papel de Queenella LaBella, foi a anfitriã de um chá-de-panela na boate Rhinoceros, e o classificou no convite como um show-jantar de moda para noivas. As convidadas foram solicitadas a dar lingerie de presente.

A lista de convidadas de Fleur reunia a maioria de suas amigas do colégio onde passara doze anos, do acampamento-spa no Maine onde amargara dois verões na adolescência e da Liga Infantil para a qual ainda realizava trabalhos beneficentes.

— Vamos dar uma sacudida nas moças de família. Queenella e companhia vão brilhar em todo o seu divino esplendor, e quero ver essas mortais devidamente ofuscadas.

Claro que Connie deCrespi não foi convidada. Mas Fleur convidou Claire McKenna, nossa parceira no crime. Claire mandou um e-mail pedindo desculpas e seu novo endereço em Israel. Aceitara o tal cargo na diretoria do laboratório perto de Tel Aviv. No e-mail de resposta, enviei o número de Ari Ben-Jacob, sugerindo que telefonasse para ele. Fleur me chamou de "pinelóide" (sic) por entregar Ari de bandeja. Mas já estava farta de romances a distância e de adoração no lugar de amor.

A elegante Antonia Guest, dona da Gee! Spot, apareceu na porta e se apresentou.

— Estou tão feliz por Fleur — disse, com sua voz arrastada. — Adoro quando as mulheres conseguem o que desejam. — Abriu uma sacola da Gee! Spot e retirou um pacote embrulhado para presente em papel vermelho-sangue. — A mais recente novidade, um vibrador dupla-ação que brilha no escuro. Para o caso de Harry se perder quando estiver voltando do banheiro. E a lingerie — tamborilou os dedos em outra caixa — é uma camisola com furos na área dos mamilos. Mas é muito elegante. Em renda branca, para a noiva.

A casamenteira de Pikesville, Hannah Pechter, me deu um grande abraço.

— Não disse? Sabia que alguém a apanharia. Essa mulher é um prêmio, um verdadeiro troféu. Só lamento que esteja se casando com um homem de outra religião.

Tracy, nossa manicure, disse:

— Estou tão orgulhosa dela. Unhas fortes, ego forte.

Para o desfile de moda, Quincy selecionou um bando de drag queens de ombros largos e grandes traseiros para andar pelo palco em fabulosos modelos XL fornecidos pela Madame Max. O final foi um cortejo de casamento ao som da *Chegada da Rainha de Sabá*, de Haendel, com Quincy como o noivo e uma enorme e pestanuda sósia de Mae West chamada Fandango como noiva, assistida por seis damas de honra tamanho jumbo com tiaras e saias balão em tule pastel. Na primeira fila estava a mãe de Fleur, que insistira em participar do chá ao saber que a anfitriã era Queenella, a quem ela adorava, limpando lágrimas de hilaridade, com um lenço de linho debruado em renda que, segundo Fleur, tinha pelo menos cem anos de idade.

— Há décadas que eu não me divertia tanto — ouvi a sra. Talbot dizer quando a festa acabou.

— Olha só para ela beijando Quincy — Fleur disse, sorrindo de orelha a orelha. — A velhota ainda não pendurou as chuteiras. Está vendo, Gwynie, existe luz no fim do túnel que leva aos cabelos brancos e ao Metamucil.

— Hum. — Dei uma avaliada profissional de longe na sra. Talbot. — Por que ela está arrastando uma perna?

Duas horas depois, o pronto-socorro do Johns Hopkins respondeu à minha pergunta. A tomografia revelou que a mãe de Fleur tinha sofrido um AVC, provavelmente entre a salada e a chuva de pétalas de rosa que os travestis jogaram na platéia durante o casamento encenado. Não corria risco de vida, mas provavelmente ficaria com uma debilidade no lado direito. Mas, apesar disso, ela jurou que entraria na igreja para ver o casamento de sua única filha.

Na madrugada de primeiro de maio, Tim Ellicott acordou sua sogra com um telefonema. Summer entrara em trabalho de parto e queria a mamãe.

— Ela precisa de mim — Kat repetia alegre quando me acordou. — Vai ter gêmeos, Gwyneth. Dois meninos. Não é sensacional? Mas ela está só com trinta e três semanas. É muito cedo, não é? — Depois de eu tê-la acalmado, ela pediu: — Por favor, vai se encontrar comigo no hospital? Sei que Summer gostaria que você estivesse lá. Como médica — a honesta Kat se sentiu na obrigação de acrescentar.

Na verdade, o obstetra de Summer era um dos melhores. Meu sócio, Seymour Bernstein. Quando Kat apareceu esbaforida, Summer disse:

— Mamãe, estou tão feliz de te ver. Tim disse que os bebês são prematuros? As primeiras horas eu agüentei numa boa, mas depois a dor ficou insuportável e eu tive um ataque histérico. Aí, me deram uma anestesia peridural e agora o Dr. Bernstein quer fazer uma cesariana.

Os bebês tinham virado na barriga desde o último exame, e não havia escolha.

— Cabe mais um na sala de parto? — perguntei e vi que Seymour se remexeu, pouco à vontade. Então percebi que ele pensava que eu não confiava nele para cuidar da filha da minha amiga, e que queria ficar por perto para o caso de uma emergência, de precisar controlar outra hemorragia. — Se Summer não se importar, a avó gostaria de estar presente — disse, meneando a cabeça em direção a Kat.

Enquanto matava o tempo lendo uma revista de três anos atrás na sala de espera, Kat estava em melhor lugar, ao lado do ombro direito de Summer, na frente de Tim, quando às duas e vinte e dois da manhã, Timothy Arlen Ellicott, III, de um quilo e oitocentos e sessenta gramas, oito no teste de Apgar, respirou pela primeira vez, sendo logo seguido por Ethan Greenfield Ellicott, com um quilo e seiscentos e quarenta gramas, um sete respeitável no teste de Apgar. Mãe e bebês passavam bem. O pai estava aliviado. E a avó nas nuvens.

Capítulo 47

Meus amigos, estamos aqui reunidos no Stony Run Country Club, no crepúsculo de um dia quente de junho, para celebrarmos o casamento de Fleur Caldwaller Talbot, cinqüenta e cinco anos, com Harry James Galligan, cinqüenta e oito anos, mas o que importa, este é um homem de verdade. Vamos fazer um brinde ao feliz casal. Mas, antes, vejamos um pouco do caos pré-nupcial.

As duas damas de honra chegaram bem em cima da hora para a sessão formal de fotos, que foi atrasada por causa de um telefonema de Summer para Kat, cujos bebês prematuros finalmente saíram do hospital. A mãe de primeira viagem estava histérica por causa da qualidade do cocozinho de Ethan. "Cocozinho" era o nome usado por Summer, que sempre teve cara de quem está sentindo cheiro do dito-cujo. Produzidas da cabeça aos pés, tivemos que desviar a rota para inspecionar a fralda. Kat e eu declaramos que a produção de Ethan estava dentro dos padrões da normalidade nos quesitos cor e consistência. Mas tivemos que tomar um banho de perfume depois para eliminar o odor residual do cocozinho, que pareceu gostar muito dos nossos vestidos de seda Vera Wang.

Às quatro e meia o rabino estava oficialmente atrasado, preso em um engarrafamento por causa do jogo de beisebol. E telefonava a cada cinco minutos para dizer a Fleur que conseguira avançar mais um quilômetro, o que a deixava louca.

O fato de não ter comido o dia todo não a estava ajudando muito a manter a sanidade mental.

— Este vestido tem uma cintura. Me perguntem por que comprei um vestido com uma cintura marcada. Porque sou uma masoquista. É por isso. Bosta de dieta de baixos carboidratos. Troco meu anel de noivado por um pacote de biscoitos recheados.

Na verdade, quando não estava amaldiçoando a dieta, ficava radiante no seu vestido midi bordado em contas de cristal, com decote canoa baixo para exibir sua *belle poitrine* ao ar refrescante, e branco de pureza porque, segundo Fleur, todas as noivas se tornam novamente virgens no seu casamento, e que se foda quem tem problemas com isso. Seu problema pessoal era que, apesar do ar-condicionado, estava transpirando forte, deixando grandes círculos úmidos nas cavas, e eu tive que correr até a farmácia mais próxima para comprar talco, que Kat aplicou com maestria para esconder as manchas de suor. É bom ter uma tecelã por perto numa emergência.

Outro acréscimo ao caos, Clayborne, o primo de Fleur que veio de Scottsdale para levar a noiva ao altar, quase desmaiou porque, apesar dos avisos de Fleur, jogou dezoito buracos de golfe sob o sol escaldante do campo de Stony Run naquela manhã, enquanto tomava uns goles do seu onipresente frasco de uísque. Dan Rosetti mandou que colocasse a cabeça entre as pernas, receitou muita água gelada com um pouco de sal e anunciou que Clayborne iria se recuperar a tempo de assistir à cerimônia. Sim, Dan estava na lista dos convidados, usando um smoking e lindo como sempre. Era o acompanhante da mãe de Fleur. E sua função era a de acompanhá-la em direção ao altar, garantindo um braço forte para a infirme senhora.

A Sra. Talbot informou a Fleur sobre o insólito projeto dessa pré-marcha nupcial uma semana antes do casamento. Quando Fleur argumentou que a mãe caminhando em direção ao altar de braço com Dan era algo que rompia as tradições cristãs e judaicas, a Sra. Talbot lhe fez um sermão, que Fleur repetiu imitando o sotaque materno de moça de colégio da alta sociedade:

— Minha cara menina, lembre-se de como me comportei quando todos os filhos de minhas amigas e amigos se casaram. Trinquei os dentes e cumprimentei centenas de noivas feias, comprei centenas de talheres de prata, passei por inúmeras filas de cumprimentos e esperei a minha vez. Que agora chegou. Sim, queridinha, é tão minha vez como sua. Os casamentos, como você sabe, não são só para os noivos. São principalmente para a família. De certo modo, parecem-se com enterros. O que quero dizer é que este casamento também é meu, e devo acrescentar um "finalmente" à frase. Portanto, farei o que quero com relação ao Dr. Rosetti.

— Ela falava a sério sobre o casamento ser dela também — Fleur me disse. — Você sabe que ela tem uma queda pelo Dan e acho que andar em direção ao altar de braço dado com ele é parte de sua fantasia romântica. OK, tudo bem. Desde que não digam "Sim" e depois vão passar a lua-de-mel no Havaí.

Quando voltou, depois de cuidar de Clayborne, Dan deu uma piscadela para mim e Kat por cima da cabeça da Sra. Talbot, bem-humorado até em cativeiro. Não o via há um tempão. Depois de ter agradecido por sua ajuda na obtenção do cheque de um milhão de dólares doado por Fortune Simms para a Clínica, conversávamos somente por telefone sobre o estado de saúde de meu pai, que Dan examinava quando visitava a ele e outros pacientes seus em The Elms. E eu sabia que ele estava tentando convencer alguns amigos médicos a trabalharem como voluntários na Clínica, mas ainda faltavam três meses para a inauguração. Talvez, se conseguisse afastar a mãe de Fleur do lado dele por um momento, conseguiria saber das novidades.

E finalmente o rabino atrasado apareceu correndo para dizer que tinha conseguido chegar depois de fazer um desvio por Camden Yards, e a reitora da Trinity, uma linda inglesa que Fleur chamava de Padre Jane, também surgiu para dizer que estava tudo pronto para começar.

— Ah, escuta só, gente — Fleur nos chamou apressadamente para ouvirmos a antiga canção de amor hebraica *Dodi Li* sendo tocada no Salão Chesapeake, onde estavam os convidados. — "Pertenço ao meu amado e ele pertence a mim" — Fleur recitou a letra da etérea música da harpa e, por um instante, uma calma doce nos cercou.

Logo depois, a harpista começou a tocar a música processional e nos apressamos a entrar em formação para a marcha nupcial.

A Sra. Talbot abriu o cortejo, avançando claudicante amparada em Dan. Kat e eu, com buquês de lírios nas mãos, estávamos à espera da nossa deixa musical, quando ouvimos Fleur suspirar atrás de nós:

— Valei-me, meu Jesus Cristo. — O tipo da coisa que não fica bem uma moça judia dizer. Nos viramos e vimos Fleur desmaia-não-desmaia, cambaleando agarrada a Clayborne. Era óbvio que estava sendo vítima de um colapso manhoso.

— O que estava pensando? O que estou fazendo? Casando pela primeira vez na vida na minha idade. Vivi sozinha a vida toda. Sou incapaz de dividir até mesmo o controle remoto. Não vou conseguir ir em frente. — Seus olhos se reviravam, alucinados.

— Dúvidas de última hora — acalmei-a. — Toda noiva tem isso.

— Não. Estou falando sério. Ah, meu Deus, não sei o que estou fazendo aqui. Estava perfeitamente feliz com a minha vida. Adorava ser solteira.

— Não é verdade.

— É, sim. E quem é esse homem a quem vou me unir até que a morte nos separe? Morte. Pela primeira vez na vida estou feliz em ter cinqüenta e cinco anos. Talvez eu só viva mais dez anos com alguém que pode ser um espião líbio. Bom, ele é um físico, *poderia ser.* E se ele tem três esposas e doze filhos em outro estado? E se peida quando dorme? Estou falando sério. Não posso levar isso adiante.

E Kat, que sofrera um transplante de nervos junto com a cirurgia na mama, exclamou:

— Uma ova que não pode. Vamos lá, Gwyn, vamos pôr esse bloco na avenida. — Demos a volta por trás de Clayborne e Fleur e demos um bom empurrão nos dois, fazendo-os atravessar as portas duplas na direção da passadeira branca.

E é por isso que, com certeza, pela primeira vez na história do Stony Run Country Club, e provavelmente pela primeira vez na história do ritual do casamento, as damas de honra entraram atrás da noiva.

Seguraram-se as pontas. Fleur, debaixo do véu de renda Alençon da avó, e Harry, usando o solidéu tradicional, postaram-se sob o caramanchão nupcial e juraram amar, honrar e cuidar um do outro até você sabe o quê acontecer. Acenderam uma vela para os protestantes e Harry esmagou com o pé o copo embrulhado em um guardanapo, fazendo os dois judeus presentes gritarem *mazel tov*. Posaram para o fotógrafo e receberam os parabéns e beijos de todos. Na fila de cumprimentos, Harry me deu um abraço de urso e sussurrou:

— Se não fosse você, jamais teria conhecido Fleur. Obrigado, querida. — E, antes que eu me afastasse, ele limpou suas lágrimas da minha face. E Fleur... Fleur parecia alguém que nunca tinha tido uma dúvida na vida.

Depois de passarmos ao salão de baile decorado em tons de rosa-Miami e verde-grama, um esquema de cores que Fleur chamou de camuflagem de country club, Harry a levou ao meio do salão para sua primeira dança como marido e mulher. Depois Dan valsou cuidadosamente com a Sra. Talbot, e Kat, parecendo saudável e extremamente feliz, rodopiou nos braços de Lee que, usando uma gola rulê e um paletó, parecia um modelo de revista de moda masculina. Quanto a mim, consegui dar uns passinhos com Clayborne antes de sua mulher nos interromper, e me vi de volta à mesa vazia olhando para a minha *salade d'endives avec d'amandes et des croûtons.*

Beberiquei champanhe, mordisquei um pãozinho e me deixei levar pela nostalgia de Simon. Digam o que quiserem sobre o homem — que ele era infiel, mentiroso e uma fraude: a curto prazo, ele me dera um maravilhoso *coup de foudre,* um tremendo de um relâmpago de sensações, e eu não perderia esse fogo de artifício por nada deste mundo. Nem a vingança.

Fleur sentou-se na cadeira vazia ao meu lado e pegou dois pãezinhos e os croutons da minha salada.

— Acabou a cerimônia de casamento, acabou a cerimônia com os alimentos. Mas olha só para você. Suspirando por Simon?

Sequei os olhos com o guardanapo.

— Um pouco. Estou sentimental, mas não triste. Os casamentos fazem com que se acredite que as fantasias podem se tornar realidade. E por um momento acreditei que a minha também poderia.

— Quero que saiba que dei instruções específicas para a banda não tocar o "Tema de Lara". — Ela se inclinou para receber um aperto de dedo agradecido e despejou um monte de migalhas de pão sobre mim. — Você não vai acreditar nisso, Gwynnie, mas estou feliz que tenha encontrado Simon. Falando sério. E não é só porque deixou Harry livre para mim. A loucura com Simon te deixou pronta para o verdadeiro amor. E não me diga que não quer isso. Vai querer quando a pessoa certa surgir. Alguém que você vai apreciar por ser o que nós judeus episcopais chamamos de *mensch*. Um ser humano verdadeiramente bom. Você vai ver.

— É muita gentileza sua, Fleur. Mas a verdade é que estou bem assim. Satisfeita.

Fleur retrucou:

— Satisfeita? Arre. Chaaaato.

— Ei, não esnoba o meu "satisfeita" não. É um bom lugar para se estar, muito melhor do que alguns dos lugares onde estive recentemente. O que estou dizendo é que minha vida não está somente completa, é uma vida compensadora e, como você diria, isso não é de se jogar fora, certo? — Sorri ao perceber que o que dizia era finalmente verdade. — Além disso, só de pensar em recomeçar fico exausta. E não se esqueça de que estou com cinqüenta e quatro anos.

— Não se esqueça *você* de que eu também estava com cinqüenta e quatro anos há seis meses. Se está feliz assim, ótimo. Não precisa dizer mais nada. Mas não me vem com essas abobrinhas sobre a idade. Olha para mim. Olha para Kat, se matando de dançar nos saltos dez. Loucamente apaixonada por Lee, que a adora. A idade, o seio... nada disso o incomoda.

Verdade. Kat planejara uma cirurgia plástica, mas não tinha mais certeza de que a faria. Sempre fora uma mulher *au naturel*, uma hippie, e Lee a amava, mesmo com a diferença.

— Ele disse que a amava não *apesar de,* mas *por causa de* tudo que fazia com que ela fosse o que era. Uma linda merda poética boa de se ouvir em qualquer idade — Fleur disse, desviando os olhos. — Caraca, olha só a minha mãe dançando com Dan. Oitenta e três anos, acha que tem quinze e se desmancha toda ao ouvir Frank Sinatra. Acho que sempre teve um fraco por italianos. Mas está passando dos limites com essa paixonite. Sabe o que a velha malandra fez? Me convenceu a deixar suas amigas do clube de bridge enviarem os convites e distribuírem os convidados pelas mesas e, não se sabe como, Dan acabou ficando na mesa seis, do lado dela, e cercado por suas outras pacientes geriátricas. Homem de sorte. Vai falar sobre osteoporose a noite toda.

Dei uma gargalhada enquanto o via acompanhando galantemente a Sra. Talbot de volta à mesa.

— Ele é um homem sensacional, provavelmente não é nenhum sacrifício para ele. Foi gentileza dele concordar em vir sem a Connie.

— Não tem mais Connie — Fleur respondeu.

— O quê?

— Bom, claro que *tem* uma Connie. Mulheres como ela só morrem com uma estaca enfiada no coração. O que quero dizer é que nosso Dan não namora mais com ela. Ele contou de modo mais delicado, mas, resumindo, Connie disse um monte de merda para ele sobre vir ao casamento para o qual não fora convidada. Senti o cheiro fedorento de um ultimato. Ou ela ou a minha mãe. Dan, sendo o homem que é, escolheu não desapontar a minha mãe.

— Ele está muito abalado? — perguntei.

— Não. Não teria dado certo mesmo. O Belo e Constanza, a Fera. De modo que ele está livre no mercado. Mas você sabe que ele não vai ficar em casa fazendo bilu-bilu nas calças por muito tempo. O cara é um partidão.

Fleur respirou fundo.

— Caso você esteja vagamente interessada, ele acha que você é bonita. Verdade, juro, ele disse isso quando você entrou na sala hoje à tarde. E inteligente. Lembro claramente que ele disse "inteligente". — Ela se inclinou na direção da cestinha de pão e pegou um.

— Deixa disso, Fleur, você está inventando essa história toda. Dan Rosetti? Você não acredita sinceramente que...

— Acredito, sim. Por que não? Você está livre, ele está disponível. Você é médica, ele é médico. Podem examinar um ao outro.

— Caramba, você sabe forçar uma barra, hein? Eu já disse que não preciso de um homem para me sentir completa.

— Quem falou em completa? Estou falando de diversão. Se for para ser algo mais, será. Pode ser que Dan não seja o homem certo para você. Por outro lado, nunca se sabe. — Ela varreu as migalhas de pão do decote. — Enquanto pensa no assunto, levanta a cabeça, lindinha. Ele está vindo para cá.

E estava mesmo, com seu sorriso sábio e olhando direto para mim.

— Gwyneth, tentei cumprimentar você a noite toda, mas sempre tinham alguém do meu fã-clube para me prender. — E fez um gesto na direção da mesa das velhinhas. — Ouvi dizer que a clínica está ficando pronta. Parabéns. Por falar nisso, recebi um "sim" quase definitivo de Eli Hunt, o cardiologista, para doar quatro horas por semana.

Fleur suspirou impaciente, tamborilou os dedos na toalha rosa e deu um gelo nele.

— Hum, bom, mas o que eu queria mesmo dizer é que você está excepcionalmente bonita esta noite.

Fleur deu somente um sorrisinho para ele.

— Você também — eu disse. — O smoking. Muito Cary Grant.

— A Sra. Talbot disse Rodolfo Valentino.

— *Não importa.* Não podem continuar essa conversinha boba enquanto dançam? — Fleur rosnou para nós e me deu uma cutucada para que me levantasse. Não me mexi.

Dan sorriu para mim.

— Boa idéia — disse. — Sabe dançar o chá-chá-chá?

— Claro que ela chachacheia — Fleur respondeu no meu lugar. — E mambeia, rumbeia, tangueia... — Lancei-lhe um olhar fulminante e ela pegou outro pãozinho. Dan se inclinou e pegou a minha mão.

A banda começou a tocar uma música lenta.

— Acho que vai ser um foxtrote. Topa?

Fiz que sim com a cabeça.

— Preciso avisar você que não sou um bom dançarino — ele disse. — Sou um perna-de-pau público e notório. Na verdade, nenhum dos Rosetti sabe dançar. Deve ser hereditário.

Notório. Hereditário. O homem falava difícil. E era um perna-de-pau. O meu tipo de homem.

E fiz o que fizera a vida toda. Levantei, sacudi a poeira e dei a volta por cima. Caindo nos braços dele. Ele pisou uma ou duas vezes no meu pé, mas dançamos.

Ah, como dançamos.

Sobre a autora

Toby Devens formou-se em literatura inglesa na The American University, em Washington, D.C. Voltou a Manhattan onde obteve seu mestrado em Letras, na New York University. Era escritora e editora sênior da editora Harcourt Brace quando conheceu seu futuro marido, ao entrevistá-lo em um congresso médico. Mudaram-se para Maryland, onde Toby trabalhou em comunicação corporativa e na área da saúde até o nascimento de sua filha, Amanda. Poesias, contos e artigos de sua autoria foram publicados em revistas como *Reader's Digest, Family Circle, McCall's* e *Parents*. Mais recentemente, ocupou o cargo de vice-presidente sênior de uma rede internacional de bancos de transplante de órgãos, supervisionando a área de relações públicas e assessoria de imprensa. O cargo exigia viagens constantes, e permitiu que ela acompanhasse de perto os mais recentes avanços em biotecnologia e medicina em todo o mundo. Suas matérias sobre temas médicos apareceram em várias publicações médicas e jornais científicos. Ela continua a escrever e a realizar trabalhos de consultoria no campo médico.

A inspiração para *Minha Crise de Meia-Idade Favorita (Até Agora)* veio de uma recente experiência pessoal ao voltar a ser solteira. Atualmente a autora vive em um subúrbio de Maryland, a meio caminho entre Baltimore e Washington, D.C. Mais informações sobre ela podem ser encontradas em seu site: www.tobydevens.com.